AF756595

स्टोरीमिरर प्रस्तुति

कुछ कहानियाँ मन की

भावपूर्ण कहानियों का संग्रह

STORYMIRROR
Stories that reflect you

यह काल्पनिक कृति है। नाम, पात्र, व्यवसाय, स्थान और घटनाएं या तो लेखक/लेखिका की कल्पना का उत्पाद हैं या काल्पनिक तरीके से उपयोग किया गया हैं। वास्तविक व्यक्तियों, जीवित या मृत, या वास्तविक घटनाओं से कोई भी समानता विशुद्ध रूप से संयोग है।

प्रथम संस्करण: सितम्बर 2022
भारत में मुद्रित

टाइप : कोकिला

ISBN: 978-93-95374-22-4

आवरण रचना: देवव्रत साहू

STORYMIRROR
Stories that reflect you

प्रकाशक : स्टोरीमिरर इंफोटेक प्राईवेट लिमिटेड,
7वीं मंजिल, एल तारा बिल्डिंग,
डेल्फी बिल्डिंग के पीछे, हीरानंदानी गार्डन,
पवई, मुंबई, महाराष्ट्र - 400076, भारत

Web: https://storymirror. com
Facebook: https://facebook. com/storymirror
Instagram: https://instagram. com/storymirror
Twitter: https://twitter. com/story_mirror
Email: marketing@storymirror. com

अनुक्रम

लेखिका के बारे में

लोकप्रिय लेखिका पंजाब में जन्मीं **स्नेह गोस्वामी** पेशे से एक अध्यापिका हैं। विभिन्न शैक्षणिक संस्थाओं में अनेक छात्र छात्राओं को विद्या एवं संस्कारों का दान देते हुए इन्होंने लगभग पैंतीस वर्ष अध्यापन किया और अंत में केन्द्रीय विद्यालय से सेवा निवृत्त हुई हैं। उन्हें पढ़ना-लिखना पसंद है। साथ ही, पर्यटन और संगीत से भी विशेष लगाव है।

स्नेह गोस्वामी एक सफल लघुकथाकार, कहानीकार, कवयित्री तथा, उपन्यासकार हैं। इनकी प्रकाशित पुस्तकें स्वप्नभंग (काव्य संग्रह), उठो नीलांजन (कथा संग्रह), वह जो नहीं कहा (लघुकथा संग्रह), तुम्हें पहाड़ होना है (कहानी संग्रह), होना एक शहर का (लघुकथा संग्रह) हैं। पुस्तककथा चलती रहे (लघुकथा संग्रह) अभी प्रैस में है। तीन ई. उपन्यास मातृभारती पर प्रकाशित। चौथा उपन्यास (कंटीले जंगल में घूमते हुए) पाकेटएफ एम पर धारावाहिक के रूप में चल रहा है। लगभग बीस बाईस साझा संग्रहों में इनकी रचनाएं शामिल हैं।

इसके अतिरिक्त स्टोरीमिरर, प्रतिलिपि.काम, शब्द.काम और मातृभारती पर इनकी कई रचनाएँ प्रकाशित हैं। कई मुद्रित पत्रिकाओं और समाचारपत्रों में भी रचनाएँ प्रकाशित हुई हैं।

स्नेह गोस्वामी का रचना संसार नाम से यू टयूब चैनल है, जहाँ आप इनकी रचनाओं का पाठ इनकी आवाज में सुन सकते हैं।

आकाशवाणी बठिंडा, एफ. एम बठिंडा और आकाशवाणी जालंधर से इनकी कविताएँ और लघुकथाएँ समय समय पर प्रसारित होती रहती हैं।

इन्हें अब तक शब्द साधक पुरस्कार (भाषा विभाग पटियाला से), लघुकथा सेवी पुरुस्कार (हरियाणा प्रादेशिक साहित्य सम्मेलन एवं लघुकथा अकादमी सिरसा से), निर्मला स्मृति हिंदी साहित्य गौरव सम्मान (निर्मला स्मृति साहित्यिक समिति चरखी दादरी से), किस्सा कोताह कृति सम्मान (ग्वालियर से), लेखन के लिए नारी शक्ति सम्मान (डायमंड वेल्फेयर सोसायटी, बठिंडा से), सुषमा स्वराज स्मृति पुरस्कार (जैमिनी अकादमी से) एवं अन्य कई सम्मान प्राप्त हो चुके हैं।

अणख

– स्नेह गोस्वामी

घर में चारों ओर चहल पहल थी। खुले आँगन में बाण की चारपाइयाँ और सूत की खाटें बिछीं थीं, जिन पर आये हुए शरीके कबीले के लोग जँचे हुए थे। दूर नजदीक के सभी रिश्तेदार आये थे। शायद ही कोई छूटा हो। घर के सबसे छोटे बेटे राजिंदर का ब्याह था। कोई सगा, जान-पहचान का छोड़ा नहीं गया और पहुँच भी सब गए थे। लड्डू परात भर-भर आते। बालूशाही और शक्करपारे के टोकरे के टोकरे खाली हो रहे थे। मेथी वाली मट्ठियाँ बेहद खस्ता बनीं थीं। नमकपारे और भजिए अलग चल रहे थे। ऊपर चौबारे में पकौड़े और प्याज के थाल के थाल पहुंचाए जा रहे थे।

औरतें गोटे, किनारी जड़े दुपट्टे ओढ़े बातों में मस्त थीं। कोने में बैठी बड़ी बुआ ने बन्ने की कली छेड़ ली। ऊंची हेक के सुर हवा में तैरने लगे। दूसरे सिरे से बचनी ताई ने रोटियाँ चुपड़ते हुए गीत की पंक्तियाँ दोहराईं। लड़कियाँ बातें करनी भूल गयीं। गीत के बोल ऊँचे से ऊँचे होने लगे। सेहरा खत्म होते ही टप्पे की बारियाँ लगीं। नानका ना दादका कोई किसी से कम नहीं! कोई हारने को तैयार नहीं! एक गीत खत्म होता, दूसरा छेड़ लिया जाता। बेबे ने पुकार लगाई - "कुड़ियों (लड़कियों)! गाने तो सारी रात गाती रहना। पहले रोटी का काम निपटा लो। अभी जागो की तैयारी भी करनी है। आधी रात को जाओगी क्या गलियों में?"

"तू उठ मेरी रानी धी ....उठा थालियाँ। डालो रोटी।" लड़कियां उठीं। रोटी परोसी जाने लगी। सत्ती ने गागर चमकानी शुरू की। मीतो ने आटे के दीवे बनाए। बत्तियां पहले ही बटी पड़ीं थीं। चन कौर चाची ने तेल में भिगो के रखी हुई थीं। थोड़ी देर में ही यह सब औरतें रोटी खा-पी के तैयार बर तैयार खड़ीं थीं पर इन मर्दों का क्या करें।! यह तो पिए ही जा रहे थे। रोटी खाने का नाम ही नहीं लेते। बड़ी भाभी दो बार बुलाने गई पर कोई फायदा नहीं। हर बार एक ही जवाब-

"थोड़ा ठहर भाभी, बस दो मिनट। फिर खाते हैं।"

बेबे बोली - "ओए यह तो आम दिनों में ही नहीं हटते! आज तो जश्न की रात है। शादी में आये हैं। आज तो रज रज के पियेंगे। तुम जाओ कुड़ियों! अगर खायेंगे तो अमरी और

सीतो इन्हें खिला देंगी, वर्ना तो भुजिये और पकौड़ों से ही इन्होंने रज्ज लेना है।"

दूल्हे की मामी ने जागो में तेल डाला। बत्तियों को सजाया और तीली दिखाई। लिशलिश करती जागो जल उठा। दूसरी मामी ने जागो सिर पर उठाई और हँसती-खिलखिलाती लडकियाँ सडकों पर निकल आईं। जीत कौर मिरासिन आगे-आगे लाठी खटकाती जा रही थी। पीछे-पीछे औरतों का गोल चल पड़ा। पूरे गाँव में जागो के बोल गूँज रहे थे- "जागो आई है। जाग जट्टा जाग (जागो भई) अब जागो आई है।" जागो की टोली एक घर के आगे रुकी। मौसी ने बोली शुरू की। गिद्धा शुरू हो गया। लड़कियाँ नाच-नाच कर दोहरी हो गयीं। घर की मालकिन ने वारने किये। वाहे गुरु का शुक्र किया कि जागो घर में आई। जागो में तेल डाला। उस घर की बहुओं को साथ ले हँसती खिलखिलाती टोली अगले घर चल पड़ी। वहाँ घर वाले पहले ही जागो वालियों का शोर सुन के दरवाजा खोल के खड़े थे।

"आओ भई जी आओ! दिल भर के नाचो!"

"और क्या चाची, गाँव वालो को भी तो पता लगे कि नानके से कोई आया है। मामियों -मासियों ने नाच-नाच के गाँव की सडकें नीची कर देनी है।"

"ले फिर नाचो भाई। मामियां जी खोल के पाओ बोली। यह दिन कौन सा रोज-रोज आना हुआ। रुपिंदर से रहा न गया - "ले मामी नाचें। हमारी भाभियों जैसा नाच के दिखाए। भाभी मोरनी हैं निरी मोरनी।" दूल्हे की मौसी ने ललकारा दिया- "आजो तुम भी मैदान में। हम भी तो देखे सिवियाँ की बहुएँ कैसी नाचती हैं।" सबने जसविंदर कौर की ओर देखा। जसविंदर जिठानी के पीछे छिप गई। सबने हौंसला दिया - "नाच बहु! देवर की शादी में नहीं नाची तो कब नाचेगी!"

शर्माते-शर्माते जसविंदर ने घेरे में नाचना शुरू किया तो रंग ही बाँध दिया। देखने वालियाँ अश-अश कर उठीं। जागो वालियाँ एक घर से दूसरे घर और एक गली से दूसरी गली रौनक बाँटती नाचती गाती जागो मोड़ के जब घर वापिस आईं तो रात के ग्यारह बजने वाले थे।

किसी ने महफ़िल में सबको शराब पिलाते नाज़र को खबर दी - "भाई आज तूने भाभी को नहीं देखा। क्या लग रही थी और क्या बोली डालती है। मोरनी जैसी घूमती है बाई। स्वाद ही आ गया देख के।" पास बैठे बन्ते ने कहा - "ओए, क्यों बकवास कर रहा है! तूने कहाँ देखा औरतों को नाचते?"

"सोंह वाहेगुरु की। मैंने देखा। जब मान के घर में बोली पा रहे थे न, तो मैं अपनी छत पे खेस ले के लेटा हुआ था। थोडा सा मुँह निकाल के सब देखा। मासी ने बोली उठाई और भाभियाँ नाच रहीं थीं। सब से बढ़िया जसविंदर भाभी नाचीं।"

सब के चेहरे पर ईर्ष्या साफ़ दिखाई दे रही थी। उस देख के आने वाले बग्गे के लिए भी और नाच के वाह-वाह कराने वाली का सिर का सांई होने के लिए नाज़र से भी।

नाज़र आज शाम से ही हर आये-गए की सेवा पानी में लगा था। कोई यह न कह दे कि सिद्धुओं की शादी में गए और सूखे ही आ गए। बोतलों पर बोतलें खुल रहीं थीं। आने वाला तो एक पैग पीता या दो पैग, पर पिलाने के चक्कर में नाज़र आप कितनी पी चुका था, खुद उसे भी पता नहीं था। लड़खड़ाते हुए उठा। सीधा जसविंदर के सामने पहुंचा - "सुन बोली पा"। जसविंदर इस अप्रत्याशित सवाल पर चकित रह गई। कोई जवाब देती, इससे पहले ही नाज़र ने उसका हाथ पकड लिया - "चल, नच्च मैंने भी देखना है।"

ताई ने नाज़र को हटाया - "बेवकूफ न होवे तो। चल ऊपर जाके सो जा।"

"न ताई ! आज तो मैंने गिद्धा करना है वो भी जसविंदर के साथ।"

जसविंदर इस अनोखी जिद से घबराई पड़ी थी कि बेबे ने उसे कमरे की ओर धकेला - "चल, बहु! तू अपने कमरे में जा। यह तो पी-पी के अपने आपे में नहीं है। सारी शर्म हया बेच के खा गया . . .।"

संधू की माँ ने भी साथ देते कहा - "जा रे पूत, अब सो जा। सुबह बरात भी चढ़ना है कि नहीं! जा शेर पुत्तर।" पर नाज़र अड़ गया- "मैंने नहीं सोना सूना अज्ज। बाहर बुलाओ बड़े चौधरियों की बेटी को। देखता हूँ, कैसे नहीं आती बाहर। उसने दरवाजे को जोर से लात मारी। अन्दर बैठी जसविंदर थर-थर काँप रही थी। दरवाजा खोला तो मार पिटाई पर न उतर आये। क्या पता शराबी बंदे का। न भी मारे इतनी सारी बुजुर्ग औरतों के सामने कैसे उसका हाथ पकड के नाच पाएगी! उसका रोना निकल गया। बाहर नाज़र उसे पुकार रहा था। आवाजें सुन कर गुरदीप और जग्गू ऊपर से आये और नाज़र को बहला-फुसला के पकड के ऊपर ले गए। जसविंदर ने सुख की साँस ली। शुक्र है परमात्मा का! जो सोने चला गया। बाहर औरतों ने नाज़र को बुरा-भला कहना शुरू कर दिया था। साथ ही शराब को भी, जिसके नशे में आदमी अपने होश खो बैठता है।

थोड़ी देर ऊपर शान्ति बनी रही। औरतें भी घूम-घूम कर थक गईं थीं। बिस्तरों पे टेढ़े होने लग पड़ीं कि ऊपर से आग की लपटें उठती दिखाई दीं। चारों तरफ चीखने की आवाजें

सुनाई आने लगीं। नाज़र ने खुद को आग लगा ली थी। लोग पानी की बाल्टियाँ ले के भागे। कुछ ने कम्बल उठाये। कोई पाईप ढूँढ रहा था। हर तरफ अफरा-तफरी मची थी। सब ने आग बुझाने की कोशिश की पर आग बुझते-बुझते भी नाज़र काफी जल गया था। इस तकलीफ में भी लगातार कहे जा रहा था - "ये भी कोई जिन्दगी है साली! जहाँ बीबी कोई बात ही नहीं सुनती। बेइज्जती करा दी भरी बिरादरी में। बड़ी बनती है साली! मैंने सारी अकड़ निकाल देनी है। सिद्धु से पंगा मंहगा पड़ेगा मंहगा!" वह लगातार बुदबुदाए जा रहा था। लोगों ने उसे उठाकर जीप में डाला। तुरंत शहर के अस्पताल ले जाया गया। जो लोग थोड़ी देर पहले नाज़र और शराब को बुरा भला कह रहे थे। वही अब जसविंदर को गालियां दे रहे थे -

"अब सुखी हो गई उसे मरवा के!"

"बेचारा लड़का अपनी बीबी से ही तो कह रहा था नाचने को"

"किसी और की बाँह तो नहीं पकड़ी न, अपनी की ही पकड़ी थी न। नाचने को ही तो कह रहा था बेचारा। कैसे हाथ छुड़ा के भाग गई।"

"कमरा बंद कर के ही बैठ गई।"

"नाच लेती तो बिचारे का दिल रह जाता!"

"शराब तो सारे ही पीते हैं। इसने कोई अनोखी पी थी क्या?"

"और भाई की शादी में नहीं पिएगा, नहीं नाचेगा तो कब नाचेगा!"

"बेचारा बच जाए।"

"पता नहीं, क्या बनेगा?"

"अच्छा खासा ब्याह इस कमजात की वजह से मातम में बदल गया।"

जितने मुँह उतनी बातें हो रही थी। औरतें मर्द अपने अपने टोले में खड़े चर्चा मग्न थे। घर की औरतें जार-जार रो रहीं थीं। बेबे की आँखों में उसके लिए अभी से नफरत दिख रही है। जसविंदर एक कोने में खड़ी अरदास कर रही थी- "नाज़र किसी तरह बच जाए। कुछ न हो उसे। अगर न बचा तो? क्या करेगी वह? कहाँ जायेगी?"

यह उसकी समझ ही नहीं आ रहा था कि उसका गुनाह क्या था! ऐसा क्या कर दिया उसने कि वह मरने चल पड़ा। बच जाए तो नाज़र से पूछेगी - ऐसी अनख, ऐसी जिद किस

काम की कि बन्दा मर ही जाए।! पर बचे तो सही, तभी पूछ पाएगी न। अभी तो उसे कोई अस्पताल भी नहीं ले के जा रहा। न ही वह खुद आगे होकर किसी से कह पा रही है कि मुझे भी जाना है। जब नाज़र को जीप में डाल के ले जाने लगे थे तो वह भी नाज़र के साथ ही बैठने लगी थी पर उसके बैठने से पहले ही उसके ससुर ने जीप स्टार्ट कर ली थी। वह अपराधिन की तरह वहीं खड़ी धूल उड़ती देखती रह गई थी। अब किससे पूछे, कैसा है वो? बताएगा भी कौन उसे?

गुरे को अपने बापू से कहते सुना है- "अस्सी परसैंट से ऊपर जल गया है। आई सी यू में डाला है।"

बच तो जाएगा न राम जी। बचा लेना उसे प्रभु। बचेगा तभी तो कुछ पूछ पाएगी। बचेगा तो इन सब को अपनी सफाई दे पाएगी। नाज़र तू बच जा ना। सुना नाज़र तूने, तू मुझे छोड़ के मत जाना। आँख के कोर में आए आँसुओं को उसने वहीं जबरदस्ती रोक लिया है। अभी किसी कोने से कोई अपशगुनी का सुर उठाने लगेगा इसलिए जब तक नाज़र लौट नहीं आता, आँसू बिल्कुल बंद। बड़े घर की बड़ी सरदारनी की तरह जिएगी वह। उसने अणख से सिर ऊँचा किया और अपनी नज़र गाँव की सड़क पर टिका दी।

लेखिका के बारे में

उच्च शिक्षा प्राप्त, बहुमुखी प्रतिभा सम्पन्न **डॉ. पूनम पाठक** एक समर्पित शिक्षिका के रूप में लगभग 17-18 वर्षों से शिक्षण से जुड़े रह कर जहां एक ओर समाज के प्रति उत्तरदायित्व को पूरा कर रही हैं वहीं 'चंद्रलेखा' उपनाम के साथ लेखन कार्य से भी जुड़ी रहीं हैं। अनेक पत्र-पत्रिकाओं में आपकी कविताएं, आलेख तथा शोध पत्रादि प्रकाशित होते रहे हैं। आपका एक कविता संग्रह "सन्नाटा बुनता है कौन" सन् 2016 में प्रकाशित हुआ है। कोलकाता की 'साहित्यिकी' संस्था की सम्मानित सदस्य, मधुबन एजुकेशन बुक्स तथा 'एपिक लिटरेसी इंटर नेशनल काउंसिल' तथा अनेक साहित्यिक संस्थाओं द्वारा प्रदत्त कविता पुरस्कार से सम्मानित चंद्रलेखा की कहानी स्टोरीमिरर की ओर से क्रिटिक अवॉर्ड के लिए चयनित हुई है। आप आकाशवाणी व दूरदर्शन से जुड़ी हुई है। चित्रकला और संगीत की शौकीन चंद्रलेखा की रचनाओं में प्रकृति और मानव मन के विभिन्न रूप और कार्यकलाप सुंदरता से प्रतिबिंबित हुए हैं।

यशोदा

– पूनम चंद्रलेखा

खटाक! टनननन! घड़े के ऊपर रखा गिलास तेजी से नीचे गिरा। आवाज़ के साथ ही समीरा बानो की नींद खुल गई। कल ही उसे अलमारी के पीछे एक चूहा दिखा था, जो तेज़ी से बक्से के नीचे घुस गया था, वही होगा शायद, उसने सोचा। एक बार को उसने चूहे को मारने की सोची थी, फिर लगा इसके पीछे क्यों समय बर्बाद करूँ, बहुत से काम करने को पड़े हैं। हुंहह! और वह अपने काम में लग गई थी। कुछ करना पड़ेगा इस चूहे का! सर को झटक कर वह फिर से सोने की कोशिश करने लगी पर अब नींद तो उसकी आँखों से रूठी हुई किस्मत की तरह मुँह मोड़ चुकी थी। खिड़की से स्ट्रीट लाईट भीतर कमरे की दीवारों को रौशन कर रही थी जिसकी कुछ किरणें समीरा के दिल के उस सुनसान गहरे हिस्से पर भी पड़ने लगीं जहाँ उसने अनेक अनचाही यादों को छिपा कर रखा हुआ था। समीरा ने उन यादों को फिर से तहाया और छिपा कर रख दिया दिल के उसी सूने गह्वर में।

अक्तूबर का महीना था। पहली सी उमस मौसम में अब नहीं रह गई थी। पंखा फुल स्पीड में चल रहा था। बगल में लेटी हुई सपना कसमसाई। समीरा ने उसे भरपूर नज़रों से देखा। एक प्यारी-सी मुस्कान सपना के गुलाबी होठों पर छाई हुई थी। समीरा ने हलकी थपकी देकर उसे फिर से सपनों में वापस भेज दिया। यही तो उम्र है इसकी सपने देखने की। कुछ दिन बाद ये भी अपनी ससुराल चली जाएगी। मन ही मन अनेक आशीषें देती हुई समीरा ने उसकी पैरों तक उघड़ आई। चादर को एक बार फिर ठीक किया। बड़े प्यार से उसके माथे पर हाथ फिराया, उसका माथा चूमा, नम हो आई पलकों को हथेलियों से इस तरह पोंछ दिया मानो अपने पिछले जीवन की हर नमी को पोंछ कर सुखा देना चाहती हो! दीवार पर टंगा कैलेण्डर पंखे की हवा से तेजी से इधर-उधर डोल रहा था। हिलने से उत्पन्न हो रही खट-खट की आवाज़ समीरा को इस वक्त बहुत बुरी लग रहीं थीं। मानो यादें दस्तक देकर भीतर आने को बेचैन हों पर वो उन्हें आने देना नहीं चाहती। दूसरा विकल्प भी क्या था उसके पास, बुरी यादों का स्वागत करने के अलावा! 'स्वागत!' वो भी बुरी यादों का! कोई करता है क्या! उन यादों का भी कोई स्वागत कर सकता है जो जन्म से उसे गहरे ज़ख्म देने पर उतारू हैं, कभी न भरने के लिए।

सपना ने फिर करवट बदली। पास ही दूसरी चारपाई पर सोये श्याम के चेहरे पर भी समीरा ने एक नज़र डाली। कितना मासूम, कितना बेखबर है दुनिया की कठोरता से। बेचारा कितनी मेहनत कर रहा है कि बी.कॉम में दाख़िला मिल जाए। उसका भविष्य ही बारहवीं की परीक्षा पर तो टिका है। अगर वह इस परीक्षा में पास नहीं हो पाया तो? कितनी बार श्याम उससे यही सवाल पूछ चुका था। वह क्या जवाब देती? कोई जवाब होता तो देती। दिलासा ज़रुर देती, हौसला बढ़ाती और जी छोटा न करने की बात कह कर ही रह जाती थी। वह अच्छी तरह से जानती थी कि अगर श्याम पास नहीं हुआ तो उसके साथ भी वही होगा जो कभी उसका हश्र हुआ था। हाँ, पर श्याम निराश होकर कभी भी कोई गलत कदम कभी नहीं उठाएगा! कभी नहीं! इतना विश्वास समीरा को 'अपने श्याम' पर, अपने दिए संस्कारों पर ज़रूर था।

'अपने श्याम??' मन ने तीखा सवाल किया। 'श्याम तुम्हारा कब से हुआ?'

"क्यों, किसी को अपना कहने के लिए क्या खून का रिश्ता होना जरूरी है? संवेदनाओं का, भावनाओं का और उससे भी बढ़ कर मानवता का क्या किसी से कोई रिश्ता नहीं होता! श्याम ही क्या सपना, जूली, हेमा, विभा, गौरी, रीना और कुसुम इन सभी के लिए मुझ से बढ़ कर दुनिया में और कोई नहीं! मुझे ही अपना सब कुछ तो मानते हैं! ये सब मेरे अपने हैं, और मैं इनकी। "

पंखे की तेजी से घूमती पंखुड़ियों को देखती हुई समीरा की नींद से बोझिल आँखें उसके मन-मस्तिष्क में चकरघिन्नी से नाचते सवालों का जवाब ढूंढने की असफल कोशिश करते-करते कब मुंद गई, उसे पता ही न चला।

अगले दिन हर रोज़ की तरह काम निपटाती हुई समीरा बानो अजीब बेचैनी का सा अनुभव कर रही थी। संध्या को चार बजे उसे ऑडिटोरियम पहुंचना था। निमंत्रण जो मिला था उसे। क्या पहन कर जाए? साड़ी या फिर सलवार सूट? साड़ी ही ठीक रहेगी, उसने सोचा। साड़ी के साथ पहनने के लिए मैचिंग ज्यूलरी निकाल कर पहले ही रख चुकी थी। बार-बार उसे देखती, खोलती और फिर तहा कर रख देती। कैसे, क्या करेगी? हे भगवान! संभाल लेना आज। वह मन ही मन प्रार्थना कर रही थी। काश कि घड़ी बंद हो जाए! काश कि प्रलय आ जाए! काश कि खूब तेज़ बारिश हो जाए या फिर आंधी ही आ जाये! काश किसी भी तरह से प्रोग्राम कैंसिल हो जाए! बस... काश! ये हो जाए काश वो हो जाए! समझ नहीं पा रही थी कि ये सब चोंचलेबाज़ी क्यों की जाती है?

भगवान से माँगी उसकी कोई भी मुराद आज तक पूरी न हुई थी, तो ये कार्यक्रम टलने जैसी इत्ती छोटी सी मुराद कैसे पूरी हो जाती! शाम होनी थी, हुई, कार्यक्रम भी होना था सो वह भी हुआ।

खचाखच भरे शहर के प्रतिष्ठित सभागार में मातृ दिवस के अवसर पर विशेष कार्यक्रम का आज आयोजन था। आज उन महिलाओं का सम्मान किया जाने वाला था जिन्होंने समाज की रुढ़िवादी परम्पराओं को तोड़ अपनी एक अलग राह चुनी और समाज सेवा में विशिष्ट योगदान किया था। कार्यक्रम का शुभारम्भ दीप प्रज्वलन तथा सरस्वती वंदना के साथ किया गया। दर्शकों के मनोरंजन के लिए गायन व नृत्य का भी आयोजन किया गया था। मंच पर सोलह-सत्रह वर्ष की एक बालिका अपने भावपूर्ण नृत्य से सभी का मन मोह रही थी। कार्यक्रम समाप्त होने के बाद किसी एक पुरस्कार विजेता को मंच पर बुलाया जाता, सम्मान प्रशस्ति पत्र आदि दे कर उन्हें दो शब्द बोलने के लिए कहा जाता तत्पश्चात वे पुन: अपनी सीट पर जाकर बैठ जाते और मंच पर फिर दूसरा कार्यक्रम प्रारंभ हो जाता। समीरा तो मानो वहाँ होकर भी वहाँ नहीं थी। उसकी आँखें मंच की ओर अवश्य देख रहीं थीं, परन्तु उसका मन कोई और ही दृश्य देख रहा था। हाथ यंत्रवत ताली बजा रहे थे किन्तु दिल पर तालियों की आवाजें भीषण आघात पहुँचा रही थी। द्वार पर खटखटाने की आवाजें तेज़ होने लगीं। द्वार खुला और आंधी-तूफान की तरह यादें दिल से निकल कर एक-एक कर मन में प्रवेश करने लगीं।

माँ की साड़ी पहन माथे पर बड़ी सी बिंदी लगा कर जब वह माँ के सामने आ खड़ा होता तो माँ उसे बांहों में भर गले से लगाकर जब कहतीं कि तू तो मेरा बेटा नहीं, बेटी है तब कितना प्यार आता था उस समय माँ पर। महसूस होता कि सारी दुनिया उसकी बांहों में सिमट आई है। माँ का दुलारा, आँखों का तारा था वह। पर क्या हो गया था उस दिन माँ को। कुछ बोल क्यों नहीं रहीं थीं पिताजी के सामने। नौ महीने गर्भ में रखा था, अपनी जाई संतान को उस दिन घर से निकाले दे रहीं थीं ठोकरें खाने के लिए। क्यों? समीर की हृदय विदारक चीखें भी माँ के कलेजे को चीरें न डालतीं थीं! कैसे समझता एक आठ साल का बच्चा, माँ की मजबूरियों को और कौन सी मजबूरियों को! कैसे समझता वह माँ के मन की उलझन जब समीर के पापा ने अपना निर्णय माँ को बताया होगा तो उनके दिल पर क्या गुजरी होगी! समझाया तो होगा जरूर माँ ने पापा को कि मुझे घर से न निकालें और यह भी ज़रूर कहा होगा कि कैसे भी हो पाल लेगी समीर को। और पिता जी के समझाने पर माँ क्यों शांत हो गईं होंगी? यह सब कैसे समझ पाता आठ साल का बच्चा, कैसे??

सभा में तालियाँ बजने लगीं। पुरस्कार विजेता महिला अपने अनुभव दर्शकों के साथ साझा कर रहीं थीं किन्तु समीरा एक बार फिर अपने में समा गई।

स्कूल तो उसी दिन छूट गया था जिस दिन घर छूटा था। घर से निकल कर सीधा प्रभा मैम के पास गया था। उनको सब कह सुनाया था। सुनकर वे भी दंग रह गयीं। पास खड़े पति को चुप खड़ा देख असमंजस में थीं कि क्या करें। बस इतना ही कह पाई कि जब भी मेरी ज़रूरत पड़े बेहिचक आ जाना! प्रभा मैम उसे बहुत अच्छी लगती थीं। फिर कब, कैसे उसने खालिदा बेगम को अपना गुरु मानना, सिग्नल पर भीख माँगना, शादी-ब्याह, बच्चा पैदा होने पर नाचना-गाना और शाम ढलते ही जिस्म को नुचवाने छोड़ देना इन्सानी कुत्तों के आगे शुरू कर दिया था, उसे पता भी न चला। शुरू-शुरू में उसे बड़ा बुरा लगता ये सब करना। खालिदा आपा समझाती कि हमें अगर इस दुनिया में जीना है तो यही सब करना ही पड़ेगा। हम अन्य सामान्य लोगों की तरह कुछ और काम ना तो कर सकते हैं और न ही कोई हमें करने देगा। कोई भूला बिसरा ईश्वर का नेक बंदा अगर हमारे लिए कुछ करना भी चाहता है तो ये समाज वाले उन्हें करने नहीं देते!

हॉल एक बार फिर तालियों की गड़गड़ाहट से गूँज उठा। समीरा बानो के हाथ भी जुड़ गए। ताली बजाते हुए दोनों हथेलियों के बीच न जाने कितने सवालों को मसल देना चाहती थी।

''कौन है यह समाज, कहाँ है यह समाज? किसने बनाया? ऐसे समाज के नियम कौन बनाता है? दिखने में कैसा है ये समाज? सब पूछना चाहता था वह अगर ये समाज उसे किसी दिन मिल गया तो! लोग ईश्वर को ढूंढते है पर वह समाज को ढूंढेगा और पूछेगा सारे सवाल! पूछेगा उस समाज से कि ''उसके क्या कोई संतान नहीं, क्या उसके कोई माँ-बाप नहीं? क्यों मेरे पापा को कहा कि मुझे घर से निकाल दें! तुम निकाल के देखो अपनी संतान को घर से तब तुम्हें पता चलेगा कि कैसा लगता है माँ-बाप, भाई-बहनों से अलग होकर, गुमनामी की जिंदगी जीना... कब मिलेगा उसे समाज.. कहाँ है समाज'' ऐसे और न जाने कितने सवालों को सीने में दबाये समीर 'समीरा बानो' बनी आज पचास बरस से भी ऊपर की हो चुकी है।

मंच पर पुरस्कार विजेता अपने जीवन की यात्रा सुना रही थी और इधर समीरा का मन अपनी यादों का मवाद निकलने लगा।

“समाज की जिस्मानी और मानसिक उपेक्षा, घृणा, बदसुलूकी, शोषण को सहता हुआ उन गलियों की सीली बदबूदार बस्ती में पल-बढ़ कर बड़ा हुआ समीर, जहाँ कोई भी इज़्ज़तदार व्यक्ति जाना तो दूर देखना तक भी पसंद नहीं करते।

वो दिन कैसे भूल सकती है जब वह पहली बच्ची यानि गौरी को घर उठा कर लायी थी। कैसी सड़ी बदबूदार जगह थी वह। याद करते ही एक बार फिर उसकी यादें भी बदबूदार हो उठीं। एक तरफ कूड़े का अम्बार लगा हुआ था, इस्तेमाल की गईं सिरिंजें, खून से लिपटी रुई व पट्टियाँ पड़ी हुई थीं और भी बहुत कुछ था वहाँ। वह यह सब देख नहीं सकी। शायद किसी अस्पताल के पिछवाड़े का हिस्सा था वह। इस्तेमाल किये हुए कंडोम भी यहाँ वहाँ छितरे पड़े थे। ऐसी जगह उसका न जाने कितनी बार दैहिक शोषण तो हुआ ही पर मन व भावनाओं का भी न जाने कितनी बार शोषण किया गया था। गिनती याद रख कर भी वह क्या करती। वह आदमी दो सौ रूपये उसके ऊपर वहीं फेंक कर चला गया। बहुत देर तक वह अपने भाग्य को कोसती हुई उसी नर्क में अपने उन अपराधों की माफ़ी माँगती हुई पड़ी रही जो शायद उसने पिछले जन्म में किये होंगे!

तभी किसी बच्चे के धीमे स्वर में रोने की आवाज़ से उसके बेजान से पड़े जिस्म में हरकत हुई। कूड़े के ढेर में से ही आवाज़ आ रही थी। उसे वहाँ कुछ हिलता हुआ नज़र आया। न जाने कैसे उसके मुर्दा से पड़े शरीर में शक्ति आई। जाकर जल्दी से उसने ढेर के नीचे से बच्ची को निकाला। फूल-सी नाज़ुक प्यारी-सी अधमरी-सी बच्ची हाथ पाँव चला कर मानो जिंदा रहने के लिए संघर्ष शुरू कर रही थी। पहली बार समीरा ने इतने छोटे बच्चे को देखा था वह भी इतने करीब से। छोटे-छोटे हाथ-पाँव, छोटी-छोटी प्यारी नीली आँखें, गुलाब की पंखुड़ी से कोमल गुलाबी होंठ। बच्ची को देखते ही उसकी पीड़ा, उसका रोष पल भर में ग़ायब हो गया। “हाय राम! इतने छोटे होते हैं बच्चे! न जाने कब से बच्ची यहाँ पड़ी होगी” सोचते हुए आश्चर्य मिश्रित हलकी ख़ुशी से डरते-डरते बड़े संभाल कर समीरा ने उसे जैसे ही हाथ में उठाया बच्ची में मानो जान आ गई, वह और जोर से रोने लगी। एक अजीब-सी झनझनाहट समीरा ने पूरे शरीर में महसूस की थी। बिजली-सा करेंट उसकी शिराओं में दौड़ने लगा। धड़कने तो बस मानो इसी पल रुक ही जाना चाहती हों। उसे ऐसा क्यों महसूस हो रहा वह समझ न सकी। “कैसे अब तक कुत्तों व चूहों से बची रह गई ये नाज़ुक कली।” शायद इसे भगवान ने मेरे लिए ही अब तक जिंदा रख छोड़ा है। इन्सानी हाथों का कोमल स्पर्श पाकर पल भर को उसका रोना रुका। अपनी नीली प्यारी आँखों से टुकुर-टुकुर समीर की ओर देखने लगी मानो पूछना चाहती हो कि कौन हो तुम

मेरे जैसी इस कूड़े के ढेर में। कपड़ों से वह गरीब घर की तो नहीं लगी थी। गले से लगा लिया था समीरा ने बच्ची को। तुरंत अस्पताल ले जाकर उसका जाँच आदि करवाई। डॉक्टर से ज़रूरी निर्देश समझ वह बच्ची को घर ले आई और बस उस दिन से लेकर आज तक था उसने किस्मत को कोसना बंद कर दिया। रीना, जूली, विभा, हेमा भी उसे ऐसे ही मिली थी। छठी बच्ची यानि कुसुम जब उसे मिली उसने एक बार खर्चे के बारे में भी सोचा पर उसकी भोली सूरत देख कर वह मुँह फेर कर न आ सकी। सबसे छोटी सपना को तो उसने मात्र 200 रूपए देकर उसके माता पिता से ख़रीदा था जो उसे 100 रुपये के बदले एक दलाल के हाथों सौपने जा रहे थे और यह श्याम! यह तो उसे पार्क के कोने में आँसू बहाता मिला था जब वह दस बरस का था उसके जैसा ही घर निकाला हुआ! इसको बनाते समय भी भगवान की तूलिका की नोक शायद टूट गई होगी तभी न जन्मा है हिजड़ा बनकर! बस्ती के सभी उसके साथियों ने उस वक्त फिर समझाया था।

“बेवकूफी न कर समीरा! छोड़ आ। जहाँ से लाई है इन सम्मानित समाज की औलादों को। जानती है न तू कि अपने एकमात्र देवता अरावन की एक दिन की ब्याहता और फिर उनकी विधवा के रूप में शेष जीवन बिताना ही हमारी नियति है। नाच-गा कर उसी समाज का जी बहलाना हमारी जीविका है जिस समाज से अलग हम रह रहे हैं। हमारे जीते रहने का कोई मकसद नहीं है, समझी समीरा। मर जाने के बाद हमारी लाश को पीट पीट कर दफ़ना दिया जायेगा। बस यही है हमारी जिंदगी!” - चंपा अपना दायाँ हाथ नचा कर बोली थी।

“क्यों इन बच्चों को पालना चाहती है? अरी मर जाने दे न! हमें क्या? हमें क्या मिल रहा है इस नामुराद समाज से?” - गीता ने भी आगे बढ़ कर कहा था।

किन्तु, उसने किसी की एक न सुनी और एक-एक करके आठ बच्चों की यशोदा माँ बन गई। अब वह समीरा बानो से समीरा माँ बन गई थी। बस्ती के अन्य लोग भी बच्चों की देख-भाल करने में किसी न किसी रूप में मदद करने लगे। उनके हँसी खिलखिलाहट से किन्नरों की गुमनाम, बदनाम बस्ती गुंजायमान हो उठी थी। उन आठ बच्चों के साथ जैसे वे भी अपना बचपन दोबारा जी लेना चाहते थे, जैसे अपने हर दुःख को भुला देना चाहते थे।

उसने सात बच्चियों को पैदा तो नहीं किया था पर अपने सगे जन्मे बच्चों के समान ही पाला पोसा था। कोई भी स्कूल दाख़िला देने को तैयार नहीं था। किसी तरह एक स्कूल

में दाख़िला मिला। जैसे-तैसे दसवीं पास करवा दिया था सभी को। जिसने भी आगे पढ़ने व कुछ ट्रेनिग पाने की इच्छा ज़ाहिर की, उसने कभी मना नहीं किया। रीना ने टीचर बनना चाहा था तो विभा ने हेयर ड्रेसर। हेमा को भगवान ने बुद्धि भर-भर कर दी। वह इंजीनियरिंग में सलेक्ट हो गई। गौरी तो निफ्ट से ग्रेजुएशन कर पिछले साल से एक बड़ी कंपनी के साथ काम कर रही है। भगवान की दुआ से सभी की शादियाँ हुई और सभी अपने घर परिवार पति के साथ सम्मान पूर्वक जीवन बिता रही हैं। रीना कितनी रोई थी विदाई के वक्त। कभी-कभी मिलने आ जाती है उसकी सभी "बेटियां"। नम हो आईं आँखों की कोरों को समीरा ने चुपके से पोंछ लिया। अपने सभी दुःख, दर्द, ख़ुशी हर भाव को ऐसे ही छिपाती ही तो रही थी अब तक! समाज ने अधिकार ही कहाँ दिया है उन्हें अपनी भावनाओं को व्यक्त करने का!

"ऐसे समाज की चिंता करते थे मेरे माँ बाप? ये सब सामान्य लड़कियाँ थीं। इनको क्यों परिवार से जुदा होना पड़ा। नपुंसक, हिजड़ा मैं नहीं! ये समाज है।"

प्रभा मैडम ने उसे बताया था एक दिन जब वह गौरी को उनसे मिलवाने ले गई थी, कि पुराने समाज में हम जैसे लोगों को उपेक्षा की दृष्टि से नहीं देखा जाता था। बल्कि समाज में हमें विशिष्ट स्थान दिया गया था। उस समय लोग ज्यादा तो पढ़े लिखे भी नहीं हुआ करते थे पर संवेदनशीलता और मानवीयता का पाठ सबने खूब पढ़ा था। आज उसी समाज के कार्यक्रम में शामिल होने आई थी वह। क्यों आ गई वह? काश न आती। उसका मन किया अभी उठ कर चली जाए इस दिखावटी समाज की दिखावटी महफ़िल से!

उसे घबराहट सी महसूस होने लगी। बोतल का ढक्कन खोल एक ही साँस में पूरी बोतल का पानी पी गई। ऑडिटोरियम में बैठे लोगों की प्रश्न, तिरिस्कार, सहानुभूति, उपेक्षा की मिलीजुली नज़रों को समझ रही थी मानो कहना चाहतीं हों कि "इसे क्यों बुलाया गया है यहाँ?" इससे पहले कि वह और कुछ सोच पाती, मंच से अपना नाम सुनकर चौक गई।

"अब अंत में हम समीरा बानो को आमंत्रित करना चाहेंगे कि वे आयें और पुरस्कार ग्रहण कर हमें अनुग्रहित करें, जिन्होंने समाज के सामने एक मिसाल पेश की है, समीरा बानो!"

समीरा को तो मानो काटो खून नहीं था। उसे पुरस्कार? उसे? हिजड़े को? ऐसा कभी होता है क्या? उद्घोषिका आगे भी उसके बारे में कुछ-कुछ बोलती गई पर वह सब कुछ उसके कानों ने सुनने से इंकार कर दिया।

उद्घोषिका बड़े ही सधे हुए शब्दों में रुक-रुक कर उसका परिचय दर्शकों दे रही थी, "माँ यशोदा ने तो एक कृष्ण को पाला था पर हमारी इस यशोदा ने एक-दो नहीं पूरी सात लड़कियाँ और एक किन्न।" शब्द को अधूरा छोड़ उसने दोबारा कहना शुरू किया। "हमारी ये यशोदा, नन्द गाँव की यशोदा जैसी ऊँचे कुल की धनी, संपन्न व प्रतिष्ठित समाज की सदस्य नहीं हैं।

समीरा अपनी सीट पर चिपक-सी गई थी। वह इस अप्रत्याशित स्थिति का सामना करने की हिम्मत नहीं जुटा पा रही थी।

"समीरा बानो जी कृपया मंच पर आएँ और पुरस्कार ग्रहण कर हमें अनुगृहित करें" मंच से फिर घोषणा हुई।

सकुचाती, घबराती समीरा बानो अपने स्थान से उठी और धीरे-धीरे चलती हुई माइक के पास जाकर चुपचाप खड़ी हो गई। पीले रंग की बनारसी साड़ी, लम्बाई में थोड़ा ऊँचा मैचिंग ब्लाउज, माथे पर लाल रंग की बिंदी। हमेशा की तरह उसने अपने बड़े-बड़े आर्टिफिशल झुमके व बड़ी सी माला न पहनकर आज छोटे मोतियों की माला और मैचिंग टॉप्स कानों में पहने हुए थे। बालों का जूड़ा बनाकर बेले के फूलों का गजरा लगाया हुआ था। चेहरे पर अनगढ़ मेकअप, आँखों में मोटा मोटा काजल। पैरों में हवाई चप्पल। यही तो पहनती आई थी इतने सालों से और इससे ज्यादा उसे आता भी न था साज श्रृंगार करना। कुल मिलाकर वेषभूषा से वही अपनी किन्नरों वाली पारंपरिक छवि देती हुई।

दर्शकों में रोष साफ़ दिखाई दे रहा था। इससे पहले उद्घोषिका कुछ और बोलती दर्शक दीर्घा में मिली जुली प्रतिक्रिया होने लगी। हलचल व फुसफुसाहट तेज़ होने लगी। सबको शांत रहने का अनुरोध कर पल भर रुक कर फिर आगे बोली,

"समीरा बानो ने मिसाल कायम की है। उन्होंने..." उद्घोषिका की बात पूरी भी न हो पायी थी कि दर्शकों में से आवाज़ आयी, "एक हिजड़े को सम्मानित करके हमें अपमानित करने के लिए यहाँ बुलाया गया है। सम्मान देने के लिए हमारे लोगों में कोई नहीं मिला क्या?"

"पहले पता होता तो यहाँ कभी न आते"

सभा में हंगामा-सा मच गया। लोग "शर्म! शर्म!" के नारे लगाने लगे।

समीरा बानो कुछ देर तक तो किंकर्तव्यविमूढ़-सी खड़ी थी। स्थिति बिगड़ते देख कार्यक्रम के संयोजक भी घबरा गए कि क्या करें, कैसे स्थिति को संभाले। वे किसी तरह दर्शकों को शांत करने की कोशिश करने में लगे थे।

इसी बीच अप्रत्याशित रूप से समीरा माइक के सामने आई और हाथों को जोड़ कर अभिवादन की मुद्रा में चुप खड़ी हो गई। उसकी इस क्रिया पर कुछ लोग उत्सुकता से, कुछ नाराज़गी से देखने लगे। दर्शक उसे मंच से उतर जाने के लिए कहने लगे। सभी की नज़रें उसी पर जम गई थी। समीरा की आँखों में तरलता और चेहरे पर दृढ़ता के भाव एक साथ स्पष्ट नज़र आ रहे थे। तभी माइक से एक भारी काँपती सी आवाज़ गूंजी-

"मैंई क्या बोलूं। मैं तो इतनी पढ़ी लिखी नहीं, न ही आपके जैसा अच्छी भाषा में बोलना आती है मेरे को, न उठना, बैठना, चलना, कपड़े पहनना। वो क्या है न, मैंई तो स्कूल नइ गई न। आठ बरस की थी मैंई जब मेरा बाप मेरे को सौ रुपया हाथ में देकर बोला था घर से चले जाने को।" समीरा ने अपनी बायीं हथेली सामने फैला कर कहा। "उस दिन कितना रोई चिल्लाई थी मैंई जब सुबह-सुबह पिताजी ने फरमान सुना दिया था। आपको मालूम कुछ! घर में सबसे छोटा थी, माँ की आँखों का तारा थी मैंई!" समीरा जैसे जैसे जीवन के पन्ने पलटती गई दर्शकों में हलचल कम होने लगी। अपनी सीटों पर बैठे लोग उत्सुकता से उसकी ओर देखने लगे जैसे कोई फिल्म देख रहे हों।

"हमें तो आपके समाज ने कुछ भी बोलने का अधिकार नहीं दिया है। हम भी आपके जैसे ही तो इन्सान हैं। देखो न हाथ-पैर, आँख-कान सबी आपके जैसे ही हैं न; इन्सानी दिल हमारे भी सीने में धड़कता है। हाँ, भगवान नें हम जैसे लोगों को आपके जैसा अच्छा शरीर देकर धरती पर नहीं भेजा। बस पेट के नीचे ईश्वर ने छोटी सी गलती कर दी! पर... हमने उनको तो नहीं बोला था न कि हमें ऐसा बनाओ। और न हमारे माँ बाप ने बोला! फिर किस बात के लिए आपके पढ़े लिखे सूटेड बूटेड समाज ने हमें हमारे घर से निकलवा दिया था"

इतने वर्षों का जमा दुःख पीड़ा दर्द, अपमान, उपेक्षा, शिकायत शब्दी जामा पहन समीरा के मुख से बाहर निकलने लगे।

"मेरे को आज यहाँ ईनाम देने के लिए क्यों बुलाया गया है, मुझे नइ मालूम? मैंई तो कोई ख़ास काम नइ किया! ये दीदी जी कुछ भी बोल रही थीं। देना ही है न तो ये ईनाम उस स्कूल के हेड मास्टर को दो जिन्होंने कूड़े में फेंकी उन लड़कियों को अपने स्कूल में

दाख़िला दिया, पढ़ाया, जिनके माँ-बाप का पता नहीं था, जिनको मैंई, जो ख़ुद समाज से बेदखल, घर से बेघर था, पाला था। ये फूल मालाएँ, " – उसने अपने गले में पहनी हुई मालाओं की ओर इशारा करते हुए कहा, "अगर पहनाना है न, तो उन माँ-बाप को पहनाओ जिन्होंने मेरी बेटियों को अपने घर की बहू बनाना स्वीकार किया। मैंई लड़कियों के बियाह से पहले ही सब सच कह दिया था उनको। इज़्ज़त करनी है तो उन लड़कों की करो जिन्होंने उनका जीवन साथी बनना पसंद किया। ये लोग हक़दार हैं इस इज़्ज़त के" - समीरा अपनी ही रौ में गरजे जा रही थी।

"हम हिजड़े कहाँ से पैदा होते है? आपके समाज में रहने वाले आदमी औरत ही तो हमें जन्म देते है न! तो हम समाज से बाहर और वो समाज के अन्दर?"- सन्नाटा और गहरा गया।

"मैंई देखा कितने शादी-शुदा जोड़े बच्चे के लिए तड़पते हैं, इलाज में लाखों रुपए फूँकते हैं, बिन बच्चे ही मर जाते हैं। और लोग हैं जो अपने खून, अपने कलेजे के टुकड़ों को सिर्फ इस लिए छोड़ देते हैं कि... " उसकी आवाज़ भर्रा गई। कुछ पल रुकी और हँस कर उसने अपनी बात पूरी की और। "कि शायद, ईश्वर उनको बनाते समय थोड़ा सो गया था, हिजड़े का शरीर देकर धरती पर भेजा। पर..। इन सात बच्चियों का क्या कसूर था? ये लड़कियाँ तो हिजड़ा नहीं थीं न? फिर क्यों इनके माँ-बाप ने इनको पैदा होते है किसी को कूड़े में फेका तो किसी को दूध में डुबो कर मारने कोशिश की थी। किसी को जंगल में छोड़ दिया जंगली जानवरों का निवाला बनाने के लिए। कैसा समाज है आप लोगों का? हाँ! कोई भी नियम बना लेते हो जब चाहा, अपनी मर्ज़ी से किसी को भी छोड़ दिया, किसी को भी मार दिया! क्या मालूम आप लोगों में से ही कोई इन बच्चियों के माँ-बाप हों!"

कुछ लोग असहज महसूस कर रहे थे। कुछ लोग नज़रें नीची किये सुन रहे थे मानो उनका कोई कुकृत्य देख लिया गया हो। समीरा चुप नहीं हुई। बोलती गई,

"मुझे मंच पर देखना आपको आज बुरा लग रहा है न, आपको बेइज्जती लग रही है? क्यों कि मैं हिजड़ा हूँ !" समीर की गरजती आवाज़ अचानक ही मंद पड़ गई।

"आप लोग हमें कहते हो। हिजड़ा। लेकिन शायद हिजड़ा होकर भी माँ बनना, माँ कहलाना मेरी ही किस्मत में भगवान ने लिख दिया था। यही मेरा पुरस्कार है। "

पूरे हॉल में सन्नाटा पसर गया। कुछ लोग एक-दूसरे की तरफ देख रहे थे तो कुछ दूसरों से नज़रे चुरा रहे थे।

तभी एक व्यक्ति उठ कर स्टेज पर पहुँचा और हाथ जोड़ कर बोला,

"समीरा बहन! मैं औरों की तो नहीं जानता, पर मैं अपने आप से यह वादा करता हूँ कि आज के बाद मैं या मेरा परिवार आप जैसे ही मानवों के साथ जानबूझ कर या अनजाने में भी कोई दुर्व्यवहार या उनका अपमान नहीं करेगा। मेरी एक छोटी से कंपनी है। मैं चाहता हूँ 'आपके बेटे' की आगे पढ़ाने की पूरी व्यवस्था करूँ, उसकी पढ़ाई पूरी होने के बाद उसकी नौकरी की ज़िम्मेदारी भी मेरी। एक मानव होने के नाते मैं दूसरे मानव के लिए इतना तो कर ही सकता हूँ।"

जवाब में समीरा ने भी हाथ जोड़ दिए और बिना कुछ बोले, बिना पुरस्कार ग्रहण किए मंच की सीढ़ियों से उतर कर बाहर के द्वार की ओर बढ़ गई। एक संतोष भरी मुस्कान अपने होठों पर लिए हुए।

सब चुपचाप उसे जाते हुए देखते रहे। अबकी बार कोई तालियाँ नहीं बजी थीं सभा में!

लेखक के बारे में

प्रबोध कुमार गोविल एक लेखक, पत्रकार और शैक्षणिक प्रशासक रहे हैं। उपन्यास और कहानी उनकी प्रिय विधा रही है। उनकी आत्मकथा को पढ़ते हुए आप पाएंगे कि इंसानी शरीर के क्रियाकलाप उनका ध्यान बरबस आकर्षित करते रहे हैं क्योंकि शायद किसी व्यक्ति की दुनिया में उपस्थिति शरीर के द्वारा ही संभव हो पाती है। उन्होंने नाटक, व्यंग्य कविता, संस्मरण, लघुकथा भी लिखे हैं। कुछ किताबों का संपादन भी किया है। उनकी कुछ किताबें कई भाषाओं में अनूदित होकर प्रकाशित हैं। देश विदेश का लगातार भ्रमण उन्हें ऊर्जा भी देता है तथा रचनात्मक कथ्य भी! अब वे स्वतंत्र लेखन कर रहे हैं।

सुडौली

– प्रबोध कुमार गोविल

क्या नाम है तुम्हारा? मैंने पूछा।

सुडौली! उसने चहकते हुए कहा। कहते हुए उसके चमकीले पीले मुख पर लाल बिंदी और झिलमिला गई।

वॉट ए लवली नेम! कितना अच्छा नाम है! किसने रखा ये नाम? ज़ाहिर है तुम्हारे देश में तो किसी ने रखा नहीं होगा। क्या वहाँ भी ऐसे नाम होते हैं? मैंने आत्मीयता से कहा।

नहीं, मेरे देश में नहीं, ये नाम मुझे भारत में मिला। उसने दृढ़ता से कहा।

किसने रखा? मैं जैसे उससे बातचीत जारी रखने के लिए बोला।

मैंने खुद ने! उसने अपार आत्मविश्वास दिखाया।

ओह!

क्यों? क्या यह अच्छा नहीं है? अच्छा, वैसे क्या मतलब होता है इसका? वह मुझसे ही पूछ रही थी।

अरे, तुम्हें इसका अर्थ भी नहीं पता? फ़िर तुमने कैसे रख लिया? मैंने आश्चर्य से कहा।

मेरे पति ने पहली बार मुझे यही पुकारा था। कहते हुए उसके चेहरे पर और भी लाली आ गई।

निश्चय ही तुम्हारे हसबैंड ने तुम्हें बेहद प्यारा नाम दिया। इसका मतलब होता है, सुडौल कन्या, अर्थात अच्छे फिगर वाली लड़की। कहते हुए मैंने उड़ती सी नज़र उसके बदन पर डाली।

सच? बहुत अच्छा है ये। उसने चहकते हुए कहा।

क्या? मैं जैसे कहीं खोया हुआ था।

मेरे नाम का अर्थ! ये पुकारने में भी अच्छा है। आज से पहले न किसी ने मुझसे पूछा, न मैंने बताया, और न ही किसी और ने मुझे बताया। इस पर बात ही नहीं हुई कभी। वैसे

मेरे एक मित्र ने कभी बताया था कि सुडौल का अर्थ होता है, प्यारी गुड़िया। कह कर वह किसी संकोच की परत में छिप गई।

तुम्हारा नाम सतरंगी है। मैंने मानो फ़िर कोई तार छेड़ा।

मुझे केवल इसका एक रंग ही मालूम है कि मेरे पति ने पहली बार मुझसे यही लफ्ज़ कहा था। वह संभल कर बोली।

सुडौल का अर्थ है पर्सन ऑर थिंग ऑफ गुड शेप। अच्छे आकार वाली। तुम हिंदी तो बहुत अच्छी...

मैं अच्छी तरह हिंदी जानती हूँ। मैं पिछले अठारह साल से भारत में हूँ। उसने बीच में ही कहा।

निस्संदेह, वो तो मैं देख ही रहा हूँ कि तुम धाराप्रवाह बोल रही हो। सिर्फ़ भाषा ही नहीं, तुम तो हर तरह से भारतीय ही दिख रही हो। मैं बोला।

मैं शादी से पहले भी सात साल से भारत में आ रही थी। उसने बताया।

अच्छा... मेरे मुँह से निकला। वह गिफ्टशॉप पर मेरा ख़रीदा हुआ उपहार अब अच्छी तरह से पैक कर चुकी थी और अपेक्षाकृत फुरसत में दिख रही थी। मुझे उसकी कही गई बात याद आने लगी-

... मनुष्य में आत्मा नहीं होती, ब्रह्मांड के हर अन्य जीव की अपनी एक आत्मा होती है जो उसकी अपनी प्रकृति होती है। किन्तु मनुष्य योनि में जन्म देने से पूर्व प्रकृति कोई भी एक आत्मा मनुष्य के जिस्म में डाल देती है। वह आत्मा किसी भी जीव की हो सकती है। वह जिसकी होती है, मनुष्य जीवनभर उस जीव की स्वभावगत गिरफ्त में रहता है। और उसी के अनुसार आचरण करता है।

सुडौली के मुंह से ये सब सुनना अद्भुत था। वह बोलती हुई सलौनी लग रही थी, इसीलिए मैं उसके किसी भी तर्क या सिद्धांत का प्रतिरोध नहीं कर सका। उसकी मुखरता आश्चर्यजनक थी। वस्तुतः वह मेधावी थी।

वैसे जो वह कह रही थी उसमें विवाद की काफ़ी गुंजाइश थी, किंतु उसकी बात पूर्णतः असत्य भी तो नहीं थी, कोई मनुष्य बर्ताव में शेर जैसा भी होता ही है, वह दूसरे के शिकार किए गए प्राणी का माँस नहीं खाता। उसे अपने लिए औरों से सबकुछ ज़्यादा पाने की

दरकार होती ही है। कुत्ते से स्वामिभक्त, गीदड़ से डरपोक, लोमड़ी से चालाक होते ही हैं।

सुडौली का वास्तविक नाम जेनिन था। वह ओस्लो से आई थी। वहाँ वह "मनुष्य में आत्मा नहीं होती" इस सिद्धांत पर शोधरत थी। उसे कहा गया था कि वह ऐसे देशों में जाए जहां विविध संस्कृतियां एक साथ निवास करती हों और तब वह भारत पहली बार आई थी।

उसने पढ़ा था कि सबसे ज्यादा भाषाओं, संस्कृतियों, व्यंजनों और पोशाकों वाले देशों में भारत एक है।

भारत उसे भाया। संयोग ने अपनी भूमिका सही वक़्त पर निभाई और ओस्लो की जेनिन भारत की होकर रह गई।

उसका अपना देश भी छूट गया और पढ़ाई भी। भारत के मरुस्थल कहे जाने वाले राजस्थान के एक छोटे से धार्मिक कस्बे पुष्कर ने जेनिन को सुडौली बना दिया।

यह विचित्र था। पावन और प्यार भरा। जिज्ञासु प्रवृत्ति की वह परदेसी युवती यहाँ एक युवक के प्रेम में पड़ गई और उससे विवाह कर हमेशा के लिए यहीं बस गई।

संस्कृति, संस्कार और संस्मरण सब सागर की लहरों की तरह किनारों पर टक्कर मार कर लौट गए। नई दुनिया बस गई।

अच्छा सुडौली, ये बताओ कि तुम्हारे विवाह में यहाँ-यहाँ तुम्हारा और कौन था? कैसे हुआ सब? मैंने अपना कौतूहल जारी रखा।

मेरा अपना तो यही मेरा पति था। ये एक छोटी सी दुकान चलाता था। शादी का निर्णय मेरा अपना था। मेरे परिवार ने इस मामले में कोई दख़ल कभी नहीं दिया। हाँ, विवाह के मौके पर जब मेरे पति के सारे घरवाले मौजूद थे, तब एक बार मेरे मन में भी आया था कि काश, मेरा भी कोई परिजन यहाँ होता।

मुझे ये बहुत अच्छा लगा था कि यहाँ भारत में विवाह के अवसर पर सभी घरवाले इकट्ठे होते हैं, मेरे देश में ऐसा नहीं होता। आप एक दो दोस्तों के साथ, या केवल जीवनसाथी के साथ जाकर विवाहबद्ध हो सकते हैं। मेरे देश के लोग आते तो मैं उन्हें यहाँ की ये अद्भुत परंपरा दिखाती। कहती हुई वो मानो अपने गुज़रे दिनों में खो गई।

तुम्हें इतनी अच्छी हिंदी यहाँ किसने सिखाई? मैंने कहा।

यहाँ सूर्य मंदिर में एक महंत हैं, उनकी बहूँ ने। वह मेरी सहेली है। वैसे एक बात बताऊं, मेरे पति की हिंदी भी ज़्यादा अच्छी नहीं है, वे तो राजस्थानी बोलते हैं, लोकल लैंग्वेज। वो बोली।

फ़िर तुम्हारे बीच बात-चीत किस तरह हुई? मुझे जिज्ञासा हुई।

मुझे नहीं मालूम, लेकिन इससे मिलने के बाद जल्दी ही मुझे लगने लगा कि इस पराए शहर में यह युवक जो मेरी सहायता करता है, मेरे लिए सॉफ्ट कॉर्नर रखता है, बहुत अलग है। मुझे लगा कि यह पूरा भी है, एक मुकम्मल इंसान। वह भीग सी गई।

तो इस मुकम्मल इंसान के इर्द गिर्द तुम्हारी ज़िन्दगी उसी तरह लहरा कर परवान चढ़ गई, जिस तरह प्राकृतिक रूप से वन में कोई लता पेड़ का आसरा ले लेती है! मैंने उसे कुरेदा।

मेरे पति कहते हैं, मैंने उन्हें आसरा दिया है। वह कुछ शरमाते हुए बोली।

ओह, दैट्स वंडरफुल। तो तुम बहुत खुश हो? मैंने कहा।

जो हो, मैं उसी को खुशी मानने की कायल हूँ। हमें ये कौन सिखाता है कि क्या दुःख है और क्या ख़ुशी। हम अपने मन से ही तो जानते हैं। और अपने मन पर अपना नियंत्रण हो तो हम उस किसी भी स्थिति में ख़ुश रहने के लिए तैयार कर सकते हैं। उसने किसी दार्शनिक की तरह कहा।

तुम एक बात बताओ, तुम एक स्कॉलर रही हो, और इतने सुन्दर विषय पर रिसर्च कर रही थीं, यह सब छूट जाने का दुःख नहीं होता? मैंने मानो उसे कुछ और कुरेदा।

हर रास्ता किसी न किसी मुकाम पर पहुंचता ही है, गंतव्य बहुत दूर का हो, ये क्या ज़रूरी है? मार्ग के समीप कभी छायादार पेड़ मिल जाए तो वहाँ ठहर कर भी पथिक मंज़िल सा ही आनंद पा सकता है। उसका सन्तोष दिपदिपा रहा था।

अब भी जुड़ी हो लिखने पढ़ने से? मैंने कहा।

मुझे अच्छा लगता है, लेकिन ज़्यादा वक़्त नहीं मिल पाता। पति की ये दुकान अब काफ़ी समय से मैं ही देखती हूँ। वे यहाँ के लिए सामान खरीदने और बनवाने के लिए बाहर आते जाते रहते हैं। वो बोली।

तुम नहीं जाती हो घूमने? मैं जैसे वार्तालाप खत्म करना भूल सा गया।

वो बोली, "ये शहर अजीब फितरत रखता है। यहाँ इतनी आस्थाओं के लोग आते जाते

रहते हैं कि यहाँ रहते हुए जगह जगह जाते रहने का अहसास हो जाता है। वैसे हम लोग बहुत घूमे हैं, घूमना मुझे भी पसंद है और मेरे पति को भी।"

सुडौली की एक एक बात से जीवन के प्रति गहरा अनुराग और तृप्ति झलक रहे थे। मैं पैसे देकर एक हल्के अभिवादन के साथ उससे रुखसत हुआ। किंतु उसने बड़ी गर्मजोशी से मुझे हाथ जोड़ कर प्रत्युत्तर दिया। मेरे निकलने के साथ ही वह किसी दूसरे कस्टमर से मुखातिब हुई।

मैं जब भी उधर उसकी शॉप से गुजरता, उससे दुआ सलाम होता।

वह भी उमंगकर अभिवादन करती।

एक बार ऐसा संयोग हुआ कि मुझे उसका पति ही दुकान पर मिला। मुझे कुछ लेना भी था, मैं एक अदृश्य आकर्षण में बंधा उस तक पहुंच गया।

उसे शायद हैरानी हो रही थी कि मैं उससे इतनी आत्मीयता और परिचय भावना से क्यों पेश आ रहा हूँ! मेरी इकतरफा आत्मीयता ने आख़िर उसे भी मेरी बातों का उत्तर सजगता से देने पर बाध्य कर दिया।

वह गंभीर, आत्म केन्द्रित, निश्चल सा युवक था। उतना ही कहता था जो मेरे किसी भी प्रश्न का संक्षिप्ततम किन्तु पूर्ण उत्तर हो।

मेरा हौसला बढ़ा, और मैंने कुछ प्रश्न उनके पारिवारिक जीवन पर कर डाले। उसे कुछ हैरानी तो हुई लेकिन ये भान भी हो गया कि मैं उसकी पत्नी से परिचित हूँ। इस बात को उसने किसी अचरज से कतई नहीं लिया।

परदेसी पत्नी का वह निपट स्थानीय पति मन से गहरा और मानसिकता से फ़ैला हुआ इंसान था। लेकिन अपनी पत्नी से प्रथम परिचय से संबंधित प्रश्न को वह किसी संकोची किशोर लड़के की भांति टाल गया।

उसे ये शायद याद भी नहीं था कि उसकी विदेशी पत्नी का नाम सुडौली उसने रखा था।

दिन बीतते रहे। मेरा कौतूहल भी तिरोहित होता गया। सब सामान्य लगने लगा। धीरे-धीरे ये भी आम बात हो गई कि पुष्कर में विदेशी युवक युवतियों की बसावट सहज रूप से होने लगी।

एक शाम, गोधूलि का समय।

खासा झुटपुटा हो चला था। मैं अपने स्कूटर से पास के एक गाँव से लौट रहा था। बूढ़े पुष्कर के पास, मैंने देखा, एक छोटी सी बच्ची, उम्र रही होगी कोई आठ नौ साल। बार बार ज़मीन से उठा कर एक दिशा में पत्थर फ़ेंक रही थी। उसकी आंखों में आँसू थे।

हाथ पैरों पर मिट्टी लगी हुई थी। आसपास कोई न था। ऐसा लगता था जैसे कोई जंगली जानवर इधर से गुज़र कर वहाँ उसके पास से निकला हो। वह डरी हुई थी। बार बार अपनी छाती के पास दबा दबा कर अंगुलियों से छूकर अपने फ्रॉक के उस हिस्से को सहला रही थी जो थोड़ा फट गया था।

मैंने स्कूटर रोक कर बहुत पूछा, पर उसने कुछ न बताया। केवल मैं इतना जान पाया कि उससे तीन चार साल बड़ा एक देहाती किशोर लड़का उसे तंग कर रहा था। बार बार उसके गले के पास से उसके कपड़े को खींचता उसे अपने से सटाने की कोशिश कर रहा था। स्कूटर दूर से आता देख कर वह अपनी सायकिल चलाता सरपट भाग लिया।

वह क्या कह रहा था, इस प्रश्न का उत्तर अनेक बार पूछने पर भी लड़की ने नहीं दिया। केवल इतना पता लगा कि वह देहाती लड़का उससे परिचित नहीं था।

इतनी सी उम्र में सड़क छाप शोहदों सा लंपट वह लड़का उमर के साथ समाज के जंगल में खतरनाक झाड़ बनकर उग रहा था।

मैंने ज़्यादा कुछ पूछ कर लड़की के ज़मीर को आहत करना उचित नहीं समझा, और उसे उसके बताए स्थान पर स्कूटर से छोड़ कर मैं घर की ओर चल दिया।

घर पहुंचने से पहले कल के एक समारोह के लिए सुडौली की दुकान से एक गिफ्ट भी मैंने ख़रीदा। वही भीगी फुहार सी आत्मीय दुआ सलाम भी हुई।

घर पहुंचा तो बाहर ही एक अजीब सा नज़ारा देखा।

पड़ौस में काम करने वाली एक औरत अपने चौदह पंद्रह साल के लड़के को लकड़ी की संटी से मार रही थी।

लड़का पूरी ढिठाई से दोनों कोहनियां सिर के दोनों ओर कर के वार सह रहा था। उसकी माँ कुछ बुदबुदा रही थी। शायद उसे किसी से लड़के की कोई शिकायत मिली थी।

वह दोहरा-दोहरा कर वार पर वार करते हुए कहती जा रही थी नीच, हरामी, जानवर... अत्ती सी छोरी ने कह रियो छै...मेर्अ साग्अ सोवली?

(... इतनी सी लड़की से कह रहा है... मेरे साथ सोयेगी)

मुझे जैसे कोई करेंट सा लगा... मैं मन ही मन ये सोचता हुआ स्कूटर अहाते में खड़ा करने लगा कि गिफ्ट शॉप के उस मालिक को याद तक नहीं कि उसने अपनी विदेशी पत्नी का नाम कब रख दिया!

लेखक के बारे में

"**निशांत राय** पेशे से एक प्रतिष्ठित सरकारी बैंक में सूचना प्रौद्योगिकी प्रबंधक के रूप में कार्यरत हैं। बचपन से ही श्री **निशांत** का विशेष रूझान हिन्दी भाषा की विभिन्न विधाओं जैसे कि कविता, लघुकथा, संस्मरण आदि में लेखन के प्रति रहा है। **निशांत**, "स्नेहाकांक्षी" के लेखन नाम से 'स्टोरीमिरर' समेत अनेक ऑनलाइन मंचों पर एक सक्रिय युवा लेखक हैं, और स्टोरीमिरर द्वारा वर्ष 2020 के "author of the year" सम्मान हेतु नामांकित लेखक हैं। स्टोरीमिरर मंच पर निशांत की लगभग 75+ कविताओं और लघु कथाओं का संग्रह प्रकाशित है।

लेखन के अलावा निशांत संगीत, बागवानी और पौराणिक शास्त्र में विशेष रूचि रखते हैं।"

इश्तेहार

– निशांत राय

"सीमा! सीमा! अरे सुनती हो! मेरा मोबाइल फोन मिल नहीं रहा, यहीं तो रखा था, कहाँ गुम हो गया?" राजेश झल्लाते हुये सोफे के इर्द-गिर्द अपना मोबाइल फोन ढूंढ रहा था। "तीन दिनों से नई नौकरी की तलाश में हूँ, फोन पर naukrl.com app पर रोजाना भर्ती के विज्ञापनों के बीच माथापच्ची करनी पड़ती है ताकि किसी अच्छी कंपनी में नौकरी मिल सके, और पता नहीं किसने मेरा फोन यहाँ से हटा दिया?" झुँझलाते हुये राजेश, पत्नी सीमा से कह रहा था।

"ये रहा तुम्हारा मोबाइल, सोफ़े पर ही बाबू जी के अखबार के नीचे दबा पड़ा हुआ था!" सीमा ने राजेश के हाथ में मोबाइल पकड़ाते हुये कहा। "बाबू जी, कितनी बार आपको कहा है, अखबार पढ़कर सलीके से मेज पर रख दिया कीजिये। कहीं भी फेंक देते हैं। पता है न आपको कि जब से नौकरी गयी है, मैं खुद कितना परेशान हूँ। ऊपर से आज आपने मोबाइल के ऊपर अपना अखबार रख दिया।" पिता की ओर देखते हुये राजेश बोल पड़ा। राजेश के चेहरे पर झुंझलाहट साफ नज़र आ रही थी। "आप नहीं समझेंगे। आज कल नौकरी ढूँढने में सबसे बड़ा सहायक मोबाइल ही है। कितना समय बर्बाद हो गया, आपकी लापरवाही की वजह से! मुझे फटाफट अब app में लॉगिन कर देखना होगा, नयी भर्तियों का विज्ञापन"

चेहरे पर झुंझलाहट भरी लकीरें लिए राजेश फिर से मोबाइल की 5 इंच स्क्रीन की दुनिया में खो गया। पिता डॉ. शर्मा अखबार समेटते हुये मंद आवाज़ में बोल पड़े, "मैंने तो सुबह से अखबार को हाथ भी नहीं लगाया, शायद कामवाली मीनू ने अखबार उठाकर सोफ़े पर रख दिया होगा।" राजेश अब भी उन्हें अनसुना कर मोबाइल की मायावी दुनिया में विचरण कर रहा था।

डॉ. शर्मा भी उसके बगल में सोफ़े पर बैठ अखबार के पन्नों के बीच मग्न हो गए। अगले कुछ घंटों पिता पुत्र की खामोशी के मध्य सिर्फ अखबार के पन्नों के पलटने और मोबाइल के keypad की ध्वनि ही सुनाई पड़ रही थी। अखबार के श्याम-श्वेत पन्नों के बीच विचारमग्न डॉ. शर्मा और दूसरी ओर मोबाइल की रंगबिरंगी दुनिया में app के जरिये नयी भर्तियों के बीच अपने लिए अवसर तलाशता राजेश।

डॉ. शर्मा की अंगड़ाई ने स्तब्धता पर विराम लगाया और वो अखबार छोड़ उठ कर दूसरे कमरे में चले गए। राजेश अब भी मोबाइल की स्क्रीन से चिपका हुआ था। करीब 20 मिनट बाद जब राजेश की तंद्रा भंग हुई तो पाया कि पापा फिर से अखबार सोफ़े पर छोड़ कर अपने कमरे में जा चुके थे। एक बार फिर झल्लाहट के साथ राजेश बड़बड़ा उठा, “कितनी बार एक ही बात समझानी पड़ेगी बाबू......बू...जी....! अचानक राजेश खामोश पड़ गया, जब उसे अखबार के इश्तेहार वाले पन्नों के बीच निकले भर्ती के विज्ञापनों पर बाबा द्वारा कलम से घेरे गए कुछ चुनिन्दा भर्ती के विज्ञापन नज़र आए!

“तो बाबू जी अखबार के इश्तेहार वाले कॉलमों के मध्य मेरे लिए नौकरियाँ ढूँढने का प्रयास कर रहे थे?” और मैं अनायास ही उन पर चिल्ला रहा था। राजेश की आँखें नम हो चुकी थीं, पंखे की हवा से उड़ते अखबार के पन्ने मानों उसे चिढ़ा रहे थे।

क्या वाकई ये दो पीढ़ियों का अंतर था या पिता-पुत्र के बीच ‘तकनीक रूपी दीवार’! राजेश विचारमग्न था!

लेखिका के बारे में

स्नेहा पेशे से एक खिलाड़ी हैं मगर दिल से उन्हें शब्दों से खेलना ज्यादा पसंद आता हैं। स्नेहा पिछले पंद्रह वर्षो से भारतीय रेलवे में सेवारत हैं। पूरे भारतीय रेलवे में **स्नेहा** एकमात्र महिला अंपायर हैं। एक राष्ट्रीय स्तर की खिलाड़ी और अंतराष्ट्रीय स्तर की अंपायर होने के साथ-साथ स्नेहा की लेखन में विशेष रूचि हैं। वो एक नियमित ब्लॉगर हैं. उनकी पहली किताब "कल्पना मेरे शब्दों की" योर कोट पर उपलब्ध हैं। साथ ही चार अन्य साझा संग्रह का वे हिस्सा बन चुकी हैं। स्नेहा विशेष रूप से दिल की बातों को लिखना पसंद करती हैं। लेखन के साथ उन्हें नृत्य, चित्रकारी और घूमने में बहुत आनंद आता हैं।

अनजाना सफ़र, अनजाना रिश्ता

– स्नेहा धनोदकर

सोना की धड़कनें बढ़ने लगी थीं, वो रात को तीन बजे माँड्या पहुंचने वाली थी। नई जगह थी, उसे कुछ पता नहीं था, परीक्षा देने जा रही थी वो। ऐसा नहीं था कि इससे पहले सोना ने अकेले सफर नहीं किया था, वो एक खिलाड़ी थी। उसे हर महीने कहीं ना कहीं जाना ही होता था। उसने आधे से ज्यादा भारत घूमा था। शुरुआत में तो पापा साथ जाते थे, पर वो हर जगह साथ नहीं जा सकते थे, इसलिए उसने अकेले ही बहुत सफर किया है।

साइड की खिड़की वाली सीट, कुछ किताबें, एक डायरी और पेन और अगर दूध या जूस मिल जाये तो सोने पर सुहागा। बस इन्हीं के सहारे उसने जाने कितने ही सफर अकेले काटे थे। पर पता नहीं क्यूँ इस बार उसे डर लग रहा था। उसे जिस जगह पहुंचना था वहाँ के लिये ये ही एकमात्र ट्रेन था। शायद वजह ये भीं थी कि जैसे-जैसे वो अपनी मंजिल की ओर बढ़ रही थी। ट्रेन खाली होती जा रही थी। उसकी बोगी में गिनती के लोग रह गए थे। बस वो और कुछ आदमी। अब 11 बजते-बजते तो बस वो और एक आदमी।

बस इसीलिए वो थोड़ा डर रही थी क्योंकि पूरी बोगी खाली हो चुकी थी। वो आदमी दिखने में लम्बा चौड़ा, और बलिष्ठ था। मानो जैसे कोई फ़ौजी हो। सुन्दर भीं था। पर वो काफ़ी समय से सोना को घूरे जा रहा था। बस इसीलिए शायद एक शंका ने मन में घर बना लिया था। मोबाइल में नेटवर्क भीं बहुत कम आ रहा था। अचानक कुछ होगा भीं तो किसे फ़ोन लगाएगी। ये सोच कर उसने फटाफट कर्नाटक रेलवे का नम्बर सर्च किया। जो नेटवर्क लो होने के कारण नहीं मिल पर रहा था। बड़ी मुश्किल से मिला तो उसने जल्दी से डायल करके रख लिया। और इमरजेंसी कॉल डिटेल में भीं अपडेट कर दिया।

उसे नींद तो बहुत आ रही थी पर डर के मारे वो सोई भीं नहीं। रात के एक बज गए थे। वो चुपचाप अपनी किताब में आँखें गढ़ाए उसे पढ़ने की कोशिश कर रही थी जिसमें उसका मन बिलकुल भीं नहीं लग रहा था। फिर भीं समय व्यतीत करना था। उसने पानी पीने के लिये बोतल निकाली तो देखा पानी खत्म हो गया था। उसने बोतल वही रख दी।

हद तो तब हुई, ज़ब उसने देखा वो आदमी उस की तरफ आने लगा। वो और डर गयी। उसने अपने डर पर काबू पाने की कोशिश की। जैसे ही वो आया, सोना एकदम पीछे

होकर बैठ गयी। उसने हाथ आगे बढ़ाया। सोना एकदम डर गयी। उसने डर के मारे दो सेकंड आँखें बंद कर ली। उसे कदमो के दूर जाने की आवाज़ आयी तो उसने आँखें खोली। देखा पास में एक पानी की बोतल रखी हुई थी।

उसने अपने माथे पर आयी पसीने की बूंदों को पोंछा और पानी की बोतल उठायी। पीने ही वाली थी कि मन में शंका आई कि इसमें कुछ मिला तो नहीं। फिर पानी ना पीकर बोतल वहीं रख दी। उसने देखा वो आदमी फिर आ रहा है। उसने सोचा जरूर पानी में कुछ मिलाया होगा तभी देखने आ रहा है। वो फिर सतर्क होकर बैठ गई।

वो आदमी पास आया और बोला "पानी पी लीजिये। आपका गला प्यास से सूख रहा है। मैंने इसमें कुछ नहीं मिलाया है।" पहली बार तो सोना को झिझक हुई और शर्म भीं आयी क्योंकि उसने सोना के मन के भाव जान लिये थे। फिर भीं उसने पानी नहीं पिया।

उसने दुबारा कहा पानी पी लीजिये। ज़ब सोना ने फिर भीं नहीं पिया तो उसने बोतल उठायी और दो घूंट पानी खुद पिया। और बोला, "अब तो यकीन कर लीजिये! मैंने इसमें कुछ नहीं मिलाया। पी लीजिये।" और बोतल सोना की और बढ़ा दी। तब सोना ने गड़गड़ करके आधी बोतल अपने गले में उतार दी। और उसे थोड़ा सुकून मिला। उसने संकोच करते हुए बोला। "थैंक्स।"

तब वह आदमी बोला "मैं आपको शाम से देख रहा हूँ। आप बहुत घबराई सी नजर आ रही हैं। डरिये मत। मैं एक फ़ौजी हुँ और छुट्टियों में अपने घर माँड्या जा रहा हुँ। मैं इस देश का रक्षक हुँ, आपको मुझसे कोई डर नहीं है।" ये कहते हुए उसने अपना परिचय पत्र सोना की और बढ़ा दिया।

परिचय पत्र पर मेजर महेश राव पढ़ा, तब सोना की जान में जान आयी। उसने सकुचाते हुए उन्हें वो परिचय पत्र वापस कियाऔर बोली, "माफ कीजियेगा वो आप कब से मुझे घूर रहे थे इसीलिए थोड़ा डर गयी थी।"

महेश हँसते हुए बोला। अरे वो, वो तो इसीलिए कि जैसे ही एक-एक यात्री नीचे उतर रहा था। आप परेशान होती जा रही थी। बस इसीलिए देख रहा था कि आपको कोई तकलीफ तो नहीं। हमें मानव व्यवहार पढ़ने की ट्रेनिंग दी जाती है। ताकि हम दुश्मन को देख कर उसके मन के भाव समझ सकें।

"ओह तो इसीलिए आप समझ गए कि मैं आपको गलत समझ रही हुँ मेरा मतलब।" बोल कर सोना चुप हो गयी। महेश बोला, "हां! वैसे आपकी जगह कोई भी लड़की होती

तो डरती ही। अब तो डर ख़त्म हो गया ना? वैसे आप कहां जा रही हैं अकेले इतने लम्बे सफर पर? माफ करना! पूछना नहीं चाहिये था पर मैंने बहुत कम लड़कियों को इस तरह अकेले सफर करते देखा है, इसलिए पूछा।"

अब सोना सहज हो चुकी थी। बोली, "कोई बात नहीं। मैं माँड्या जा रही हूँ। मेरी कल परीक्षा है वहाँ। कह कर वह चुप हो गयी।" महेश खुश होकर बोला "अरे वाह! आप तो मेरे ही शहर जा रही हैं। बताइये, कहाँ जाना है? और अब आप मेरी मेहमान। कितने दिन रहेंगी वहाँ?"

अभी तक सोना जिससे डर रही थी, अब उसी में उसे एक चंचल, सीधा साधा सा सेना का जवान नजर आ रहा था जो अपने घर जाने के लिये उत्साहित था।

सोना ने उसे सब बताया। दोनों की बातों में सफर कब पूरा हुआ, पता ही नहीं चला। स्टेशन पर महेश को लेने गाड़ी आयी थी। उसी ने सोना को स्टेडियम भी छोड़ा और अगले दिन उसके घर आने का वादा भी लिया। दोनों ने एक दूसरे के नंबर भी ले लिये थे।

अगले दिन परीक्षा के बाद महेश और उसकी बेटी सुबाश्री उसे लेने आये थे। सोना उससे मिलकर बहुत खुश हुई। महेश के घर पर उसकी पत्नी मेघा ने उसकी बहुत अच्छे से आवभगत की। उस दिन सोना उसी के घर में रुकी। एक ही दिन में जैसे सोना को नया परिवार मिल गया था। अगले दिन सब उसे ट्रेन पर छोड़ने आये थे। महेश ने उसे रास्ते के लिए आर.पी.एफ. स्टाफ के नंबर दिए और कहा, "अब मत घबराना। एक फ़ौजी की दोस्त हो तुम।" और सब हँस पड़े।

ट्रेन में बैठने पर सोना सोच रही थी। वाकई कभी-कभी अनजाने सफ़र मे भीं एक अनजाना सा रिश्ता कितना अज़ीज़ बन जाता है।

लेखिका के बारे में

इस कहानी की लेखिका **मंजू रानी** आजकल ऑनलाइन पढ़ाती हैं। उन्होंने एम एड, पीजी डिप्लोमा इन हिंदी ट्रांसलेशन और एम एस इन काउंसलिंग एंड साइकोथेरेपी किया है। उन्होंने कुछ वर्ष विद्यालय में पढ़ाया व काउंसलिंग भी की है। उन की लेखनी ने पर तो बचपन में ही निकाल लिए थे पर वह उड़ नहीं पाई। बस अब अपनी बेटियों और स्टोरीमिरर की सहायता से उनकी लेखनी उड़ने का प्रयत्न कर रही है।

सॉरी माँ

– मंजू रानी

आज बहुत दिनों बाद अमूल की मम्मी को देखा, तो उन से मिलने को मन किया। मैंने जा कर उनके घर की घण्टी बजा दी। आंटी ने दरवाजा खोला और थोड़ा मुस्कुरा कर बोली - बहुत दिनों में आए हो बेटा। कुछ काम था।

मैं बोला - नहीं आंटी, बस आप से मिलने आ गया। आप कैसी हैं?

वो बोली-अच्छी हूँ।

मैंने पूछा - अभी भी आप पहाड़ के उस टीले पर जाती हैं?

वो गहरी सांस लेते हुए बोली - वहाँ कैसे जाना छोड़ सकती हूँ!

मैंने पूछा - अभी तक नगर पालिका वालों ने वहाँ बोर्ड नहीं लगाया?

आंटी थोड़ा परेशान होकर बोली - कहाँ बेटा। वैसे उनका कहना भी ठीक है, वो लोग कहाँ-कहाँ बोर्ड लगाते फिरेंगे। लोग तो आज कहीं भी पहुंच जाते हैं सेल्फी लेने।

बरसों से तुम लोग छुट्टियों में एक-दो बार चले ही जाते थे इस पहाड़ी पर।

मैं भरी आवाज से बोला - हम लोग कितने खुश थे। बोर्ड की परीक्षा के बाद। उस दिन सुबह-सुबह हम तीनों उस पहाड़ी पर गए। हर बार की तरह उस टीले पर चढ़े पर इस बार अमूल के हाथ में फोन था। हम तीनों एक साथ खडे हुए थे और अमूल ने जेब से फोन निकाला सेल्फी लेने के लिये। हमें पता ही नहीं चला कब सेल्फी लेने के लिए वो इतना पीछे हो गया कि उसका पैर फिसल गया। हम ने उसे बस गिरते हुए देखा। ये कहते-कहते मेरा गला भर आया।

आंटी उठ कर मेरे लिये पानी लाई। पानी का गिलास मुझे देते हुए मेरे सर पर हाथ फेरते हुए बोली- कार में जब उसका सर मेरी गोद में था तो उसने मुझे "सोरी माँ" बोला फिर वो कुछ नहीं बोला।

इसलिए रोज़ ये बोर्ड लेकर जाती हूँ जो बोर्ड पर लिखा पढ़ नहीं पाते। उन्हें उस टीले पर चढने को मना करती हूँ।

तेरे अंकल बोल रहे थे इस बार सण्डे को वो वहाँ कुछ पक्का चेतावनी भरा बोर्ड लगवाएगें। हम उस पहाड़ी पर जाना नहीं छोड़ेंगे। हम नहीं चाहते कोई और सॉरी माँ बोले। मैं उन्हें देखता रह गया।

लेखिका के बारे में

कामेश्वरी जी हैदराबाद से हैं। पेशे से यह शिक्षिका रहीं हैं तथा इन्होंने अपने जीवन के तीस साल शिक्षण कार्य को दिए हैं। आप हिंदी विभागाध्यक्ष के पद पर कार्यरत थीं। रिटायरमेंट के बाद अपनी लेखन कला को प्रधानता देने लगीं। **कामेश्वरी जी** अपनी कहानियों के ज़रिए महिलाओं को जागरूक करने की कोशिश करती हैं।

आप एक नियमित ब्लॉगर भी हैं। आपने स्टोरीमिरर के द्वारा आयोजित प्रतियोगिताओं में भाग लिया है। प्रतिलिपि में भी अपनी रचनाओं को पोस्ट करतीं हैं। अब तक आपने सौ से अधिक कहानियों को लिखा है।

नए-नए प्रदेशों का भ्रमण करना आपका शौक़ है।

दोष किसे दें?
– कामेश्वरी

सविता अपने घर की तरफ़ जा रही थी, तभी उसकी नज़र उस फ़्लैट पर पड़ी जो कभी हँसते खेलते ठहाकों से गूँजा करता था। आज वीरान सा हो गया है। ताले लगे हैं और मनी प्लांट भी सूख गया है। एक साल होने वाला है पर कल की ही बात लगती है। घर के मुखिया की मौत कोरोना से होने के बाद बेटे ने पिता को खोया, पत्नी ने पति को, बूढ़ी माँ ने अपने जवान बेटे को!

सास फूलमती, बहूँ माया दोनों में पटती तो बिलकुल नहीं थी। माया आए दिन सास से लड़कर मायके चली जाती थी। पति सूरज उसे मनाकर लाता था। वह दोनों के बीच की कड़ी था। सूरज के जाने के बाद दोनों सास और बहूँ अपने आपको असुरक्षित महसूस करने लगीं। फूलमती के ही नाम पर उनके पति ने दो घर दुकान और ज़ेवर पैसे सब कर दिया था। पिता के गुजरने के बाद फूलमती के बेटे ने भी सब माँ के नाम ही रखा। एक ज़मीन ख़रीदी थी। वह भी माँ के नाम पर कर दी। वह भी माँ को ही खुश देखना चाहता था। सब माँ का ही है, ऐसा सोचता था।

एक बार माया ने सूरज से हँसते हुए कहा भी था कि "माँ के नाम पर ज़ेवर ख़रीदते हो! उनकी उम्र बीत गई है। वह तो कहीं जाती भी नहीं हैं और मुझे कहीं जाना भी है तो उनसे माँगना पड़ता है। मैं आपकी पत्नी हूँ। कभी-कभी भूले बिसरे मेरे लिए भी ला दिया करें न?"

"मैं अपने माता-पिता का अकेला बेटा हूँ। जो भी है मेरा, तेरा ही होगा न" उसने भी बात को हँसते हुए टाल दिया।

यह ऐसा था ही नहीं। सूरज के गुजरते ही पासा पलट गया। माँ का साथ देने के लिए बेटियाँ आ गईं। माँ ने भी उनकी शह पाकर बहूँ से कह दिया कि सब कुछ मेरा है। जब मेरा बेटा ही नहीं रहा तो तुमसे मेरा रिश्ता भी नहीं रहा। माया जिन ननंदों के घर आने से उनकी सेवा करती थी। जिस सास के तानों को सुनकर भी उनकी परवाह करती थी। आज वे सब माया के ख़िलाफ़ खड़ीं थीं। माया का बेटा छोटा था, नवीं कक्षा में पढ़ता था। उसे और उसके बेटे को घर से बाहर जाने के लिए मजबूर कर दिया गया। माया स्वाभिमानी थी। वह

बेटे को लेकर अपने मायके चली गई। फूलमती अपने हाथ से काम नहीं कर सकती थी, इसलिए बेटी अपनी माँ को अपने घर ले गई पर कितने दिन वहाँ रह सकती थी।! सविता को दो दिन पहले ही पता चला कि फूलमती जी अपने घर वापस आ गई हैं। वह बेटी के घर से वापस आ तो गई पर बहूँ को नहीं बुलाया। बहूँ सास के बुलाने के इंतज़ार में है कि वह बुलाए और यह दौड़ी चली आए क्योंकि मायका तो शादी के बाद थोडे दिनों के लिए ही अच्छा लगता है और माया ने अपनी ज़िंदगी के पच्चीस साल इस घर को दिए थे। और आज वह घर ही उसका नहीं है, कहकर सास ने बाहर कर दिया था।

सास इस आस में है कि बहूँ अपने आप आए तो उनका दबदबा क़ायम रहेगा। ज़िंदगी के आख़िरी मुकाम पर है, पर ग़ुरूर अभी तक नहीं गया है। इस परिवार को देख सविता सोचती है कि सास बड़प्पन दिखा कर बहूँ को अपने घर बुला लें या माया यह मेरा घर है, ज़िंदगी के पच्चीस साल इस घर को दिए हैं।, इसलिए मेरा भी हक़ है जिसे कोई नहीं छीन सकता यह सोचती तो शायद बात कुछ और होती।

इनसे सभी बहुओं को एक सीख तो ज़रूर मिलती है कि हालातों से लड़ना है तो अपने घर में रहकर! अपने घर को छोड़कर नहीं जाना है।। सासों के लिए यह सीख है कि 'बड़ा हुआ तो क्या हुआ जैसे पेड़ खजूर' के समान न बनकर अपने बड़प्पन का लिहाज़ करते हुए बहूँ के दर्द को समझे और उसे अपने कंधों का सहारा दे।

सविता सोचती है कि अब ईश्वर ही उनके हालातों में सुधार ला सकता है।

मित्रों करोना जैसी महामारी के बाद ऐसे क़िस्से हमें बहुत ही सुनने और पढ़ने को मिले हैं। एक औरत ही औरत का दर्द न समझ सके तो दोष किसे दे सकते हैं।! इसे पढ़कर एक बार सोचिए ज़रूर!

लेखिका के बारे में

कुसुम लखेड़ा पेशे से हिंदी लेक्चरर हैं। वह हिंदी साहित्य एवं हिंदी भाषाको पढ़ाती हैं और सांस्कृतिक गतिविधियों में तथा लेखन में भी रुचि रखती हैं। वह कविताएं एवं कहानियाँ भी निरंतर लिखती हैं। उनकी कविता एवं कहानी समाज को नई दिशा प्रदान करती हैं। उनकी कहानी साधारण मध्यवर्गीय परिवार की होते हुए भी अंतर्मन को छू लेती हैं। इसके साथ ही कुसुम जी को नृत्य कला में भी आनन्द आता है। जब कभी उन्हें समय मिलता है तब वह निबंध एवं रचनात्मक लेख भी लिखती हैं। इनके कुछ लेख, दैनिक जागरण द्वारा पुरस्कृत एवं प्रकाशित भी हुए। उनकी कविताओं को अमर उजाला में भी स्थान मिला है। उनकी कविताएं एवं कहानियों को समय समय पर स्टोरीमिरर के प्लेटफार्म पर पुरस्कृत भी किया गया है। यही नहीं सोशल मीडिया पर सामाजिक एवं सामायिक विषयों पर भी वह लिखती रहती हैं। उनका पेज काव्यांश भी काफ़ी प्रसिद्ध है जिस पर वह समय समय पर लिखती हैं।

रिश्तों की डोर

– कुसुम लखेड़ा

परिवार की बगिया में सिर्फ़ फूल ही नहीं होते, ढेर सारे काँटे भी होते हैं। परिवार के सदस्य कभी सुख के सागर में गोता लगाते हैं तो कई बार मुसीबतों के भँवर में फँसकर बेचारे खून के आँसू रोते हैं। परिवार वह इकाई है जो एक से एक मिलकर ग्यारह की संख्या का बोध ही नहीं कराती बल्कि प्रेम, सहयोग एवं भावानात्मक एकता को मजबूत भी करती है। इन्हीं भावों से मिश्रित एक कहानी रिश्तों की डोर -

सारा सामान बिखरा हुआ है। उफ्फ! कमरे की हालत देखो! ये बच्चे भी कब बड़े होंगे? अरे! बेड की हालत तो देखो! शालिनी लगातार बड़बड़ा रही थी, "सोमेश! जब तुमने बच्चों में काम करने की आदत नहीं डाली तो अब कहने से क्या फायदा!...और देखो आज सन्डे है। प्लीज़ रहने दो। बच्चों के कमरे का सामान बिखरा हुआ है, तो बिखरे रहने दो। तुम एक तरफ परेशान होती हो, दूसरी ओर उनके कमरे के सामान को समेट भी देती हो ...फिर वह कैसे सीखेंगे?

कोई नई बात नहीं थी। अक्सर सन्डे को ही सारा परिवार मिलकर सुबह का नाश्ता करता था। दूसरे दिनो मे तो शालिनी अपने ऑफिस, सोमेश अपने ऑफिस और दोनों बच्चे अपने स्कूल। शालिनी और सोमेश की अपनी मर्ज़ी से शादी हुई थी। दोनों ही बहुत समझदार थे पर घर गृहस्थी के बारह वर्षों में जबकि अब थोड़ा सुकून आना था, शालिनी को लगता था कहाँ कोई गलती हो गई जो आज जब कि बेटा ग्यारह साल का है, बेटी दस की; फिर भी उसे उनका ख्याल बहुत ज़्यादा रखना पड़ता है। शायद ये उसके लाड़ प्यार का ही परिणाम है क्योंकि सोमेश हमेशा ही जब बच्चे अच्छे मार्क्स लाते तो कहते, "देखा! मेरे बच्चे हैं। मुझ पर गए हैं।" कहकर शालिनी को चिढ़ाते थे और जब यही बच्चे कोई गलती करते तो सारा ठीकरा शालिनी के सिर पर फूटता।

खैर शालिनी का बेटा रितिक और बेटी रिया पढ़ने लिखने में अच्छे थे। समझदार थे। लड़ाई झगड़े से दूर रहते थे। पर सिवाए पढाई के उन्हें कुछ और नहीं सूझता था। इस कारण दोनों अंतर्मुखी क़िस्म के हो गए। यही चिंता शालिनी को खाए जाती थी कि आज के समय में तेज तर्रार बच्चों का जमाना है। पर क्या किया जा सकता है।! शालिनी को लगता था कि बच्चों के होने के बाद काश वह नौकरी न करती तो ठीक होता। वह अपने

बच्चों को ज़्यादा समय दे पाती। बच्चे शुरू से ही डे केयर सेंटर में न छोड़ती तो शायद आज ये हाल न होता! पर उस समय के हालात ही कुछ ऐसे थे कि उसे लिमिटिड फर्म में अच्छी तनख्वाह मिलती थी।

सोमेश उस समय जिस कम्पनी में काम कर रहे थे, वह बहुत कम तनख्वाह देती थी। खैर! शुरू में जैसे-तैसे घर गृहस्थी की गाड़ी चलने लगी। इसी बीच घर परिवार, ऑफिस, बच्चे, डे केयर सेंटर की दौड़ भाग में वक़्त का पहिया कैसा चला पता ही नहीं लगा! और बारह साल के बाद अब शालिनी को लगने लगा, "कुछ तो ग़लत हो रहा है! पहले जो हुआ सो हुआ! अब बढ़ते हुए बच्चों को सेंटर में छोड़ना ठीक नहीं क्योंकि रिया बहुत गुमसुम सी दिखती थी। जैसे वहाँ कोई .....उफ्फ कितना भयानक सा अहसास उसके जहन में आया था।

उसी रात खाना खाने के बाद शालिनी ने सोमेश को कहा, "सुनो! इन दिनों रिया कितनी चुपचाप दिखती है! तीन बजे से सात बजे तक डे केयर सेंटरसेंटर में रहकर ...हमारे बच्चे कहीं!"

"तुम भी शालिनी! अरे, ये बच्चे बचपन से वहाँ जाते हैं और हमारे बच्चे ही नहीं, बहुत से लोगों के बच्चे वहाँ पर होते हैं और इतने सालों बाद तुम ..." अभी सोमेश की बात पूरी नहीं हुई थी कि शालिनी ने कहना शुरू कर दिया "सोमेश! रिया हमेशा से चुपचाप नहीं रहती थी। इन दिनों वह ज्यादा चुपचाप रहती है। रितिक तो पहले भी कम ही बात करता है इसलिए कह रही हूँ।"

सोमेश - "शालिनी! तुम प्यार से रिया से कहोगी तो वह जरूर बताएगी कि वह स्कूल से या डे केयर से ...कहाँ से परेशान है।"

"ठीक है। अब सो जाओ ...कल फिर ऑफिस...."

शालिनी - "कल फ्राइडे है मैं छुट्टी ले रही हूँ। बच्चों के भी कोई एग्जाम नहीं है। फिर सैकंड सैटरडे, उनकी भी छुट्टी। ये तीन दिन मैं बच्चों के साथ ही रहूँगी और सुनो मैं बच्चों के कमरे में ही रिया के साथ सोने जा रही हूँ।

सोमेश मन ही मन सोच रहा था कि शालिनी जो कर रही है बिल्कुल ठीक है क्योंकि बढ़ते हुए बच्चों को वक़्त देना बहुत जरूरी है। रात को ही रिया और रितिक खुश हो गए कि कल स्कूल और डे केयर सेंटर नहीं जाना और तीन दिन मम्मी घर में। ...फिर तो डे केयर में काम करने वाले भैया से पाला नही पड़ेगा!

उसी रात को रिया को जब शालिनी ने प्यार से गोद में बिठाया तो रिया कहने लगी, "मम्मा! वो जो भैया है न, डे केयर वाले! वह मुझे अच्छे नहीं लगते! मम्मा, मैं नहीं जाऊंगी वह बहुत गंदे हैं। वह रितिक भैय्या को भी अच्छे नहीं लगते। रिया की बात सुनकर शालिनी को कुछ-कुछ समझ आ रहा था। तब प्यार से रितिक के बालों पर हाथ फेरते हुए शालिनी ने कहा, "रितिक बेटे! ये रिया क्या कह रही है और ये कौन से भैया हैं जो पहले तो वहाँ नहीं रहते थे!"

तब रितिक के चेहरे के रंग को देखकर शालिनी को लगा कि सचमुच बहुत कुछ ग़लत हो रहा है ...

रितिक बोला - "मम्मा! वह अंकित भैया हैं। वह केयर सेंटर में अभी दो हफ़्तों से काम करने आए हैं। पहले तो वहाँ मीना आंटी काम करती थी पर अभी वह कुछ दिनों के लिए अपने गाँव गई हैं।

शालिनी ने कहा, "वह भैया तुम्हें मारते हैं? तुम्हें डाँटते हैं या फिर ....?" शालिनी चुप हो गई।

तब रितिक ने कहा, "मम्मा! वह डाँटते नहीं है बल्कि जब सेंटर में जो आंटी कुछ देर के लिए बाहर जाती हैं तब भैया अपने मोबाइल पर, छोटे बच्चों को गंदा सा कुछ दिखाते हैं। ....कल जब रिया के आगे इन्होंने मोबाइल किया हुआ था, तब मैंने भी देखा था। मम्मा! बहुत खराब है वह अंकित भैया। वह जब भी सेंटर में आते हैं, किसी न किसी बच्चे के आगे मोबाइल में गंदा प्रोग्राम दिखाते हैं। मैं ही वहाँ सबसे बड़ा हूँ। बाकी बच्चे छोटे है। वह कुछ नहीं समझते मम्मा!

मुझे एक दिन स्कूल में बताया था चिल्ड्रन एब्यूज़मेंटके बारे में, गुड टच और बेड टच के बारे में। अंकित भैया जब भी सेंटर में आते हैं, कोई भी सामान लेकर वह सेंटर में जरूर रुकते हैं और जब भी सेंटर की आंटी इधर-उधर होती हैं वह अपने मोबाइल में बहुत गंदा-गंदा देखते हैं और छोटे बच्चों को भी दिखाते हैं। शालिनी ये सारी बात सुन रही थी और उसके पाँव के तले की जमीन मानो खिसक रही थी। वह पसीने-पसीने हो रही थी। उसने दोनों बच्चों को अपने गले लगा लिया और कहा "अब अंकित भैया से डरने की जरूरत नहीं है बेटे। मैं और तुम्हारे पापा जल्दी ही कुछ करते हैं!" और शालिनी सोमेश को आवाज़ देती है, सोमेश!!!!

सोमेश को नींद भी नहीं आई थी। वह दौड़ते हुए बच्चों के कमरे में आए। तब शालिनी ने सोमेश को सारी बात बता दी और बच्चो को भी सुला दिया। शालिनी अभी भी सम्भली नहीं थी। उसका रोम-रोम कांप सा रहा था। "सोमेश, क्या हम बच्चों को केयर सेंटर में न भेजें? अब वे बड़े भी हो गए। स्कूल से वे अब सीधे घर आ सकते हैं ताकि उस अंकित से छुटकारा मिल सके।"

तब सोमेश ने कहा कि "शालिनी इस तरह से तो हम समस्या को और बड़ा कर रहे हैं। सेंटर के दूसरे बच्चों के बीच अंकित कल को कोई दूसरा बुरा काम कर सकता है! वैसे भी चाइल्ड एब्यूजमेंट की कोई भी घटना के लिए तुरंत ही शिकायत करनी चाहिए और सुनो कल मैं भी छुट्टी कर रहा हूँ ...तुम बच्चों के साथ रहना। मैं सेंटर वाली आंटी से बात करता हूँ। अंकित जिस दुकान से सामान लाता है उस दुकानदार से भी बात करूंगा और सबसे पहले उस अंकित को फ़ोन के साथ रंगे हाथ पकडूँगा। जो भी पोर्नसाईट है, जिसको वह बच्चों को दिखाता है वह अभी भी उसके मोबाइल में होगी! उसकी शिकायत पुलिस में भी करूंगा ताकि उस अंकित की गलत हरकतों पर रोक लगाई जा सके!" और! सेंटर

अगली सुबह बच्चे बहुत खुश थे। उन्हें माँ अपने कमरे में दिखाई दी। उन्हें सबसे बड़ी खुशी ये थी कि सेंटर नहीं जाना है। रिया बहुत खुश थी कि अंकित भैया अब उन्हें गंदे वीडियो नहीं दिखाएँगे! अपनी बहन रिया को खुश देखकर रितिक भी खुश था। .... शालिनी भी खुश थी कि अब उसके बच्चे खुश थे पर वह मन ही मन सोच रही थी कि सोमेश कहीं किसी मुसीबत में तो नहीं फँस जाएगा! सोमेश जब सेंटर पहुँचा तो उस समय सेंटर वाली आंटी भी वहीं थीं। सोमेश को देखकर आंटी पहले तो घबरा गईं। तब सोमेश ने आंटी को अपने विश्वास में लेकर अंकित के बारे में सारी बात बताई ....

आंटी - "मुझे विश्वास नहीं होता कि मेरे पीछे से ये लड़का छोटे बच्चों के साथ इस तरह की ग़लत हरकत करेगा!.उफ्फ! बहुत ग़लत! उसने मेरा विश्वास ही नहीं तोड़ा, मेरे सेंटर के बच्चों को भी मानसिक यातना दी है। सोमेश चलो, अभी उस दुकानदार के यहाँ! वैसे भी मीना कल रात ही अपने गाँव से आ गई है। मीना जितना बच्चों का खयाल रखती है, उतना तो मैं भी नहीं करती! सेंटर को मीना के हवाले करके आंटी और सोमेश दुकानदार के यहाँ चले गए

वहाँ अंकित काम करते हुए दिख गया था। सोमेश ने इसी बीच पुलिस को भी फोन करके वहीं बुला लिया तब दुकानदार को भी सारी बात ... जब पता लगी कि अंकित ने कितनी ग़लत हरकत की ...वह भी बच्चों के साथ!

दुकानदार - "ऐसे गंदे लड़के को मैं भी काम पर नहीं रखूंगा! उसे इसकी सजा मिलनी ही चाहिए!" कुछ ही समय बाद पुलिस भी आ गई और अंकित को कस्टडी में ले लिया गया। साथ ही उसके फोन को भी पुलिस ने ले लिया, जिसमे बहुत सी अश्लील साइट थीं। इन्हें ही वह बच्चो को दिखाता था।

सेंटर की आंटी सोमेश से माफ़ी माँगती हुए बोलीं, "बेटे! मेरे सेंटर में जो भी रिया के साथ हुआ, उसके लिए मुझे माफ़ कर दो! वह तो अच्छा हुआ कि रितिक की समझदारी से हमें जल्दी ही अंकित की हरकतों का पता चल गया।"

सोमेश - "आंटी प्लीज़, आप ऐसा न कहें! आप और मीना के भरोसे तो हम जैसे लोग अपने बच्चो को सेंटर में छोड़कर ऑफिस में आराम से काम करते हैं। कुछ दिनों के बाद रिया इस सदमे से उबरेगी, तब ही उसे सेंटर में भेजूंगा।

आंटी - "समझ सकती हूँ बेटे। बहुत ही कम लोग होते हैं जो चाइल्ड एब्यूजमेंट के ख़िलाफ़ आवाज़ उठाते हैं और तुमने अंकित के खिलाफ जो क़दम उठाया, वह रिया ही नहीं बल्कि सेंटर में जो आठ बच्चे और आते हैं उनके लिए भी बहुत बड़ा क़दम है।

सोमेश जब भी तुम्हें लगे कि बच्चे सेंटर आने के लिए तैयार हैं, तुम भेज देना। बाकी अब तुम्हारा रितिक बड़ा हो गया है। उसे स्कूल के बाद अब घर मे रहने दो। तीन दिन की ट्रेनिंग दोगे तो देखना वह अकेले रिया को भी देख लेगा। बहुत समझदार है तुम्हारा बेटा रितिक।

सोमेश - "जी, आंटी! अगर रितिक कुछ न बताता तो शायद आज अंकित की सच्चाई का पता न लगता! सचमुच समझदार है रितिक। अच्छा, आंटी ! नमस्ते! कहकर सोमेश घर की ओर चलने लगा। वह मन ही मन अब खुश था कि अब रिया का ध्यान रितिक बहुत बढ़िया तरह से रख सकता है और उन्हें सेंटर में जाने की जरूरत ही नहीं है। घर आकर शालिनी को और बच्चों को सारी बात बताकर सोमेश ने तसल्ली से सबके साथ मिलकर खाना खाया। रिया बहुत खुश थी। वह और रितिक दोनों टीवी पर 'तारे जमीं पर' फ़िल्म देख रहे थे। दोनों बच्चों के चेहरे की ख़ुशी को देखकर शालिनी और सोमेश भी खुश थे। ऐसा लग रहा था कि खुशियों के इंद्रधनुषी रंग चारों ओर बिखर गए। सारा परिवार एक साथ चहक रहा था। बहुत दिनों के बाद शालिनी की आँखों में ख़ुशी के आँसू बह रहे थे। सोमेश मन ही मन ईश्वर को धन्यवाद दे रहा था, "हे ईश्वर! मेरा परिवार हमेशा यूँ ही हँसता-मुस्कुराता रहे।"

लेखिका के बारे में

"रचना" पेशे से शिक्षिका हैं पर उनका मन रमता है लेखन में। ये समाज और प्रकृति को कहानी और कविता में जीवंत कर देती हैं। ये अनुभव और भावनाओं का सम्मिश्रण कर शिक्षण को नया आयाम देना चाहती हैं। साहित्यिक, शिक्षण व ज्योतिष क्षेत्र में इन्हें अनेकों सम्मान प्राप्त हुए हैं। भारतीय संस्कृति और दर्शन से इन्हें बहुत लगाव है। कई साहित्यिक पुस्तकों में ये सहभागिता कर चुकी हैं। इन्हें घूमना पसंद है। पाककला और चित्रकला इनकी खासियत है। ये साहित्यिक और सामाजिक समारोहों में शिरकत करने की शौकीन हैं। अपने वाक कौशल से ये सभी को अपना बना लेती हैं।

बारिश वाला प्यार

– रचना शर्मा "राही"

वो दिन भी क्या दिन थे। कॉलेज के दिन होते ही ख़ास हैं। आज अचानक रिमझिम बारिश को देख नीरा को अपने कॉलेज के दिन याद आ गए। दिल्ली विश्वविद्यालय का जाना माना कॉलेज जिसमें वो हिंदी ऑनर्स कोर्स कर रही थी। वो कानपुर से थी इसलिए उसी कॉलेज के हॉस्टल में रह रही थी।

सत्तर के दशक की बात थी। कक्षा में भी लड़के लड़कियां उन दिनों पास पास ना बैठते थे। लड़कियों का समूह अलग, लड़कों का समूह अलग। पर तब भी उस दौर की बात ही कुछ और थी। अध्यापक के आते ही छात्र छात्राओं का अदब से खड़े हो जाना। ध्यानपूर्वक उनकी बातों को सुनना। हिंदी साहित्य के विद्यार्थी कॉलेज में अलग से ही जाने जाते। कबीर, रसखान, प्रेमचंद, अज्ञेय, गोपाल दास 'नीरज' व कुंवर नारायण आदि महान कवियों को पढ़ना फ़िर समझना व उन पर आलोचनात्मक टिप्पणी करना आसान काम नहीं था। नीरा सारी किताबों को पढ़ती। संदर्भ ग्रंथ लेकर आती। लाइब्रेरी में घंटों किताबों में खोई रहती। उसे कक्षा में हर प्रश्न का जवाब जो देना होता था। हाँ वहाँ लड़कों के समूह से कबीर अध्यापक के हर जवाब को देने का उत्सुक रहता। 'नीरा और कबीर में मानो अघोषित प्रतियोगिता सी चलती रहती। कभी नीरा आगे, कभी कबीर आगे।

जब प्रेम कविताएं पढ़ाई जाती तो दोनों यूं सावधान हो सुनते कि कहीं कुछ छूट ना जाए। नीरा तो स्वप्नलोक में खो जाती कि ऐसा प्रेमी मिलना कितना अद्भुत है। वहीं कबीर को लगता कि प्रेम व्रेम तो बस किताबों की बातें हैं। दोनों एक दूसरे से कितने अलग-अलग थे। बस एक ही बात कॉमन थी कि दोनों ही पढ़ाकू थे। धीरे-धीरे वो एक दूसरे की तरफ आकर्षित भी हो रहे थे। पर डरते भी थे कि सब क्या कहेंगे?

एक रोज़ की बात है कि नीरा हॉस्टल में ही थी कि बहुत ही तेज़ बारिश होने लगी। उसे अपने कुछ नोट्स बनाने थे इसलिए लाइब्रेरी जाना था। पर बारिश में कहाँ जाती! वो कुछ सोच ही रही थी कि खिड़की से देखा तो सामने सड़क पर कबीर खड़ा दिखाई दिया। वो बारिश में पूरी तरह से भीग गया था शायद। उसके पास छाता भी नज़र नहीं आ रहा था। वो पास ही की चाय की दुकान पर ही खड़ा हो गया था। पता नहीं क्या हुआ उस पल नीरा को! वो खुद को रोक नहीं पा रही थी। उसे कबीर के प्रति आकर्षण तो था पर

आज वो महसूस भी कर पा रही थी। कबीर के प्रति खुद के प्रेम को। उसको ठंड ना लग जाए इस चिंता को। उसने अपना छाता निकाला और एक तौलिया भी साथ में लिया। वो सामने की ओर चल पड़ी। उसने कबीर के पास जाकर उसे तौलिया दे दिया बाल पोंछने का कहकर। कबीर भी हतप्रभ सा देख रहा था। जानता तो था वो कि नीरा यहाँ ही हॉस्टल में रहती है। पर उसने सोचा भी नहीं था कि वह यूं आ जाएगी। दोनों एक दूसरे को ही देख रहे थे।

कबीर ने तौलिए से सिर पोंछा और कहने लगा कि नीरा हाँ यहाँ बैठो। बेंच गीला नहीं था। चाय की दुकान पर शेड लगा था वहीं बेंच था। दोनों बैठ गए। चाय ऑर्डर की और बात करने लगे। जल्दी-जल्दी दोनों चाय पीने लगे। नीरा ने पूछा, "बारिश में बाहर क्यों निकले तुम?" कबीर ने बताया कि वो जब अपने दोस्त के यहाँसे निकला था तो मौसम साफ था। बारिश नहीं हो रही थी और रास्ते में ही अचानक मूसलाधार बारिश होने लगी। नीरा ने कहा, "तुम्हारे कपड़े भी गीले हो गए हैं। तुम जल्दी से जाओ और पहले जाकर कपड़े बदल लो। मेरा छाता ले जाओ।"

नीरा और कबीर के दिल शायद अब क़रीब आ चुके थे। ना तो नीरा का मन था कि वो जाए और ना ही कबीर का। पर नीरा को ही फ़िर कहना पड़ा कबीर को जाने के लिए। उसे कबीर के बीमार पड़ जाने का डर जो था। अबकी बार उसने आदेशात्मक लहज़े में कहा - जाओ नहीं तो फ़िर बात नहीं करूंगी तुमसे। अब कबीर की बारी थी उसने जवाब दिया - आपकी बात सर आँखों पर मोहतरमा। दोनों को ही आज प्यार का कैसा अजब एहसास हो रहा था। कबीर को अपने गीले होने से बीमारी की चिंता ही नहीं थी। दोनों ही एक दूसरे की से ओझल नहीं होना चाहते थे पर फिर दोनों ने एक दूसरे से विदा ले ही ली।

वो बारिश के दिनों की शुरुआत और उन दोनों के प्यार का शुभारंभ। जब-जब बारिश होती दोनों ही मदहोश हो जाते। क्लास में नज़रों में बातें होती। जो रह जाता प्रेमपत्र में लिखकर कहते। हिंदी के विद्यार्थी थे, दोनों ही लंबे-लंबे प्रेम रस में डूबे पत्र लिखते। जब कभी जहाँ भी मिल पाते बस एक दूसरे को ही देखते रहते। धीरे-धीरे अब उनका प्रेम परवान चढ़ रहा था। कॉलेज में कोर्स भी खत्म होने जा रहा था। अब उनके मिलने के घंटे भी बढ़ रहे थे। दोनों घंटों एक दूजे में खोए रहते। साथ ही पढ़ भी लेते।

आख़िरी साल का आख़िरी पेपर और दोनों की मुलाक़ात। उन दोनों के लिए ही ख़ास थी। दोनों ने जीवन भर एक दूजे का साथ निभाने का फ़ैसला कर लिया था।

नीरा अतीत से अब वर्तमान में आ चुकी थी। कबीर को अपने जीवनसाथी के रूप में पाकर वह बहुत ही खुश है। वो अपने भरे पूरे परिवार के साथ दिल्ली में ही रहती है। पर आज भी जब कभी बारिश आती है तो उसे अपना हॉस्टल वाला पहला इज़हार याद आ जाता है। पोते-पोतियों के हो जाने के बाद भी कबीर बारिश में आज भी जानबूझ कर गीले होकर आते हैं और उसके हाथ से दिए तौलिए का इंतज़ार करते हैं। वो भी तो फटाफट से अपने हाथ की बनी चाय तैयार करती है। प्यार यही तो है एक दूसरे की देखभाल करना। एक दूसरे का ख्याल रखना। एक दूसरे का साथ देना। प्यार की संपूर्णता प्यार को निभाने में ही है। बारिश की बोछारों सा ठंडी बयार सा पहला प्यार जो भुलाए नहीं भूलता। हर बारिश के साथ वो और परिपक्व होता जाता है।

आज की युवा पीढ़ी के लिए नीरा और कबीर आदर्श हैं, जिन्होंने सिर्फ़ प्यार किया ही नहीं उसे मुकाम तक पहुंचाया तथा आज भी वृद्धावस्था में दोनों एक दूसरे का सहारा बने हुए हैं। उन दोनों के प्यार के जज़्बे को सलाम!

लेखिका के बारे में

डॉ. अंदलीब ज़हेरा एक शिक्षिका हैं और वर्तमान समय में सनबीम स्कूल, मऊ में एकेडमिक हेड के पद पर कार्यरत हैं।

उत्तर प्रदेश के मऊ जिले में जन्मी **डॉ अंदलीब ज़हेरा** की शिक्षा नागपुर महाराष्ट्र से हुई। बच्चों को शिक्षित करने में इनकी विशेष रुचि है, इसी कारण 2005 में नागपुर यूनिवर्सिटी से एंटोमोलॉजी में पीएचडी कर के इन्होंने मऊ में बच्चों को शिक्षा की राह पर ले जाने का काम शुरू किया जो आज तक जारी है। उन्होंने पूर्वांचल यूनिवर्सिटी से बी.एड भी किया। अपने कई यू ट्यूब चैनल्स के माध्यम से भी विज्ञान, हिंदी और अंग्रेजी की क्लासेज लेती रहती हैं।

शिक्षा और कला उन्हें हमेशा प्रेरित करती रही है। पेंटिंग के माध्यम से भी अपने विचारों को पंख देती रहती हैं। सामाजिक समस्याओं और बच्चों के लिए प्रेरणादायक कहानियां और कविताएं इन्हे लिखना पसंद है। मुंशी प्रेमचंद की लेखनी से ये हमेशा प्रभावित रही हैं। स्टोरीमिरर पर कहानियों और कविताओं के माध्यम से अपने विचारों को उकेरा है। कहानी प्रतियोगिता और साहित्य समारोह में उत्सुकता से भाग लेती रही हैं।

मरम्मत ज़रूरी है

– डॉ. अंदलीब ज़हेरा

वो एक बेहतरीन सोच ही होती है जिससे एक उम्दा समाज और साफ सुथरे मोआशरे की तामीर होती है। सड़ी हुई सोच और गली हुई रिवायतें एक बेहतर समाज को कैसे गढ़ सकतीं हैं? ख़ास तौर से तब जब उनको दिखावे के मज़हब और शरीयत की चाशनी में लपेटा गया हो।

समाज की तरक्की मतलब उसके लोगों की तरक्की यानी मुल्क की तरक्की। अच्छी सोच, सही ग़लत में फर्क करने की तमीज़ होना, ये सब तभी मुमकिन है जब तालीम हो। तालीम का रास्ता और उसका हक़ हर शख्स के लिए है, हर मजहब में है। आज जब की हर इंसान तालीम की रोशनी में खुद की तकदीर की मरम्मत करने में लगा हुआ है वहीं अभी भी कुछ ऐसी सड़ी-गली सोच और खोखली रिवायतें जड़ किए हुए है जिससे तरक्की तो दूर की बात है, खुद का वजूद ही खतरे के हाशिए पे और मुस्तकबिल अंधेरे में नजर आने लगता है, ख़ास तौर पे उन बच्चियों का, जो अभी ज़िंदगी के सही मायने ही नहीं जानती, और घर की जिम्मेदारियां और परिवार की इज्जत का बोझ अपने नन्हे कंधों पर कच्ची उम्र में ही लिए हुए हैं। जैसे मज़हब की सारी शर्तें इन्ही के लिए हैं और सारे सामाजिक दायरे इन्ही को क़ैद करने के लिए बने हुए हों। ये इस बात से बेखबर हैं कि इसके आगे भी एक जिंदगी है जो बेहद खूबसूरत हैं लेकिन उसका रास्ता तालीम से होकर गुज़रता है। वो इस रास्ते पे अगर चलना भी चाहें तो ज़िम्मेदारियों और बंदिशों का टोकरा इतना भारी होता है कि आगे का रास्ता ही नजर आना बंद हो जाता है।

समाज में कुछ कुरीतियां अभी भी मज़हब की आड़ में धड़ल्ले से चलाई जा रहीं हैं और खामियाज़ा कई बार लड़कियों को ही भुगतना पड़ता है।

अभी जल्दी ही एक वाक़्या मेरे नजदीक गुज़रा, अपने ही समाज की एक बहुत बहुत भद्दी सी तस्वीर सामने आ गयी और खुद के अंदर एक कुढन सी महसूस होने लगी। लेकिन नईमा मैम ने उस तस्वीर के भद्देपन को खूब तरीके से साफ किया।

एक रोज़ हुआ यूं कि नईमा मैम बहुत उदास सी स्टाफ रूम में बैठी थी की तभी लीना मैडम और शगुफ्ता मैडम दाखिल हुई और उन्हें यूं बैठा देख पूछ पड़ीं "क्या हुआ मैम

आज कुछ बुझी-बुझी सी लग रहीं हैं? क्या बात है?"

इस पर नईमा ने अफसोस जताते हुए कहा "क्या बताऊं मैम! मुझे कुछ समझ नहीं आ रहा है, इस मामले को कैसे हल करना चाहिए और ये सिर्फ ऐसा एक मामला नहीं है बल्कि ऐसा हर घर में है जो समाज के लिए नासूर है खास तौर से हमारे घरों में पल बढ़ रही जवान नस्लों के लिए।"

"कुछ बताएंगी कि सिर्फ पहेलियां बुझाएंगी?" शगुफ्ता मैम ने पूछा।

"शगुफ्ता तुम तो जानती ही हो ये जो घरों में खास तौर से हमारे समाज में आपस में रिश्ते जोड़ने वाली रस्मे और रिवायतें चली आ रही है, मैं उसी से परेशान हूं।"

"अब देखो न वो जो क्लास नौवीं की बच्ची है .... ज़ीनत, उसका रिश्ता पक्का होने वाला है, और मालूम है किससे? उसके ही रिश्ते में उससे बीस साल बड़े चचा से। वो मुझे ऐसे पता चला कि उसकी एक रिश्तेदार मेरे घर आई थी, वो ही बता गई और कहने लगी कि महीने भर बाद उसकी शादी हो जाएगी इसलिए वो अब स्कूल नहीं जाएगी।"

इस पर शगुफ्ता मैम ने कहा "हुंह!! यहीं तो सारा खेल खराब होता है। इन मज़हब के ठेकेदारों का ही सब किया धरा है और कहते हैं हमारे लोगों को तरक्की नहीं मिलती, इसलिए हम लोगों की कौम पिछड़ी है। कहीं न कहीं इसके हम भी ज़िम्मेदार हैं। अरे कम से कम उसकी शादी लायक उमर तो हो जाने देते, कुछ पढ़ लिख जाने देते....! खबीस कहीं के! न खुद पढ़ेंगे न पढ़ने देंगे।"

"उमर का फासला तो मैम आजकल बहुत मायने नहीं रखता लेकिन इतना फासला क्यों? क्या लड़की में कोई ऐब है या लड़के में? या दोनों को ही आगे कोई रिश्ता नहीं मिलता?" लीना मैम ने पूछा।

"और वो लड़का और ज़ीनत, क्या दोनों मान गए या जबरदस्ती हो गया रिश्ता?" स्टाफ रूम में किनारे बैठी संगीता मैम जो अब तक सब खामोशी से सुन रहीं थी पूछ बैठीं।

"अरे मैम! ये आजकल के बच्चे भी बहुत एडवांस्ड हैं। और क्यों न हों! कुछ तो सोशल मीडिया अपना काम कर देता है और बहुत कुछ घरवाले करते रहते हैं।

इनके मुजरिम मैं घरवालों को ही मानती हूँ जो बच्चों में बचपन से रिश्तों की तमीज़ कराना भूल जाते हैं। तालीम की तरफ तवज्जो होने ही नही देते और ऐसे माहौल में जवान होते बच्चों की सोच भी वैसी ही हो जाती है।" गुस्से में भरी आवाज से शगुफ्ता मैम ने

बात का जवाब दिया।

"और एक बात बताऊं मैम! इसी तरह के माहौल में पल बढ़ रहे बच्चे जब उम्र के उस पड़ाव पर पहुँचते हैं तब अपने घर को और रिश्तों को ही गंदा कर देते हैं, क्योंकि रिश्तों के मायने कुछ नहीं हैं इनके सामने सबको उसी एक नज़र से देखने लगते हैं। वजह है कि कल को जिस बहन के साथ खेले उसे आज बीवी बनते देखते हैं। जिसे कल अपना कजिन ब्रदर कहके मिलवाती थी आज वो मौसा या जीजा बन गया। उदाहरण कई सारे हैं।" नईमा मैम ने शगुफ्ता मैम की बात को सपोर्ट करते हुए कहा।

"इसकी एक बड़ी वजह और भी है, वो ये कि लड़की वाले ये मानकर चलते हैं कि लड़की का मुस्तकबिल शादी है क्योंकि वो अपने पैरों पे नहीं खड़ी हो सकती इसलिए किसी भी रिश्तेदार के पल्ले कर दो किसी भी उम्र में। और पैरों पे क्यों नहीं खड़ी हो सकती? क्योंकि उसको लिखाने पढ़ाने की सलाहियत इनमें नहीं होती। अगर किस्मत से शक्ल सूरत की अच्छी हुई तो पैसेवाले रिश्तेदार ऐसे ही रिश्ता लगा लेंगे, फिर तो लॉटरी लग गई समझिए। और अगर शक्ल अक्ल की कम हुई लेकिन पैसेवालों के घर की है तब भी कोई परेशानी नहीं। पैसों के ज़ोर पे रिश्ते तय हो जाते हैं। नाम दे दिया जाता है मजहब का।" कहते हुए शगुफ्ता मैम अपनी क्लास लेने चली गईं।

लीना मैम, संगीता मैम और नईमा मैम स्टाफ रूम में बैठीं कॉपी चेक कर ही रहीं थीं की तभी रश्मि ने अंदर दाखिल होने की इजाज़त मांगी। इजाज़त मिलते ही वो डरी सहमी सी नईमा मैम के पास आ खड़ी हुई और कहने लगी "मैम आपसे अकेले में कुछ बात करनी है। बहुत जरूरी है।"

"हाँ बेटा बोलो क्या बात है?" कहते हुए नईमा मैम रश्मि को किनारे ले गईं।

"मैम ज़ीनत की अम्मी आपसे मिलना चाहती हैं लेकिन अपने घर पे नहीं आपके घर में या आप जहाँ कहें वहाँ।"

"अच्छा, तो कल उन्हे यहीं स्कूल में ले आओ लेकिन दो बजे के बाद। स्कूल की छुट्टी भी हो जायेगी और मैं फ्री भी रहूंगी, ठीक है।"

"ठीक है मैम! मैं उन्हे बता दूंगी।" कहते हुए रश्मि चली गई।

"ज़ीनत बहुत ज़हीन बच्ची है अगर उसे मौका मिला तो बहुत आगे जाएगी, पता नहीं क्या माजरा है कैसे मान गई?" सोचते हुए नईमा मैम अपनी क्लास की तरफ बढ़ गईं।

अगले दिन तकरीबन दो बजे रश्मि ने नईमा मैम के पास आके उन्हे ज़ीनत की अम्मी के आने की इत्तेला दी। नईमा मैम ने रश्मि से उन्हे स्टाफ रूम में लाने को कहा।

थोड़ी ही देर में एक लंबी सी काया काले नकाब में स्टाफ रूम में दाखिल हुई। नईमा मैम को सलाम करती हुई उसने नकाब का मकना उठाया और मैम के कहने पे कुर्सी पे बैठ गई। बहुत खूबसूरत सी बड़ी आँखों वाली ऊंचे कद काठी की औरत थी। पढ़ी-लिखी मालूम होती थी। नईमा मैम ने बात को शुरू करते हुए पूछा, "बताइए आप मुझसे क्यों मिलना चाहती थीं, वो भी इस तरह?"

"मैम! अब आप ही कुछ रास्ता बताइए, ज़ीनत का रिश्ता उसके अब्बू और फूफी ने मिलकर तय कर दिया है, लेकिन मैं और मेरी बच्ची इससे राज़ी नहीं हैं। ज़ीनत की अभी उम्र ही क्या है? इस साल पंद्रह की पूरी हुई है, सोलहवां लगा है।" कहकर उनकी आंखें भर आईं। "तो क्या आपने अपने शौहर से ये सब नहीं कहा?" नईमा ने पूछा।

"वो इतने ही काबिल होते तभी क्यों? कहने को तो ज़ीनत और मैंने बहुत कहा लेकिन उल्टा कल उन्होंने उस गरीब पर हाथ उठा दिया। मैम आपके बारे में हमने बहुत सुना है। आपने इस सोच से कैसे लड़ाई लड़ी? और आप आज अपने दम पे खड़ी है, कैसे किया आपने? आपके घरवालों और शौहर ने भी तो बहुत बेड़ियां डालनी चाहीं आप पे, लेकिन आज आपने अपना एक अलग मुकाम बना लिया है, सारे शहर में लोग आपको कितनी इज्जत देते हैं आपका एहतेराम करते हैं, इसलिए आपसे मिलना चाहती थी क्योंकि कितनी ही बच्चियों के लिए आप एक मिसाल हैं। ज़ीनत आपसे मिलना चाहती थी लेकिन उसको घर से बाहर जाने की इजाज़त नहीं थी, सो मैं चली आई आपसे मिलने। खुदारा कोई हिकमत लगाइए।"

"सबसे पहले तो बता दूं कि सबको अपनी लड़ाई खुद लड़नी पड़ती है और वो तभी मुमकिन है जब आप के अंदर हिम्मत हो और सही गलत में फर्क करने का सलीका हो, और ये सब तालीम से ही मुमकिन है। अब बताईए ये क्यों हो रहा है?" नईमा ने पूछा।

"ज़ीनत की बुआ ये रिश्ता ले आईं थीं, उसका शौहर कोई काम नहीं करता वही हाल ज़ीनत के अब्बू का भी है किसी दुकान पे कपड़े पैक करने का डिब्बा बनाते हैं। दोनो निकम्मे हैं मैम। मैं यहाँ की नहीं हूँ लेकिन जब से शादी हुई है यही देखती आ रही हूँ कि घर की औरतें काम करतीं हैं और मर्द चाय पान की दुकान पर दिन भर बैठे वक्त ज़ाया करते हैं। शुरू में मैने बगावत की लेकिन कोई नतीजा हासिल नहीं हुआ। अब मैं हिम्मत

हार चुकी हूं। दरअसल जिस लड़के से शादी हो रही है वो ज़ीनत के अब्बू का करीबी रिश्ते से भाई है। उसका बाप भी कुछ नहीं करता। लड़का खुद भी किसी के यहाँ नौकर है सीरत का बहुत अच्छा नहीं है, लेकिन उसके बाप ने ज़ीनत की फूफी को अपनी पुश्तैनी जायदाद में से एक कमरा देने का वादा किया और चंद रुपए ज़ीनत के अब्बू को देने के लिए कहा जिसके बदले मेरी ज़ीनत की कुर्बानी दी जा रही है, बगावत करने पर कहते हैं चल हट ये हमारे मजहब में है हम कोई नाजायज या खराब काम थोड़े ही कर रहे हैं, शादी ही तो करवा रहे हैं, खुश रहेगी और करना ही क्या है।" ये कह कर ज़ीनत की अम्मी ज़ारो ज़ार रोने लगी।

"अच्छा रोइए मत! पहले ये बताईए आपका साथ आपके घर में कौन-कौन दे सकता है?" नईमा मैम ने पूछा तो उस पर वो बोलीं "मेरा एक बेटा है शोएब जो बड़ा है, एक छोटी बेटी और है निदा वो ज़ीनत से साल भर छोटी है लेकिन बहुत ज़हीन है। इसके अलावा मेरी सास हैं। अपने बच्चों के अलावा किसी पर भी ऐतबार नहीं रहा अब मुझे। सास कुछ कहती नहीं लेकिन कब किस तरफ़ पलट जाए कोई ठीक नहीं है। आपा पे बहुत भरोसा था सो वो भी खत्म हो गया।"

"ज़ीनत का बर्थ सर्टिफिकेट होगा न आपके पास?"

"मैम वो तो सब इन्ही के पास होगा, देखना पड़ेगा। आप ओरिजनल अपने घर में देख लीजिए और हाँ मंगनी की रस्म किस दिन है, वो बताइए।" कहते हुए नईमा मैम ने अपना मोबाइल नंबर देते हुए उनसे शाम में बात करने के लिए कहा। ज़ीनत की अम्मी खुदा हाफ़िज़ कहके रूखसती ले के चलीं गई। नईमा मैम स्टाफ रूम से बाहर आकर अपने मोबाइल पर एक नंबर डायल करने लगीं।

उस तरफ से किसी की भरी आवाज आई। नईमा मैडम ने उन्हे सारी बात बता दी। उन्होंने कहा कि आप बस वक्त और प्रूफ के बारे में इत्तेला कर दीजिएगा बाकी तो हम संभाल लेंगे। शाम में ज़ीनत की अम्मी का फोन आया और उन्होंने बताया कि मंगनी इसी हफ्ते जुम्मे के रोज है। नईमा मैम ने ज़ीनत की अम्मी से ताकीद कर दी की इन सब बातों की किसी को कानो कान खबर न हो।

जुम्मे के रोज़ दोपहर में स्कूल खत्म करके नईमा मैम ने शगुफ्ता मैम, लीना मैम और ज़ीनत की क्लास की लड़कियों को साथ लिया और सीधे ज़ीनत के घर धमक पड़ीं। उन सबको वहाँ देख के ज़ीनत के अब्बू और बाकी मेहमानों को लगा कि शायद ज़ीनत ने

उन्हें अपनी मंगनी में बुलाया हो। जैसे ही रस्म शुरू हुई नईमा मैम ने शोएब को बुलाया और उसके कान में कुछ कहा। उनकी बात सुन के शोएब अंदर से बर्थ सर्टिफिकेट ले आया। और तभी नईमा मैम ने फोन से कॉल लगाई। मिस्ड कॉल देके वो खामोश खड़ी रहीं। तभी वहाँ इंस्पेक्टर सूरज सिंह अपनी टीम के साथ आ पहुंचे। अपनी भारी आवाज़ में बोले "यहाँ क्या हो रहा है?" उसपर ज़ीनत के अब्बू और फूफी बोले "अरे शादी मंगनी का माहौल है सरकार! बच्ची की मंगनी हो रही है। लेकिन आप यहाँ ......? कैसे....? कोई मसला है क्या...?

"जी मसला है। लड़का कौन है?" लड़का खड़ा हुआ और बोला "सर मेरी मंगनी होनेवाली है। बात क्या है?"

"बताते हैं अभी बताते हैं... इतनी जल्दी क्या है?"

"लड़की को बुलाइए फौरन" ज़ीनत की अम्मी उसे अपने साथ ले आती है।

इंस्पेक्टर ज़ीनत से पूछते है "बेटा क्या ये सब तुम्हारी मर्जी से हो रहा है?" ज़ीनत रोते हुए कहती है "नही सर, मुझे तो आगे पढ़ना था लेकिन अब्बू मुझे पढ़ने नहीं देते ये उनकी और फूफी की जिद्द से हो रहा है।"

"अरे सर बच्ची हमारी है हम उसका बुरा थोड़े ही सोचेंगे, उसे अभी क्या पता वो बच्ची है।" ज़ीनत के अब्बू ने कहा।

"जी हां बात तो यही है कि ये अभी बच्ची है और इसकी शादी की उम्र नहीं है। सही कहा न मैंने?" नईमा मैम बर्थ सर्टिफिकेट शोएब से लेते हुए इंस्पेक्टर सूरज को देते हुए बोलीं।

इंस्पेक्टर सूरज ने कहा "ले चलो इन सब को थाने बंद कर दो अन्दर। जब जेल की हवा खायेंगे तब अक्ल ठिकाने आयेगी। और तू ..... तीस साल का होके अपने से आधे उमर की लड़की से शादी करने चला है वो भी उसकी मर्जी के बगैर। चल तेरा भूत उतारता हूँ।" कहकर इंस्पेक्टर ज़ीनत के अब्बू, लड़के के बाप और लड़के को अपने साथ ले जाते है। नईमा मैम उन्हे शुक्रिया कहते हुए ज़ीनत की तरफ मुड़ के उसे गले से लगा लेती हैं और वहाँ मौजूद सब लड़कियों से कहती है "बच्चियों किसी भी कीमत पर तालीम हासिल करना। सही और सच्चा मजहब पहचानने का रास्ता इल्म से होकर गुजरता है। जानोगी नही तो सही गलत का फर्क कैसे करोगी? तुम सबमें बहुत सारी खूबियां है टैलेंट है, पहचानो उसे और आगे बढ़ो। मज़हब ने तालीम को ऊंचा मकाम दिया है। ये एक

इबादत का रूप है। आगे से कॉपी कलम किताब को अपना हथियार बनाओ। आँसुओं या बेबसी को नही। और हाँ! अच्छी खराब नजरों को पहचानना सीखो। मज़हब के नाम पर अपने आपको ठगने मत दो, खुदा ने तुम्हे जीता-जागता इंसान पैदा किया है। तुम मुजस्सिमा बनना बंद करो। खुदा ने दिमाग का दर्जा सबसे ऊपर दिया है उसे इस्तेमाल करो और अपनी अच्छी सोच से मकबूलियत हासिल करो.... समाज की तस्वीर बदल डालो। समझे सब? "इतना सुन के सारी लड़कियों और वहाँ मौजूद लोगों में हिम्मत और हौसला बढ़ गया।"

"ज़ीनत कल से स्कूल आना है तुम्हे और हाँ अपनी अम्मी का शुक्रिया अदा करो उनके इस कदम ने तुम्हारे मुस्तकबिल का रास्ता साफ कर दिया।"

फिर ज़ीनत की अम्मी से कहती है, "आप भी कभी कुछ बाज़ी चल दिया कीजिए, वरना कई बार सामने वाला अपने मोहरे मजहब और रिवायतों के नाम से चल देता है और हम रिश्ते निभाने में ही लगे रह जाते हैं।" नईमा मैम, लीना मैम और शगुफ्ता मैम बाकी लडकियों के साथ खुश होते हुए वहाँ से चल देती हैं।

इंसान चांद पर पहुँच गया, बाकी सैय्यारों तक पहुँच बनाए जा रहा है लेकिन ज़मीन पर इंसान कैसे बन के रहना है ये नहीं जान पाया शायद इसीलिए कभी मजहब का हवाला देता है, कभी रिवायतों का हवाला देता है, कभी खुदा का हवाला देता है, कभी समाज का ताकि अपनी नाजायज चाहतों को जायज़ करार दे सके और कमजोर पर लाद सके।

आज भी बहुत से रीति रिवाज़ ऐसे हैं जो सिर्फ बोझ बन चुके हैं सड़ चुके हैं लेकिन हम उन्हे लादे फिर रहे हैं। उनकी मजम्मत करना अब जरूरी हो गया है। जब इनकी मजम्मत होगी तभी हमारी सोच की मरम्मत होगी, और एक खूबसूरत समाज की बुनियाद पुख्ता होगी।

लेखक के बारे में

संजय कुमार जैन 'पथिक' 1980 के दशक में ही इलाहाबाद के कवि सम्मेलनों और साहित्यिक गतिविधियों में पहचान दर्ज कर चुके थे परंतु 1991 के बाद पावर ग्रिड के विभिन्न स्थानों जैसे सिंगरौली, रिहंद, बल्लभगढ़, फरीदाबाद, दिल्ली, पलवल, जयपुर, मंडोला में पोस्टिंग के कारण सम्मेलन तो छूट गए पर लेखन जारी रहा। लेखन और रंगमंच के अतिरिक्त **श्री संजय** ने विभिन्न खेलों में भी पावर ग्रिड का प्रतिनिधित्व किया जिनमें ब्रिज, शतरंज, तैराकी, टेबल टेनिस और कबड्डी शामिल हैं। MBA वित्त, **श्री संजय** वर्तमान में पावर ग्रिड के फरीदाबाद कार्यालय में कार्यरत हैं, परंतु 2018 में गंभीर ब्रेन स्ट्रोक और उसके पश्चात अन्य बीमारियों के कारण सतत जीवन चुनौती से जूझ रहे हैं। लंबे समय तक आई.सी.यू. में रहते हुए ही इन्होंने डॉक्टर की विशेष अनुमति से बिस्तर पर ही कहानियां लिखना और उन्हें सोशल मीडिया पर प्रकाशित करना जारी रखा और यह कहानी भी उन्हीं में से एक है।

कोरोना स्टोरीज सामने वाले अंकल

– संजय कुमार जैन 'पथिक'

पड़ोसी अंकल सब ठीक हो जाएगा!

जब ब्रेन स्ट्रोक और डी वी ए के बाद कई महीने आई.सी.यू. में संघर्ष करने के बाद आखिरकार मौत ने मुझे स्टे दे दिया, और मैं घर आया तब एक फोल्डिंग चारपाई पर घर के बाहर धूप में पड़ा रहता था। मन में हिम्मत नहीं थी कि फिर उठ पाऊंगा या नहीं पर वो अंकल पड़ोस से कभी-कभी आ जाते थे, और समझाते थे, हिम्मत रख सब ठीक हो जाएगा। कुछ लोगों को आश्चर्य होता था कि उनका मोहल्ले में किसी के साथ उठना बैठना अधिक नहीं था पर मेरा हाल जरूर पूछने आते थे। शायद इसलिए क्योंकि मैं उनकी दुखती यादों को कभी नहीं छेड़ता था। मुझे पता था पर कभी नहीं पूछा, अंकल आपने विभाजन के दंगों में भागकर आते समय क्या-क्या खोया, कितने परिवार वाले और कितनी संपत्ति!

धीरे-धीरे सब बच्चे अपना भविष्य कनाडा और जर्मनी में देखते हुए निकल गए। फिर भी अंकल एक बेटे और उसके परिवार के साथ शांति से अपना कारोबार चलाते रहे। पिछले साल जब लॉक डाउन लगा तो थाली बजाने वालों और दिए जलाने वालों में वो सबसे आगे थे। लेकिन हर आदमी अपने घर में बंध कर रह गया और मुलाकातें बंद हो गई। फिर मैंने शाम को पार्क जाने की बजाय छत पर टहलना शुरू किया। रोड के दूसरी तरफ अंकल भी अपनी छत पर दिख जाते थे। सिर्फ आवाज लगाकर पूछते थे, "ठीक हो।" फिर अपने आप मेरा जवाब समझ जाते थे कि ठीक तो नहीं स्टेबल है। फिर खुद ही बोलते थे, "सब ठीक हो जाएगा।"

एकाएक पिछले हफ्ते घर के आगे एम्बुलेंस दिखाई दी। मैं निकलने को हुआ पर किसी ने रोका, "कोविड है अंकल को, निकलो मत।" बाद में पता चला कि कोरोना के साथ हार्ट प्रॉब्लम भी है। किसी ने कहा कि बेटे को भी कोविड है। ज्यादा सोचने का भी वक्त नहीं मिला। अगले दिन सुबह दूसरी मंजिल के पड़ोसी का फ़ोन आया। हॉस्पिटल ने जवाब दे दिया था। दूसरे हॉस्पिटल के रास्ते में ही प्राण निकल गए। एम्बुलेंस में ही शरीर है, जो शमशान ले जा रहे हैं। कोविड के डर से न कोई आया न किसी ने दर्शन किये। कोविड

ग्रस्त बेटा दाह संस्कार किसी प्रकार कर के फिर ऑक्सीजन लगाकर लेट गया। न कोई कनाडा से आया न जर्मनी से। कूड़ा उठाने वाली गाड़ी आई तो कुछ छुपे हुए समाजसेवी निकल आये, वहाँ मत जाना, कोरोना है, अभी गए हैं।

जब शाम को छत पर जाता हूँ, कुछ अधूरा सा लगता है। लगता है कोई अभी पूछेगा, "ठीक हो।" फिर बोलेगा "सब ठीक हो जाएगा।"

लेखिका के बारे में

श्रीमती बी. के. हेमा केन्द्र सरकार के कार्यालय में कार्यरत हैं। उन्होंने बेंगलूर विश्वविद्यालय से एम.ए. उपाधि प्राप्त की है। हिन्दी और कन्नड़ में कहानियाँ, कवितायें और नाटक लिखना उनका शौक है। वह अपने आस-पास की घटनाओं को कहानी, कविता या नाटक का रूप देती है। वह अपने कार्यालय में आयोजित सांस्कृतिक समारोहों में नाटकों की रचना कर उसका निर्देशन भी करती हैं। इन नाटकों में अभिनय करना उनका एक और शौक है। वह अपने कार्यालय की गृह पत्रिका 'राजभाषा सुमन' की संपादक हैं। उन्होंने स्टोरीमिरर के एडिटर्स चॉइस श्रेणी में 'ऑथर ऑफ द वीक' और 'ऑथर ऑफ द मंथ' प्रशस्ति प्राप्त की है और 'ऑथर ऑफ द इयर-2021' की नॉमिनी रही है।

पॉज़िटिव

– बी. के. हेमा

राम जी दो दिन से निरंतर छींक रहे थे, खांस रहे थे, जुकाम से उनका हाल बेहाल हो गया था। उन्होंने सोचा कि ऐसे हाल में गरम-गरम कॉफी मिले तो थोड़ी राहत मिलेगी। अपनी पत्नी सीता से गरम कॉफी की माँग की। सीता जी रसोई में काम कर रहीं थीं तो कहा "सुबह से दो-तीन बार दे चुकी हूँ, फिर से पूछ रहे हैं, आप क्या समझते हैं, मुझे और कोई काम नहीं है, राकेश को काम पर जाना है, पिंकी को किसी काम पर बाहर जाना है, उनके लिए नाश्ता बनाना है, कुछ देर रुकिए, बच्चों के निकलने के बाद आपको जो चाहे बनाकर दूँगी।" इस तरह थोड़े गुस्से में ही जवाब दिया। राम जी "हुँ! हम जब ऑफिस जाते हैं, हमारे लिए वैल्यू रहता है, रिटायर होने के बाद कोई पूछते ही नहीं है। हमारी हेल्थ बिगडने पर तो और भी सस्ते हो जाते हैं" इस तरह मन ही मन मसोसकर रह गये।

कुछ देर बाद राकेश काम के लिए निकला तो सीता जी उसे लंच बॉक्स पकड़ाते हुए मास्क पहनकर जाने और पिछले दिन राम जी को जो लैब टेस्ट करवाया था, उसका रिपोर्ट लेकर आने की याद दिलायी। बाद में रसोई में काम करते-करते राम जी को कॉफी देना भूल गयी। राम जी भी अब तक अपने रूम में सो गये थे।

राकेश ऑफिस जाने के लिए बस स्टॉप पर पहुँचा तो वहाँ पड़ोस के राजेश को देखा। तभी उसके दोस्त किशोर का फोन आया। वह किशोर से बात करने लगा - "हाय किशोर, कैसे हो? .... क्या, ठीक से सुनाई नहीं दे रहा है? मास्क पहनकर बात करने का यही प्रॉब्लम है! रुको, मास्क निकाल के बात करता हूँ, सुनाई देगा।

हाँ यार, पापा की तबीयत ठीक नहीं है, इसलिए थोड़ी सी देर हो गयी। ज़ुकाम और सर्दी है, खांस रहे हैं...। हाँ, पॉज़िटिव ...., नहीं, यह बात पापा को मालूम नहीं है, पता चलने पर बेकार में टेंशन कर लेते हैं, चिंता करने लगते हैं, इसलिए सब कुछ ठीक होने के बाद बताने के लिए सोच रहा हूँ। हाँ, मेरी बस आ गयी, मैं तुम्हें बाद में फोन करूँगा" कहते हुए राकेश बस में चढ़कर चला गया। राजेश यह सब सुनकर घबरा गया और अपने पापा को फोन करके बता दिया।

थोड़ी देर बाद राम जी की बेटी पिंकी भी किसी काम से बाहर जाने के लिए निकली। बाहर राजेश की माँ कमला जी से मुलाकात हुई। कमला जी के साथ कुशल समाचार की बात हो ही रही थी कि उसकी सहेली का फोन आ गया। वह उसके साथ बात करने लगी। "हाँ रेखा, बोलो कैसी हो, कितने दिन के बाद फोन किया है तुमने, ... हाँ, हम सब ठीक है, बस पापा की तबीयत थोड़ी सी खराब है, कल से छींकना, खांसना चल रहा है। .... क्या बोली, ठीक से सुनाई नहीं दे रहा है, रुको, थोड़ा ये मास्क हटा दूँ तो सुनाई देगा" बोलते हुए वह मास्क हटा दी। "अब सुनाई देगा, बोलो क्या हाल है? हाँ, टेस्ट हो गया है, रिज़ल्ट भी पॉज़िटिव आने की पूरी उम्मीद है, लेकिन अभी हमने किसी को नहीं बताया है, रिज़ल्ट आने के बाद ही बता देंगे। चलो, तुम्हारी बात बताओ,.........।" इस तरह वह उसके साथ बात करते हुए वहाँ से निकल गयी। यह सब बातें सुनकर कमला जी घबरा गयी।

कमला जी तुरंत अंदर जाकर अपने पति श्याम जी से कहने लगी "सुना आपने? पड़ोस के राम भैया को कोरोना पॉज़िटिव हो गया है।" श्याम जी पूछे "अरे, तुम्हें किसने बताया?" कमला जी बोली "कोई कौन बतायेगा, मैंने अपने कानों से खुद सुना है, अभी-अभी पिंकी अपनी सहेली से बता रही थी, सब चोर हैं, घर में एक को कोरोना हो गया है, लेकिन ये लोग बिना किसी को बताये आराम से बाहर घूम रहे हैं। क्या पता, कल इनको भी हो जाये और इनसे हमें भी फैले तो क्या करें, और आप तो रोज़ एक-एक घंटा उनके घर जाकर उनके नज़दीक बैठकर बातें करके आते हैं। कल भी गये थे, क्यों आपको मालूम नहीं हुआ क्या? हाय राम, कहीं आपको भी कुछ हो जाये तो मैं क्या करूँ, भगवान से अभी मन्नत करूँ कि आपको कुछ न हो जाए" रोते हुए अंदर चली गयी।

श्याम जी को अब चिंता होने लगी। क्योंकि सुबह उनका बेटा राजेश भी यही बात कह रहा था, लेकिन श्याम जी ने उस पर ज्यादा गौर नहीं किया था। जब कमला भी यही बोली तो उनसे न रहा गया। वे राम जी को फोन लगाये "राम जी आप कैसे हैं? हाँ सुना है, आपकी तबीयत ठीक नहीं है, आप चिंता मत कीजिए, हम सब आपके साथ हैं। फिर भी आप शुरू में ही अस्पताल में एडमिट हो जाएं, तो अच्छा होगा, क्योंकि बाद में बेड नहीं मिले तो मुश्किल हो जाएगा। मेरा भांजा संतोष अस्पताल में काम करता है, यदि आप कहें तो मैं अभी उनसे बात करके आपके लिए बेड रिज़र्व करने के लिए बता दूँगा।" इसे सुनकर राम जी को आश्चर्य हुआ और वे बोले "अरे श्याम जी, मुझे क्या हो गया है? मुझे क्यों अस्पताल में एडमिट होना है? हाँ थोड़ा सा ज़ुकाम और सर्दी है, इसके अलावा

और कुछ नही।" श्याम जी बोले "अरे राम जी, ये कोरोना जो है, वह सर्दी, ज़ुकाम से ही शुरू होता है। लगता है, आपके बच्चे आपसे नहीं बोले हैं, लेकिन राजेश और कमला ने आपके बच्चों द्वारा अपने दोस्तों को ये बात बताते हुए सुना है। ऐसी बातें छिपाने की नहीं है, क्योंकि कल बात का बतंगड़ हो जाए तो, ... इसलिए अच्छा है कि आप अभी से अस्पताल में भर्ती हो जाओ, ताकि आपको अच्छा ट्रीटमेंट मिलें और आप स्वस्थ हो जाएं। आपको तो हम जैसे पड़ोसियों के बारे में भी सोचना हैं, न, क्योंकि हम भी बूढ़े हैं और कमज़ोर भी हैं।" इस तरह उन पर फब्ती कसते हुए कहा।

राम जी को लगा हो, सकता है उनको कोरोना हो गया हो, इसीलिए घरवाले उनके पास नहीं आ रहे हैं और उनकी पत्नी ने भी सुबह कॉफी पूछने पर गुस्सा कर दिया था और अब तक दी भी नहीं। इस बात से वे डर गये। इसके बाद वे कमरे से बाहर ही नहीं निकलें और सीता जी को भी अपने कमरे के अंदर आने नहीं दिया। यहाँ तक कि खाने के लिए भी बाहर नहीं आये और सीता जी से बात तक नहीं की। कुछ कागज़ पत्र ढूँढे और सभी को एक बैग में रखा। यह सब देखकर सीता जी को चिंता होने लगी। उन्होंने राम जी से पूछा "आप क्या कर रहे हैं, कौनसा कागज़ पत्र ढूँढ रहे हैं और क्यों? जब अपनी तबीयत ठीक नहीं है तो विश्राम लेना चाहिए, बेकार का काम क्यों कर रहे हैं?" इस पर राम जी ने केवल इतना ही कहा कि "तुम्हें यह सब मालूम नहीं होता है, आज ही मुझे ये सब राकेश को सौंपना चाहिए और उसे मेरे बैंक एकाउंट, नकद आदि का लेखा-जोखा देना है, पता नहीं कल क्या होगा। यदि मुझे कुछ हो जाए तो उसे ये सब ढूँढने में मुश्किल होगी।" ऐसी बातें सुनकर सीता जी के होश उड़ गए! "ये आप क्या कह रहे हैं, आपको क्या हो गया हैं? क्यों ऐसी बातें कर रहे हैं?" कहते हुए रोने लगी। लेकिन राम जी कुछ कहे बिना अपना काम करते जा रहे थे।

शाम को जब राकेश ऑफीस से आया तो देखा माँ रो रही है और पिताजी अपने कमरे को बंद करके बैठे हैं। उसने माँ से पूछा तो माँ रोती हुई बोली "देखो तुम्हारे पापा उल्टी-सीधी बातें कर रहे हैं, सुबह से अपने कमरे से बाहर भी नहीं निकलें, खाना तक नहीं खाये, पूछने पर तुम्हें घर के कागज़ पत्र और अपने बैंक एकाउंट आदि सौंपने की बात कर रहे हैं।" राकेश ने कमरे के पास जाकर उन्हें बुलाया। पिंकी भी आ गयी और उसने भी अपने पापा को बुलाया। राम जी बाहर आये और राकेश और पिंकी को मास्क पहनकर आने और थोड़ी दूर पर ही खड़े रहने के लिए बोले। राकेश को अजीब लगा, लेकिन उसने अपने पापा का आदेश माना। राम जी ने उसे घर के कागज़ पत्र और अपने बैंक

एकाउंट के पासबुक और एलआईसी जैसे कुछ महत्वपूर्ण दस्तावेज़ों का बैग पकड़ाते हुए कहा "देखो राकेश, इसमें सभी महत्वपूर्ण दस्तावेज हैं, जिन्हें तुम हिफाज़त से अपने पास रखना, मैं तो पिंकी की शादी धूमधाम से करना चाहता था, लेकिन मेरी नसीब में यह लिखा नहीं है, हाँ तुम उसकी शादी अच्छे घरवाले से करना। तुम्हारी माँ का अच्छा खयाल रखना, वो हमारे परिवार के लिए बहुत त्याग कर चुकी है। आगे इसकी देखभाल की जिम्मेदारी तुम पर है।" यह सुनकर बच्चों को कुछ समझ में नहीं आया और दोनों चिल्लाये "पापा आपको क्या हो गया है? आप क्यों ऐसी बातें कर रहे हैं ?" सीता जी तो और जोर से रोने लगी। राम जी धीरे धीरे बोले "देखो बेटा, यदि आपने मुझे सीधे नहीं बताया तो क्या, पता चला कि मुझे कोरोना पॉज़िटिव हो गया है, इसलिए तुम लोग सुबह बाहर जाते समय मुझे विदा करने नहीं आये, तुम्हारी माँ भी मेरे कमरे के पास नहीं आयी, और मुझे कॉफी तक नहीं दे पायी। इसे छोडो, मैंने जो कहा, वो सब याद रखना, अब इस खानदान को आगे बढ़ाने की जिम्मेदारी तुम लोगों पर हैं। मुझे कुछ हो जाए तो मेरी बॉडी भी नहीं देंगे न?" राकेश और पिंकी को अजीब लगा। राकेश ने पूछा "पापा, आपको किसने बताया कि आपको कोरोना पॉज़िटिव हो गया है? परसों आप बाज़ार से लौटते समय ज़ोर से बारिश हो रही थी और आप बारिश में पूरी तरह तरबतर होकर आये थे, इसलिए आपको सर्दी और ज़ुकाम हुआ है।" इस पर राम जी बोले "तुम लोग जब अपने दोस्तों को बता रहे थे, तो राजेश और कमला जी ने सुन लिया है और श्याम जी से कहा है। श्याम जी ने मुझे बताया।"

राकेश और पिंकी सोचने लगे कि उन्होंने कब अपने दोस्तों को ये बात कही। कुछ पल सोचने के बाद राकेश को माजरा समझ में आया। वह हँसते हुए बोला "पापा, सुबह जब मैं ऑफिस जा रहा था तो राजेश भी बस स्टॉप पर खड़ा था। उसके साथ बात करते समय मेरे दोस्त किशोर का फोन आया। किशोर ने आप लोगों के बारे में पूछा तो मैंने आपको ज़ुकाम होने की बात कही। मैंने उनसे कहीं से ओ ग्रूप ब्लड की व्यवस्था करने के लिए बताया था, तो वह पॉज़िटिव या नेगेटिव पूछा और मैंने कहा पॉज़िटिव। पापा, जानकी बुआ के बेटे रामू को दो दिन पहले एक्सिडेंट हो गया है और वह अस्पताल में है। यह बात मैंने आपसे नहीं कही थी। किशोर ने पूछा कि रामू को जो एक्सिडेंट हुआ है, इसके बारे में आपको मालूम है या नहीं? तो मैंने कहा, नहीं! इसके बारे में आपको मालूम नहीं है, क्योंकि 'आपसे कहने पर आप बेकार में टेंशन लेते हैं, इसलिए सब कुछ ठीक होने के बाद आपसे कहूँगा' करके बोल दिया। किशोर के साथ यही बातें हो रही थी और इतने में मेरी बस आयी और मैं चला गया। हाँ, मेरी तरफ से एक गलती हो गयी कि किशोर को

ठीक से नहीं सुनाई दे रहा था तो मैं मास्क निकाल कर बातें की। राजेश को किशोर की बातें सुनाई नहीं दिया, उसने केवल मेरी बात सुनकर गलत समझ गया होगा कि आपको कोरोना पॉज़िटिव हो गया है।"

पिंकी भी हँसने लगी और बोली "माँ सुबह जब मैं बाहर गयी तो कमला आंटी मिलीं, उनसे बात करते समय रेखा ने फोन किया। वो भी आप लोगों के बारे में पूछ रही थी तो मैंने पापा की तबीयत ठीक नहीं होने के बारे में बताया। इतने में उन्होंने पिछले महीने मैंने जो सिमन्स कंपनी में जॉब के लिए अप्लाइ किया था, उसके बारे में पूछा तो मैंने उसको कहा कि "वहाँ टेस्ट हो गया है और रिज़ल्ट भी पॉज़िटिव आने की पूरी उम्मीद है, लेकिन अभी हमने इसके बारे में किसी को नहीं बताया है, रिज़ल्ट आने के बाद बताने के लिए सोचा है।" शायद कमला आंटी इसे गलत समझ लिया होगा! सोचा होगा कि पापा का टेस्ट करवाया है और कोरोना पॉज़िटिव हो सकता है! पर माँ, मुझसे भी गलती हो गयी, मेरी आवाज भी उसे ठीक से नहीं सुनायी दे रही थी, इसलिए मैं मास्क निकाल कर बात कर रही थी। आंटी तो इससे भी डर गयी होंगी।"

सीता जी को भी याद आया कि जब सुबह वह कमला के घर कुछ पूछने गयी थी तो बिना इससे बात किये दरवाज़ा बंद कर दिया था। पड़ोसन के यहाँ ही तो जा रही हूँ न, ऐसा सोचकर सीता जी ने भी मास्क नहीं पहना था। यह सुनकर सभी को थोड़ी तसल्ली तो मिली लेकिन पिछले दिन इसी कारण से राम जी का जो टेस्ट करवाया था, उसका भी रिज़ल्ट बाकी था। सब इसे सोचकर फिर से परेशान हो गये। तभी राकेश के फोन पर एक मेसेज आया। उसने देखा तो खुशी से बोला "पापा और माँ, आप लोगों को डरने की कोई बात नहीं, पापा का कोरोना टेस्ट नेगटिव निकला है, अभी-अभी मेरे फोन पर मेसेज आया है।" सभी को राहत मिली, माँ और पापा का चेहरा खिल उठा। इसी बीच एक और मुसीबत थी कि श्याम जी चुप बैठने वाले नहीं थे, वे राम जी को कोरोना होने का समाचार पूरे मोहल्ले में फैलाने वाले थे। इसे रोकना ज़रूरी था, अत: राम जी बोले "अभी से मुझे यह खबर सबसे पहले श्याम जी को देना है, नहीं तो हमारा घर से बाहर निकलना मुश्किल हो जाएगा" कहते हुए उन्होंने फोन उठाया।

राकेश ने बोला "पापा, अंकल से इसे बताने के साथ यह भी कहना कि किसी के बारे में कोई खबर फैलाने से पहले उसकी सच्चाई का पता लगा लें, नहीं तो अनर्थ हो सकता है। हाँ, हमारी भी गलती थी कि मैंने और पिंकी ने मास्क निकाल कर बात की और माँ तो बिना मास्क पहने उनके घर गयी थीं और सार्वजनिक स्थलों पर हमने मोबाइल पर

जोर-जोर से बातें कीं, जिससे सुननेवालों ने कुछ गलत समझ लिया। ये सब हमारे लिए भी एक सबक है। आगे हमें भी ये सब ध्यान में रखना चाहिए।" सभी ने इस पर हामी भरी और आगे ऐसा होने का मौका नहीं देने का संकल्प किया।

दोस्तों, यह कहानी सबके लिए एक सीख है। जब परिस्थिति ऐसी है तो हमें भी अपनी तरह से पूरा सावधान रहना पड़ता है। हम कोरोना नियंत्रण की जिम्मेदारी पूरी तरह सरकार पर डालकर अपनी जिम्मेदारी भूल जाते हैं, जो गलत है। सबसे पहले हमें किसी भी परिस्थिति में मास्क पहने बिना बाहर घूमना नहीं चाहिए। दूसरा, सार्वजनिक स्थलों पर जब मोबाइल में बात करनी हो तो धीमी स्वर में बात करनी है, ऊँची आवाज़ में बात करने से सुननेवालों को डिस्टर्ब होती है और हमारी बातों से गलतफहमी भी हो सकती है। तीसरा, अन्य लोगों के बारे में कुछ भी बोलने से पहले सावधानी बरतना बहुत ही ज़रूरी है क्योंकि जैसे कहा जाता है कि प्रत्यक्ष रूप से देखने पर भी कभी-कभी वह समाचार झूठ निकल सकता है, क्योंकि जब तक हम उसके पीछे का आशय नहीं समझते हैं, तब तक उसके बारे में मनमानी बात करना गलत होती है और इससे अनावश्यक परेशानियाँ हो सकतीं है और किसी का तेजोवध भी हो सकता है। जब समाज में सभी लोग अपनी जिम्मेदारी समझते हुए सहयोग के साथ जियेंगे तो 'सबके साथ सबका विकास' आसानी से हासिल कर सकते हैं।

लेखिका के बारे में

सोनभद्र उत्तर प्रदेश में जन्मी **अर्चना** काशी हिन्दू विश्वविद्यालय (बी एच यू) से स्नातक और वर्तमान में होममेकर हैं। पुस्तकें पढना, गीत-संगीत सुनना, हरियाली के बीच वक्त बिताना और यायावरी उन्हें पसंद है। अपने आस-पास के सामजिक और राजनीतिक मसलों पर जागरूक रहती हैं। **अर्चना** की कवितायें, कहानियाँ, लेख, संस्मरण इत्यादि विभिन्न देशी-विदेशी पत्र-पत्रिकाओं में छपते रहे हैं। वे स्टोरीमिरर, प्रतिलिपि जैसे प्लेटफॉर्म्स के साथ ही विदर्भ हिंदी साहित्य सम्मलेन के दो मुख्य प्रकोष्ठों अंतरंग महिला चेतना मंच, हिंदी महिला समिति और नागपुर महिला क्लब सहित देवशील मेमोरियल, आगमन, गूँज, किस्सा-कोताह, ओपन डोर आदि प्रतिष्ठित समूहों की भी सदस्य हैं। **अर्चना** के तकरीबन आठ साझा काव्य संग्रह, दो साझा कहानी संग्रह, एक संस्मरण संग्रह भी आ चुके हैं। **अर्चना** का एक काव्य संकलन "कतरा-कतरा दर्द" प्रकाशित हुआ है। साथ ही इन्होने एक काव्य संग्रह "एहसास" का संपादन भी किया है। आकाशवाणी नागपुर से भी इनके अनेकों प्रसारण हो चुके हैं।

काव्या

– अर्चना राज चौबे

"ओह्ह्ह्ह सॉरी!", टकराते ही कबीर ने कहा। आज फिर उसे देर हो रही थी और इसी हड़बड़ी में वो किसी से बेतरह टकरा गया था और ये कहते हुए वो जो पलटा तो नज़रें मानों थम गयीं। सांस एक पल को तो रुक ही गयी। यही हाल दूसरी ओर भी था। काव्या को एक जरूरी क्लाइंट से मीटिंग करनी थी और उसी की रूपरेखा अपने दिमाग में तैयार करती वो आज इस शॉर्टकट से निकल आई थी कि बेखयाली में ही किसी से टकरा गयी। थोड़ी झुंझलाहट के साथ सॉरी कहते हुए जब उसकी नज़रें मिलीं तो उसके कदम मानो चिपक गए धरती से और धड़कन वही कि पल भर को थम गयी हो जैसे। कुछ पल दोनों एक दूसरे को देखते रहे और इस कदर देखते रहे मानो रोम-रोम जैसे नज़र हो गयी और लहू जैसे प्यास। अतीत छलक उठा। फिर बड़ी कोशिशों से दोनों पलटे और अपनी-अपनी राह चल पड़े पर ये चलना भी ऐसा था कि पैरों में किसी ने पत्थर बाँध दिया हो। आम तौर पर गंभीर रहने वाला कबीर कुछ और गंभीर और ग़मगीन हो गया तो काव्या भी अंदर ही अंदर भावनाओं के ज्वार से बुरी तरह उलझ गयी। जूझने लगी। इसी जद्दोजहद में उसकी आँखें पनीली हो उठीं पर जगह का ख़याल कर उसने खुद को थामे रखा। अपने-अपने ऑफिस पहुंचकर दोनों ने ही अनमने ढंग से अपना काम निबटाया। जहां कबीर ये सोचकर थोड़ा खुश था कि आखिरकार इतने सालों बाद काव्या दिख ही गयी। तो वो यहाँ इस शहर में रहती है। अब भी वैसी ही दिखती है, वैसे ही छोटे बाल, वही बेख्याली और वही कमसिनी। सोचते-सोचते कबीर के होठों पर मुस्कान आ गयी पर अगले ही पल वो उदासी से घिर गया। काश! कि वो उससे कुछ पूछ पाता। हाल-चाल ही सही ..इस बहाने उसकी आवाज़ तो सुन पाता पर नहीं। वो तो बिलकुल इस तरह हक्का-बक्का हो गया था कि आवाज़ हलक में ही अटक गयी थी।

उसे अब खुद पर झुंझलाहट कम और गुस्सा अधिक आ रहा था। सोचते-सोचते थककर पीछे कुर्सी पर सिर टिकाकर आँखें मूँद लीं उसने। सेक्रेटरी को पहले ही हिदायत दी जा चुकी थी कि जब तक वो न कहे उसे डिस्टर्ब न किया जाए। इधर काव्या उससे मिलने (हालांकि इसमें मिलने जैसा कुछ भी नहीं था) के बाद से ही अंदर से बुरी तरह अस्थिर हो गयी थी। मन बेचैन हो उठा था। कोई काम ढंग से नहीं कर पा रही थी। जैसे-तैसे क्लाइंट

को निबटाया फिर क्योंकि अपना ही बुटीक था तो सहयोगी अंजली को सँभालने के लिए कहकर वो पैदल ही घर की ओर निकल पडी।

अब अतीत खुलकर मन में हलचल मचा रहा था। भावनाएं बादलों की तरह उमड़-घुमड़ हो रही थीं। हलकी थकन के बावजूद वो घर नहीं गयी बल्कि पास के ही परिचित कैफ़े में चली गयी। पसंदीदा कॉफ़ी का एक बड़ा मग आर्डर किया उसने और सुविधाजनक कोने की सीट पर जाकर बैठ गयी।

थोड़ी ही देर में परिचित वेटर ने मुस्कुराते हुए कॉफ़ी लाकर सामने मेज पर रखी पर काव्या को खोयी हुई देखकर बिना कहे वो चला गया। काव्या तो अतीत में गुम थी, भला ध्यान कैसे देती।

बचपन अर्थात 14-15 साल की उम्र और वो भी शरारतों व् चुहल से भरपूर। पूरा दिन दोस्तों के साथ मटरगश्ती, लड़ना-झगड़ना, रूठना-मनाना चलता रहता। प्यारी इतनी कि हर कोई उससे प्रभावित हो उसे पसंद करता और शैतान इतनी कि आये दिन मम्मी से डांट खाती पर उससे क्या। एक कान से सुनना और दूसरे से निकाल देना कितना तो आसान था और ये सोचकर उसके होठों पर मुस्कान तैर गयी। फिर याद आया कि सामने वाला बँगला जो महीनों से खाली पड़ा था, एक रोज उसमें उसमें चहल-पहल दिखी। शैतान की टोली यानि काव्या की चौकड़ी जासूसी के काम पर लग गयी। यहाँ-वहाँ पूछताछ की, तो पता चला कि कोई अर्जुन राजपुरोहित हैं बैंक मैनेजर। उन्हें ही ये बँगला अलॉट हुआ है और एक दो दिनों में वो शिफ्ट करेंगे इसलिए सफाई वगैरह हो रही थी। एक दिन काव्या जब सुबह सोकर उठी तो उसने देखा कि ब्राउन कलर की एक कार खडी है सामने वाले गेट पर। वो समझ गयी कि फैमिली आ गयी है। फिर धीरे-धीरे आने वाले दिनों में परिचय हुआ। मम्मी ने उन्हें डिनर पर भी बुलाया तब जाकर काव्या को पूरी तरह पता चला कि दरअसल अंकल-आंटी के अलावा उनका सिर्फ एक बेटा है वो भी उससे तीन-चार साल बड़ा और उस पर भी तुर्रा ये कि बड़ा पढ़ाकू और बोरिंग किस्म का है। काव्या को बहुत निराशा हुई पर कर भी क्या सकती थी।

खैर! कुछ ही दिनों में काव्या ने महसूस किया कि वो उतना भी बोरिंग नहीं था। अच्छे से बात करता था। मुस्कुराता भी था तो काव्या ने दांतों से जीभ काटकर भगवान् जी से माफी माँग ली, उस बुराई के लिए जो उसने नमक-शक्कर और मिर्च-मसाले के साथ अपने दोस्तों को सुनाई थी। अब वो अक्सर आंटी के यहाँ जाने लगी। आंटी भी जब-तब उसे बुला लेतीं। कभी कुछ खिलाने तो कभी कहीं साथ जाने के लिए। उसे भी आंटी बड़ी

पसंद आने लगी थीं इसलिए वो भी ख़ुशी-ख़ुशी हर वक्त तैयार रहती। ऐसे ही वक्त आगे बढ़ रहा था पर एक रोज काव्या ने महसूस किया कि जब भी कबीर उसकी बातों या शैतानियों पर मुस्कुरा देता है तो उसे अजीब सी गुदगुदी महसूस होती है। वो जब आस-पास होता है तो उसे बड़ा अच्छा लगता है। वो बहुत खुश रहती है। जिस वक्त वो नहीं दिखता, काव्या की नज़रें और उसका ध्यान कबीर को खोजने में ही उलझे रहते हैं। कई बार तो आंटी टोक भी देती हैं हँसकर पर वो ये जानबूझकर नहीं करती, बस हो जाता है। क्यों वो नहीं समझ पाती तो और उलझ जाती है।

उसने ये नोटिस किया कि कबीर भी उसे कनखियों से निहारता रहता है। वो कहीं बाहर आती-जाती है तो वो भी टहलते हुए अपने बरामदे में निकल आता है और उसे देखने के लिए ही काव्या निकलते समय जोर से आवाज़ लगाकर मम्मी को बताती थी कि वो जा रही है।

यूँ ही दिन बीतते रहे और काव्या मानो एकांतप्रेमी होने लगी। सहेलियों से कन्नी काटती। कहीं भी आने-जाने से मना कर देती। बस, या तो स्कूल या फिर घर और वो भी अपना कमरा। गाने सुनती या कुछ सोचती और कभी लॉन तो कभी खेतों के चक्कर लगाती कि यहीं हेज़ों के बीच से शायद वो दिख जाए पर उसे पता न चले कि काव्या भी उसे देख रही है। वो देखती कि जब भी वो बाहर निकलता; बड़ी हसरत से काव्या के घर की तरफ देखता पर काव्या जब नहीं दिखती तो उदास और मायूस हो जाता। काव्या बेचैन हो उठती पर मन मसोस कर रह जाती। हालांकि आज वो ये समझ पाती है कि ये सब कुछ उसकी उम्र का तकाज़ा था। हार्मोंस की वजह से था और बिलकुल स्वाभाविक था पर जब ये सब उसके साथ हो रहा था। वो अंदर से बदल रही थी तब बेहद उलझी-उलझी सी थी क्योंकि इसका ठीक-ठीक कारण उसे समझ नहीं आ रहा था और ऐसा होने से भी वो रोक नहीं पा रही थी।

तमाम उलझनों के बावजूद भी जो कुछ उसके और कबीर के बीच घट रहा था, वो बहुत भला था। उसमें सुख था। उसमें ख़ुशी थी बावजूद इसके कि उसमें गम, बेचैनी, छटपटाहट और असमंजस भी था। काफी दिनों के बाद एक रोज जब वो स्कूल से लौट रही थी तो अचानक ही सामने गेट के पास कबीर खड़ा दिखा। नज़रें मिलीं और अटक गयीं। कुछ ही पलों में कबीर की तेज़, शफ्फाक और गहरी नज़र का ताब काव्या सह नहीं पायी और उसने नज़रें झुका लीं और उसी तरह झुकी नज़रों के साथ वो अपने घर में दाखिल हुई और सीधा अपने कमरे में जाकर चुपचाप दरवाज़ा बंद कर लेट गयी। उसने महसूस किया कि

उसकी पलकें नम हैं। दिल बेतरह तेज़ी से धडक रहा है। साँसें बेकाबू। शरीर तपने लगा। उसने खुद को इन सब में बह जाने दिया। डूब जाने दिया ..देर तक ..कि इस बह जाने में ही सुख था ...इस डूबने में ही राहत थी। इस घटना के बाद अब वो कबीर के सामने पड़ने के ख़याल से और भी कतराने लगी हालांकि उसके घर और खिड़की-दरवाजों या रौशनदान का ऐसा कोई भी कोना नहीं होगा जहां वो कबीर को देखने के इंतज़ार में कई-कई बार घंटों न गुजारती रही हो ..खैर।

उस दिन छुट्टी थी ..सर्दियों के दिन। मीठी गुनगुनी धूप। वो अपने लॉन में बैठी आँखें मूंदे कबीर के बारे में ही सोच रही थी कि तभी उसे मम्मी और आंटी की आवाज़ सुनाई दी जो गेट के पास खडी होकर बातें कर रही थीं। काव्या पर नज़र पड़ते ही आंटी ने उसे आवाज़ दी। बोलीं .. "आओ बेटा, आज कस्टर्ड बनाया है। टेस्ट करके बताओ तो। वैसे तो अभी गरम ही है, पर तुम्हारे लिए मै फ्रीजर में डालकर जल्दी से ठंडा कर दूँगी।" उसके घर जाने का सुनकर काव्या का रोम-रोम धडक उठा। उतावला होने लगा पर किसी तरह बड़ी कोशिश से उसने खुद को नियंत्रित किया। आंटी के साथ घर गयी तो आंटी ने पूछा भी कि "क्या बात है...आजकल आती क्यों नहीं हो... कबीर ने कुछ कहा है क्या? कहा हो तो बताओ अभी उसके कान खींचती हूँ। फिर खुद ही मायूस होकर कहने लगीं आजकल उसे पता नहीं क्या हो गया है कि किसी से कोई बात ही नहीं करता। कुछ बोलो तो बस हाँ हूँ करके टाल देता है। आंटी जब ये कह रही थीं कि तभी कबीर कहीं बाहर गया हुआ था, आ गया। आंटी ने आवाज़ लगाई, "कबीर आज कस्टर्ड बनाया है तेरे लिए..तुझे तो गरम ही पसंद है न! तो तू भी अभी खा ले, यहीं साथ बैठकर। देख! काव्या को पकड़ लाई हूँ...पता नहीं आजकल आ क्यों नहीं रही थी। आंटी ने शिकायत के अंदाज़ में कहा। काव्या मुस्कुराकर कुछ कहने ही जा रही थी कि तभी उसने देखा कबीर सीधा उसी की तरफ देख रहा था। काव्या सिहर उठी। क्या-क्या तो था उन नज़रों में ..उलाहना, तकलीफ और...और प्रेम सा कुछ। काव्या एक बार फिर सहम गयी हालांकि उसकी नज़रों में ये सब होना उसे अच्छा लगा था। आंटी कस्टर्ड का बाउल कबीर को देते हुए बोलीं कि "बस दो मिनट बैठो बेटा...मै अभी इसे ठंडा करके लाती हूँ...अचानक काव्या को न जाने क्या हुआ वो भी ट्रे से अपना बाउल उठाते हुए बोली कि आंटी आज मै भी गरम खाकर देखती हूँ।" आंटी रुक गयीं, "सच?..वैसे ज्यादा वक्त नहीं लगेगा"

"नहीं आंटी, ठीक है। चलो! ठीक है फिर!" कहते हुए आंटी भी मुस्कुराते हुए बैठ गयीं कि तभी काव्या ने कनखियों से देखा कि कबीर के चेहरे पर ख़ुशी तिर आई है और

जब नज़रें टकरायीं तो हडबडाहट में कस्टर्ड काव्या की फ्रॉक पर छलक उठा। आंटी बोल पडीं कि "देखो, मैंने कहा था न कि ठंडा कर देती हूँ।" और पोंछने के लिए टिश्यू निकालने लगीं पर काव्या उठकर खडी हो गयी और बोली, "आंटी मै इसे धो लेती हूँ।" और इतना कहकर वो बेसिन की तरफ चली गयी।

इस पूरे वक्त उसके दिल की रफ़्तार पूरे वेग में थी। शायद कबीर भी तो उसे ही अपलक देख रहा था। मौका भी था क्योंकि आंटी अब फ़ोन पर किसी से बात कर रही थीं। आज दोनों ने एक दूसरे से एक शब्द भी नहीं कहा कि जैसे कहना-सुनना सब चुक गया था। बस अहसास थे जो सब कुछ बहाए लिए जा रहे थे। वो दोनों भी इस सब को बड़ी शिद्दत से महसूस कर रहे थे कि ज़ुबां सूख-सूख जा रही थी उनकी। जैसे-तैसे कस्टर्ड ख़त्म हुआ और काव्या जाने के लिए उठ खडी हुई क्योंकि अब उससे वहाँ बैठा नहीं जा रहा था। उसे लग रहा था कि अगर वो थोड़ी देर और रुकी तो पता नहीं क्या हो जाये! पर कुछ तो होना ही था न, आज जो हुआ भी। काव्या जाने के लिए जैसे ही मुड़ी, कबीर ने उसकी बायीं हथेली कसकर थाम ली। ओह्ह्ह्ह...काव्या की साँसें बेकाबू होने लगीं। वो बेतरह कांपने लगी। ऐसा लगा जैसे उसका पूरा शरीर शिथिल पड़ता जा रहा है। जैसे उसमें ताकत ही न बची हो। उसकी आँखों में सुख की नमी उतर आई और उसने आहिस्ता से पलटकर कबीर को देखा...वो ठीक उसके पीछे खडा था। उसकी भी साँसें तेज़ थीं। इतनी कि काव्या को उनकी तपन महसूस होने लगी। उसकी आँखें कैसी तो गुलाबी सी हो गयी थी और अब वो धीरे-धीरे काव्या की उँगलियों में अपनी उँगलियाँ फंसाने लगा था। धीरे-धीरे उसकी आँखों में भी नमी उतर आई और तब काव्या ने एक बार हल्के से उसकी हथेलियों को दबाकर उँगलियाँ ढीली छोड़ दीं। अब धीरे से उसने भी काव्या की हथेली छोड़ दी। काव्या का मानो रोम रोम मचल उठा। समर्पण भाव तीव्रतर होने लगा पर किसी तरह कांपते कदमो से वो घर के लिए जाने लगी। आंटी अभी तक फ़ोन पर थीं। काव्या जब तक अपने घर में दाखिल नहीं हो गयी तब तक उन दो आँखों की तपन और नमी दोनों ही अपनी पीठ पर महसूस करती रही। कमरे में पहुँचने पर ऐसा लगा कि मानो वो संक्रमित होकर पूरी देह में फ़ैल गया हो। काव्या देर तक इस सुख को महसूस करती रही। कब तक नहीं पता और शायद कबीर भी (काव्या और कबीर दोनों को ही इस बात का तनिक भी अंदाजा नहीं था कि यही पल...हाँ ठीक यही एकमात्र पल उन दोनों के नेह का इकलौता गवाह होने वाला था)। इसके बाद एक ओर जहाँ बेचैनी, बेकरारी अपने चरम पर थी वहीं एक विकट किस्म की झिझक भी भरपूर तरीके से प्रभावित करने लगी थी अब। जहाँ वो हर पल कबीर के साथ होना चाहती, वहीं उसके लिए हिम्मत जुटा

पाना नामुमकिन लगता। इस घटना को तकरीबन एक हफ्ते हो चुके थे। काव्या अपने कमरे में बैठी गाने सुन रही थी। शाम 7 या 8 बजे का वक्त था। एक फ़ोन आया। मम्मी ने कहा उठाने को पर उसने अनसुना कर दिया। फिर बार-बार फ़ोन आने लगा तो झुंझलाकर मम्मी ने उठाया पर कोई आवाज़ न आने पर नाराज़ होकर फिर अपने काम में लग गयीं। (बाद के दिनों में काव्या कितना पछताई, रोई थी कि काश मैंने फ़ोन उठा लिया होता। शायद उसी का रहा हो)।

अगले दिन सुबह अभी ठीक से आँख खुली भी नहीं थी कि कानों में मम्मी की आवाज़ पड़ी। जो पापा से कह रही थी कि "पता है, आज सुबह वाली ट्रेन से कबीर चला गया। पूनम (कबीर की मम्मी) बता रही थीं। कह रही थीं कि कॉलेज खुलने में तो अभी ३-४ दिन बाकी है पर पता नहीं क्या हुआ कि कल रात अचानक अपना सामान पैक करने लगा। बोला जाना है ..जरूरी काम है। बहुत उदास लग रही थीं। खैर पढने-लिखने वाला बच्चा है ..होगा कुछ काम।" पापा भी बस हाँ, हूँ कर रहे थे। काव्या एक झटके से उठी और भरसक खुद को सामान्य दिखाते हुए जाकर मम्मी के पास बैठ गयी। सोचा शायद कुछ और कहेंगी पर इसके बाद इस सम्बन्ध में उन्होंने कुछ नहीं कहा। वो मायूस होकर उठी और जाकर गेट के पास खडी हो गयी। उसके घर के हर उस जगह पर उसकी नज़रें अटक-अटक सी जा रही थीं जहां वो खडा होता था, उसे निहारता था। ऐसा लग रहा था कि मानो काव्या का दिल अपनी मुट्ठी में लेकर कोई कसकर निचोड़ रहा हो।

काव्या सुन्न पड़ गयी थी। कब और कैसे वो वापिस आई उसे नहीं पता। अपने कमरे का दरवाज़ा लगाकर म्यूजिक सिस्टम की तेज़ आवाज़ के पीछे वो तकिया दबाकर भरभराकर रो पड़ी। बहुत देर तक रोती रही। उसे समझ नहीं आ रहा था कि वो यूँ अचानक क्यों चला गया! उसने उसे बताया क्यों नहीं? अभी तो वो इस अहसास को ठीक से महसूस भी नहीं कर पाये थे और न ही दोनों में से किसी ने इसे शब्दों में ढाला था और वो इस तरह से सब कुछ अधूरा छोड़कर चला गया! ज़रा भी फ़िक्र नहीं की मेरी! कोई ख्याल नहीं आया मेरा! आखिर उसने ऐसा क्यों किया? यही सब सोचते हुये वो देर तक रोती रही फिर जब कुछ संभली तो सबसे पहले खुद का हुलिया ठीक किया और थोड़ी प्रकृतिस्थ होकर बाहर निकली। बिलकुल सामान्य बाकी के दिनों की तरह। धीरे-धीरे कुछ दिनों में वो संभल तो गयी पर जब भी उसे कबीर के जाने का ख़याल आता तो एक अजीब किस्म की कचोट उसके ज़ख्मों में भर जाती पर अब तक उसे इन सबसे डील करना आ गया था। बुलाने पर वो आंटी के घर भी जाती। बातें करती। आंटी कबीर के बारे में कुछ बतातीं तो तटस्थ भाव से सुनती भी पर कोई प्रतिक्रिया नहीं देती। हाँ ये जरूर था कि वहाँ बैठे-बैठे

उसे हर वक्त एक किसी और की भी मौजूदगी महसूस होती। दो गहरी आँखों का ताप भी पर वो खुद को बड़ी मजबूती से संयमित रखती थी हालांकि मन बार-बार भर आता था।

तकरीबन एक महीने बाद ही पापा का ट्रान्सफर दूसरी जगह हो गया। मम्मी खुश थीं कि शायद दूसरी जगह जाकर काव्या फिर से पहले की तरह हो जाए पर उन्हें क्या पता था कि काव्या अब पहले की तरह कभी नहीं हो सकती कि उनके अनजाने ही उनकी बेटी के साथ कुछ ऐसा घट चुका है जिसने बेटी का मन पूरी तरह बदल दिया है!..खैर। काव्या जाना तो बिलकुल नहीं चाहती थी क्योंकि उसके आने, उसे देखने, उससे मिलने की उम्मीद तो अब भी थी ही पर पता नहीं ऐसी कौन सी फांस उसके कच्चे मन में चुभी थी कि जिसे वो निकाल नहीं पा रही थी। उसका स्व बार-बार आड़े आ जाता। इस तरह हफ्ते के अंदर ही वो लोग शिफ्ट हो गए। आते समय आंटी बड़ी उदास थीं। उन्होंने डिनर पर भी बुलाया था। बातों- बातों में मम्मी ने कहा कि कबीर भी होता तो कितना अच्छा होता। उससे भी मिल लेते पर खैर। उसे भेजिएगा जरूर एक बार। मम्मी की बात सुनकर काव्या को यूँ लगा कि अंदर ही अंदर पीर का कोई सोता बेसाख्ता फूट पड़ा हो पर बड़े ज़ब्त के साथ उसने आँखों को नम होने से रोके रखा। चलते समय आंटी ने उसे गले लगाया और प्यार से चूमा भी। अब जरूर काव्या की आँखें नम हुईं पर वो छुपा ले गयी।

अब एक नयी जगह, नए लोग, नया माहौल, नए दोस्त और नया स्कूल। परिवर्तन की ढेरों संभावनाएं भी। समय बीतने के साथ-साथ काव्या व्यस्त होती चली गयी। टीस कुछ हद तक कम होते-होते अब कभी कभार ही बेचैनी तक का सफ़र करती। हालांकि अब काव्या यहाँ रमने लगी थी पर फिर भी कभी-कभी तन्हाई में दो तेज़, शफ्फाक आँखें उसे चुभने लगतीं। उन आँखों की तपन उसकी देह में तारी होती तो नमी उसे मुलायम, सुचिक्कन कर देती। कच्ची उम्र का पहला अनुभव उसे जितना छीलता उतना ही सहलाता भी। वो किसी से इसे कह भी तो नहीं सकती थी कि बाँट ले तो शायद तकलीफ कम हो। तब ये मोबाइल वगैरह तो छोड़िए सामान्य लैंड लाइन तक हर किसी के पास नहीं होता था कि किसी तरह नम्बर का जुगाड़ करके बात हो जाए। जब सह नहीं पाती काव्या तो लिखने लगती। घंटों लिखती फिर उसे फाड़ देती पर ये तो कोई हल नहीं था तो उसने अब अपनी भावनाओं को, अपनी तकलीफ को शब्दों में बुनना और सजाकर कागज़ पर उकेरना शुरू किया और वो ये सबसे छिपकर करती। ऐसा ही कुछ तो कबीर के साथ भी हुआ था कि वो गुस्से और जोश में हॉस्टल तो चला आया पर जब उसे पता चला कि काव्या लोग यहाँ से चले गए हैं, तब वो पछतावे और अफ़सोस से मानो भर गया। बार-बार खुद को लानत भेजता कि उसने ऐसा क्यों किया पर अब तो ये

हो चुका था जिसे सुधारने के लिए उसने मम्मी से कई बार उस जगह के बारे में पूछा जहाँ काव्या के पापा का ट्रांसफर हुआ था पर मम्मी को अब तक शायद इसका कुछ-कुछ आभास हो गया था और वो इस मसले को आगे बढ़ाने के हक में नहीं थीं इसलिए वो बात को टाल गयीं। कबीर छटपटाकर.. मन मसोस कर रह गया।

कुछ महीनों में काव्या की स्कूलिंग पूरी हो गयी। अच्छे ग्रेड आये थे। अब वो आगे की पढ़ाई के लिए दूसरे शहर में रहती थी। मम्मी को हर दूसरे-तीसरे दिन फोन करती पर जब भी फोन देखती तो पछतावे की एक तीखी लहर उसे अपने चपेटे में घेर लेती और एक काश उसकी आँखों में सांझ उतार देता। समय बीतते वक्त नहीं लगा और अब काव्या फाइनल एक्जाम्स के बाद घर आई थी। दो-चार दिनों के बाद ही मम्मी ने बड़ी ख़ुशी से उसे बताया कि उनकी सबसे अच्छी सहेली रमा मौसी उन सबसे मिलने आ रही हैं। उसे भी ख़ुशी हुई पर मम्मी एक बात जो बड़ी सफाई से छुपा गयीं वो ये कि उनके साथ उनका बेटा रोहन भी आ रहा है। ये तो उसे उनके आने के बाद पता चला। मौसी और रोहन दोनों ही बड़े सभ्य और खुशमिजाज़ थे। घर का माहौल जो अब शांत-शांत सा रहता था, उनके आने से खुशगवार हो गया। मम्मी भी अपनी पुरानी पक्की सहेली से मिलकर बड़ी खुश थीं। पापा आमतौर पर तो ऑफिस के कामों में व्यस्त रहते पर जितना भी समय घर पर गुजारते सबके साथ ही बैठते।

खूब गप्पें होतीं। हँसी-मज़ाक चलते। ऐसे में जब दो-तीन दिनों के बाद मम्मी ने उससे रोहन के लिए पूछा तो वो मना नहीं कर पाई। हाँ, ये जरूर था कि एक तीखी टीस के साथ उसे वो दो शफ्फाक नज़रें खुद को चीरती सी महसूस हुईं। वो कमरे में जाकर एक बारगी रो पड़ी पर बाकी सबने समझा कि वो शायद शरमा रही है इसलिए वहाँ से चली गयी। फिर तो क्या था चट मंगनी पट ब्याह वाली कहावत ही लागू हुई। रोहन के पापा भी आ गए तो मंगनी हो गयी फिर महीने के अंदर शादी और फिर इस तरह विदा होकर वो इस शहर में तकरीबन ५ साल हुए, आ गयी पर ब्याह की हर रस्म में उसे लगता रहा, महसूस होता रहा कि इतनी भीड़ के बीच कोई एक जन ऐसा भी है जो लगातार अपनी पनीली नज़रों से उसे निहार रहा है। वो भी न जाने कितनी बार पिघली पर खुद को पूरी मजबूती से संभाले बैठी रही। पर ईश्वर क्या चाहता है ये कोई समझ नहीं पाता। जब उसे जिससे मिलाना होता है वो मिला ही देता है जैसे आज। और कबीर का नाम जहन में आते ही उसने आँखें मूँद लीं। वो पूरा का पूरा उस लम्हे को खुद में उतार लेना चाहती थी जिस पल वो कबीर से मिली थी। उसे देखा था। ये उसके हिस्से का वो सुख था जो उसे अनायास ही मिल गया था किसी दुआ की तरह और जिसे वो हमेशा के लिए सहेज लेना चाहती थी।

शाम को रोहन ने उसे सरप्राइज करते हुए शापिंग पर चलने को कहा जिसे थोड़े न-नुकुर के बाद उसे स्वीकारना पडा। आज उसका कहीं जाने का मूड नहीं था पर वो रोहन के मनुहार को ना नहीं कह पायी थी इसलिए पास के ही माल में गए। एक-दो छोटी-मोटी चीजें खरीदते हुए वो आगे बढ़ रहे थे कि अचानक काव्या ने सामने देखा और धक् से रह गयी। कबीर चला आ रहा था हालांकि उसकी नज़र अब तक काव्या पर नहीं पडी थी। अचानक ही एक छोटे बच्चे की टकराहट के साथ उसकी नज़र जो घूमी तो सीधा काव्या पर अटक गयी। क्योंकि रोहन अपने लिए सन ग्लासेस देखने में बिजी था तो वो दोनों कुछ पलों तक एक-दूसरे को अपलक देखते रहे। फिर अचानक ही काव्या ने जोर से कहा "अरे, आप यहा?" कबीर उसके इस बर्ताव से चौंक गया पर आगे बढ़ा तब तक काव्या ने रोहन की तरफ मुड़कर कहा "रोहन, इनसे मिलो। ये कबीर हैं। मेरे पुराने नेबर और ये रोहन हैं, मेरे हसबैंड।" दोनों ने तपाक से एक दूसरे से हाथ मिलाया। औपचारिक बातें की। काव्या और कबीर ने भी एक दूसरे के बारे में, उनके माता- पिता के बारे में पूछा। बातों के दौरान ही कबीर ने अपनी शादी और एक दो साल के बेटे का भी ज़िक्र किया। ये सुनकर काव्या मुस्कुरा दी। हालाँकि ये मुस्कान सख्त थी, ऐसा कबीर ने साफ़-साफ़ महसूस किया। उसके भीतर भी कहीं कुछ दरक गया था। रोहन ने घर आने के लिए कबीर को आमंत्रित किया तो कबीर ने बड़ी विनम्रता से धन्यवाद सहित बताया कि कल सुबह वो जा रहा है। यहाँ तो कम्पनी के एक काम से दो रोज पहले ही आया था। काव्या एक बारगी ये सुनकर हतप्रभ रह गयी पर उसने खुद को सहेजा और मुस्कुराकर कहा कि अगली बार जरूर आइयेगा। हालाँकि दोनों ही जानते थे कि वो अगली बार अब कभी नहीं आएगा। अब आगे बढना था तो कबीर और रोहन ने एक दूसरे से हाथ मिलाया और काव्या ने उसकी आँखों में देखते हुए बाय कहा। उस एक पल में उनकी आँखों में न जाने क्या-क्या बिखर गया, ये कोई नहीं जानता और उसी एक लम्हें उनका एक नया करार भी हुआ जो शायद वे खुद नहीं जानते। हाँ, ये जरूर हुआ कि विपरीत दिशा में आगे बढ़ते समय बेखयाली में उनकी हथेलियां एक दूजे से छूती हुई गुजरीं और एक टीस को बड़ी शिद्दत से उनके बीच बिखेर दिया। दोनों की आँखें नम थीं पर दोनों ने उसे बड़ी ख़ूबसूरती से ज़ब्त किया था।

लेखक के बारे में

सुनील एक सेवानिवृत्त रेलवे अधिकारी हैं जो कि हाल ही में 35 वर्ष की सेवा के बाद सेवानिवृत्त हुए हैं। रेलवे की अतिव्यस्ततम नौकरी के बावजूद उन्होंने अपने लेखन के शौक़ को जीवित रखा। लघु कहानियों के साथ उन्हें लघु फ़िल्में भी बनाने का शौक़ रहा है और उनकी कई लघु फ़िल्मों को अनेक अंतर्राष्ट्रीय शॉर्ट फ़िल्म फ़ेस्टिवल में प्रदर्शित किया जा चुका है। उनका जन्म 1962 में जोधपुर हुआ और उन्होंने रीजनल इंजीनियरिंग कॉलेज, कुरुक्षेत्र से एम.टेक तक अध्ययन किया। वर्तमान में बीकानेर (राजस्थान) में रहते हुए वो "लाइफ़ कोच" और "मोटिवेशनल स्पीकर" के रूप में अपनी सेवाएँ दे रहे हैं और अपने यूट्यूब चैनल "SunIl JoshI LIfe Coach" के ज़रिए युवा पीढ़ी को मार्गदर्शन दे रहे हैं। इनका पहला कहानी संग्रह "कच्चे-पक्के रँग ज़िंदगी के", इन्विन्सिबल प्रकाशन, गुरुग्राम द्वारा प्रकाशित किया जा चुका है और amazon पर भी उपलब्ध है।

विरोध

– सुनील जोशी

शाम हो चुकी थी। सड़कों पर घरों में सभी जगह लाइटें जल चुकी थी और रेलवे कॉलोनी के नुक्कड़ पर राजेंद्र, भारत भूषण, उमेश व महेश आपस में बतिया रहे थे। मजाक कर रहे थे और साथ ही साथ अपने सबसे प्यारे मित्र सुधीर का इंतजार भी कर रहे थे। काफी समय बीत चुका था, शाम के करीब 8:30 बजने को आए थे लेकिन सुधीर नहीं आया। तब राजेंद्र बोला "यार इतनी देर तो नहीं करता वह कभी कहां रह गया आज"

भारत भूषण- मुझे लगता है आज वो जलेबी खिलाने से डर गया!

राजेंद्र - क्या मतलब!

भारत भूषण - अरे यार आज शाम 4:00 बजे अपनी स्कूल की बैडमिंटन टीम का चयन होना था। सुधीर तो वैसे भी बहुत अच्छा खेलता है तो उसका चयन तो हो ही गया होगा तो आज कहीं हम सबको जलेबी नहीं खिलानी पड़ जाए, इसलिए मुँह छुपा रहा होगा।

यह सुनते ही सभी ठहाका लगाकर हँस पड़े। तभी उमेश ने कहा "ऐसा करते हैं, उसके घर चलते हैं वही पकड़ते हैं उसे।"

सभी ने एक साथ हाँ में हाँ मिलाई और सुधीर के घर चल दिए।

सुधीर के घर पहुँचने पर उसकी माताजी ने बताया कि वह अपने कमरे में उदास बैठा है क्योंकि उसका बैडमिंटन टीम में चयन नहीं हुआ। यह सुनकर सभी दोस्तों को आश्चर्य हुआ कि यह कैसे हो सकता है! वह चारों सीधे सुधीर के कमरे की ओर चल दिए।

सुधीर अपने बेड पर गुमसुम सा बैठा शून्य में निहार रहा था। सभी दोस्तों को देखकर एक झूठी मुस्कान अपने चेहरे पर लाने की नाकाम कोशिश करते हुए उठने लगा तो राजेंद्र ने उसे पकड़ कर बैठे रहने को कहा और वे चारों भी उसे घेर कर उसके पास ही बैठ गए।

राजेंद्र - क्या हुआ यार बता तो सही?

सुधीर - कुछ नहीं यार!

सभी मित्र एक साथ बोले "बता तो सही यार हुआ क्या?"

सुधीर मायूस सा बोला "यार मुझे टीम में सेलेक्ट नहीं किया!"

उमेश - लेकिन क्यों, क्या ट्रायल में किसी से हार गया?

सुधीर - "नहीं यार 5 गेम खिलाए थे, 4 में जीता और एक केवल 2 पॉइंट से हार गया!"

राजेंद्र जरा गुस्से में बोला "फिर तुझे टीम में लेने से कैसे मना कर सकते हैं! तूने स्पोर्ट्स टीचर से नहीं पूछा?"

सुधीर - "पूछा था यार! वह बोले तुम लोग अभी दसवीं कक्षा में हो, अभी तुम्हें और भी मौके मिलेंगे इसलिए इस बार इन सीनियर्स को जाने दो!"

उमेश- "अरे यह क्या बात हुई, सामने वाले कक्षा देख कर खेलेंगे गेम!"

महेश - "यह तो सरासर अन्याय है, स्पोर्ट्स में सीनियर जूनियर देखा जाता है या कि कौन अच्छा खेलता है वह देखा जाता है!"

राजेंद्र ने सुधीर के कंधे पर हाथ रखकर कहा "तू चिंता मत कर मैं सब समझता हूँ, यह सारी सीनियर्स की राजनीति है और कुछ नहीं! लेकिन हमारे दोस्त के साथ यह राजनीति नहीं होने दूंगा। हम सब कल ही स्पोर्ट्स टीचर से मिलते हैं और जरूरत पड़ी तो प्रिंसिपल साहब से भी मिलेंगे।"

सुधीर – अरे! छोड़ ना यार नहीं लिया तो नहीं लिया, क्या फर्क पड़ता है? कौन सा ओलंपिक में खेलने जाना था और वैसे भी इस साल अपने बोर्ड के एग्जाम हैं!

सभी एक साथ बोले "फर्क तो पड़ता है" और उमेश बोला "भाई फर्क नहीं पड़ता है, तो उदास क्यों बैठा है?"

राजेंद्र - देख यार! वह सारी बात तो ठीक है लेकिन गलत को गलत कहने से हिचकिचाएंगे तो यह आगे भी चलता रहेगा!

सुधीर - टीचर के खिलाफ जाएंगे और शिकायत करेंगे तो बाकी सारे टीचर भी हम सब से नाराज हो जाएंगे। कोई भी किसी भी तरह की मदद नहीं करेगा!

महेश गुस्से से "ना करें, लेकिन जो गलत है उसके खिलाफ आवाज उठानी पड़ेगी!"

उमेश - बात तो सही कह रहा है, गलत को गलत कहने का साहस तो होना ही चाहिए। आज चाहे यह छोटी बात ही क्यों ना हो लेकिन अगर हम आज इस गलत बात को स्वीकार कर लेंगे तो धीरे धीरे कई बड़ी गलत बातों का भी विरोध नहीं कर पाएंगे! जीवन

में ना जाने कैसी-कैसी गलत बातें हमारे सामने आएंगी तो क्या हम चुपचाप उन्हें सहते रहेंगे? क्या चुप रहकर हम भी उस गलत बात का समर्थन नहीं करने लगेंगे!

राजेंद्र - बिल्कुल सही हम सब कल ही चलकर स्पोर्ट्स टीचर से मिलते हैं और वह नहीं माने तो प्रिंसिपल सर से भी।

सभी दोस्तों ने इस बात पर अपनी सहमति जताई और सुधीर से विदा ली।

अगली सुबह पांचों दोस्त सीधे स्पोर्ट्स टीचर के कमरे में गए। वहाँ पर पहले से ही दो सीनियर छात्र बैठे थे। टीचर – कहो, कैसे आए हो?

राजेंद्र - सर, आप से अकेले में बात करनी है।

टीचर दोनों सीनियर छात्र की तरफ देखते हुए बोले "अरे यह कोई पराए थोड़े ही हैं! कहो, क्या कहना चाहते हो ?"

उमेश - सर वह----

टीचर - हाँ, बोलो-बोलो। घबराओ मत!

भारत भूषण - सर, जब सुधीर इतना अच्छा खेलता है तो उसे बैडमिंटन टीम में क्यों नहीं लिया गया?

टीचर जरा गुस्से में "अरे तुम्हें ज्यादा पता है कि कौन अच्छा खेलता है, अब टीम का चयन हो चुका है जाओ अपनी क्लास में जाओ और पढ़ाई करो।"

राजेंद्र - सर, यह सरासर गलत है और यदि आप हमारी बात नहीं मानेंगे तो मजबूरन प्रिंसिपल सर के पास जाना पड़ेगा।

यह सुनते ही टीचर और दोनों सीनियर छात्र गुस्से में एक साथ बोले "क्या तुम हमें धमकी दे रहे हो?"

महेश - नहीं सर धमकी नहीं दे रहे हैं, लेकिन इन सीनियर की राजनीति नहीं चलने देंगे!

दोनों सीनियर छात्र गुस्से में बोले कि "हम राजनीति कर रहे हैं, जाओ-जाओ जो करना है करो। हम भी देख लेंगे!"

टीचर - एक बार समझा दिया कि अब टीम फाइनल हो चुकी है, अगली बार देखेंगे। अभी तो तुम्हें दो साल और स्कूल में ही निकालने हैं।

राजेंद्र- ठीक है सर। हम प्रिंसिपल सर के पास जा रहे हैं।

यह कहते हुए सभी दोस्त प्रिंसिपल के कमरे की तरफ चल दिए।

प्रिंसिपल सेक्रेटरी से प्रिंसिपल सर से मिलने की इजाजत लेकर उनके कमरे में पहुँच गए।

सभी छात्रों ने प्रिंसिपल सर को गुड मॉर्निंग कहकर अभिवादन किया, प्रिंसिपल सर ने भी गुड मॉर्निंग कहकर उनका जवाब दिया और पूछा "आओ बच्चों। आज मेरे पास आने की क्या आवश्यकता पड़ गई! तुम लोग कुछ परेशान से लग रहे हो। बताओ, मैं तुम्हारी क्या मदद कर सकता हूँ?"

यह सुनते ही राजेंद्र ने प्रिंसिपल सर को पूरी बात बताई और निवेदन किया कि वो इस मामले में दखलंदाजी करें और सुधीर को टीम में लेने के लिए निर्देश दें।

सारी बात सुनकर प्रिंसिपल सर बोले "वैसे तो बच्चों मेरा यह मानना है कि स्पोर्ट्स टीचर ने जो भी फैसला लिया वह बहुत सोच समझकर ही लिया होगा, लेकिन फिर भी तुम सबको लगता है कि कुछ गलत हुआ है तो मैं उनसे बात कर लूंगा। हो सकता है उनसे कोई गलत निर्णय हो गया हो।"

उमेश - सर आपको आज ही बात कर के फैसला लेना होगा, क्योंकि टीम तो लगभग फाइनल हो चुकी है।

प्रिंसिपल - ठीक है मैं आज ही बात करके इस बात का फैसला करता हूँ। अभी तो सभी अपनी क्लास में जाओ

यह सुनकर सभी मित्र आश्वस्त होकर क्लास की ओर चल दिए।

कुछ ही देर में प्रिंसिपल ने स्पोर्ट्स टीचर को बुलवा लिया और इस बारे में उनसे बात की।

जब स्पोर्ट्स टीचर अपनी बात बता चुके तो प्रिंसिपल सर बोले "इसका मतलब बच्चों का कहना सही है। अरे यह स्कूल की टीम है। इसमें जो अच्छा खेलेगा, उसे ही लिया जाएगा या सीनियर-जूनियर देखा जाएगा? यह कोई प्रमोशन थोड़े ही है कि जो सीनियर हो उसे पहले मिलेगा, यह तो खेल है, इसमें जो अच्छा खेलेगा वही टीम में रहेगा।"

स्पोर्ट्स टीचर - लेकिन सर मैंने जो टीम बनाई है उसमें सभी अच्छा खेलते हैं। उनमें और सुधीर में कोई 19-20 का ही फर्क है और उन्हें अनुभव भी ज्यादा है।

प्रिंसिपल - लेकिन जो भी अच्छा खेलेगा वहीं टीम में रहेगा और आप किसी को मौका ही नहीं देंगे तो उसे अनुभव कैसे होगा!

स्पोर्ट्स टीचर - लेकिन सर, अब अगर हम सुधीर को लेते हैं तो यह तो सरासर मेरी इंसल्ट होगी। लोग क्या कहेंगे कि मैं इन बच्चों से हार गया।

प्रिंसिपल- देखिए हम किसी गलत निर्णय को केवल इसलिए नहीं बदले कि ऐसा करने से हमारी बेइज्जती हो जाएगी, हम छोटे हो जाएंगे तो एक और गलती करेंगे हम। यह हमारी नैतिक जिम्मेदारी है कि हम अपने छात्रों को सिखाए कि यदि हमसे कोई गलती होती है तो हमें उसे स्वीकार करने में कोई हिचकिचाहट नहीं होनी चाहिए, हम में इतना साहस होना चाहिए कि हम कह सके कि हाँ, हम से यह गलती हुई है। अगर हम अपने छात्रों के सामने गलत मिसाल पेश करेंगे तो उनके अवचेतन मन में यह बात घर कर जाएगी कि इस समाज में गलत का विरोध करने से कोई फायदा नहीं है तो वो जीवन में होने वाली हर छोटी-बड़ी गलत बात को स्वीकार करने लगेंगे और इस तरह वे गलत बातों का हिस्सा बन जाएंगे और मेरे विचार में अगर ऐसा होता है तो यह आपकी, मेरी और हम सब की सबसे बड़ी हार होगी। यहाँ हमें बच्चों को केवल किताबी ज्ञान ही नहीं देना है बल्कि मौका पड़ने पर ऐसा उदाहरण पेश करना होगा जिससे कि बच्चे सही और गलत में निर्णय कर सकें।

स्पोर्ट्स टीचर बीच में कुछ कहना चाहते थे लेकिन प्रिंसिपल सर ने कहा कि "फिर भी आपको लगता है कि ऐसा करने से आपकी प्रतिष्ठा पर आंच आएगी तो इसके लिए भी मेरे पास एक सुंदर उपाय है, उससे न तो आपकी छवि धूमिल होगी और जाने अनजाने हमसे कोई गलत निर्णय हुआ है तो उसे सुधारने का मौका मिलेगा।"

स्पोर्ट्स टीचर के चेहरे पर थोड़ी सी रौनक आई और उन्होंने पूछा वह कैसे सर!

प्रिंसिपल - ऐसा करते हैं आज शाम को आपने जो टीम सेलेक्ट की है उसमें जो सबसे अच्छा खेलता है उसके और सुधीर के बीच तीन गेम खिलाते हैं, उसमें अगर सुधीर विजयी होता है तो फिर आपको टीम के किसी एक सदस्य के बदले सुधीर को लेना होगा और यदि सुधीर हार जाता है तो जो चयन हो चुका है उसमें कोई फेरबदल नहीं होगा, बोलो मंजूर है।

स्पोर्ट्स टीचर ने कुछ सोचते हुए कहा "ठीक है सर, जैसा आप उचित समझें"

प्रिंसिपल - और हाँ, उस मैच में केवल आप, मैं, आपकी टीम के सदस्य, सुधीर और उसके मित्र होंगे और कोई नहीं

स्पोर्ट्स टीचर "ठीक है सर" कहते हुए वहाँ से चले गए।

सुधीर और उसके दोस्तों को जब इस बात का पता चला तो वे खुशी से उछलने लगे।

राजेंद्र - मैंने कहा था ना, गलत को हम शांति से स्वीकार कर लेंगे तो गलत बातें होती रहेंगी।

सभी ने उसकी हाँ में हाँ मिलाई और सुधीर को जोश दिलाने लगे कि उसे इस मौके का पूरा फायदा उठाना है और अपने आप को सिद्ध करना है। सुधीर ने सब को भरोसा दिलाया और कहा "दोस्तों मैं तुम्हारी बात का आदर रखूंगा और अपनी जी जान लगा दूंगा।"

समय पर सभी लोग बैडमिंटन कोर्ट में पहुंच गए, दोनों अच्छे खिलाड़ी थे लेकिन सुधीर का जिस खिलाड़ी के साथ मैच था, वह ज्यादा अनुभवी था। आज अनुभव व जोश के बीच एक जंग थी। दोनों ने अपना सर्वश्रेष्ठ खेल खेला लेकिन सुधीर के साथ न केवल उसके दोस्तों का जोश था बल्कि इस बात का भी संतोष था कि समाज में गलत को गलत कहने का साहस किया जाए तो उसे सुधारा जा सकता है और इसी बात से उसमें अपने प्रतिद्वंद्वी से ज्यादा जोश भर गया था और अंततः उस कड़े मुकाबले को सुधीर ने 2-1 से जीत लिया। अनुभव ने जोश के आगे घुटने टेक दिए।

गेम जीतते ही सुधीर के दोस्तों ने उसे कंधे पर उठा लिया और नाचने लगे, फिर सुधीर ने नीचे उतरकर प्रिंसिपल सर और स्पोर्ट्स टीचर के पैर छूए। स्पोर्ट्स टीचर ने उसे गले से लगा लिया और कहा "बच्चों तुम सब का बहुत-बहुत धन्यवाद, जो तुमने मेरी गलती को सुधार दिया। मैं भूल गया था कि मुझे स्कूल की साख का ध्यान रखते हुए टीम का चयन करना है ना कि कुछ और।"

सुधीर और उसके दोस्तों ने स्पोर्ट्स टीचर और प्रिंसिपल सर को धन्यवाद दिया। स्पोर्ट्स टीचर से माफी माँगी कि उन्होंने उनकी शिकायत प्रिंसिपल सर से की और कहा "सर लेकिन हमारे पास इसके अलावा और कोई रास्ता नहीं था।"

स्पोर्ट्स टीचर - "बच्चों मुझे तुम पर गर्व है कि तुमने गलत बात का विरोध करने का साहस दिखाया। इस समाज और देश को ऐसे ही बच्चों की आवश्यकता है।"

सुधीर और उसके मित्र आज बहुत खुश थे और आज सबने जमकर जलेबियां खाई और विदा होते हुए सब ने निर्णय लिया कि कल प्रिंसिपल सर के कमरे में जाकर उन्हें धन्यवाद देंगे।

अगली सुबह पांचों मित्र प्रिंसिपल साहब के कमरे में गए और राजेंद्र ने कहा "सर हम सब आपको धन्यवाद देने आए हैं कि आपने सुधीर को अपने आप को सिद्ध करने का मौका दिया।"

प्रिंसिपल - "अरे बच्चों! धन्यवाद तो मुझे देना चाहिए कि तुम लोगों ने साहस करके हम से होने वाली गलती को ठीक करवाया, नहीं तो हम एक अच्छे खिलाड़ी को खो देते और हमारी टीम कमजोर हो जाती।"

फिर मुस्कुराते हुए बोले "मुझे तुम सब पर गर्व है और आशा करता हूँ कि जिंदगी में कभी भी गलत बात का विरोध करने से नहीं चूकोगे, चाहे तुम्हारे विरोध करने से कोई फायदा हो या ना हो। कम-से-कम ऐसा करके तुम अपने आपसे तो नजर मिला पाओगे", यह कहते हुए उन्होंने अपने कमरे की दीवार पर नोबेल पुरस्कार विजेता Ellle Wlesell की पंक्तियों की ओर इशारा किया, जहां लिखा था "There may be tlmes when we are powerless to prevent lnjustlce but there must never be a tlme when we fall to protest."

लेखक के बारे में

इंदौर, मध्यप्रदेश में पले बढे **डॉ. शिरीष जौहरी** पेशे से एक ई.एन.टी सर्जन है और वर्षो से सिंगापूर में बसे हुवे हैं। मेडिकल जर्नल्स एवं देशी विदेशी समाचार पत्रों, मैगज़ीनों में हेल्थ आर्टिकल्स लिखते रहे हैं। विदेशों में पल रही भारतीय पीढ़ियों को अपनी संस्कृति से जुड़े रखने के लिए सदा प्रयासरत रहे हैं और इस उद्देश्य के लिए मातृभाषा को माध्यम बनाते हैं। विश्व की अनेक देशो की यात्राओ के अनुभव, कई तरहों के व्यक्तित्वों के साथ विचारो के आदान-प्रदान और अपने आस-पास घट रही खट्टी-मीठी घटनाओ को शब्दों में अभिव्यक्त करने की रूचि ने उन्हें हिदी लेखन की ओर आकर्षित किया है। स्टोरीमिरर पर इनके कुछ लेख अत्यंत सराहे गए हैं।

युद्धः एक डॉक्टर की डायरी

– डॉ. शिरीष जौहरी

बुढ़ाते वृक्ष की छाया की तरह चौतरफा फैले गहरे सायों के बीचोंबीच बोझिल झुकती हुई पलकें, आँखों की सफेदी पर चित्रकारी करती सी लाल लकीरें, बेतरतीब बाल और चेहरे को काटती हुई लाल नीली रेखाएं, यह उम्र के निशान या ग़मज़दा मजनूँ की कहानी नहीं, कोरोना वायरस रचित महामारी से जंग लड़ रहे एक सैनिक के गर्वित चेहरे का अक्स है। गालों को काटते तंग फिटिंग वाला N 95 मास्क, आँखो को हर ओर से घेरने वाला सुरक्षा चश्मा, और शरीर तीन परतों वाला सूट, ऐसा घुटन वाला लिबास कोई हैंडसम लगने के लिए नहीं पहन रहे, मुस्कराने जैसी साधारण क्रिया तक को बाधित करने वाले कवच को पहन कर अगली पंक्ति में घंटो काम करने वाले का क्या हाल होता होगा. कल्पना कर सकता है कोई? जी हाँ, यह युद्ध ही तो है। अपने घर, नगर या राज्य को बचाने का नहीं, पूरी मानवता की सुरक्षा के लिए. किसी सेना से नहीं, आँखो से दिखाई तक न पड़ने वाले एक अदना से कोरोना वायरस को नियंत्रित करने के लिए है।

आज के एक्स और वाय युवा के लिए महामारी शब्द कुछ नया सा हो सकता है लेकिन दूरदर्शन देखकर बड़ी होने वाली पीढ़ी को १९९४ में हुई प्लेग की महामारी की धुंधली सी यादें शायद अब तक हों तब प्लेग ढोने वाले चूहों से लड़ाई के लिए भारत के कई अस्पताल पेस्ट कण्ट्रोल कंपनियों के हवाले कर दिए गए थे। इक्कीसवीं सदी जैसे आधुनिक समय में कोई छोटा सा प्रोटीन का टुकड़ा विश्व की महाशक्तियों को घुटने टेकने पर मजबूर कर दे, ऐसी कल्पना किसी को न होगी! एम्.बी.बी.एस. के दौरान प्रिवेंटिव एंड सोशल मेडिसिन की पढ़ाई के लिए एंडेमिक, इपिडेमिक, पैनडेमिक जैसे शब्द रटे जाते थे। अधिकतर मेडिकल छात्र जैसे तैसे मन मार कर इस उबाऊ विषय की परीक्षा दे आते थे। आज इसी विषय की गहराई में मेडिकल बिरादरी के साथ साथ पूरी दुनिया डूबती जा रही है। 'वन आउंस ऑफ़ प्रिवेंशन इस बेटर देन थाउजेंड टन ऑफ़ क्योर' एक कहावत नहीं बल्कि ब्रह्म वाक्य की तरह लग रहा है। महामारी का उद्गम, उसका ग्राफ और कण्ट्रोल करने की दक्षता के लिए एपिडेमीओलॉजिस्ट कहलाने वाली जमात आज सेलिब्रिटी सी सुर्खियां पा रही है।

२०२० का वर्ष शुरू होते पहले हफ्ते में ही विश्व स्वास्थय संगठन ने चीन के वुहान शहर में कोरोना वायरस से होने वाली एक नयी गंभीर बीमारी की चेतावनी दी थी। जनवरी के करीब तीसरे सप्ताह में हॉस्पिटल के सीनियर मैनेजमेंट और डॉक्टर्स की आपातकालीन मीटिंग बुलाई गयी। डायरेक्टर चिंतित शब्दों में बता रहे थे कि वायरस का उद्गम तो जानवरों से है लेकिन अब मनुष्यो में इसका सामुदायिक प्रसार हो रहा है। चीनी टूरिस्टों के जरिये यह बीमारी कई देशों में छितरती जा रही है। अस्पताल को हर स्थिति के लिए तैयार होना है। मार्च आते आते, वायरस अंतर्राष्ट्रीय सीमाएं लाँघ चुका था। यूरोप, अमेरिका और एशिया में लाखों रोगी हो चुके थे। सरकारों के दूरदर्शी कदमों के होते, इन्फेक्शस डिजीज सेंटर अपनी पूरी क्षमता के साथ तैनात था। अस्पताल, सारे डॉक्टर्स, नर्से, सफाई कर्मी, प्रशासन, सबकी छुट्टियाँ रद्द कर दी गयीं थीं। हर कोई इस बड़ी चुनौती के लिए तैयार था। दुश्मन की माँद में घुस कर वार करने के लिए ताकत के साथ हौसला भी चाहिए और यहाँ तो पूरा शहर, पूरा देश हम सैनिकों के लिए शंखनाद कर रहा था। प्रधान मंत्री टीवी पर राष्ट्र को सम्बोधित कर रहे थे और अब बारी थी हमले की।

धरातल पर जब सचमुच शत्रु से सामना हो, तब मनोबल डावांडोल हो सकता है। अर्जुन जैसे वीर तक ने युद्ध स्थल पर मनोबल हार कर हथियार डाल दिए थे। अगर कृष्ण का सहारा न होता तो धर्म हार चुका होता! यहाँ भी कुछ ऐसी ही स्थिति थी। चैनलों पर, समाचार पत्रों में विभीषिका का सुनते-सुनते वातावरण अंधकारमय लग रहा था, लेकिन युद्ध की दुंदुभि बज चुकी थी। घर से निकलते समय कुछ सैनिक कैसे भाव में थे, किस हाल में वापसी होगी, इसका कोई अंदाजा नहीं लगाया जा सकता था। यह रवानगी कुछ अलग तरह की थी। यहाँ घर से प्रस्थान के समय किसी ने सैनिक के माथे पर तिलक नहीं लगाया, कोई आरती नहीं उतारी गयी। यहाँ माता बहनों के वीर रस से भरपूर गीतो की गूंज नहीं थी, था तो सिर्फ कुछ जरूरी सामान, कपडे और ढेर सारी चिंताएं! एक सूटकेस कार में लाद दिया गया। हॉस्पिटल की पार्किंग से इन्फेक्शस डिजीज वार्ड तक के रास्ते पर पोस्टर्स, शहर भर से आये हुए ग्रीटिंग कार्ड्स, ढेर सारे निर्देश और सूचनाओं की भरमार थी। ब्रीफिंग रूम में स्टाफ. मीटिंग से काम की शुरुआत हुई। सबके मन दर्द से भरे थे, लेकिन चेहरों पर कोई चिंता का संकेत नहीं लाना चाहता था। हँसी मजाक को जैसे जबरदस्ती ही सही, माहौल में ठूँस दिया गया था। डॉक्टर्स बिरादरी ही ऐसी है वरना ऐसी गंभीर स्थिति में कौन हँस सकेगा?

हॉस्पिटल के कपड़े पहन कर फिर पॉजिटिव प्रेशर चैम्बर में एन 95 और गाउन अप होना, कैप, उस पर अंतरिक्ष यात्री सूट, गॉगल्स, शू कवर्स, दो लेयर में ग्लव्स, वार्ड और

आई.सी.यू. में मौजूद खतरनाक बैक्टीरिया से सुरक्षा के लिए यह कवच अपरिहार्य है। कवच में जरा भी कमजोरी होना इन्फेक्शन को बुलावा देने की तरह है, जी हाँ, अब तलवारें चमक रहीं हैं, जय घोष गरज रहा है और शत्रु के अट्टहास को मात देती वेंटिलेटर्स और तरह-तरह के अलार्म्स की गुंजन है। अस्पताल की असली ज़िंदगी टीवी सीरियलों या फ़िल्मों की आपाधापी से कहीं अलग होते हैं। कुछ एम्बुलेंस से आने वालों को सीधे ही हाई डिपेंडेंस क्षेत्र में पहुँचाया जा रहा है और वहाँ-वहाँ फ़िल्मी भागदौड़ दिख सकती है, वरना इमरजेंसी विभाग के ट्राइएज सेंटर में अधिकतर चलते-फिरते मरीज हैं। कुछ बुखार में, कुछ हलकी सर्दी खांसी लिए। इन्हीं में कुछ कोरोना के मरीज भी होंगे जो टेस्ट्स से आगे कन्फर्म होने के बाद भर्ती किये जायेंगे। कुछ को वेंटीलेटर लगेगा और वही सबसे बड़ी चिंता है। वाइरस का फैलाव इतना तेज है कि थोड़े समय में ही हजारों मरीज हो सकते है, इसके पहले कि सिस्टम की साँस रुक जाये, वायरस को रोकना होगा! यह साधारण महामारी नहीं, पैनडेमिक अर्थात कई देशो में एक साथ हजारों बलि लेने वाली प्रकृति की मार। वायरस से बचने के लिए आमजन हो या खास, सभी को घर में, एकांतवास करने की सलाह दी जा रही है। हॉस्पिटल में भी मरीजों के लिए आइसोलेशन वार्ड है, यानि जो एक बार भर्ती हो गया, वो ठीक होने या अंतिम समय आने तक दुनिया से कट कर रहेगा। जैसा कि हर जंग में होता है, जीत अवश्य होगी लेकिन बड़े नुकसान की कीमत पर।

इन्फेक्शन वार्ड में काम करते-करते आज ४ दिन हो चले हैं। आराम करने के लिए मिले ब्रेक के दौरान सबसे जरूरी काम है परिवार की कुशल क्षेम जानना, अपनी सलामती का ढाढस बंधाना। नींद बेगानी हो चुकी है लेकिन मन शांत हो चला है। जीवन मृत्यु के बीच संघर्ष अपने कैरियर के दौरान पचासो बार हम नजदीक से महसूस करते हैं लेकिन अब नजरिया कुछ बदल चुका है। आईने में अपना प्रतिबिम्ब देखते हुए बस यही ख्याल आ रहे थे कि चेहरे पर बनी ये लकीरें तो कुछ दिन में साफ़ हो जाएगी लेकिन जो सबक मिले हैं वो ज़िंदगी को बदल देने वाले हैं। यह महामारी एक तरह से मनुष्य की उच्छृंखलता पर प्रभु का अंकुश है। जात-पात, अमीर-गरीब, देश और सीमाओं से परे जा कर प्रकृति हमें समानता का सन्देश देना चाहती है। यह समय एकजुट होने का है। अपने परिवार को, अपने चाहने वालों को और इन सब से बढ़ कर अपने आपको नए सिरे से खोजना ही शायद इस युद्ध का सत्य है।

लेखिका के बारे में

जन्म 5 अगस्त राजस्थान में। पढ़ाई उदयपुर, जोधपुर, दिल्ली और बीकानेर में। भौतिक शास्त्र में मास्टर्स, पी जी डिप्लोमा इन कंप्यूटर एप्लीकेशन और एम. एड.।

एक साल विश्वविद्यालय में फिजिक्स पढ़ाई मगर समझ में आ गया कि जीवन का ये मैदान औरों के लिए है। करियर की शुरुआत आकाशवाणी से कैजुअल एनाउंसर के तौर पर की। आकाशवाणी से वार्ताएं प्रसारित, ड्रामा आर्टिस्ट रही। लेखन भी लगभग साथ ही शुरू हुआ। उसी दौरान कहानियाँ और कवितायें प्रमुख राष्ट्रीय व स्थानीय पत्रिकाओं और अख़बारों में प्रकाशित होनी आरंभ हुईं।

बीसवीं सदी के अंतिम दशक में टेलीविज़न की दुनिया में कदम रखा। दूरदर्शन की साप्ताहिक समाचार पत्रिका 'परख' के साथ संवाददाता के तौर पर। दो साल के इस सफ़र के बाद NDTV में बतौर संवाददाता छह साल तक काम किया। इस दौरान समाचारों की दुनिया को करीब से देखा, जिसके अनुभव पहले उपन्यास (अंग्रेज़ी) 'हाफ मून' के लेखन में बेहद प्रभावी रहे। आकाशवाणी के लिए रेडियो सीरियल का निर्माण किया। साहित्य अकादमी के लिए डॉक्यूमेंट्री फिल्में प्रोड्यूस की। इस दौरान लेखन भी चलता रहा।

2012 में पहला अंग्रेज़ी उपन्यास 'हाफ मून' प्रकाशित। अब तक पाँच उपन्यास: 'हाफ मून', 'ठग लाइफ', 'राह्बाज़', 'इश्क फरामोश' और 'साल चौरासी' प्रकाशित। तीन कहानी संग्रह 'लेडीज आइलैंड', 'मर्दानी आँख' और 'लोक नगर की इकतीस कहानियाँ' प्रकाशित, एक कविता संग्रह 'अफसाना लिख रही हूँ' प्रकाशित।

दूसरा कविता संग्रह प्रेस में। एक कहानी संग्रह (हिंदी में) का संपादन और दो आत्मकथाओं का (अंग्रेज़ी में) संपादन। कला पर दो पुस्तकों का हिंदी से अंग्रेज़ी में अनुवाद। दो नाटकों का अंग्रेज़ी से हिंदी में अनुवाद।

प्रेम और देह

– प्रितपाल कौर

"तुम अपने जिस्म को लेकर इतनी कॉन्शस क्यूँ हो?"

"तुम जिस्म को लेकर इतने उतावले क्यूँ हो?"

"यार! मैं तुमसे प्यार करता हूँ। तुम्हें प्यार करना चाहता हूँ।"

"तो इसमें जिस्म कहाँ से आता है? प्यार करते हो तो करते रहो न। किसने रोका है?"

"कमाल है? खुद ही रोकती हो? और कहती हो किसने रोका है?"

"कहाँ रोका?"

"मैं तुम्हें और तुमसे प्यार करना चाहता हूँ। तुम्हें अपने प्यार की गर्माहट से वाकिफ करवाना चाहता हूँ।"

"मैं जानती हूँ, तुम मुझसे बहुत प्यार करते हो। फिर ये गर्माहट दिखाने की बात क्यूँ?"

वे दोनों एक कमरे में आमने-सामने के सोफों पर बैठे थे। वो चाहता था कि ये उसकी बगल में आकर बैठे और वो ऐसा करने से डरती थी। उसे लगता था कि एक बार प्यार में जिस्म की आजमाईश शुरू हुई तो एक के बाद एक मंजिल तय होती जाएगी और वे वहाँ-वहाँ तक पहुँच जायेंगे, जहाँ तक वो फिलहाल नहीं जाना चाहती थी। शादी से पहले तो हरगिज़ ही नहीं।

हालाँकि दोनों के बीच औपचारिक मंगनी दोनों के परिवारों की रजामंदी और दोस्तों-रिश्तेदारों की मौजूदगी में हो चुकी थी। इस मंगनी में दोनों ने एक दूसरे को सोने की अंगूठी पहनाई थी। लड़की के परिवार की तरफ से उसे थ्री पीस सूट का कपड़ा, पचास हज़ार रुपये नकद का शगुन, एक स्कूटर की चाबी, जूते, यहाँ तक कि बनियान, अंडर-वियर और मोज़े भी भेंट किये गए थे। जबकि उसके परिवार की तरफ से लड़की को एक बनारसी साड़ी मय ब्लाउज, पेटीकोट, परांदा, लिपस्टिक, बिंदी के पांच पैकेट, फाउंडेशन, कॉम्पैक्ट, काजल, ब्लशर, मेकअप ब्रश वगैरह के साथ दो जोड़ी चप्पलें और सोने के कानों के झुमके भी भेंट में मिले थे।

लड़का किसी सरकारी दफ्तर में लिपिक के पद पर था। लड़की ने इतिहास में एम.ए. कर

लिया था और फिलहाल एक प्राइवेट फर्म में सेक्रेटरी की नौकरी कर रही थी। उसे इस नौकरी में कोई मज़ा नहीं आ रहा था और उसका पक्का इरादा था कि ये सिर्फ वक़्त काटने के लिए है। साथ ही ससुराल वालों को ये भरोसा दिलाने के लिए है कि लड़की कामकाजी है। कि शादी के बाद एक बंधी-बंधाई तनख्वाह घर में आती रहेगी। उसकी माँ और बाबा ने भी उसे समझाया था कि नौकरी छोड़ देने की बात वह अपने मन में ही रखे। ससुराल वालों को इसके बारे में कत्तई न बताये।

हालाँकि ये दोनों ही परिवार बेहद परम्परावादी थे। मगर नए रंग-ढंग के अनुसार लड़के लड़की को शादी तय होने से पहले आपस में मिलवा दिया गया था। वैसे रिश्ते की हाँ या ना में उन दोनों का कोई ख़ास रोल नहीं था। दोनों के परिवार वालों को ये रिश्ता जम गया था तो मंगनी कर दी गयी थी। शादी तीन महीने बाद होनी तय हो गयी थी। पंडित जी से पूछ कर शादी की तारीख़ फिक्स कर दी गयी थी।

शादी की तैयारियां दोनों घरों में शुरू हो गयी थी। अक्सर लड़की, लड़के की माँ और भाभी के साथ बड़े बाज़ार में साड़ियाँ पसंद करती पाई जाती थी। ऐसे ही एक दिन शनिवार को जब दोनों की छुट्टी थी, लड़के ने अपनी भाभी को पटा कर लड़की से अकेले में मिलने का ये कार्यक्रम तय कर लिया था।

इस वक़्त वे एक-दूसरे के आमने-सामने बैठे थे। ये एक स्टूडियो अपार्टमेंट था जो लड़के के एक दोस्त का था। जिसे लड़के ने अपनी सारी कहानी बता कर उससे अपार्टमेंट की चाबी ले ली थी और दोस्त को ताकीद कर दी थी कि जब तक वो उसे फ़ोन न करे वह अपने घर न लौटे।

दोस्त ने शाम को दारू और चिकन की पार्टी की शर्त पर ये सौदा मंज़ूर कर लिया था और इस वक़्त शहर के एक मशहूँर मॉल में घूम कर वक़्त काट रहा था। जहाँ उसका खाना खा कर फिल्म देखने का इरादा था। फिल्म की टिकट उसके फ़ोन में मौजूद थी।

तभी लड़की का फ़ोन बज उठा। उसकी रिंग टोन खासी तीखी सी थी। जिसके चलते लड़का बुरी तरह चौंक उठा। लड़की ने फ़ोन के स्क्रीन पर देखा। उसकी माँ का फ़ोन था। वो माँ से ऑफिस में ओवरटाइम की बात कह कर आयी थी। माँ को अगर पता लग जाता कि वो लड़के से अकेले में मिलने आयी है तो उसका बाज़ार जाना तो क्या ऑफिस आना-जाना भी पिता या बड़े भाई की निगरानी में हो जाने वाला था।

अपनी ऐसी बेइज़्ज़ती के लिए वह हरगिज़ तैयार नहीं थी। सो झूठ का सिरा पकड़ते हुए उसने आवाज़ में नाराज़गी लाते हुए कहा, “मम्मी, आप को कहा था न ऑफिस में हूँ।

बिना बात फ़ोन मत करो। बॉस सब देखते हैं।"

लड़की के इस प्राइवेट ऑफिस में बॉस बिलकुल बनिए की तरह पेश आता था। ऑफिस में रहने का मतलब है पूरी तरह से ऑफिस का काम करना। बेकार चुहलबाजी बिलकुल नहीं। घर से फोन आया है तो भी मुख़्तसर बात करो और फ़ोन बंद करो। दोस्तों से गपशप का तो सवाल ही पैदा नहीं होता।

"न बेटा। मैं तो ये पूछ रही थी कि कल सन्डे को तेरे ससुराल वाले आ रहे हैं। तेरी सास और ननद। तो कल को ओवरटाइम की हामी मत भर लेना। अच्छा बेटा। फ़ोन रखती हूँ।"

"जी मम्मी।" लड़की ने कहा और फ़ोन काट दिया।

उसे डर लगने लगा था कि कहीं मम्मी कुछ और न पूछ ले और उसकी बातों से झूठ का पता न लग जाए। झूठ बोलने में वह सिद्धहस्त नहीं थी।

इस बीच लड़का उसकी बगल में आ कर बैठ गया था। मगर दो हाथ की दूरी बनाते हुए। वो कुछ संकोच में भर गयी। असहज होते हुए उसने एक बार सोचा कि उठ कर सामने वाले उस सोफे पर जा कर बैठ जाए, जहाँ अब तक लड़का बैठा हुआ था। मगर फिर कुछ सोच कर वहीं बैठी रही।

मन में भावी पति के साथ बैठे होने के कारण अजीब तरह की तरंगें उठ तो रही थीं, मगर साथ ही दुनिया वालों के, ख़ास कर माता-पिता के डर से और एक सहज स्वाभाविक संकोच के मारे मरी जा रही थी। आँखें तमाम कोशिश के बावजूद उठ ही नहीं रही थी। खुद पर क्षोभ भी हुआ। आधुनिक ज़माने की पढ़ी-लिखी लड़की हो कर भी संकोच और डर से सिमटी जा रही थी। जिसके मारे वह खुद से ही नाराज़ भी थी, मगर इस संकोच को किसी भी तरह से तोड़ने की राह उसे नहीं सूझ रही थी।

अब तक लड़के को भी उसके असहज होने ने असहज कर दिया था। वह कुछ देर उसके पास बैठा उसे नज़र भर कर देखता रहा। आहिस्ता-आहिस्ता उसे भी लड़की की तरफ देखने में दुश्वारी होने लगी। उसे लगने लगा शायद इस तरह लड़की को यहाँ अकेले में बुला कर और उससे इस तरह बेतकल्लुफ होने की उसकी कोशिश एक बेजा हरकत थी। अब उसे इस सारी कवायद पर अफ़सोस हो रहा था। उसे लग रहा था कि बेकार ही यह सब झमेला किया। शादी तीन महीनों बाद होने ही वाली है। तब तक संतोष करना चाहिए था। बात-चीत, मिलना-जुलना तो उसके बाद निर्बाध होना ही है। लड़की उसे बेहद पसंद थी और अब उसके हाव-भाव देख-परख कर, उसकी सहज संकोची प्रवृति देख कर उसे

खुशी ही हो रही थी। मन में सोचा कि अच्छा ही है। आजकल की मॉडर्न लड़कियों की तरह बेतकल्लुफ नहीं है। उसके घर-परिवार में, जहाँ आधुनिक तौर-तरीके ज़्यादा पसंद नहीं किये जाते, ये अच्छी तरह निभा लेगी।

मन ही मन खुश होते हुए उसने अपना एक हाथ उठाया और आहिस्ता से लड़की के हाथ पर रख दिया, जो लकड़ी की गोद में था। संकोच से लड़की और सिमट गयी। लगा जैसे डर से काँप भी गयी। लड़के का मन किया उसे बाहों में ले कर दिलासा दिलाये कि उसके इरादे नेक हैं, कि वह उससे प्रेम करता है और उसकी मर्जी के खिलाफ कुछ नहीं करेगा, कि वह शादी तक हर बात के लिए इंतज़ार करेगा और यह भी कि वह जीवन भर उसका साथ निभाएगा। दरअसल लड़के का मन कर रहा था कि वह जीवन भर के वादे आज ही उसके साथ कर ले। उसे इस एक पल में लड़की से बेइंतेहा प्रेम का एहसास हो गया था। वह समझ गया था कि उनका भावी वैवाहिक जीवन बेहद सुख से भरा होने वाला है।

मगर लड़की के संकोच से भरे व्यवहार ने उसे यह सब करने से रोक दिया था। वह झिझक के साथ उठ खड़ा हुया और फिर से सामने वाले सोफे पर बैठ गया। लड़की उसकी इस हरकत से डर गयी।

उसने आँख उठा कर उसकी तरफ देखा तो वह आँखों में प्रेम लिए उसकी तरफ देख रहा था और मुस्कुरा रहा था। वह उसकी दृष्टि में उलझ कर रह गयी। आँखें नहीं झपका पायी। एकटक उसकी तरफ देखते हुए उसे खुद अपने भीतर प्रेम का एक बवंडर उठता हुआ महसूस होने लगा।

कुछ लम्बे पल इसी तरह बीत गए। आखिरकार वह खुद पर नियंत्रण नहीं रख पायी। उठ कर खड़ी हो गयी। नहीं जानती थी कि उसका अगला कदम क्या होगा। बिना सोचे-समझे वह खड़ी हुई तो लड़का भी उठ कर खडा हो गया। कुछ कदम उसकी तरफ बढ़ा, तो दो कदम वह भी आगे बढ़ आयी। अगले ही पल दोनों एक दूसरे के सामने खड़े थे।

वे एक दूसरे के इतना करीब खड़े थे कि उनकी साँसे टकराने लगीं। लड़की ने महसूस किया कि उसकी साँसे रुकने लगी थीं। वह सिमट गयी और उसके पाँव कांपने लगे। डर एक बार फिर संकोच के साथ उस पर तारी हो गया। उसने खुद को संभालने की कोशिश की तो वह लडखडा गई। लड़के ने उसकी लडखडाहट देखी तो हाथ बढ़ा कर उसे सहारा दिया।

अगले ही पल दोनों एक दूसरे की बाँहों में थे। लड़की ने अपना सर उसकी छाती पर टिका दिया था। वह आँखें मूंदे थी। लड़का सर झुका कर उसके चेहरे की टोह ले रहा था। वह

खुद भी संकोच में ही था। समझ नहीं पा रहा था कि लड़की की इस हरकत से वो क्या समझे। स्वीकारोक्ति या आत्म-समर्पण? दोनों ही सूरतों में अगला कदम उसे ही उठाना था। और वह अगला कदम क्या हो, इस पर खुद भी असमंजस में था।

कुछ देर की खामोशी में दोनों एक-दूसरे के प्रति समर्पण को महसूस करते पीते रहे। आखिरकार लड़के ने चुप्पी तोड़ी।

"मैं जानता हूँ तुम्हें किस बात का डर है। मगर तुम मेरी पत्नी होने वाली हो। मैं ऐसा कुछ भी नहीं करने वाला या तुमसे करवाने वाला जिससे तुम्हारी और मेरी प्रतिष्ठा को आंच आये। भरोसा रखो मुझ पर।"

"मुझे तुम पर भरोसा है। मगर डर लगता है।"

"किस बात का डर?"

"रिश्ते को आगे बढ़ाने का डर। शादी से पहले सब कुछ कर लेने का डर।"

"मगर ये बताओ। हम दोनों एक दूसरे से प्रेम करते हैं। शादी भी होने ही वाली है। तो मिलने से, एक दूसरे के साथ अकेले में समय बिताने से संकोच कैसा?"

"देखो। संकोच तो है ही। और फिर देह से प्रेम करना क्या ज़रूरी है? तुम जानते हो मुझे तुमसे प्रेम है। शादी होने वाली है। देह से प्रेम जताना ज़रूरी है क्या? मन से प्रेम करना काफी नहीं हैं क्या?"

"देखो। मैं तुम पर किसी भी तरह का दबाव नहीं डालना चाहता मगर मुझे सिर्फ एक बात का जवाब दो। जो भी कहोगी मुझे मान्य होगा। बस अपने दिल की बात कहना। क्या देह तुमसे अलग है? हम अपनी देह में ही तो रहते हैं। इस देह से हम सारे जहां के काम करते हैं। इस देह से ही इस संसार में जीते हैं। यहाँ तक कि देह ही मरती भी है। जब सब कुछ इसी देह के चलते होता है तो प्रेम जब हम दोनों में है तो प्रेम का इज़हार हम देह से ही तो करेंगे? देह को अलग कर के क्यूँ रखें? और कैसे रखें? मन का प्रेम पूरा तो देह से ही करेंगें न? मन को, अंतस को, देह से ही तो पहचानेंगे। तुम ही बताओ, क्या मैं गलत कह रहा हूँ?"

लड़की ने आँख उठा कर एक भरपूर नज़र उस पर डाली और इसके साथ ही उसकी बाहों में और सिमट आयी। शायद उसकी बात का जवाब अपने ही भीतर ढूंढ रही थी।

लेखिका के बारे में

नेहा पांडेय शिक्षा के क्षेत्र में स्नातकोत्तर करने के साथ-साथ बच्चों को शिक्षित भी कर रही हैं। उनका मानना है कि सामाजिक मुद्दों को कविताओं और लघु कथाओं द्वारा उठाना वास्तव में जागरूकता फैलाने का एक बेहतर तरीका है। जवाहर नवोदय विद्यालय से स्कूली शिक्षा पूरी करने के बाद, उन्होंने हमेशा एक बेहतर एकीकृत समाज का सपना देखा और इसलिए उन्होंने मुद्दों को उठाने के लिए अलग-अलग मंच पर ब्लॉगिंग शुरू की। वो समझती हैं कि अगर आपको लेखन या संगीत में रुचि है तो आप को खुद कभी अकेला नहीं पाएंगे। अब वह अपने पेशे के साथ "स्टोरीमिरर" में एक नियमित ब्लॉगर हैं।

क्योंकि, फिर सुबह होगी!

– नेहा पांडेय

कमला सुमेरपुर नामक गाँव के आखिरी छोर में रहती थी। देखने में दुबली-पतली तथा रंग साँवला होने के बावजूद उसके नैन नख्श मोहक थे। कमला की उम्र महज़ 30 साल थी। वैसे तो कमला का परिचय यह था कि वह गरीबी की मारी पर स्वाभिमान से भरी औरत थी।

कमला का पति दो साल पहले लंबी बीमारी के कारण मौत के मुंह मे चला गया था। परिवार के नाम पर ढाई साल का बेटा था, जिसमें उसकी दुनिया समाहित थी। थोड़ी बहुत जमीन थी जिसे जमीदारों ने हड़प ली थी, बस वो मजदूरी करके अपना औऱ अपने मुन्ने का पेट भरती थी। किसी दिन काम मिलता तो किसी दिन किसी से माँग कर काम चलता था, पर कमला हर हाल में खुश रहती थी। कुछ घरों में काम कर आती जिससे खाने-पीने को मिल जाता था, और मुन्ना भी इतना बोधिल कि सूखी रोटी-नमक को भी खा लेता परन्तु कभी ज़िद नही करता था। शायद वो अपनी माँ की आँखों में परिस्थिति को महसूस करता था और यही वजह है कि लोग कहते हैं कि बच्चों में ईश्वर का वास होता है।

आज सुबह से ही मौसम खराब था। हवाएं अपने रौद्र रूप में चल रही थीं, बादलों की गड़गड़ाहट, बिजली की चमक का जो मिश्रण था, बहुत ही भयावह था। इसलिए कमला उस दिन काम पर ना जा सकी थी। इस बारिश में मुन्ने को लेकर बेचारी जाती भी तो कहा जाती। घर जो सिर्फ नाम का था, जिसमें दीवारें ज्यादा थीं पर छत कहीं नहीं। एक छोटा सा कमरा जैसा था जिसके ऊपर बरसाती लगाकर खपरैल छाया हुआ था। उसी में माँ बेटा रहते थे। बाहर मिट्टी का चूल्हा था जिसमें पानी बह रहा था। कुछ डिब्बे थे जिसमें थोड़ा बहुत राशन रखा हुआ था, ईंधन की लकड़ियाँ भी पूरी तरह भीग चुकीं थीं, अब कुछ बना भी नहीं सकती थी।

दोपहर में माँ- बेटे ने बासी रोटी खा ली थीं, पर जैसे-जैसे दिन ढल रहा था; मुन्ने की भूख बढ़ती जा रही थी। कमला करती तो करती भी क्या, ना कहीं जा सकती थी ना ही कुछ घर में बना सकती थी। खान-पान सही ना होने के कारण कमला का दूध निकलना भी बंद हो गया था, जिससे वो मुन्ने की भूख शांत कर पाती। खैर भूख की जलन तो कमला

के पेट में भी थी, पर मुन्ने की फ़िक्र में उसे महसूस नहीं हो रही थी।

कमला कभी मुन्ने को चुप कराती तो कभी भरे हुए पानी को बाहर फेंकती। उस छोटी सी जगह में लबालब पानी भरा हुआ था, कुछ बौछार से अंदर आ रहा था, कुछ ऊपर फटी बरसाती से बह रहा था। उसके पास बैठने की जगह ना थी, एक चारपाई थी जिसमे मुन्ने को लेकर कमला बैठी थी। कभी पल्लू से उसको ढकती तो कभी फटे चद्दर से, और ख़ुद लगभग गीली हो चुकी थी।

मुन्ने का रोना बढ़ता जा रहा था, उसका रो-रोकर बुरा हाल था, आँखें सूज गयीं थीं।, कमला का मन उसको देख कर फटा जा रहा था। सोच रही थी कि क्या मिल जाये कि उसे खिला दे। भूख के मारे ना बच्चा सो पा रहा था, न ही उसकी आंखों में नींद थी। कमला ने सोचा पास में ही जो दुकान है उसका दरवाजा खटखटाये क्या? पर ना मुन्ने को ले जा सकती थी ना ही अकेले छोड़कर जा सकती थी। आज कैसी मुसीबत आ पड़ी थी कि उसे अंधेरे के अलावा कुछ नजर ही नही आ रहा था।

इधर मुन्ना रोते-रोते पस्त हो गया था अब उससे रोया नहीं जा रहा था, बस अब सिसकियाँ ले रहा था। कमला अन्दर ही अन्दर रो रही थी, और घबरा भी रही थी। खैर उसने हिम्मत की और मुन्ने को प्यार से चारपाई पर लिटाया, फटे चद्दर से उसे उढ़ाया और माथे पर प्यार से हाथ फेरते हुए माथे को चूम लिया। मन ही मन सोचती जा रही थी कि कैसी अभागिन माँ है जो अपने बच्चे का पेट भी नहीं भर सकती। कमला ने बोरी को सिर पर ढका तथा मुन्ने को फिर से निहारा और फिर तेज क़दमों से निकल पड़ी।

उस पर पड़ रही बूंदों का कोई असर नहीं हो रहा था, वह जल्द ही दूकान के दरवाजे तक पहुँचना चाह रही थी। आखिरकार कुछ मिनटों में वह छोटे काका की दुकान पर पहुंच गई। दरवाजा बंद था तो उसने जल्दी-जल्दी सांकल खटखटाया। उसने आवाज भी लगाई-छोटे काका दरवाजा खोलिये। छोटे काका कमला के पिता की उम्र के थे, उनकी छोटी सी दुकान थी। स्वभाव से दयालु थे, जिस कारण कमला जरूरत पड़ने पर उन्हीं के पास आई थी। आखिरकार काका ने दरवाजा खोला तो कमला को देखकर चौक गये। काका बोले इतनी रात गए तुम यहाँ, सब ठीक तो है, मुन्ना कहाँ है? कमला ने कहा, काका अभी कुछ मत पूछिए, बस कुछ खाने को दे दीजिए, मुन्ने का भूख से बुरा हाल है, उसे अकेले छोड़कर आपके पास आयी हूँ। इतना कहते-कहते कमला ने एक आँचल से गीली नोट काका को थमा दिया था।

काका अंदर गए और दो बिस्कुट के पैकेट और अपने पास रखा दूध एक छोटी सी बोतल में भरकर देते हुए नोट भी हाथ मे रख दिया, और कहा जल्दी जाओ मुन्ना अकेला है।

कमला को मानो खजाना मिल गया था। उसे आज काका में देवता नजर आ रहे थे। उसने कहा काका आपका यह एहसान मै जिंदगी भर नही भूलूंगी और कहते कहते अपने घर के तरफ निकल पड़ी। उसे लग रहा था वो कितनी जल्दी मुन्ने के पास पहुँचे। बारिश की रफ़्तार के साथ साथ उसके कदमों की रफ़्तार भी बढ़ रही थी। कमला आखिकार घर पहुँची, दरवाजा खोला तो सन्नाटा था, उसे लगा मुन्ना सो गया होगा। वह उसके पास पहुँची और बोली, "मुन्ना ओ मुन्ना देख अम्मा तेरे लिए क्या लायी है।" उसने बिस्कुट का पैकेट खोला और दूध को कटोरी में ड़ालते हुए चारपाई पर बैठ गई।

मुन्ने का चद्दर हटाया जो अब तक बौछार से गिला हो चुका था। उसने मुन्ने को उठाया तो उसे महसूस हुआ कि मुन्ना का शरीर एकदम ठंडा पड़ चुका था, कमला घबरा गई!

उसने मुन्ना को पुचकारा, कहा "मुन्ना उठ, देख अम्मा तेरे लिए दूध लायी है। मुन्ना, ऐ मुन्ना मेरा राजा बेटा उठ जा।" पर मुन्ना निढाल सा उसकी गोद में पड़ा था। कमला का दिल तेजी से धड़कने लगा था अब, वह मुन्ने को जोर जोर से हिलाने लगी बार उसे पुचकारती, उसका मुँह चूमती पर मुन्ना अब एकदम शान्त था। ना उसकी सिसकियाँ थीं ना ही उसकी साँसे।

कमला समझ गयी थी पर माँ की ममता यह स्वीकारने को तैयार नहीं थी कि उसकी आँखों का तारा बुझ गया था। अब वह जोरों से चिल्ला रही थी पर उसे सुनने वाला कोई नही था। उसके आँसू लगातार बह रहे थे। बाहर का तूफान फीका पड़ गया था, उसके अंदर उठ रहे तूफान के आगे। काफी देर बाद कमला ना जाने क्यों जिगर के टुकड़े को आँचल में लपेट कर दरवाजे से निकल पड़ी। अब उस पर बारिश का कोई असर नहीं था, उसके आँसुओं को बारिश की बूंदें खुद से मिला रही थी।

उसके कदम गाँवगाँव के किनारे बह रही यमुना की तरफ जा रहे थे, जिस पर तूफान का असर गहरा था। कमला किनारे में एक टीले पर खड़ी थी, और यमुना की लहरें भी उसके सामने आकर झुक जा रही थी। कमला आज जिंदगी के दिये दर्द को हराने जा रही थी। उसने अपने आँचल से मुन्ने को निकाल कर उसको जी भर कर देखा फिर उसके मासूम से चेहरे को चूम लिया, फिर एक पल मे मुन्ने को यमुना की गोद मे समर्पित कर दिया। वो आज अपना सब कुछ खो चुकी थी।उसके हृदय में धड़कन तो थीं पर उसका शरीर

निर्जीव हो चुका था। ना जाने उसे कौन सी शक्ति ने अपने लाड़ले के साथ जाने से रोक लिया था, वो भी उन्हीं लहरों में समा जाना चाहती थी। उस दिन प्रकृति ने भी उसके दर्द में आंसू जरूर बहाए थे।

एक बार कमला ने लहरों को देखा और फिर मुड़ गयी थी। अब तक बारिश का तूफ़ान भी थम चुका था, और कमला के मन का द्वंद्व भी हार चुका था। उसके कदमों में वो रफ़्तार ना थी, पर वो रुके भी ना थे। कमला का सब कुछ छिन गया था, चाहती तो वो भी छलांग लगा सकती थी, पर वो कायर नहीं थी। उसके साहस के आगे आज तूफान भी नतमस्तक हो गया था। आज उसका स्वरूप किसी दैवीय शक्ति से कम ना था। काल ने उसके जिगर के टुकड़े को भले हीं निगल लिया था परन्तु मृत्यु का भय उसके मुख पर बिल्कुल नहीं था। उसके स्वाभिमान ने उसे हारने नही दिया था। कमला को पता था कल फिर सुबह होगी और उसके साथ भूख की आग भी होगी। उसके कदमो में हौसले की छाप थी, और आँखों में जीवन का उद्देश्य था। उसे अपने उसी घर जाना था और वहाँ भरे हुए सैलाब को साफ करना था।

लेखिका के बारे में

ज्योती अस्टूनकर, इनफॉर्मेशन टेक्नोलॉजी के जगत में काम करनेवाली एक ग्राफिक डिज़ाइनर है। बचपन से ही रचनात्मक कार्यों में रुचि रखने वाली एक कलाकार, जिसे अपने दैनिक कार्यों के साथ कुछ अलग करने में हमेशा से रूचि रही है। पिछले 16 सालों से IT जगत में कार्यरत होने के बावजूद उनकी रचनात्मक कार्यों में रुचि सदा से ही कायम है।

हमेशा एक सकारात्मक दृष्टिकोण रखने वाली **ज्योती** को अपना खाली समय कुछ रचनात्मक कार्यों में व्यतीत करना बहुत पसंद है। लिखनें में रुचि होने के साथ-साथ, उन्हें दूसरे रचनात्मक कार्य जैसे ऑयल पेंटिंग, एक्रिलिक पेंटिंग, स्केचिंग आदि का भी बहुत शौक है।

सपनों के शहर मुंबई की रहनेवाली **ज्योती अस्टूनकर** ने स्वयं अपनी एक हिंदी कविताओं की पुस्तक- 'शब्दांकुर', भी प्रकाशित की है, जिसमें उन्होंने कई अलग-अलग प्रकार के भावों, समय, परिस्थितियों और विचारों को कुछ शब्द देकर, कविता के रूप वर्णन किया है।

बचपन

– ज्योती अस्टूनकर

आँखों में चमक, मन में ख़ुशी, दिमाग में चहल-पहल, कुछ नया करने की चाह, न कोई डर और न कोई विचार।

बस ये जहाँ मेरा है, मैं जो चाहूँ करूँ।

छोटी सी उम्र और बड़े-बड़े ख्याल, हर एक हरकत में कुछ नया करने की ख़ुशी, कुछ न कुछ करते रहने की इच्छा, जिज्ञासु प्रवृत्ति, मासूमियत और ना जाने बहुत कुछ।

हाँ, ये है वो "बचपन", जो शुरू होता है एक माँ के गर्भ से। आस-पास क्या हो रहा है, उसकी प्रतिक्रिया व्यक्त करना, लेकिन कुछ अपने ही अंदाज़ में। माँ के गर्भ में हलचल करके उसे एहसास दिलाना, अपने होने का।

दुनिया में आते ही सबसे पहले खुली आँखों से रौशनी महसूस करना और आँखे मिंचना। नयी-नयी आवाज़ें सुनना, हर किसी के हाथों के स्पर्श को समझना। इतनी नन्ही सी उम्र में अपने और पराये के एहसास को समझना। हर महीने की कुछ अलग हरकतें, हर नए साल में कोई नयी सीख। हर दिन, एक नया दिन।

हम पालकों के लिये भी हर दिन एक नया दिन।

ऐसा बहुत कुछ जो हम इन बच्चों से सीखते हैं, छोटी-छोटी बातों में खुश होना, हर सुबह एक नयी सुबह और हर शाम एक नया जलसा।

मुझे लगता है, ज़िन्दगी हमें एक और मौका देती है, कुछ और सीखने का। जो शायद हमारे "बचपन" में में सीखना रह गया था। वो आज हमारे बच्चे हमें सिखा देते हैं।

बच्चे एक कोरा कागज़ है, जिन्हें हम वो सिखाते हैं, जो हमनें हमारे बचपन में अच्छी तरह सीख लिया था।

इस प्रकार अगर ग़ौर किया जाये तो बच्चे और हम एक-दूसरे के शिक्षक ही हैं। अंतर सिर्फ़ इतना है की हमारे ये शिक्षक हम पर पूरी तरह से अवलंबित हैं, और इस प्रकार हमारी ज़िम्मेदारी उनकी तरफ़ ज़रा सी ज्यादा है।

कभी-कभी हमें इन बच्चों की उम्र में खुद को रखकर सोचना चाहिए, कि उनकी हरकतों पर जिस तरह हम प्रतिक्रिया देते हैं, वैसी ही प्रतिक्रिया अगर हमें मिले तो?

क्योंकि कभी-कभी हम अपने बड़े होने का और उनके पालक होने का फ़ायदा उठाने लगते हैं। इसका मतलब ये नहीं कि हम उनका बुरा चाहते हैं, पर ऐसा हो जाता है कि हमारा अहंकार, प्रतिष्ठा, प्रतियोगिता आदि हमारे बच्चों पर हावी हो जाते हैं।

और नन्ही सी मासूम ज़िन्दगी को समझ में ही नहीं आता कि उसकी ग़लती क्या थी!

मैंने खुद से वादा किया था कि मैं और मेरा बच्चा एक-दूसरे के शिक्षक और दोस्त बनके रहेंगे। जो कुछ मैंने सीखा वो मेरे बच्चे का, और जो रह गया वो उसके साथ सीखना। बच्चो में सकारात्मकता का भाव जगाना, अच्छे और बुरे को पहचानने की कला सीखना, और अपने मन के भावों को अपने नियंत्रण में रखना।

ये तीन पाठ अगर मैं अपने बच्चे को सिखाने में सफल हो गयी, तो बाकी के सारे पाठ उसे उसकी आने वाली ज़िन्दगी सिखा देगी. परंतु उसे ये सब सिखाने के लिए मुझे भी उससे बहुत कुछ सीखना है।

अपने बच्चों के साथ उनका "बचपन" जीने में जो मज़ा है वो तो कुछ अलग ही है।

मैंने उसके बचपन के ऐसे बहुत से पल आज तक जिये हैं, जिनकी यादें हमेशा मेरे मन में रहेंगी। वो मासूम भाव, नयी भावनाएं, नये अनुभव।

कुछ नया करने और सीखने की वो ख़ुशी!

कुछ मासूम भाव और अनुभव जो उसने व्यक्त किये – और मैंने मेरे इस लेख में समेट लिये –

"दो साल की उम्र में, वाटर कलर का ब्रश लेकर, आधी रात को मेरे साथ, आकाश में मुस्कुराते चंदामामा की पेंटिंग करना। और पेंटिंग पूरी होने पर कहना, 'आई बघ, तो वरचा moon, आता आपल्या घरी पण आला. सकाळी सगळे उठले की आपण दाखऊ त्यांना। किती सुंदल आहे ना… " (statement In Marathi)

किसी नए काम को पूरा करने की ख़ुशी, अपना खुद का चाँद पाने की ख़ुशी!

"पहली बार पेंसिल हाथ में लेकर कुछ रेखाएं खींचना, और उसे देखकर बहुत खुश होना। खुद की खींची हुई रेखा को दिखाकर कहना, मैंने कितना सुंदल बनाया ना? अपनी

पेंसिल का उस जगह इस्तेमाल करना, जहाँ हम उन्हे ना करने की सलाह देते हैं। हमारे ना पर, बार-बार उसी जगह कलाकारी करना और ख़ुश होना।"

शुरू में मैंने भी दूसरे पालकों की तरह उसका जरा विरोध किया, परंतु फ़िर उसे उसका बचपन महसूस करने का मौका दिया।

और एक बार तो, मैंने भी उसके साथ दीवार पर कलाकारी करने का आनंद उठाया।

उस दिन की उसकी ख़ुशी का विवरण इस लेख में करना बहुत ही कठिन है। उसका दीवार पर बनाया हुआ छोटा सा थॉमस इंजन, बहुत सारा धुआँ निकालते हुए कई सालों तक मेरे ड्राइंग रूम की दीवार से गुज़रता रहा। और उस इंजन में मुझे उसका बचपन दिखता था।

एक बार उसने दीवार पर उसकी और उसकी बहन की तस्वीर बनाई, और दोनों के सिर पर वो रोज़ एक बाल बनाता (एक स्टैंडिंग लाइन), और जब मैं शाम को ऑफिस से आती, मुझसे कहता, 'मम्मा देखो हमारे बाल और थोड़े बड़े हो गए!'

मेरे घर में आने वाले बहुत से लोगों के चेहरे के भाव और मेरे दोस्तों की बातों में मैंने सुना है, इस तरह घर की दीवारों को ख़राब क्यों करने दिया? तुम्हें उसे सिखाना चाहिए कि ऐसे करना गलत है, दीवारों को खराब करना अच्छी बात नहीं है।

मैं कहा करती थी कि, वैसे भी हम अपना घर पेंट करवाते है ६-७ सालो में, तो क्यों न मैं मेरे बच्चे को उसका बचपन जीने दूँ।

बच्चों की ये सुन्दर हरकतें और मासूमियत हम उनकी उम्र के शुरू के ५-६ सालों तक ही अनुभव कर सकते हैं। और इन सालों में ही हमें, उन्हें कुछ सकारात्मक बातें भी सिखानी हैं, ताकि वो अपना बचपन भी पूरी तरह से जिएं और हमसे वो सारे अनुभव भी लें, जो उनके भविष्य में उन्हें सही राह दिखा सकें।

बच्चो को समझना और उन्हें समझाना भी एक कला है, जो हम सबको सीखनी चाहिए।

बचपन को जीने में जो ख़ुशी है, वो जीवन के किसी दूसरे मोड़ पर नहीं।

लेखिका के बारे में

आपका जन्म अलीगढ़ (उत्तर प्रदेश) में हुआ। आपके पिता श्री प्रमोद कुमार जी अलीगढ़ के एक प्रतिष्ठित उद्योगपति एवं समाज सुधारक थे। राजनीति और साहित्य से भी उनका गहरा लगाव रहा। आपको बचपन से ही घर परिवार में एक साहित्यिक माहौल मिला जिसके परिणाम स्वरूप आप बचपन से ही साहित्य में अत्यधिक रूचि रखते हुए कवितायें, कहानियाँ, लेख आदि लिखती आ रही हैं और वह नियमित रूप से देश विदेश की प्रतिष्ठित पत्र-पत्रिकाओं में प्रकाशित भी हो रहे हैं।

आपने अलीगढ़ मुस्लिम विश्वविद्यालय, अलीगढ़ से उच्च शिक्षा प्राप्त करी है।

आप चौथी दुनिया और अमर उजाला के अलीगढ़ संस्करण से पत्रकार के रूप में जुड़ी रहीं। आपने देश के प्रतिष्ठित शैक्षणिक संस्थानों में अध्यापन कार्य भी किया। आप वर्तमान में अपने पारिवारिक व्यवसाय को भी देखती हैं।

आपकी कविताओं का प्रसारण 92.7 बिग एफ एम, मुंबई एवं अलीगढ़ पर भी हुआ। आपने एशियन लिटरेरी सोसायटी के कई आयोजनों में भी कविता वाचन किया है।

आप अपनी कविता 'मोक्ष' के लिए एशियन लिटरेरी सोसायटी के वर्डस्मिथ अवार्ड 2020 (हिंदी कविता) की विजेता भी रही हैं।

आप पत्रकारिता एवं स्वतंत्र लेखन में अभी भी सक्रिय हैं। आपकी कला की हर विधा में गहन रुचि है, खासतौर से कविता और संगीत में। प्रकृति, प्रेम और जीवन - इन तीनों विषयों को आप बहुत बारीकी से देखती हैं और कहीं गहरे उतार लेती हैं अपने अंतर्मन में ... यही भावों का रूप लेकर कविता/कहानी के स्वरूप में बाहर निकल आते हैं।

असहयोग आंदोलन

– डॉ. मीनल

मानसी के पिता जी शहर के एक प्रतिष्ठित कारोबारी और सार्वजनिक रूप से सम्माननीय व्यक्ति थे। पिता जितने सामाजिक और व्यवहारिक थे, माँ के पांव उतने ही घर तक ही सीमित रहते थे। वह एक बेहद साधारण, सरल एवं घरेलू किस्म की शांत प्रकृति की महिला थीं। मानसी का विवाह किसी कारणवश नहीं हो सका था। माँ बाप के प्यार में उसने आजीवन कभी कोई कमी नहीं पाई थी। उनका साथ जितना सम्भव हो सके उतने अधिक लंबे समय तक के लिए बना रहे, यह उसके जीवन की सबसे बड़ी अभिलाषा थी। मानसी का भाई अभिषेक कारोबार में पिता का हाथ बंटाता था और उनकी मृत्यु के पश्चात तो पूरी बागडोर उसी के हाथों में आ गई थी। अभिषेक का अपने माँ बाप और परिवार से मनमुटाव अकारण ही रहता था। विवाह के पश्चात तो अपनी पत्नी के आने से और फिर अपना परिवार बढ़ने से यह दिल की दूरियां पटने के बजाय और विस्तृत होकर फैलती गई। बाप बेटे में व्यवसायिक सम्बन्ध थे। इससे ज्यादा कुछ नहीं।

देखा जाये तो अभिषेक के अपने परिवार के किसी भी सदस्य से कभी अच्छे सम्बन्ध रहे ही नहीं। उसका झुकाव अपनी पत्नी, बच्चों और ससुराल की तरफ बढ़ता ही जा रहा था। स्थिति को भलीभांति समझते हुए, कहीं न कहीं उसको यह अच्छे से अहसास करा दिया गया था। उसके दिल और दिमाग में यह बात बिठा दी गई थी कि उसका ससुराल पक्ष ही उसका मीत है और उसके अपने उसके पराये, उसके शत्रु, उसके अपराधी। अभिषेक की ससुराल के सारे सदस्य एक सुर में रहते थे। आँखों-आँखों में इशारे करते थे। एक अमीर घर के लड़के को फंसाकर रखने में उनकी चांदी ही चांदी थी। फूट डालो राज करो। कान भरना। झूठी शिकायतें। एक अजीब दलदल में अभिषेक धंसता जा रहा था और उसे कुछ सोचने का या उससे बाहर निकलने का कोई मौका नहीं दिया जाता था। एक जाल नहीं, सौ जाल उसके इर्दगिर्द फैला रखे थे जिन्हें शायद समझना या उससे बाहर निकलना असम्भव था। अभिषेक का मकसद था अपने परिवार को बचाये रखना और अपने पिता जी के कारोबार को पूरी तरह से अपने नियन्त्रण में कर लेना। पिता जी के देहान्त के कुछ बरस पश्चात माता जी भी चल बसी। मानसी के लिए एक के बाद एक अपने माँ बाप की मौत जीवन की किसी बहुत बड़ी दुर्घटना से कम नहीं थी। अभिषेक ने पिता जी के देहान्त

के पश्चात भी अपनी माँ का बिल्कुल ध्यान नहीं रखा। मानसी ने ही अपनी माँ को देखा। बेटे का अगर सहयोग मिलता तो दोनों ही इतनी जल्दी जाने वाले नहीं थे।

पिता जी के सामने और फिर माँ के रहते भी जब कभी अभिषेक से मानसी का आमना सामना होता वह हमेशा ही बिना कुछ सोचे बहुत बुरा और अपमानजनक व्यवहार करता। उसे कभी यह भी ख्याल नहीं आया कि उसके बूढ़े माँ बाप यह सब कैसे झेल रहे होंगे। माता जी के मरने से कुछ समय पहले उनके ही मुंह पर कहता है, 'सुनो यह थोड़ा बहुत घर का खर्च जब तक माँ जिन्दा है, तब तक दे रहा हूँ। इनके मरते ही यह भी देना बंद कर दूंगा। जो भी जमा पूंजी तेरे पास बैंक में है, उसी से अपना खर्चा चलाना।' इस तरह की बेरुखी और बेअदबी का नतीजा यह हुआ कि माँ का साया भी सिर से बहुत जल्द उठ गया। अभिषेक ने तमाम उम्र पिता जी का कभी ख्याल नहीं रखा। उनकी मृत्यु के पश्चात माँ को तो कभी नजर भरकर देखा ही नहीं। मानसी से तो उसकी जन्मजात दुश्मनी थी ही। माँ की मृत्यु के पश्चात मानसी को लगा कि अब शायद उसके भाई में कोई परिवर्तन आयेगा और वह उसका ख्याल रखेगा लेकिन ऐसा कुछ नहीं हुआ बल्कि उसका व्यवहार दिन प्रतिदिन और अमानवीय होता गया।

मानसी कारखाने और आफिस में ही बने घर में रहती थी। माँ बाप की मौत के बाद अब वह बिल्कुल अकेली रह गई थी। अभिषेक तो अपनी शादी के पहले दिन से ही अपने परिवार से अलग रहता था। अभिषेक ने कुछ समय पहले ही अपने नये फ्लैट में शिफ्ट किया था। एक पुराना फ्लैट भी है, अच्छी तरह से सुसज्जित और रहने योग्य। माँ की मृत्यु के तीसरे दिन ही उनकी उठावनी कर दी गई। कारखाने में ग्राउंड फ्लोर पर ही अभिषेक, उसकी पत्नी और तीन बच्चों में से बस एक बेटी आये। मानसी के थोड़ा इधर उधर होते ही बिना उसे सूचित किये चले गये। तेरहवीं पर अभिषेक अकेला ही पंडित को लेकर आया और फिर हवन आदि कराकर नीचे से ही चला गया। कोरोना के चलते कोई रिश्तेदार भी दूर दराज इलाकों से नहीं आ पाये थे। लॉकडाउन भी था। कोरोना के केस भी बहुत बढ़ रहे थे। मानसी की एक दोस्त उसके पास रुक गई थी और लंबे समय तक रुकी रही। अभिषेक लगभग एक महीने तक कारखाने और आफिस आया ही नहीं। अभिषेक ने न मानसी को कॉल किया, न उसे अपने घर आकर साथ रहने को कहा, न उसके पास अपने बच्चों में से किसी को रहने के लिए भेजा, कुक होते हुए भी उसके लिए किसी प्रकार के भोजन की व्यवस्था नहीं करी।

लगभग महीने भर बाद जैसे ही कारखाने में कदम रखा, मानसी पर टूटकर पड़ा कि, 'यह खिड़की कैसे खोली हुई है? यह ऑफिस की मेन डोर तू खोलने क्यों नहीं देती है? यह ऑफिस की सारी लाइट्स तू जलाने क्यों नहीं देती? सब तेरे से बहुत परेशान हैं।' मानसी के लिए यह सब कुछ नया नहीं था लेकिन माँ के मरने के बाद, सामने पड़ते ही उस पर इस तरह से प्रहार होगा, यह अकल्पनीय था लेकिन यह सिलसिला थमा नहीं। एक शाम मानसी को अपने ऑफिस में बुलाकर बहुत शराफत से कहना शुरू किया कि, 'मानसी कार ले और शहर से कई किलोमीटर दूर एक सोसाइटी बन रही है जिसमें फ्लैट्स काफी सस्ते हैं। उन्हें देखकर आ। किश्त भरने के बारे में बाद में सोच लेंगे। यहाँ से स्थाई तौर पर वहाँ शिफ्ट कर ले या बारह से पंद्रह दिन वहाँ रह ले, बाकी यहाँ रह ले। नहीं तो चल, लेकर डाल देते हैं, यहाँ से नहीं भी जा।' मानसी समझदार थी लेकिन जो कुछ भी उसके साथ इस दुःख की घड़ी में हो रहा था वह अशोभनीय और शर्मनाक था। यह कहना तो दूर कि, 'मानसी, तू जब चाहे मेरे घर आकर रह सकती है। चाहे तो जो पुराना फ्लैट है उसमें रह सकती है। चाहे तो यहाँ रह। चाहे तो किसी को साथ रख ले। मन करे तो बीच बीच में कहीं घूम आया कर।' यह सब छोड़ सीधे घर से निकालने की साजिश पर काम करना शुरू कर दिया। इस तरह के व्यवहार से तो बिल्कुल साफ था कि रास्ते के तीन रोड़ों में से दो तो साफ हो चुके थे। बस अब तीसरे का सफाया होना बाकी था।

मानसी की एक बहिन भी थी पर विदेश में रहने के कारण इतना बड़ा खतरा नहीं थी। फैक्ट्री, ऑफिस और घर की बात करें तो फैक्ट्री ग्राउंड फ्लोर, घर और ऑफिस फर्स्ट फ्लोर पर हैं। एक मेन ऑफिस, पिता जी का ऑफिस और एक अभिषेक का ऑफिस। बाकी के हिस्से में घर है। पिता जी का ऑफिस लगभग खाली ही पड़ा रहता है। ऑफिस से सड़क दिख जाती है, नेट के सिग्नल अच्छे आते हैं, बीच बीच में एसी चलाकर ऑफिस को ठंडा किया जा सकता है, आने जाने वाले और थोड़ी सी गतिविधियां भी दिखती रहती हैं। बाहर पेड़ पौधों की हरियाली भी दिखती रहती है। ऑफिस जब खाली है तो उसमें क्यों नहीं बैठा जा सकता! लेकिन एक दिन अभिषेक जैसे ही आया उसके तन बदन में आग लग गई कि मानसी पापा के आफिस में इतने आराम से कैसे बैठी है। आते ही उसने धीरे से उसके कान में कह दिया कि, 'एसी कम चलाया कर।' इतनी भीषण गर्मी में घर में आफिस जैसी सुविधाओं के अभाव में और माँ के बिना अकेले पूरा दिन घर के अंदर काटना एक जेल में बंद होने जैसा अनुभव था लेकिन अभिषेक ने पिता जी का ऑफिस मानसी इस्तेमाल न कर पाये के, सारे दांव पेंच सोच लिए थे। मेन आफिस

को उसमें शिफ्ट करने की योजना, अपनी बेटी को घर से लाकर वहाँ बिठाना। कोई भी विजिटर आया तो उसे कोई खास जरूरत न होते हुए भी वहीं बैठाना आदि। यह सब महज ख्याली पुलाव नहीं था। वह सच साबित हुआ जब उसके साथ अभद्रता करते हुए उसे घर के अंदर बंद रहने की हिदायत दी गई।

अभिषेक फैक्ट्री का मालिक है। वह जो चाहेगा, वह होगा। अभिषेक ने इस दौरान कभी कुछ भी बाजार से मंगवाकर खाया तो खुद खाया और दूसरों को खिलाया। उसे कभी नहीं पूछा। उसे तो हमेशा यह कहा जाता है कि, 'खाना बच जाये तो खा लेना।' रिश्तेदारों का भी कुछ खास साथ नहीं। उनकी बातचीत भी बैंक में जमा धनराशि, जेवर आदि बातों तक ही सीमित रही। उनकी भाषा और आचरण भी कोई उच्च्च कोटि का नहीं है। मानसी सोच रही थी कि इस समस्या का आखिर हल क्या है। उसका परिवार तो खुद ही समस्यायें पैदा करता है। उसके खिलाफ तो सबने मिलकर एक असहयोग आंदोलन छेड़ रखा है। मानसी को दरअसल अब परिवार की परिभाषा को बदलना था। उसे खून के रिश्तों से बाहर निकलकर इंसानियत से भरे दिलों की अब तलाश करनी थी। मन में जिसकी सेवा का भाव नहीं, वह लाख अपना सही पर सब व्यर्थ। यह ही वह विषम समय था जब यह निर्णय लेना था कि सही लोगों का चुनाव करके उनके साथ अपने जीवन को आगे कैसे बढ़ाया जाये।

अभिषेक की बातों को तो नजरअंदाज करने में ही भलाई थी। उसके सामने कम से कम पड़ो। कम से कम बोलो। किसी भी प्रकार की कोई उम्मीद मत करो। बात ज्यादा बढ़े तो फिर रिश्तेदारों की तो नहीं, हाँ पुलिस और प्रशासन की मदद ली जा सकती है। यह स्थिति दुर्भाग्यपूर्ण होगी लेकिन एक कहावत है कि लातों के भूत बातों से नहीं मानते। मानसी ने यह मन ही मन ठान लिया था कि चाहे सामने वाले का व्यवहार कितना ही खराब क्यों न हो उसे अपना व्यवहार हमेशा ठीक ही रखना है। किसी की बातों में कम से कम पड़ना है। अपनी समस्यायों के विषय में ज्यादा किसे से विचार विमर्श न करके खुद ही उन्हें सुलझाना बेहतर होता है। अधिकतर लोग किसी की कमजोरी का फायदा उठाकर राजनीति शुरू करके समस्या को और अधिक गम्भीर और भयावह बना देते हैं, इससे ज्यादा उनका और कोई योगदान नहीं होता।

जीवन के इस कठिन दौर में मानसी को परिवार से अधिक उसके दोस्तों, परिचितों, फैक्ट्री कर्मचारियों का अधिक सहयोग मिला। उसने अपने आप को किसी न किसी कार्य में भी व्यस्त रखा। वर्तमान में जीना सीखा, भविष्य की चिंता छोड़कर। देखा जाये तो मानसी को

यह समझ आ गया था कि किसी का सहयोग थोड़ा बहुत कभी कभार मिल भी सकता है लेकिन आखिरकार अपनी समस्यायें खुद ही सुलझाते हुए अपना जीवन अपने दम पर ही काटना पड़ता है।

लेखक के बारे में

"**संचित श्रीवास्तव** उत्तर प्रदेश के लखीमपुर जिले से आते हैं। ये पेशे से इलेक्ट्रिकल इंजीनियर हैं पर इनकी रगों में करेंट एक लेख़क का दौड़ता है। इन्होंने लेखन की शरुआत आस पास की गतिविधियों का बारीक अवलोकन करके शरू की। मुंशी प्रेमचंद और हरिशंकर परसाई की लेखन कला के बहुत बड़े प्रशंषक हैं और उन्हें अपना प्रेरणा स्रोत मानते हैं।

इनका सेंस ऑफ ह्यूमर अर्थात हास्यव्रत्ति कमाल की है जो कि इनके लेखन में झलकती है। ये गम्भीर मुद्दों को भी मज़ाक मज़ाक में बहुत बारीकी से लिख जाना चाहते हैं। ये अधिकतर रोजमर्रा की जिंदगी और देश दुनिया मे चल रही घटनाओ पर लिखना पसन्द करते हैं।

इनके लेखन का एकमेव उद्देश्य इनका लेख पढ़ने वाले के अधरों पर मुस्कान लाना और लेख से जुड़ाव महसस कराना है।

बाकी पाठकगण का धन्यवाद कहानी को प्रेम देने के लिए।"

बेरोज़गारी और दिल्ली शहर

– संचित

आज मोबाइल पर न्यूज फ़ीड में एक नोटिफिकेशन आया। ख़बर थी "मुखर्जी नगर में सरकारी परीक्षा की तैयारी कर रहे युवक ने की आत्महत्या, लड़के का नाम था विवेक वर्मा।"

यूँ तो इस तरह की खबरें अक्सर ही सुनने मिलती हैं पर आज क्या हुआ था कि नाम पढ़ते ही मेरे कान सुन्न पड़ गए। ऐसा लगा किसी ने कान के पास बम फोड़ दिया हो।

ये विवेक भैया थे। मेरे ही शहर के, जिला टॉपर, पढ़ाई लिखाई में अव्वल एकदम।

दूसरों में हौसला पैदा करने वाले ने ऐसा कदम क्यों उठाया?

शायद इस क्यों का जवाब मेरे पास था। मैं जानता था, ये कोई आत्महत्या नहीं है ये एक खून था। ज़िम्मेदार कंधो पर उम्मीदों के बोझ का, ये खून था हर बार लड़कर खड़ी हुई उस हिम्मत का, जो वक़्त के साथ कमजोर और निराश हो गयी थी।

याद आता है मैं उनसे एक साल पहले दिल्ली में मिला था उस समय दिल्ली आए मुझे लगभग तीन महीने से ज़्यादा हो गया था पर विवेक भैया सेअभी तक मिलना न हुआ था। शायद इतनी बड़ी दिल्ली और इसकी चकाचौंध क़े चक्कर में ही उलझा था मैं।

विवेक भैया, हमारे ही शहर के थे। शहर से नौकरी के लिए दिल्ली जाने वालों में से वो भी एक थे। पाँच साल पहले घर से सर पर कफ़न बांधकर निकले थे कि सरकारी महकमे में नौकरी लिए बिना वापस नहीं आएँगे। ये विश्वास या फिर अति आत्मविश्वास उनको अपने स्कूली टॉपर होने की वजह से था पर क़िस्मत ने उनके लिए कोई और ही कहानी बुनी थी।

इन पाँच सालों में महंगाई के साथ ही साथ और भी बहुत चीज़ें बढ़ गईं थीं जैसे कि भैया की सरकारी इम्तिहान देने की उम्र और सरकारी परीक्षाओं में होने वाली धांधली।

हर बार ररिज़ल्ट कैंसल हो रहे थे। परीक्षा दोबारा हो रही थी पर उम्र की गिनती दोबारा नहीं लौटा करती। विवेक भैया भी इससे अछूते नहीं थे। जब उनके रूम पर पहुँचा तो उन्होंने तो सब बड़ा अस्त व्यस्त था। भैया भी बहुत बुझे २ से लग रहे थे शायद इस

असफलता की निराशा ने ही उनको अवसाद की ओर धकेल दिया था। मैंने हाल चाल लेते हुए कहा कैसे हैं विवेक भईया? बड़े टाईम बाद मिलना हुआ आपसे। आप तो पढ़ाई के साथ- साथ मस्तीख़ोरो के सरदार थे। ये उदासी क्यों? घर क्यों नहीं चलते।

विवेक भैया ने हाथ से बैठने का इशारा किया और मुस्कुराते हुए बोले - सब बताता हूँ थोड़ी साँस तो ले लो।

दरअसल बात ये है मोहित भाई। जब तक तुम कुछ बन नहीं जाते, अपने पैरों पर खड़े नहीं हो जाते या फिर कह लो "बेटा क्या कर रहे हो आजकल" का बिना घुमा फिराए सही जवाब देने के क़ाबिल नहीं बनते, तब तक समाज तुम्हें अपनी नियत के तराज़ू में रोज़ ही तौलता रहता है। तुम्हारी हर एक साँस का हिसाब उनके पास है। ये वो समय होता है जब तुम एक चाय के कुल्हड़ से लेकर एक छोटी गोल्ड फ़्लेक तक के लिए पराश्रित होते हो और तुमसे कम बौद्धिक क्षमता के लोग तुम्हें आकाश चोपड़ा और चेतन आनंद बनकर तुम्हें जज कर रहे होते हैं।

बेरोज़गारी का एक लम्बा अरसा एक लड़के की ज़िंदगी की नियत और नियति दोनो ही बदल देता है। कल तक जो चीज़ें मेरे वजूद में भी न थीं आज मैं उनसे सरोकार रखने लगा हूँ। 'मात्र एक महीने में मोबाइल बनाना सीखें।', 'घर बैठे कमाएँ दस हज़ार रुपये।' 'बम्पर भर्ती।', 'आवश्यकता है' जैसे विज्ञापनो के पीछे भागने लगा हूँ। कि कहीं कोई तो होगा जो कुछ देगा। बारिशों में ठेले और ट्रक के नीचे बैठकर ख़ुद से ज़्यादा अपने रेज़ूम (सीवी) को बचाने की जद्दोजहद करता हूँ। हर एक ऑटो रिक्शा के पीछे लगा प्रतिमाह कमाये का पोस्टर देखना मेरी आदत बन चुका है। जॉब जॉब जॉब। दसवीं से लेकर ग्रैजूएट प्रतिमाह कमायें इतना। बस यही मेरी ख़्वाहिश और मजबूरी बनकर रह गया है।

हा हा हा। एक झूठी हँसी हँसकर विवेक भैया चुप हो गए। शायद उन्हें कहीं ये एहसास हुआ कि इन सबका मुझ पर कोई नकारात्मक प्रभाव पड़ेगा। जस्ट अभी ही तो मैंने जिदंगी की लड़ाई में कदम रखा था कहीं सुनकर ही न हार जाऊँ। अभिमन्यू ने भी चक्रव्यूह भेदन सुनकर ही सीखा था। सुनने के सकारात्मक और नकारात्मक दोनो प्रभाव होते हैं।

कुछ देर की ख़ामोशी के बाद मुझसे बोले, 'मैगी खाओगे मोहित?। भूख लगी होगी तुम्हें। अपनी बातों से बहुत पका दिया तुम्हें अब कुछ पकाकर खिला भी दूँ।'

अपनी आँखों की नमी छुपाने के लिए भैया बीच-बीच में टी शर्ट से आँसू पोंछ लेते थे। बस भाई कमज़ोर ना पड़ इस बात का ध्यान अपने आँसुओं से ज़्यादा था उनको। पर

इश्क़, मुश्क और अश्क़ छुपाए नहीं छुपते!

उनका दर्द और बेबसी समझ रहा था मैं। उस दिन पहली बार विवेक भैया में मैंने एक हारा हुआ योद्धा देखा था। माहौल को बदलने के लिए मैंने तब एफ एम रेडियो आन किया। और गाना बज था था, "हम तेरे शहर में आए है मुसाफ़िर की तरह" और इस शहर में अधिकतर बेरोज़गार मुसाफ़िर ही आते थे।

किसी-किसी की तो आरज़ू पूरा कर देता था ये दिल्ली शहर और बाक़ियो की जिंदगियों में बहार लाना शायद इसके बस में न था।

टाईमेक्स ने 9.30 बजा दिया था।ऑफिस के लिए लेट हो रहा था मैं, एकाएक वर्तमान में आया मैं। बस यही सोंचते-सोंचते काम की ओर चल पड़ा कि अब किसी और शहर से कोई और विवेक न निकले। तभी इन तबाह हुई ज़िंदगियों की उजड़ी उम्मीदों को ज़ाहिर करने को निदा फ़ाज़ली की यह ग़ज़ल याद आई -

"कभी किसी को मुकम्मल जहाँ नहीं मिलता
कहीं ज़मीं, तो कहीं आसमाँ नहीं मिलता।

लेखक के बारे में

नवीन मद्धेशिया जिनका जन्म एक मध्यम वर्गीय परिवार में हुआ। इनकी प्रारंभिक पढ़ाई लोकल स्कूल में हुई एवं ग्रेजुएशन सरकारी कालेज में हुआ। यह उतने कुशाग्र बुद्धि के न होते हुए भी दोस्तों में बहुत प्रिय थे।। वर्तमान में यह आरडीसीएस कॉलेज से DLED (BTC) की पढ़ाई अभी अभी समाप्त कर नौकरी के लिए प्रयासरत हैं। इनके साहित्यिक जीवन की शुरुआत 2009 में इनकी माता के देहांत के बाद हुई। इनकी माता के देहांत पर समाज के वरिष्ठ या यूं कहें बुद्धिजीवी लोगों ने संस्कारों एवं रुढ़ियों की दुहाई देते हुए इनकी माता को बरामदे से निकालकर घर के बाहर जमीन पर लिटा दिया। तब समाज के रुढ़ियों एवं अंधविश्वासों का विरोध करने के लिए उन्होंने साहित्य को चुना जो कि इनकी सभी कहानियों एवं कविताओं में परिलक्षित होता है।

इसी कहानी के क्रम में इनकी एक कहानी "इंसाफ का मतलब" है जो समाज की खोखली न्याय व्यवस्था की पोल खोल कर रख देती है।

इंसाफ का मतलब

– नवीन मद्धेशिया

वैभव अपने पापा के फोटो के सामने खड़ा होकर उनसे बात कर रहा था।

वैभव- पापा हम केस जीत गये। आप खुश तो हैं न पापा?

भाग - एक

वैभव को उसका अतीत साफ साफ दिखाई देता है। जब उसके पापा जवान थे, उनका नाम रामप्रीत था। उनकी बूढ़ी माँ थी। उनकी एक बहन जिसका नाम लक्ष्मी था। उनकी पत्नी का नाम कौशल्या था। उनका एक पुत्र था, जिसका नाम वैभव था।

रामप्रीत - कौशल्या

कौशल्या - आई जी

रामप्रीत - मै खेत जा रहा हूँ

कौशल्या - एक रोटी तो खा के जाते।

रामप्रीत - नही! आज खेत में मजदूर लगाने हैं मेरा जल्दी पहुँचना जरूरी है। माँ (चिल्लाता हैं) माँ कहां है?

बुढ़ी माँ - मै यहाँ हूँ

रामप्रीत - पैरी पैना माँ

बूढ़ी माँ - जीते रह पुत्तर

कौशल्या - मै लक्ष्मी के हाथ खाना भिजवा दूंगी।

रामप्रीत - ठीक है (जाते हुए)

दोपहर को

कौशल्या - लक्ष्मी लक्ष्मी

लक्ष्मी - जी भाभी

कौशल्या - ये खाना अपने भइया को दे आ और देख खाना खा ले, तभी आना।

लक्ष्मी - ठीक है भाभी

[लक्ष्मी जाती हैं पर रास्ते में राघवेंद्र उसे रोक लेता है]

लक्ष्मी - ये क्या बदतमीजी है?

राघवेंद्र - जरा इधर भी तो देख मेरी जान!

लक्ष्मी - देख राघवेंद्र तू मेरा रास्ता छोड़ दें वरना मेरे भइया तुझे जिन्दा नही छोड़ेंगे!

राघवेंद्र - वो मेरा क्या उखाड़ लेगा आज तो मैं तुझे नही छोड़ुंगा!

लक्ष्मी - देख राघवेंद्र तु मुझसे दूर रह वरना...

राघवेंद्र - वरना क्या कर लेगी तू?

अरे यारों (अपने मित्रों से) उठाओ इसको और ले चलो।

(भोला राघवेंद्र को लक्ष्मी को ले जाते हुए देख लेता है)

(वे लोग लक्ष्मी को एक घर में ले जाते है। लक्ष्मी उनसे किसी तरह अपने आप को छुड़ाकर भागने की कोशिश करती है पर चारो ओर से अपने आप को घिरा पाकर सीढ़ी के रास्ते छत पर पहुच जाती है। राघवेंद्र और उसके मित्र उसे पकड़ने के लिए पीछे-पीछे आते हैं लक्ष्मी अपनी आबरू को बचाने के लिए छत से कूद कर अपनी जान दे देती है।

(हीरा लक्ष्मी को छत से कूदते देख लेता है और खून खून चिल्लाने लगता है)

राघवेंद्र और उसके तीनों दोस्त लक्ष्मी को मरा देख डरकर वहाँ से भाग जाते है।

भाग - दो

भोला - रामप्रीत भइया

रामप्रीत - क्या है भोला?

भोला - राघवेंद्र और उसके साथी तुम्हारी बहन को जबरदस्ती कहीं लेकर जा रहे थे।

रामप्रीत - क्या? कहाँ ले गये उसे?

भोला - अपने उत्तर वाली हवेली के ओर

रामप्रीत दौड़ के वहाँ जाता है पर लक्ष्मी को मरा देख रोने लगता है।

(इंस्पेक्टर आते है)

इंस्पेक्टर - हटो हटो, यहाँ से

लाश का पंचनामा करके पोस्टमार्टम हाऊस भेज दो (सिपाही से)

इंस्पेक्टर - (रामप्रीत को देखकर) आप कौन है?

रामप्रीत - मैं, मैं इसका वो मनहूँस भाई हूँ जो अपनी प्यारी सी बहन को नही बचा पाया।

इंस्पेक्टर - ये सब कैसे हुआ?

रामप्रीत - ये सब राघवेंद्र और उसके साथियों की वजह से हुआ है।

रामप्रीत पूरी बात बताता है हीरा और भोला भी पूरी बात बताते हैं।

पुलिस ठाकुर गजेंद्र सिंह के यहाँ पहुंच कर उसके पुत्र राघवेंद्र को गिरफ्तार करती है।

भाग - तीन

रामप्रीत के घर मातम छाया हुआ है

कौशल्या - (रो कर) ये सब मेरी वजह से हुआ है। न मैं लक्ष्मी को भेजती ना ये सब होता।

रामप्रीत - मत रो मत रो कौशल्या। अब रोना तो उन्हें पड़ेगा मैं उन्हें फांसी दिलवा के रहुंगा।

दो दिन बाद ही राघवेंद्र की जमानत हो जाती है।

भाग - चार

मुकदमा लम्बा चलता है। रामप्रीत बूढ़ा हो जाता है। इधर उसकी तबीयत भी खराब रहने लगती हैं और उधर उसकी पत्नी कौशल्या मर जाती है।

रामप्रीत - (बेड पर से ही अपने पुत्र को बुलाकर) वैभव! बेटा अब शायद मैं ना बचूँ।

वैभव - नहीं, पापा!

रामप्रीत - तुम मुझसे एक वादा करोगे?

वैभव - आप ऐसा क्यों कह रहें हैं?

रामप्रीत - मै सच कह रहा हूँ बेटा। तुम मेरी एक बात मानोगे?

वैभव - बोलिए ना पापा! मैं आपकी सारी बात मानूंगा

रामप्रीत - पहले वादा करो।

वैभव - मै वादा करता हूँ। आप हुक्म कीजिए।

रामप्रीत - तुम अपनी बूआ के हत्यारे को सजा दिलाओगे ना बेटा?

वैभव - हां पापा।

रामप्रीत मर जाता है।

वैभव - (रोने लगता है) पापा

केस लड़ते लड़ते वैभव बूढ़ा हो जाता हैं। राघवेंद्र और उसके साथी भी बूढ़े होकर मर जाते हैं।

वैभव होश में आता है

अपने पापा के फोटो के सामने मिठाई रखता है। उसकी पत्नी उर्मिला पीछे से उसके कंधे पर हाथ रखती है। उसकी आँखें भरी हुई थी (वैभव की)

उर्मिला - (उसकी आँखें पोछकर) आप रो रहे हैं! आज तो खुशी का दिन है।

वैभव - तुम ठीक कह रही हो। आज पापा बहुत खुश होंगे। अगर आज वो जिन्दा होते तो उनकी खुशी देखते ही बनती। पर उर्मिला अब वो ये देखने के लिए अब जिन्दा नही है तो इस इंसाफ का क्या मतलब?

उर्मिला - ऐसा मत कहिये।

वैभव - क्यों न कहूँ! उन कमीनो को जिस कोर्ट ने आज फांसी की सजा सुनाई है, उन्हें क्या फर्क पड़ने वाला है? वो जब तक थे आराम से जिन्दगी गुजारी और जब उनमें से एक भी जिन्दा नहीं है तो उन्हें फांसी दी जा रही है। इंसाफ के मंदिर में हमे इंसाफ मिला।पर इस इंसाफ का क्या मतलब है?

लेखिका के बारे में

पूजा भारद्वाज एक व्यावसायिक समूह Enhancer की सह संस्थापक होने के साथ साथ "लम्हे ज़िंदगी के" नामक साहित्यिक समूह की संस्थापिका हैं। उन्हें महिला उत्थान के लिए कार्य करना पसंद है। पूजा दिल्ली विश्वविद्यालय के हंसराज कॉलेज से राजनीतिशास्त्र से स्नातक हैं।

आप किशोरावस्था से ही कविता लिख रही हैं। गृहलक्ष्मी, अमर उजाला, विनीता पत्रिका, काव्यमंजरी, प्रतिलेख, स्टोरीमिरर आदि कई साहित्यिक मंचों पर इनकी कविताएँ प्रकाशित हुई हैं। कई साझा संग्रह भी प्रकाशित हुए हैं।

आप ट्रू मीडिया समूह द्वारा लता मंगेशकर स्मृति सम्मान, स्टोरीमिरर द्वारा आयोजित "सीधी बात" प्रतियोगिता के विजेता और ऑथर ओफ़ द वीक की विजेता भी रही हैं।

उम्र या सिर्फ नंबर

– पूजा भारद्वाज

बच्चा जब जन्म लेता है तो वह एक मासूम सा प्यारा सा बच्चा होता है। हर परेशानियों से दूर जिम्मेदारियों से मुक्त बचपन होता है।, जब बच्चा बड़ा होता है। स्कूल जाता है, खेलता है और लंच तो ब्रेक से पहले ही खत्म हो जाता है तब उनका दिल साफ उड़ने के लिए तैयार, आसमान को छूने को तैयार। तब तक यह सिर्फ नंबर ही होते हैं, जब बड़े होते हैं तो नए दोस्त, पढ़ाई का बोझ, वह भी केवल नंबर होते हैं। इस तरह बचपन खुशनुमा मस्ती भरा, थोड़ा उम्मीदों वाला और बहुत सारी यादों के साथ बचपन का नंबर उम्र में बदलना शुरू होता है।

तब शुरू होती है एक उम्र कई जिम्मेदारियों परेशानियों के साथ अपने अजनबी प्यार को पाने की, एक अच्छे कॉलेज में एडमिशन की, एक अच्छी नौकरी की और इस भाग दौड़ में हम जीते हैं अपनी सिर्फ एक उम्र, जिसमें होते हैं कई सवाल जैसे इतनी उम्र में एक घर, उतनी उम्र में शादी और एक मुकाम इस बीच में रह जाती है सिर्फ केवल एक उम्र।

कुछ लोग तो सिर्फ एक उम्र ही जीते हैं। ना उनकी कोई ख्वाहिश होती है, ना दिल में उमंग। उन्हें याद ही नहीं रहता कि वह आखिरी बार दिल खोलकर कब हँसे थे! कब आखिरी बार बारिश में भीगे थे! कई लोग तो इतने बोर होते हैं जैसे वह अपनी जिंदगी बोझ की तरह जी रहे हैं। वह ना उम्र जीते हैं और ना ही नंबर, ...

कुछ लोगों की किस्मत साथ देती है फिर भी पैसे कमाने की होड़ में लग जाते हैं और वह इस होड़ में इतनी दूर आ जाते हैं कि उन्हें पता ही नहीं चलता कि कितने सालों से उनका साथी कई तरह की दवाइयां पर निर्भर हो चुका है।

कई बार तो इतनी देर हो जाती है और उन्हें पता चलता कि उन्हें कोई गंभीर बीमारी है फिर उनकी आखिरी समय तक रह जाता है हॉस्पिटल का एक बेड चार बाय चार का कमरा, एक गर्म पानी की बोतल, और बिना स्वाद वाला खाना, और कई सवाल क्यों मैंने एक पिंजरे में बंद पक्षी की तरह जिंदगी जी? क्यों मैंने ये नंबर जिए? क्यों मैं उन नंबर को उम्र में नहीं बदल सका?

इसलिए उठो, थोड़ा सोचो इससे पहले ज्यादा देर हो जाए। उससे पहले स्वयं को पहचानो। तुम्हें क्या पसंद है और शुरू करो एक सफर की जिंदगी के नंबर को एक खुशहाल उम्र में बदलने की।

सुबह उठकर 5 मिनट पसंदीदा गाने पर अपने पांव को थिरकाओ चाहे उम्र 90 की क्यों ना हो फिर भी जिंदादिली से अपनी इच्छाओं को पूरा करो और एक बार अपना बचपन फिर जी लो।

हर वह काम करो जो कहीं किसी दिल में कोने में दब गया था एक बार फिर बचपन जी लो। बच्चों के साथ बच्चे बनकर दिल खोलकर हँसो और 90 की उम्र में भी एक गोल्ड मेडल जीतो। हर वह काम करो कि मरने का अफसोस ना रहे और ना कोई सवाल! हो तो एक चेहरे पर बड़ी मुस्कान। एक खुशी और मन की शांति कि मैंने केवल उम्र नहीं जी मैंने अपनी उम्र को रोक दिया है, सिर्फ नंबर में। हर पल की एक सेल्फी लो। जब उसे देखो तो मन खुश हो जाए और चेहरे पर आ जाए बड़ी मुस्कान कि हमने अपनी उम्र को खुशहाली के नंबर मैं रोक दिया।

लेखिका के बारे में

नाम **एकता श्वेत गोस्वामी,**

जन्म 8 जून 78 बीकानेर में हुआ।।

शिक्षा- बीएससी, बीएड साथ में कंप्यूटर कोर्स ओ लेवल, पीजीडीसीए, जयपुर में हुआ।

टीचिंग व लेखन में शुरू से ही रुचि।

सिंथेसिस संस्था में श्वेत सर के मार्गदर्शन में जीव विज्ञान से 11th वह 12th के बेच 2014-2018।

वर्तमान में बीकानेर राजस्थान सिंथेसिस की सह अकादमिक निदेशक व प्रज्ञानम संस्था (निशुल्क नीट व जेईई) की अकादमिक निदेशक हूँ।

हिंदी साहित्य में लगातार लेखन कर रही हूँ। अब तक लगभग 60 कहानियाँ, 40 कविताओं का प्रकाशन विभिन्न पत्रिका व डिजिटल प्लेटफार्म में हो चुका है।

आकाक्षां- बेटी है तो कल है

– एकता श्वेत गोस्वामी

सुधा (सास) - “अनु लो हलवा खा लो। कुछ खट्टे का मन है तो गोलगप्पे मंगवा दूं?”

अनु - नहीं मम्मी जी। कुछ अच्छा नहीं लग रहा है। जी खराब हो रहा है।

सुधा - बेटा ऐसे दिनों में तबीयत खराब ही रहती है। पर कुछ ना कुछ खाते रहना चाहिए नहीं तो तुम्हारी हैल्थ पर भी फर्क पड़ेगा, और बच्चे को भी नुकसान होगा।

अमित (बेटा) अनु को जो पसंद हो वह ला दो। और थोड़ा ऑफिस से समय पर आ कर इस को समय दो जिससे इसका मन लगे।

अमित - मम्मी इसका मन नहीं लग रहा। यह अपनी माँ के पास जाना चाहती है।

सुधा जी - ठीक है बेटा उसको थोड़े दिन माँ के पास छोड़ आओ।

अनु दो महीनें अपनी माँ के यहाँ पीहर रहने गई। 2 महीनें बाद अमित अपनी माँ के साथ अन्नू को लेने गए।

जब अन्नू वापस ससुराल आ रही थी तब अनु की माँ ने कहा “कि बेटा चाहे कुछ भी हो भगवान करे पहला बेटा हो जाए क्योंकि सभी के ससुराल वाले बेटा ही चाहते हैं, और फिर तुम्हारा ससुराल के लोग तो गाँव के भी हैं, तुम्हारी सास के पहले से ही तीन बेटियां हैं बाकी सब भगवान को मंजूर होगा वही होगा तुम अपना ख्याल रखना।” अनु जब अपने ससुराल पहुंची तब उसके मन में यह बात घूम रही थी पर इसमें अपना बस थोड़ी है।

भाभी आ गई, भाभी आ गई झूमती हुई तीनों छोटी ननदें भाभी के पास आकर बैठ गई। तभी सुधा जी ने कहा, “भाभी अब थक गई हैं उन्हें उनके कमरे में ले जाओ और आराम करने दो।” तीनों ननदें भाभी को जब कमरे में लाईं, तब अन्नू कमरा देखकर चकित हो गई। कमरा फूलों से सजा था और चारों तरफ पोस्टर ही पोस्टर लग रहे थे। जब अनु ने ध्यान से पोस्टरों को देखा तो सभी तस्वीरें अधिकतर लड़कियों की थी।

जब सुधा जी कमरे में आई तब अनु से कहा “बेटा मुझे ऐसी फूल सी पोती ही चाहिए, जो मेरी बेटियों की तरह प्यारी हो। बहु की तरह सुंदर हो, मेरा बचपन जिसमें मैं देख सकूं,

कहकर खिलखिलाकर हँसने लगीं।"

समय बीत गया। जब डिलीवरी हुई, सुंदर सी कन्या ने जन्म लिया उसका नाम रखा गया "आकांक्षा"। सभी परिवार बहुत खुश हैं, तीनों ननदों ने मिलकर थालियां बजाई। पिता व सुधा जी ने बधाइयां बांटी।

सभी रिश्ते नातेदारों को भव्य आयोजन कर बुलाया गया। कई लोगों ने थाली बजाने की परंपराओं का विरोध करते हुए कहा कि सुधा जी "थाली परंपरा अनुसार बेटे के होने पर बजाई जाती हैं, बेटियां तो पराया धन होती हैं। हमने आज तक ऐसी परंपरा नहीं देखी आपकी भी अमित के होने पर ही थाली बजी थी।"

सुधा जी ने बड़े गर्व के साथ उत्तर दिया "जब मेरी बेटियां संसार में आई तब न खुशियां बनाई गई, ना ही मिठाइयां बांटी गईं, न बधाई के मंगल गीत हुए। चारों तरफ सन्नाटा ही सन्नाटा छा गया। उस दिन मेरा मन बड़ा दुखी हुआ कि बेटी तो भगवान का वरदान है वह तो दो घरों की इज्जत है फिर क्यों नहीं खुशियां मनाई जातीं।"

पराया धन कह दो पर दुःख दर्द में वह भी तो दौड़ी आती है, वह भी तो पढ़ लिखकर घर की शान बढ़ाती हैं।

लोगों ने जब यह कहा कि थाली रीति-रिवाज के अनुसार बेटी होने पर नहीं बजाई जाती यह परंपरा नहीं है। तब मुझे यह दुःख हुआ कि यह परंपरा हम सब ने मिलकर ही तो समाज में बनाई है। तो क्या हमें परंपराओं को बदलने का हक नहीं है!

जब तक हम शुरुआत नहीं करेंगे, तब तक समाज कैसे बदलेगा। लड़की की इज्जत घर से ही शुरु होती है जब हम हमारे घर में ही लड़की को पैदा होते ही मान सम्मान नहीं देंगे तो बाहर हम कैसे आशा कर सकते हैं कि वह सुरक्षित होंगी या उनका मान होगा।

सभी घर में आए मेहमान सुधा जी की बात पर खुश हुए और तालियां बजाई। एक गाँव में रहने वाली महिला जब इतना सोच सकती है तो हमें भी हमारी परंपराओं से हटकर समाज को नई सोच की ओर ले जाना होगा। तभी सुधा जी के घर आई महिलाओं ने घर में थाली बजाई और बधाई गाना गाए।

मैं मेरी कहानी के माध्यम से यह कहना चाहती हूँ की जो लोग बेटियों को गर्भ में मार देते हैं उनको समाज में कड़ी से कड़ी सजा मिलनी चाहिए।

बेटी है तो कल है। वंश और दोनों परिवारों की असली प्रतिष्ठा बेटियों से ही है। घर-घर में बेटे हों तो उनकी बहनें भी हों। बेटियां हो जिससे हर तीज त्यौंहार रौनक आए ऐसा हर परिवार खुशहाल हो। पुराने बेतुके रीति-रिवाजों की जंजीरों को तोड़, नये समाज का निर्माण हो।

लेखक के बारे में

अतुल तिवारी पेशे से एक मैकेनिकल इंजीनियर हैं। साहित्य जगत में उनका पहला कदम उनकी माँ ने हाथ थाम कर अमर चित्र कथाओं के माध्यम से करवाया था। विद्यालय में विभिन्न अवसरों पर, चाहे वाद-विवाद प्रतियोगिता हो या फिर जन-सम्बोधन के लिए अपना भाषण लिखना, ऐसा परिवेश और हिंदी की अध्यापिका द्वारा जो मनोबल मिला, उससे विद्यालय की वार्षिक पत्रिका में लिखना शुरू करते हुए अपनी लेखनी की यात्रा का शुभारम्भ किया। **अतुल तिवारी** को शिवानी, भगवतीचरण वर्मा, बर्नार्ड शॉ के साहित्य ने विशिष्ट रूप से प्रभावित किया। लेखन के अलावा उन्हें पुरातात्विक स्थलों पर भ्रमण व तीर्थाटन में विशेष रूचि है।

नन्दू सिपाही

– अतुल तिवारी

“आ ले मेरा नन्दू सिपाही”, सहसा मैं उस चिर-परिचित आवाज को सुन पीछे मुड़कर खड़ी हुई और उसको देखकर वहीं ठिठकर खड़ी रह गयी। रुंधे हुए गले से एक चीख सी निकली...

“ओ दिद्दी! यह देख। पगलेटी किसका बच्चा चुरा लायी है।”

अपनी माँ को मैं बचपन से दिद्दी ही बुलाती थी जिसकी भी एक कहानी है पर वह फिर कभी सुनाऊँगी।

मेरी उस असामान्य सी चीख से घबड़ाई हुई दिद्दी मेरे पास तुरंत ही लपकी,

“क्या हुआ विनीता?”

तो गरम पानी की उस घाटी में रोड के किनारे हमारी ईजा (नानी) के घर के आँगन में खड़ी पगलेटी की तरफ मैंने उंगली से इशारा कर दिया।

अल्मोड़ा के कलमटिया ग्राम की काली मिट्टी से उसके केश जिनमें कहीं-कहीं पर भूरे रंग का छींटा जड़ से मुँह तक लगा हो। आज का समय होता तो कह सकती थी की उसने अपने केशों में स्ट्रीक्स करा रखा है। उसका खिलता हुआ गेहुआँ रंग जिस पर दो मचलती आँखें और तीखी नाक जिसको अगर एकाग्रता से देखो तो कुछ क्षणों बाद ऐसा महसूस होने लगता था कि आपकी आँखों के अंदर ही न आकर गड़ जाए। बांछें तो मैंने कभी सिमटती हुई उसकी देखी ही नहीं।

विधाता ने भी कितना घोर अन्याय किया था उसके साथ। जितनी उदारता रूप देने में की थी उतनी ही कृपणता सुध-बुध देने में भी की। फिर भी अगर कोई एक बार उसका रूप देख ले तो अनंतकाल तक आपके स्मृति कपाट पर उसका रूप अर्गला सा बंध जाए। सुराही सी गर्दन और उस पर नकली मगर बेजोड़ कारीगरी की टीप पहने हुए ऐसा प्रतीत होता था मानो कोई विवाहिता हो।

गर्दन के नीचे से उघड़ा हुआ यौवन उसकी वयस्कता को मुहर लगते हुए उस ग्राम के लौंडो-मोंडो की बंकिम-दृष्टि का भी पात्र बनता था। फिर भी उसकी शुष्क सुध की इतनी

दाद तो देनी ही पड़ेगी कि काले रंग का लहँगा-चोली इतने सलीके से पहने रहती थी कि संभ्रांत परिवारों की बियूण चेलियों के पहनने-ओढ़ने का दर्प सूखा दे।

"पगलेटी" नाम रखा था गरमपानी के छोकरों ने; ईश्वर की इस बेजोड़ व अनन्य रचना का। पूरा गरमपानी उसे इस नाम से ही जानता था। भोर के साथ ही एकल-होलियार टोली-सी प्रत्येक आँगन में नाचने-गाने पहुँच जाती और लोग उसे कुछ खाने-पीने को दे देते। बस इतनी-सी ही दिनचर्या थी उसकी। आती कहाँ से थी और जाती कहाँ को थी यह तो केवल परमात्मा ही जानता था।

प्रत्येक वर्ष मई से जुलाई माह तक मैं अपनी बहनों और दिद्दी-नाना (पिता जी) के साथ अपनी ईजा के वहाँ गरमपानी में अपना ग्रीष्मावकाश बिताने जाती थी। और इसी क्रम में एक साल गरमपानी पहुंची तो मेरा सामना इस पगलेटी से हुआ।

रोड के किनारे बड़ा मैदान जैसा आँगन और आँगन के अंत में दो-मंजिला हमारी ईजा का घर। आँगन के समतल मंजिल में समाज-कल्याण का कार्यालय हुआ करता था। मेरी ईजा स्वयं समाज-कल्याण की अध्यक्षा थीं। ऊपर वाली मंजिल में हम लोग रहते थे। माफीदारों की परिपाटी का पालन करते हुए हमें घर पर ही रहना होता था और आम लोगों का संसर्ग पूर्णतः वर्जित था।

अपने नित्य समय पर पगलेटी का हमारे आँगन में पदार्पण हुआ। समाज-कल्याण कार्यालय में कार्यरत लोग उसको नित्य ही कुछ खाने-पीने को दे देते थे और ईजा भी ऊपर से कुछ खाने को भिजवा दिया करती। अपितु उसके ऊपर आने में कड़ाई से प्रतिबन्ध लगा था। आते ही उसने अपनी मीठी सी परन्तु असधी आवाज़ में गाना शुरू कर दिया - "रुमा झूमा रूम नाचली मेरी राधिका बाना...।" पगलेटी के गाने की आवाज़ सुनकर उत्सुकतावश मैं भी कमरे से निकलकर बाहर बरामदे में आ गयी। नाचते-नाचते उसने अपनी नज़रें उठाकर ऊपर मेरी ओर देखा और फिक-से हँसी और बोली - "यो शहरी पुरिया (लड़की) कब ऐ छ? उत्तर की प्रतीक्षा किये बगैर उसने पुनः अपना गायन शुरू कर दिया। शायद इस बार का गाना मुझपर ही तंज था - "हिटो दीदी, ओये होये हिटो भुला, हिटवे बैणा, घास कटाणा पार डाना, हिटो दीदी...।" गाना सुनकर मैं कुछ क्षुब्ध और कुछ झेंप सी गयी। एक तो शहरी पुरिया बोली ऊपर से उससे उम्र में इतनी छोटी होने पर भी मुझे कहती है - दीदी घास काटने चलो। मन तो कर रहा था कि दराती लूँ और उसकी उदंड जिह्वा को काट दूँ। सारे कार्यालय के लोगों के सामने मेरा उपहास उड़ाया मुढरी ने।

तमतमाई हुई मैं अंदर आयी तो ईजा देखते ही समझ गयी।

"कुछ कह दिया क्या पगलेटी ने?" - ईजा ने पुछा

तब पहली बार मुझे उसके नाम का परिचय हुआ। ईजा ने बड़ा साम्य बैठाते हुए बताया कि - "जैसे वर्षा के पश्चात कुकुरमुत्ते उग आते हैं वैसे ही एक दिन शाम को वर्षा रुकने के बाद ये खाना माँगते हुए ना जाने कहाँ से आ धमकी। संध्या का समय था, खाली हाथ भी नहीं भगा सकती थी। पर खाना क्या दिया, बंदरिया की जैसे रोज़ यहीं को गिद गयी। क्या कर सकती हूँ। कभी-कभी सोचती हूँ कि जब परमात्मा ने दिया ही है खाने को तो, थोड़ा सा अगर इसको भी दे दूँ तो कौन सी मरी विपन्नता आ जाएगी।"

फिर अगले दिन से नित्य ही दोपहर में खाने के समय पर आकर धमाचौकड़ी मचाती ओर ज़ोर-ज़ोर से - "... हिटवे बैणा, घास कटाणा..." गाती। समझती मैं भी थी कि मुझसे ही मुखातिब होने के लिए यह गीत गाया जा रहा है। पर कच्ची गोलियां तो मैंने भी नहीं खेली थी। जितनी देर वह गाती उतनी देर मैं बाहर बरामदे में ही नहीं जाती। कभी-कभी मुझसे मित्रता करने के उपक्रम में मेरे लिए "काफल" भी लाकर ऊपर भिजवाती थी, यह कहकर कि शहरी पुरिया को खिला देना। फिर वह दिन भी आया कि उसके भिजवाए काफलों ने मेरा दिल जीत लिया और उस दिन भी मेरे लिए काफल अपने नित्य के सन्देश के साथ भिजवाए तो मैं अपने को रोक न पायी और चट उठकर उसका धन्यवाद करने बरामदे में आ गई।

"काफल के लिए थैंक यू" उसको जैसे ही मैंने बोला तो तुनककर बोली "ओ री शहरी पुरिया काफल नहीं "काफव" और किसी धृष्ट प्रेमी के प्रणय-निवेदन सा एक फ्लाइंग-किस मुझपर उड़ा दिया। उस उड़न-चुम्बन के साथ ही उड़कर नीचे कार्यालय में कार्यरत लोगों का अट्टहास भी मेरे मुँह पर आकर लगा। पगलेटी की इस उदंडता ने मेरे शरीर का पूरा रक्त क्षण-भर के लिए सूखा दिया था। अचेत-असुध ना जाने कितने क्षणों के लिए वहीं बरामदे में अड़ी रह गई थी। चैतन्य-प्राप्ति के उपरान्त लाज से ग्रसित दौड़कर बरामदे के कोने में स्थित अँधेरी कोठरी के भीतर जाकर दुबक गई।"

तभी ज़ोर से मुँहजली चिल्लाई - "ओ रे ब्याव धुलैण जस काँ लुके र छ, पुरिया?"

सुनते ही मेरी समस्त लज्जा विलुप्त हो गई और मैं तो हँसते-हँसते बीढोल हो गई। शायद यहीं से हमारी मूक-मैत्री की नीव पड़ी थी।

अगले दिन से उसका सदैव की भाँति आना और मेरा अब से रोज़ खाना लेकर पगलेटी

को दे आना। हमारी मूक-मैत्री में केवल भोजन के हस्तांतरण के समय एक क्षणिक मंद मुस्कान के आदान-प्रदान के अलावा और कुछ अधिक न था। पर प्रतिपल मेरा मन मुझे उकसाता बहुत था - पगलेटी से बात करने को, उसको जानने को, उसकी दिनचर्या का लेखा-जोखा लेने को।

सामाजिक व्यवस्थाओं का अनुसरण करना और गरु स्वर्ण-आभूषणों को धारण करना समान है। पर्व और त्योहारों पर धारण करने तक तो ठीक है परन्तु दैनिक जीवन में धारण करना सहज नहीं है। हमारे कुमाऊँ में भी लहँगा-पिछौड़ा और नाथ-माँगटीका विशेषतः वट-सावित्री व्रत व दीपावली पर ही धारण किया जाता है तो भला मैं अपने आप को कब तक रोक पाती अपनी नवीन मित्रासक्ति से।

एक दिन दिद्दी और ईजा हमारे किसी परिचित के वहाँ गए हुए थे और उसी बीच हमारी महारानी (पगलेटी) भी आ धमकी। उसके प्रथम स्वर - "हिटो दीदी..." सुनते ही मैंने खाने में बनी खिचड़ी को पत्तल में परोस कर, पगलेटी को देने के लिए बरामदे से होते हुए नीचे दौड़ लगा दी। मैंने बड़े प्रेम से खिचड़ी का पत्तल उसके सम्मुख बढ़ाया तो उसने उतनी ही बड़ी नीरसता से उस खिचड़ी से परोसे गए उस पत्तल को ग्रहण किया। उसकी इस नीरसता का कारण न भांप पाने से एकाएक मेरे मुँह से निकला - क्या हुआ कुछ और भी चाहिए?

अपने चिर-परिचित अंदाज़ में तुनक कर पगलेटी ने जवाब दिया - "सुन री पुरिया! खिचड़ी के हैं चार यार-घी-दही-मूली और अचार"।

माँगा तो अचार उसने था पर उसकी बात सुनकर चटखारे मैंने ले लिए। एक पल को तो मैं भूल ही गयी थी यह पागल है। ऐसी चटाखेदार और रसीली बातें तो कोई शायर या लेखक ही कर सकता है। जैसे ही कुछ और सोचती-समझती की तपाक से पगलेटी खिचड़ी का पत्तल उठाकर अपने अगले गंतव्य के लिए प्रस्थान कर चुकी थी। सोचा था कि मैं आज इस अवसर का लाभ उठाकर उसका समूचा जीवन-वृत्तांत सुनूंगी पर मरी ने हाथ भी ना धरने को दिया।

उसके बाद भी जब तक मैं गरमपानी में रही मुझे फिर कोई ऐसा अवसर नहीं मिला। छुट्टियाँ खत्म होने को आयीं और मैं भी वापस लखनऊ आ गयी। आगे आने वाले कुछ मासों तक अपने निकेतन से लेकर विद्या-निकेतन तक सब जगह मैंने बस पगलेटी की ही छटा बिखेरी हुई थी। फिर धीरे-धीरे समय बीतता गया और पगलेटी के किस्से-कहानियाँ

भी और मैं भी अपनी लखनऊ की ज़िन्दगी में डूबती-उतरती आगे चलती गयी।

निरंतरता के अनवरत क्रम को पूरा करते हुए अगले वर्ष पुनः ग्रीष्मावकाश का आगमन हुआ और मेरा अपने दुपट्टे में गाँठ बांधकर गरमपानी के लिए निर्गमन। इस बार तो ठान रखी थी कि येन-केन-प्रकारेण अपने कथा-खनक हृदय को पगलेटी का जीवन-वृत्तांत सुनाकर ही शांत करना हैं।

रात की रेलगाड़ी से चलकर अगली सुबह काठगोदाम पहुंचे और वहाँ से बस का सफर तय करके करीब बारह बजे के आस-पास हम गरमपानी पहुंच गए। पहुंचते ही नहाया-धोया और भोजन-पत्तल सजा कर मैं बरामदे में जाकर चहल-कदमी करने लग गयी।

कुछ क्षणों बाद मेरे अधीर कर्णों को वही अपेक्षित आवाज़ सुनाई पड़ी - पर आज उस आवाज़ में कोई कुमाऊँनी गीत नहीं था। आज तो उसकी आवाज़ में केवल वात्सल्य की पुचकार थी और वह भी मेरे लिए नहीं, केवल नन्दू सिपाही के लिए।

बीते एक वर्ष में और तो कुछ नहीं बदला था सिवाय पगलेटी के हाथों में सहसा आये अतिरिक्त भार के। और उसी भार का नाम था - "नंदू सिपाही"। यह भार कौन-कब-कैसे उसकी झोली में डाल गया; मुझे नहीं लगता कि परमात्मा के अतिरिक्त और भी कोई जानता होगा! न ही समूचा ग्राम और न ही स्वयं महारानी जी खुद वह तो मात्र इतना ही जानती थी कि नंदू उसकी कोख से जन्मा उसका आत्मज हैं; शायद यह बोध भी उस अबोध को कोई भला मानुष दे गया होगा। "नंदू" नामकरण भी शायद समस्त संसार का लेखा-जोखा रखने वाले धर्मराज धर्माधिकारी धर्महरि धरमलाल श्री चित्रगुप्त ही स्वयं आकर उसके कान में बता गए होंगे। जैसा कि कुमाऊनी भाषा में कहते हैं न - "गदुआ जस", बिलकुल वैसा ही था। रुई और मक्खन की तरह सफ़ेद और मुलायम से दीखने वाले उस नंदू को देख मुझे महाभारत का वह प्रसंग स्मरण हो आया - जब अविवाहिता कुंती की मंत्र-शक्ति से बंधे सूर्य-नारायण कुंती की इच्छा के विरुद्ध उसे कर्ण आशीर्वाद स्वरुप में दे जाते हैं। संभवतः पगलेटी की लावण्य-शक्ति से बंधे किसी प्रणय-हठी हिप्पी ने पगलेटी की इच्छा के विरुद्ध उसे अपना प्रणय-निवेदन "नंदू" के स्वरुप में दे दिया होगा।

मैं न जाने कब से अवाक् और हतप्रभ सी उन दोनों पर ही टिकटिकी लगाए खड़ी थी। न जाने कितने-कैसे विचार मेरे मस्तिष्क के भीतर प्रविष्ट कर ऐसे भिनभिनाने लगे जैसे किसी क्षणिक उत्पन्न अंतर से कोई मक्षिका कमरे में घुस कर आतंक मचती है। उन भावों

और विचारों को शब्दों और वाक्यों में परिवर्तित तो नहीं कर सकती, परन्तु हाँ निश्चित ही मेरा मन आतंकित था। उसके प्रत्यक्ष वात्सल्य को देख कभी मेरे हृदय में प्रेम उमड़ता था तो कभी उसके अप्रत्यक्ष प्रणय के बारे में सोचकर मेरे मस्तिष्क में घृणा उत्पन्न हो जाती थी।

अपनी क्षणिक कामनाओं की पूर्ति के लिए कोई इतना भी मदांध हो सकता है कि एक जीवन का सृजन कर दो जीवन का सर्वनाश कर दे।

जिस तरह कुछ समय छोड़ देने के उपरांत पानी में मिली हुई मृदा नीचे सतह में शांत होकर बैठ जाती है, उसी तरह मेरे मन का अंतर्द्वंद्व भी अब कुछ शांत होने लगा था।

मैंने अपना गला खराशते हुए बोला - "ओ पगलेटी यह किसका लड़का उठा लायी है? बड़ा प्यारा दीखता है।"

मैं उसके प्रत्युत्तर के या न सही तो कम से कम एक नज़र के इंतज़ार में काफी देर खड़ी रह गयी थी।

"पगलेटी, ओ पगलेटी" - मैंने बड़े अपनत्व से उसे पुकारा। "अरे सुन न पगलेटी, ऊपर तो देख" - अब मेरे स्वरों में अधीरता का भाव परिलक्षित होने लगा था।

शायद मेरी ईजा ने मेरी अधीरता और उद्विग्नता को भांप लिया था। ईजा अंदर से ज़ोर से बोलीं - "ओ शहरी पुरिया! अब तू उ लिजि उतुक जरूरी निह छ। अब उइल पास उइक च्योल छू।"

यह सुन मैं अपने ऐंठे कलेजे को सम्भालती हुई अंदर कमरे में आ गयी। फिर तो मेरी गर्मियों की छुट्टियां गर्मी में ही बीतीं। पगलेटी के इस प्रकार के व्यवहारिक परिवर्तन से मेरा रोम-रोम क्षुब्ध हो गया था। अब उसे मेरे होने या न होने से लेशमात्र भी फ़र्क़ नहीं पड़ता था। उसकी अब समूची दुनिया उसका नंदू ही था। बस अब पगलेटी उसे ही अपनी आँखों के आगे रखी रहती थी और उसके साथ उसी के बाल-संसार में विचरती रहती। इह दुनिया तो मानो जैसे होम हो गयी थी उसके लिए।

प्रायः एक-दो बार मैंने उससे बात करने की चेष्टा की, उसके और नंदू के साथ खेलने का प्रयत्न किया तो उसने बड़ी निर्ममता से झिड़क दिया - "इथके झन अया, उथके जा"। एक तो मौसम की गर्मी ऊपर से क्रोध की अग्नि में झुलसते हुए मैं ऊपर कमरे में आ गई। ठीक से तो कह नहीं सकती पर शायद थोड़े आँसू भी बहाये जरूर होंगे और वह भी केवल

इसलिए कि पगलेटी ने आज मुझे "शहरी पुरिया" कहकर भी सम्बोधित नहीं किया।

अब तो गरमपानी का हवा-पानी भी सहन करना दूभर हो गया था। किसी तरह दो-महीने काट कर वापस लखनऊ आयी तो मेरी मित्र मंडली ने अपने सवालों की बौछार मेरे ऊपर शुरू कर दी - "और कैसी है तेरी पगलेटी? इस बार क्या कहा तेरी पगलेटी ने तुझसे?" इस बार तो उनके सवाल भी किसी विषैले सर्प के डंक जैसे मेरे हृदय को और पीड़ा दे रहे थे। आखिर उनके प्रश्नों के उत्तर जो नहीं थे मेरे पास। क्या बताती उन सब को कि अब मेरी पगलेटी मेरी ही न रहकर किन्हीं दो और की हो गई है। मेरी तरफ तो क्षणभर को आँख उठाकर भी नहीं देखा था उसने।

फिर समय बीतता गया और सब आम होता गया।

अनवरतता के चक्र को फिर से पूरा करते हुए लखनऊ की ठंडी हवाओं ने गर्मी दिखानी शुरू कर दी और मैं भी अपने चक्र को पूरा करते हुए फिर से गरमपानी आ पहुँची - निराशा और नीरसता से भरपूर।

एक दिन बीता, दूसरा दिन और फिर होते-होते हफ्ता बीत गया। अब तो पगलेटी ने भी आना बंद कर दिया था। हफ्ता भर बीत जाने के बाद भी जब मैंने पगलेटी का कोई जिक्र नहीं छेड़ा तो एक सुबह ईजा ने ही मुझे वह विषैला सा डांक मार दिया।

"और, अपनी शहरी पुरिया के बारे में नहीं पुछा तूने अब तक। मेरी कोई भी प्रतिक्रिया का इंतज़ार करे बगैर ईजा आगे बोल पड़ी। शायद वो भी उबल रही थीं, पगलेटी के क्रिया-कांड का बखान करने के लिए। पर जब मेरी ओर से पगलेटी के सन्दर्भ में कोई भी सवाल, जानकारी या प्रतिक्रिया नहीं आयी तो वह खुद को रोक नहीं पायीं।"

"अरी पता है! मरी करमजली ने क्या किया?" - "दुबारा से बच्चा?" - एकाएक मेरे मुँह निकले इन् शब्दों ने ईजा के वाक्य को पूरा कर दिया।

"अरी नहीं! उससे भी बड़ा कांड" - ईजा अपनी आँखों को और बड़ा कर खड़ी हुई तो मेरे कान भी खड़े हो गए। अब तो मेरा चित्त भी आशंकित और आतंकित होना शुरू हो गया था।

अधैर्य से मैंने पूछा - "और क्या बड़ा काण्ड हो सकता है?"

"अरी क्या बताऊँ! पगलेटी ने आखिरकार अपने पागलपन का शिकार नंदू को भी बना दिया" - ईजा ने एक साँस में कविता जैसी पढ़ दी।

मैंने काँपते हुए स्वर में पुछा - "क्या किया उसने, ईजा?"

ईजा ने अब अपनी धूणी रमाते हुए कथा शुरू की - "तो सुन! नीचे कार्यालय के लोग बता रहे थे कि एक दिन नदी के किनारे के खेतों में नंदू को लैट्रीन कराने ले गई और उसके बाद उसका भेल (नितम्ब का कुमाऊंनी शब्द) धुलाने के लिए खेत के सिरे में बनी नहर में उसको लेटा कर अपना लैट्रीन करने लगी।"

"इसी बीच पानी में डूबने से नंदू ख़तम हो गया। मरी ने एक आंसू भी नहीं बहाया और चुप-चाप उसे गोद में उठा कर ना जाने कहाँ ले गई। दूसरे दिन से पगलेटी का भी कुछ पता नहीं है। पूरे गरमपानी में कहीं भी नहीं दिखी।"

ईजा की निर्बाध कांड-कथा चल रही थी पर न जाने किस क्षण से मेरे कानो में ईजा के शब्द सुनाई पड़ने बंद हो गए थे। अब तो अगर कुछ सुनाई दे रहा था तो वह था नंदू का बाल-सुलभ रुदन और पगलेटी की चटखारें वाली बातें। दोनों की यह स्मृतियाँ मेरे मस्तिष्क में हथौड़े के चोट की तरह पड़ने लग गई थीं। डबडबाने के कारण मेरी आँखों के आगे अँधेरा छा गया था। मैं उठी और शून्य की ओर दौड़ते चली गई। न सुध, न विवेक; न जाने किस औचित्य को मस्तिष्क में दौड़ाये मैं भी दौड़े चली जा रही थी।

उस क्षण जो मेरी मनोस्थिति थी मैं आज तक उसका विश्लेषण नहीं कर पाई हूँ; किसी और के समक्ष परिभाषित करना तो और भी असाध्य-सा प्रतीत होता है।

हाँ, पर जब उस शून्य की ओर दौड़ते-दौड़ते मेरी श्वांस उखाड़ने लगी तो मेरी चेतना भी लौटी थी। मैं तो केवल इतना समझ पायीं थी कि मैं घर से काफी दूर खेत में बनी उसी नहर की किनारे-किनारे दौड़ती जा रही थी, जिस नहर के जल में नंदू ने अल्प-आयु में ही समाधि ले ली थी।

शायद पगलेटी के नंदू-सिपाही को बचाने का उपक्रम कर रही होंगी। शायद अगर नंदू को बचा पाती तो पगलेटी भी यूँ न अंतर्ध्यान होती।

कभी-कभी सोचती हूँ वह क्यों उसे नंदू सिपाही बुलाती थी। कभी-कभी सोचते हुए यह मनोभाव भी उत्पन्न होता है कि शायद नंदू किसी सिपाही का ही क्षणिक प्रणय-निवेदन तो नहीं था; तो कभी सोचती हूँ कि क्या वह नंदू को सिपाही बनाना चाहती थी। बेचारी जो कुछ भी कर पाती उससे पहले ही नंदू सिपाही अपनी उन अलंघ्य परिस्थितियों से लड़ते-लड़ते अंत में वीर-गति को प्राप्त हो गया।

उसका यूँ असमय चला जाना पगलेटी के जीवन में न जाने क्या भावनाएँ भर कर गया होगा। परन्तु वह क्षणिक-परिचिता मेरे मानस-पटल पर एक चिर-स्मृति के रूप में सदैव के लिए अंकित होकर रह गई है। और होती भी क्यों न; आखिर मैं उसकी "शहरी पुरिया" जो ठहरी।

लेखक के बारे में

डॉ. सुरेश तिवारी सेवा निवृत्त प्राचार्य हैं। लिखना-पढ़ना उनकी रुचि है। कहानी, कविता, गजल, लघुकथा, लेख, समीक्षा लेखन उनकी प्रिय विधा है। पढ़ना अभी भी निरंतर जारी है- पीएचडी, एलएलबी, पंद्रह विषयों में स्नातकोत्तर सहित छत्तीस डिग्रियाँ हासिल कर चुके हैं। उनकी नौ पुस्तकों के अलावा कई साझा संकलन में रचनाएं प्रकाशित हुई हैं। रेडियो-दूरदर्शन से भी उनकी रचनाएं प्रसारित हुई हैं।

पुरखा

– डॉ. सुरेश तिवारी

बैलों के गले की घंटी रह-रह कर बज उठती। मोहन मुँह अंधेरे ही कंधे पर हल टांगे बैलों को हाँकता खेत की ओर निकल पड़ा था। पहटिया गाँव की गलियों में घूम-घूम कर हाँका लगा रहा था, ताकि लोग अपने गाय बैल ढील सकें। बस्ती में जाग होने लगी थी, अपने-अपने घरों के सामने महिलाएँ छरा-छिटका देने में लगी हुई थीं। मुर्गे की बांग, गाय के रंभाने की आवाज, गली में खरहरे की खर-खर सन्नाटे को भंग कर रही थी। गाँव के इकलौते तालाब से पंडित रामदीन महाराज भोर होने से पहले स्नान कर मंत्रोच्चार करते चले आ रहे थे। पूरब में लालिमा दिखने लगी थी। पंछियों का कलरव सोए हुए लोगों को बिस्तर छोड़ने का संदेश दे रहे थे। मोहन को खेत की राह पर और भी कई लोग मिले। सबसे राम-राम करते मोहन खेत की ओर चला जा रहा था। महिलाएँ सिर पर झौंआ लिये बरदी के पीछे गोबर बीनते चली जा रही थीं। पूरब में अरुणाभ झलकने लगी थी। पंछी झुंड में आसमान में परवाज भरने लगे थे। मोहन का खेत गाँव के आखिरी सिरे पर था। दो साल ही तो हुए हैं जब उसे ये जमीन मिली है- मुआवजे के तौर पर। उसके पहले ये जमीन परिया भाठा थी। जमीन नपाई के दूसरे सप्ताह सरकारी ट्रेक्टर और बड़ी मशीन वाली जेबीसी गाड़ी आई थी गाँव में। जिन्हें भी सरकारी जमीन मिली थी, एक सप्ताह के भीतर बंजर भाठा को खेत का आकार दे दिया था इन मशीनों ने। मोहन और रघु ने खूब मेहनत की इन खेतों में, पत्थरों को बीन-तोड़ कर खेतों से बाहर किया। पिछले साल तो फसल कमजोर थी, बरसात भी नहीं हुई थी ठीक से। लेकिन इस साल पहले से ही हाड़तोड़ मेहनत की थी बाप-बेटे ने। बारिश आते ही खेत में बुआई कर दी, समय पर निराई, गुड़ाई, बियासी करने और खाद डालने से फसल अच्छी हुई थी। इस साल नहर भी आ गई थी। किसानों को नहर से पानी मिलने लगा था। किसान दोफसली की तैयारी में लग गये। नहर, मोहन के खेत के पास से ही निकली थी, वह जब चाहे तब अपनी खेतों में सिंचाई कर सकता था। अब अकाल पड़ने की आशंका नहीं रह गई थी। रास्ते भर मोहन यही सब सोचता चला जा रहा था। कब खेत पहुँच गया, पता ही न चला। मेड़ पर कंधे से हल उतार कर रखा, बैलों को हांक लगाई और जुड़े से फांद दिया। खेत में धान के पौधे एक-एक बीता से अधिक ऊँचे हो गये थे। दोफसली खेती थी। बुआई का समय हो चुका

था। मोहन ने हल खेत में उतार दिया।

अररर्... ततततत्....की आवाज से बैल हल में जुते हुए घुमने लगे। हल जोतते हुए चार घंटे से अधिक हो चुके थे। सूरज आसमान में चढ़ आया था। मोहन पसीना-पसीना हो रहा था। बैलों की चाल में थकान दिखने लगी थी। मोहन ने हल बैल को किनारे लगाया और बैलों को जुआरी से खोल दिया, और मैदान की ओर हांक दिया। बैल घास चरने लगे। हल को मेड़ पर रख मोहन नहर की ओर बढ़ गया।

नहर में साफ पानी बह रहा था। उसने गमछा किनारे रखा और अपना हाथ-पैर धोने लगा। पानी को हाथ लगाने से उसे बड़ा सुकून मिल रहा था, जैसे वह अपने पुरखों से आशीर्वाद ले रहा हो। और खो गया बीते दिनों की यादों में।

मोहन! अपने माता-पिता का इकलौता बेटा। कितनी मन्नतों के बाद तो उसका जनम हुआ था। उसकी माँ बताती थी। शादी के आठ बरस हो गये थे, लेकिन आंगन में बच्चे की किलकारी नहीं गूँजी तब सासू माँ ने कहा था- "इस घर का वंश आगे नहीं बढ़ेगा, बाबू की दूसरी शादी कर देते हैं ताकि पुरखों को पानी देने वाला कोई तो हो।" पर बाबू ने साफ मना कर दिया था। किस हकीम की दरबार में हाजिरी नहीं भरी, किस-किस देवालय में जाकर दूब-फूल-पान नहीं चढ़ाये, जितने लोग उतनी सलाह और बाबू सबकी बात मानते, जो जहाँ कहा, वहाँ गये, जिसने जैसा कहा, वैसा किया। जब सब लोग नाउम्मीद हो गये थे तब बहू की कोख हरी हुई और दसवें माह श्रीकृष्ण जन्माष्टमी के दिन बेटे का जन्म हुआ, इसीलिये नाम मोहन रखा गया। इकलौता दुलारा बेटा मोहन सबकी आँखों का तारा था। समय के साथ वह बड़ा होने लगा। गाँव में पाँचवीं तक स्कूल, बाबू ने मोहन के छः बरस होते-होते उसे स्कूल में दाखिला दिलवा दिया। मोहन स्कूल में सबका दुलारा। और इसी दुलार ने उसे पढ़ाई से दूर रखा। जैसे-तैसे पाँचवीं तो उसने पास कर ली, पर आगे की पढ़ाई के लिये वह दूसरे गाँव जाने को तैयार न हुआ। पढ़ाई तो छूट गई, अब वह बाबू के साथ गाँव का चक्कर लगाता। उनके कामों में हाथ बँटाता, कभी गाँव के बाहर नदी के किनारे गाय-बैल चराता, बांसुरी बजाता तो कभी अपनी माँ के साथ लकड़ी बीनने, पत्ता तोड़ने जंगल की ओर निकल जाता। उसे अच्छा लगता था बाबूजी के काम में हाथ बँटाने में। माँ के साथ जंगल-पहाड़ियों में लकड़ी- पत्ता तोड़ने जाने में।

बाबू ने कहा है, "इस साल गाँव में मेला लगेगा। देवगुड़ी में आसपास के देवी-देवता आएंगे, जात्रा होगा, लोग अपनी मन्नत के अनुसार पूजा-पाठ, चढ़ावा आदि की व्यवस्था करेंगे। जात्रा तीन दिन तक चलेगा, आसपास के हजारों लोगों का जमावड़ा

होगा।" बाबू गाँव का पुजारी है, क्षेत्र में सब उन्हें मानते हैं। किसी को कोई भी तकलीफ हो, सबकी हाजिरी बाबू के दरबार में होती। सब मानते कि बाबू पर देवी की कृपा है, साक्षात होकर बाबू से संवाद करती है। लोग आते, तो उनके हाथ में चावल का दोना होता, किसी के हाथ में काली मुर्गी का बच्चा या अंडा। बाबू आंगन में बने देवी चौरा के सामने उन्हें बिठाते और खुद सामने बैठ जाते। सामने होता वो, जिसे कोई तकलीफ होती। बाबू अपने लंबे बालों को खोल लेता, दोने में रखे चावल को सूप में डाल लेता। कभी एक-एक कर गिनने लगता तो कभी चावल के दानों को होंठों में कुछ बुदबुदाते हुए सामने वाले के सिर पर डालता। धीरे-धीरे बाबू का शरीर अकड़ने लगता, काँपने लगता। बुदबुदाने का स्वर तेज और तेज होता चला जाता। फिर सामने वाले के दुख-तकलीफ के बारे में बताने लगता। कुछ पूछता भी जाता। फिर दुखों के निदान का उपाय बताता। ऐसा लगता, मानो सामने वाले का दुःख उसी क्षण से ही कम होने लग गया हो। धीरे-धीरे सब कुछ फिर सामान्य हो जाता, पहले की तरह। मोहन अकेले में पूछता भी, "बाबू! तुम्हें क्या हो जाता है? ये क्या करते हो? पूरा शरीर कैसा हो जाता है"

बेटा! आधि- व्याधि तो संसार में सबकी लगी रहती है। जो इस दुनिया में आता है, उसे एक दिन जाना भी होता है। पर वह जितने दिन जीता है, सुखी रहना चाहता है। फिर सुख और दुःख की परिभाषा भी तो सब अपने-अपने हिसाब से तय करते हैं। बाहरी सुख भले धन-दौलत में हो, पर भीतरी संतोष तो मन के भीतर है। 'मन चंगा तो कटौती में गंगा'! कभी-कभी मन और तन दोनों दुःख देते हैं। यहाँ जो आते हैं, ऐसे ही लोग होते हैं। आते हैं, तो मैं इनके लिये ऊपर वाले से दुआ कर देता हूँ। वो ऊपर बैठा सबकी सुनता है"

"बाबू! जो आते हैं, क्या सब दुखी होते हैं?"

"बेटा! सुख में तो इंसान भगवान को भी याद नहीं करता! जब उसे कोई तकलीफ होती है तो वह मंदिर मस्जिद की ओर भागता है। हम लोग गाँव के देवगुड़ी के पुजारी हैं। हमारे पुरखा बरसों से यहाँ माई जी का पूजा पाठ कर रहे हैं। आने वाले समय में तुमको ही सब संभालना है। देवगुड़ी तो पूरे गाँव का है, पर कई पीढ़ी से पुजारी तो हमारे परिवार से हैं। इसीलिये तो अब तुम्हें सभी जगह साथ ले जाता हूँ, ताकि तू सब जान ले। जब तक मैं जिंदा हूँ, मेरा हाथ बँटा। जान, समझ ले।"

और मोहन! जैसे सब समझ गया। पूजा करने से, मंत्र पढ़ने से सब दुःख दूर होता है। और एक दिन बाबू को ऊपर वाले ने बुला ही लिया।

मोहन अब गाँव का नया पुजारी बना। सब उसे बहुत मानते थे। मान-इज्जत उसे विरासत में मिली थी। ऊपर वाले की भी मेहरबानी थी उस पर। जिसके सिर पर हाथ रख देता, उसका जैसे सब दुःख दूर हो जाता। अब तो मोहन की पूछ परख आसपास के गाँवों तक बढ़ गई। न्याय पंचायत में भी बुलावा आने लगा। जात्रा के समय आसपास के अठारह गाँव के पुजारी अपनी ग्रामदेवता को लेकर वहाँ आते। गुड़ी में सब देवी-देवताओं के सेवा का जिम्मा मोहन पर होता। उस समय मोहन को दम मारने का भी फुरसत नहीं होती। नदी किनारे चारों ओर सबका डेरा लगता, पेड़ की शाखाओं से टिका कर देवी-देवताओं के बड़े-बड़े बाना रखे जाते। ध्वज, फूलों से सजी मंडई रखे जाते। अलग-अलग डेरे पर देव चढ़ने से पुजारी झूमते नजर आते। उनके चारों ओर दीन-दुखियों की भीड़ लगी रहती। सब अपनी-अपनी रीति अनुसार पूजा पाठ करते, सामने पूजा का सामान, दोना में चावल और अंडा, साथ में टोकाने के लिये मुर्गी का काला चूजा।

तीन दिनों तक नदी के किनारे यही सब चलता रहता। दूर-दूर से लोग इस जात्रा में आते। दुकानें सजती, झूले लगते, बड़ी चहल-पहल होती और तीन दिनों के बाद न टूटने वाली खामोशी, मरघट-सा सन्नाटा!

एक दिन मोहन लाड़ी में चटाई डालकर बैठा हुआ था कि गाँव का पटेल आ गया, उसे बुलाने के लिये। गाँव में बैठका है, शहर से साहब लोग आ रहे हैं, पटवारी खबर देने खुद आया था। कोटवार गाँव में हांका लगा रहा है।

"पर बैठका किस बात का पटेल?"

"क्या पता! तहसीलदार, एसडीओ सब आ रहे हैं। सबको बैठका में रहना है। हुकुम हुआ है।"

"चलो फिर।" - और दोनों चल पड़े। गाँव में बैठका पंचायत देवगुड़ी के सामने बड़ के पेड़ के छांव तले होता है। पुजारी और पटेल जब वहाँ पहुँचे, तो गाँव के बहुत लोग वहाँ जमा हो चुके थे। इन पर नजर पड़ते ही सबने राम राम की, बैठने को जगह दी। सबके मन में जिज्ञासा थी कि आखिर बैठका क्यों बुलाई गई है! सब अनजान! सबके अपने-अपने कयास!

"पटवारी जनाब बुलाये हैं, उन्हें ही पता होगा।"

थोड़ी ही देर बाद पटवारी जनाब पहुँचे। सबने राम-राम की, बैठने के लिये कुर्सी दी।

"जनाब! काहे का बैठका है?" - कई लोगों ने एक साथ प्रश्न दागा।

"भई, ठीक से तो मैं भी नहीं जानता, पर तहसीलदार साहब आ रहे हैं, वही बता पाएंगे।"

"कुछ तो पता होगा!"

"हाँ इतना तो पता है कि सरकार इस क्षेत्र के विकास पर विशेष ध्यान दे रही है, बार-बार अकाल पड़ता है, फसल वर्षा पर निर्भर है, सिंचाई की कोई सुविधा नहीं है। सरकार इस क्षेत्र में नहर द्वारा सिंचाई सुविधा देगी, इसी के बारे में बैठका है।"

"ये तो अच्छी बात है, नहर आने से एक की जगह दो फसल ले पाएंगे हम लोग। मेहनत तो करते हें पर पानी बारिश तो अपने हाथों नहीं है न!"

जितने लोग, उतनी बातें! सब खुश कि गाँव में नहर आएगी! पानी मिलेगा। अब दो फसल के साथ साग-सब्जी भी उगा सकेंगे। गाँव के पास से ही नदी बहती है। तब भी गाँव के अधिकांश लोग गरीब हैं। पानी पंप भला किसके पास है? कभी-कभी तो एक फसल लेना भी मुश्किल!

तभी दूर धूल उड़ती हुई दिखी। मोटर की आवाज भी आने लगी। जीप पास आकर रुकी। साहब लोग आ गये। तहसीलदार साहब और एसडीओ साहब की पटवारी, पटेल, कोटवार ने अगवानी की। सबने राम-राम, जोहार किया। वहाँ रखी प्लास्टिक कुर्सी को पटका से झाड़-पोंछ दिया गया।

गाँव में एक बार पहले भी आये थे एसडीओ साहब लेकिन तब ज्यादा देर रुके नहीं थे। आज तो खास यहीं आए हैं।

साहब ने गाँव के पुजारी, पटेल, कोटवार और मुखिया लोगों को अपने नजदीक बुलाया। सबको कुर्सी पर बिठाया। और बोला- "देखो सियान लोग! इस क्षेत्र में बार-बार अकाल पड़ रहा है, पास में नदी होकर भी सिंचाई सुविधा नहीं है। सरकार चाहती है कि यहाँ के लोग खुशहाल रहें, अच्छी खेती करें, मंत्री जी ने इस क्षेत्र के लिये विशेष प्रस्ताव भेजा है। आप लोग क्या सोचते हो?"

"हम लोग क्या सोचेंगे साहब! सरकार तो हमारे भले के लिये सोच रही है। गाँव में नहर आए, सिंचाई सुविधा बढ़े, दो फसल लेंगे तो हमारा ही भला होगा। जो करना है सरकार करे!"

"इस क्षेत्र के चालीस-पचास गाँवों के हजारों एकड़ खेत को नहर से पानी मिलेगा। सिंचाई होगी। सभी लोग समृद्ध होंगे।"

"ये तो अच्छी बात है साहब!" पटेल, पुजारी के साथ सबने हाँ में हाँ मिलाई।

"लेकिन नहर के लिये बांध बनाना पड़ेगा, और बांध बनाने के लिये सर्वे होगा। बहुत बड़ा बांध बनेगा। पहाड़ी से लेकर इस बस्ती के आगे तक जहाँ तक सर्वे होगा, वहाँ तक की जमीन डुबान में आ जाएगा। बस्ती खाली करनी पड़ेगी।"

"ऐसा नहीं होगा साहब!" पूरा गाँव एक साथ चिल्ला पड़ा।

"भले बांध न बने, पानी मत मिले, पर हम अपने पुरखों की जमीन नहीं छोड़ेंगे।"

"देखो भाई! मैं आप लोगों को जमीन छोड़ने के लिये नहीं कह रहा हूँ। जहाँ सर्वे होगा, जमीन नापी जाएगी। वहाँ के लोगों को जमीन जरूर छोड़नी पड़ेगी, पर ऐसे ही नहीं! सरकार मुआवजा देगी, जमीन के बदले जमीन देगी, तब जमीन छोड़ने को कहेगी।"

कुछ लोगों ने चीख कर कहा- "हम लोग यह जगह नहीं छोड़ेंगे। चाहे जमीन मिले या मुआवजा! हमारे पुरखों की जमीन है यह! उनकी अस्थियाँ गड़ी है यहाँ के मरघट में, उनकी राख बिखरी है नदी के किनारे! यहाँ के पेड़ों में उनके अस्थि कलश बंधे हैं, घाट घटौंदों में दिए जले हैं, पीतर तर्पण किया है हम लोगों ने उनका यहाँ पर!"

"जमीन तो जमीन है साहब। कोई सामान नहीं, जिसके बदले में लेनदेन कर लो! इसमें तो हमारी आत्मा बसी है। हमारे गाय गोरू तक इन हवाओं और माटी की खुशबू को जानते पहचानते हैं। सिरिफ जमीन मुआवजा ही तो देगी सरकार! हमारे घरों में जो कुलदेवता हैं, गाँव के सीमान में जो भीमा भीमीन देव हैं, देवगुड़ी है, जात्रा थान है, उनका क्या होगा? क्या देवी-देवता के बदले में सरकार हमें देवी-देवता भी दे देगी?"

"कितना जतन से हम लोगों ने गाँव, बाड़ी, तालाब, खेत-खार में पेड़-पौधा लगाया है क्या बदले में सरकार हमें ऐसा ही रुखराई लगाकर दे देगी?"

"साहब! पट्टा वाले को तो जमीन मिल जाएगी लेकिन पुरखा समय से जिस जमीन पर हम कमा रहे हैं पट्टा नहीं है तो क्या हुआ? वो जमीन तो हमारी है, हमारी धनलक्ष्मी है, हमारी धरती मैया है, क्या होगा इन सबका?"

"नहीं साहब! हमको नहीं चाहिये नहर, बांध! हम जैसे हैं, सुखी हैं, जी रहे हैं, जो मिल रहा है, जितना मिल रहा है हमको उसी में संतोष है।"

कुछ युवाओं ने आक्रोश से कहा - "हम जान भी दे देंगे, पर जमीन नहीं देंगे!"

"हाँ-हाँ नहीं देंगे!" - कुछ और लोगों ने स्वर में स्वर मिलाया।

"ठीक है। ये तो प्रस्ताव है, सरकार की तरफ से। सोचना आप लोगों को है पर फायदा इसी में है। जितनी जमीन है, उतनी जमीन तो मिलेगी ही, पक्का घर सबको अलग से, बना-बनाया सभी सुविधाओं के साथ और साथ में नकद मुआवजा भी। बांध बनेगा तो उसमें काम भी मिलेगा। जमीन भी इसी गाँव के आजू-बाजू के गाँव में, सिंचाई का लाभ भी मिलेगा। सरकार किसी के साथ जबरदस्ती नहीं करेगी। अपनी भलाई खुद को सोचना है, जोश से नहीं होश से काम लो!"

तहसीलदार, एसडीओ, पटवारी जनाब वापस चले गये, पर जो शगूफा छोड़ गए थे, घंटों खलबली मची रही गाँव में, गाँव के लोगों में, लोगों के दिलों में। जितने लोग, उतनी ही बातें! कुछ तो ये भी कहने लगे थे, यदि जमीन के बदले जमीन, घर के बदले घर और मुआवजा भी मिले तो क्या हर्ज है, फिर जमीन भी तो बाजू वाले गाँव में ही मिलेगी।

उस रात गाँव में अंधेरा कुछ ज्यादा ही उतर आया था। सबके घर में जाग थी। सन्नाटा हर गली देहरी पर पसरा हुआ था। बिस्तरों पर सो तो सब रहे थे, पर नींद किसी की भी आँख में नहीं थी।

तीन दिन तक गाँव में कोई नहीं आया, फिर भी एक ही चर्चा, सहमति-असहमति की बातें होती रहीं।

चौथे दिन आए मंत्रीजी। इसी क्षेत्र से चुनाव जीतकर मंत्री बने हैं वर्माजी। पटेल के घर के सामने उनकी गाड़ी रुकी। गाँव के लोग उमड़ आए, इसी गली में। मंत्रीजी बिना किसी पूर्व सूचना के आए थे। साथ में कोई लाव-लश्कर भी नहीं! सबसे जय जुहार की। सबको लगा, मंत्रीजी उनके सुख-दुःख में शामिल हैं। बांध, जमीन, नहर, मुआवजा की भी बातें होने लगी।

मंत्रीजी बोले- "किसी का अहित नहीं होने देंगे, जिसमें सबकी सहमति और भलाई हो, वही काम होगा। चिंता की कोई बात नहीं है।"

लोग आश्वस्त हुए, कुछ लोग अपने काम में लग गए। वहाँ रह गए तो पटेल, कोटवार, पुजारी और गाँव के कुछ मुखिया। सब शंकित थे। मंत्रीजी बिना तामझाम के जो आए थे।

मंत्रीजी पटेल से मुखातिब हुए- "पटेल तुम्हारा लड़का क्या कर रहा है?"

"इस साल दसवीं पास किया है, पास के गाँव में ग्यारहवीं पढ़ रहा है।"

"क्या बनेगा वो बड़ा होकर वो?"

"क्या बनेगा मंत्रीजी वो, मेरी जगह पटेली करेगा गाँव में।"

"पटेल लोगों का अब पहले जैसा पूछ-परख कहाँ है? जो पुश्तैनी से चली आ रही है वही मान-मर्यादा ही तो रह गया है अब!"

"वो तो है!"

"फिर ऐसा कब तक चलेगा? पहले खेत-खार जमीन का पट्टा वसूली करते थे तो पटेल की पूछ परख होती थी। अब तो ये सब काम पटवारी करता है। खर्चा भी बढ़ रहा है रोज के रोज। आमदनी नहीं बढ़ेगा तो कैसे चलेगा!"

"वो तो है मंत्रीजी। पर क्या कर सकते हैं! बारहवीं पास हो जाएगा तो कहीं मास्टर-वास्टर हो जाएगा तो अपने परिवार का पेट तो चला ही लेगा।"

"मास्टर कहाँ बनेगा? किस गाँव के स्कूल में? यहाँ तो अभी तक स्कूल भी नहीं खुल पाया है।"

"आसपास के गाँव में जहाँ जगह खाली होगा, जहाँ उसकी नौकरी लगेगी। पहले उसकी नौकरी तो लगे!"

"फिर तो बेटा तुमसे अलग रहने लगेगा।"

"हाँ वो तो है, नौकरी-चाकरी भला कब किसको अपने गाँव में मिलती है?"

"अच्छी जिंदगी जीने के लिये गाँव छोड़ना पड़े तो बेटे के लिये मंजूर है, और अपने लिये यही बात खुद पर लागू हो तो क्या खराबी है?"

सब सोच में पड़ गये।

मंत्रीजी बोले - "गाँव में भी अपना घर बाड़ी के भीतर जगह बदल-बदल कर बनाते हो, जरूरत पड़ने पर जमीन बेच भी देते हो। तब तो जमीन पर न मालिकाना हक रहता है, न मोह। पास के गाँव में घर और जमीन मिले तो क्या बुराई है? वह भी तुम्हीं सबके भले के लिये। घर जमीन सरकार छीन के तो ले जाएगी नहीं, उल्टा तुम्हें घर बना के देगी। जिनके घर पक्का नहीं हैं उन्हें भी। बारहवीं पास करके बेटे को नौकरी भी वहीं मिल जाएगी और घर जमीन भी। बाप-बेटा दोनों संग रहोगे, साथ में गाँव की सरपंची भी! सोचना इस बारे में

पटेल और तुम लोग भी! ऐसी सुविधा तुम सबको मिले तो क्या बुराई है? जिसमें अपना और आने वाली पीढ़ी का भला हो वही करना चाहिये। जमीन-जायदाद कौन-सा खुद लेके इस दुनिया में आये थे! जाओगे तब भी कुछ लेके नहीं जाओगे। जहाँ तुम रहोगे, तुम्हारी आने वाली पीढ़ी उसे ही अपनी पुरखौती जमीन कहेगी। बाल-बच्चों के सुख के लिये ही, सोचना तुम लोग इस बारे में। अच्छा लगे तो गाँव के और लोगों से भी बात करना। जिनके पास पट्टा नहीं है, जो सिर्फ जमीन पर काबिज हैं उन्हें भी जमीन और घर मिलेगा। पट्टा सहित मुआवजा भी!

चलता हूँ। परसों घर आना पटेल, पुजारी तुम भी और तुम सब लोग भी। सत्यनारायण की पूजा है। बाकी बात वहीं करेंगे।" और मंत्रीजी गाड़ी में बैठ गये। पीछे छोड़ गये सोचों की गुबार, जिससे अट गये बैठे हुए लोग। होने लगी चर्चाएँ देर तक!

"मंत्रीजी ठीक ही कह गये हैं। आखिर हम लोग बाड़ी के भीतर ही सही, जगह बदल-बदल कर घर बनाते हैं। कभी एक पारा से दूसरे पारा में भी बस जाते हैं, यदि पास के गाँव में चले गये तो क्या फर्क पड़ जाएगा! सरकार घर जमीन पट्टा के साथ मुआवजा भी तो दे रही है!"

वहाँ बैठे सभी लोगों ने सहमति जताई पर जेठू ने डरे हुए पूछा- "पटेल, हमारी जमीन तो है, पर पट्टा नहीं! आज सबके कहने पर गाँव जमीन तो छोड़ देंगे। यदि हमें सिर छुपाने को जगह नहीं मिला तो हम क्या करेंगे? कहाँ जाएंगे? जमीन नहीं रही तो क्या खाएंगे? पहले भी ऐसा होता रहा है। नहीं, नहीं पटेल! जब तक हमको जमीन नाप कर नहीं दिखा देंगे, हम अपनी जमीन यहाँ नहीं छोड़ेंगे!"

"इसकी चिंता मत करो जेठू! पूरा गाँव एक साथ है। जब तक जमीन नहीं नापेंगे, गाँव का कोई भी व्यक्ति गाँव छोड़कर नहीं जाएगा।"

सबने एक स्वर में हामी भरी। रात गहरा चुकी थी, ठीक उनके पेशानी पर की रेखाओं की तरह! सब थके बुझे-मन से अपनी घरों की ओर चले गये, पर सबके मन में विस्थापन का डर, जमीन छोड़ने की चिंता और इन सबसे अधिक, अपनों से बिछड़ने की आशंका! जरूरी नहीं कि सबको एक ही गाँव में जमीन मिले। आसपास के गाँवों में सब बिखर जाएंगे। बस जरूर जाएंगे, पर सबका नया पड़ोस होगा, नया परिवेश होगा।

मोहन सोच में डूबा हुआ ओसारे पर लेटा हुआ था। नींद आँखों से कोसों दूर थी। कितने मन्नतों के बाद तो उसका जनम हुआ था। घर के आँगन में पीपल के पेड़ के नीचे उसका

नाल गड़ा था। आँगन से लगे कोठे पर कलोर गाय बंधी थी, कलोर गाय जब जनमी थी तो दोनों ने ही काली गाय के थन से दूध पिया था, इसी आँगन में। काली गाय इतनी सीधी कि कोई भी दुह ले। मोहन और काली बछिया साथ-साथ खेले और बड़े हुए, अब ये आँगन छूट जाएगा! दोस्तों के साथ कोठी के गोड़े में घुसकर छुपा-छुपी का खेल खेला करते थे। अपनी ही बाड़ी से खीरा-ककड़ी चुराकर दोस्तों के साथ खाया था उसने, दाई और बाबूजी की नजर बचाकर। रसोई से लेकर आँगन तक, गली, खेत, तालाब, नदी किनारे तक मोहन की धमाचौकड़ी मची रहती।

गाँव में स्कूल तो था नहीं, पढ़ाई भी नहीं कर पाया मोहन। बाबूजी के साथ देवीगुड़ी जाने लगा, उनका हाथ बटाने लगा। नदी किनारे देवीगुड़ी का हर कोना-खुदरा उसका अपना था। देवी माई उसकी पुरखिन माई थी। अकेले में घंटों माईजी की मूर्ति के पास बैठकर पूजा करता। बातें करता। उनका खेत पास ही था, खेत आते-जाते उसके कदम जरूर ठिठक जाते। उसके जनम के साथ रोपा गया पौधा अब विशालकाय पेड़ बन चुका है। इस पेड़ की शाखाओं में दोस्तों के साथ उसने डंडा-पचरंगा, छुआ-छुऔला खेला था, इनकी शाखाओं से गिल्ली-डंडा बनाया था, गोबरखत्ता खेला। यह पेड़, उसका अपना! साथ-साथ बड़े हुए। अब यहाँ बांध बनेगा! सब डूब जाएगा! उसके बचपन के ये मूक पर सजीव साथी। नहरें निकलेंगी यहाँ से, आसपास के खेतों में सिंचाई होगी। किसान दो-तीन फसल लेंगे लेकिन इन पेड़ों के बिना कैसे कटेगी ये जिंदगी! इन पेड़ों में पुरखों की अस्थि महीनों टंगी रही है, दीये जलाये हैं इसकी जड़ों में, पीतर-पानी दिया है घाट में! कुकुर-कौओं ने जब भी पीतर का रोटी-भात खाया, मन तृप्त हुआ। चलो, पीतर भी तृप्त हो गये! अब उनकी आत्मा नहीं भटकेगी! यह जगह जब छूट जाएगी तो उनके पुरखों का पीतर-पानी? क्या इन पेड़ों, यहाँ की हवाओं, इन यादों का कोई मुआवजा हो सकता है? पर सोचना होगा आने वाले कल के लिये। मोहन की आँखों से आँसू बह निकले। आँखों में ही सारी रात कट गई।

दूसरे दिन गाँव में बैठका हुआ। सब लोगों ने माना कि गाँव छोड़ने में ही आने वाली पीढ़ी की भलाई है।

अगले छः महीने तक आसपास के खाली पड़े जमीनों की नपाई होती रही। मशीनों से पत्थर हटाए गए, ट्रेक्टर से जुताई होने लगी, मेड़ बनाए गए। किश्तों में मुआवजा मिला और घर भी। एक दिन गाँव के लोगों ने अपना सामान, ढोर-डंगर के साथ गाँव छोड़ दिया। रह गई तो उनकी यादें! वो जमीन, मिट्टी की सोंधी खुशबू, पेड़-पौधे, पुरखों की अस्थियाँ,

देवगुड़ी और यहाँ के फिज़ाओं में बसी बिताए हुए दिनों के यादों की महक!

सर्वे हुआ, नक्शा पास हुआ, बड़ी-बड़ी मशीनें आईं, लोगों को रोजगार मिला, कुछ महीनों में बांध बनकर तैयार हो गया। मंत्रीजी आए, बड़ा उत्सव हुआ। मंत्रीजी ने फीता काटकर बांध का उद्घाटन किया। बांध के फाटक बंद कर दिए गए, नदी का पानी बांध में भरने लगा। जमीन पानी में समाती चली गई। वो देखो, देवीगुड़ी की छत तक भर गया पानी। खाली पड़े मकान डूबने लगे। डूब रहे हैं बड़े-बड़े पेड़! उस पर बसे परिंदे उड़ गये, नई दिशा की ओर! नया नीड़ के लिये तिनकों की तलाश में। यादों को छोड़कर सब कुछ डूब गया बांध में। आने वाली पीढ़ी तो सहेजकर नहीं रख पाएगी इन यादों को भी। नहरों में पानी बहने लगा। खेतों में समाने लगा।

नहर के पानी में तैरती हुई मछली ने मोहन के हाथ पर टोहका मारा। चौंक पड़ा मोहन। हटा लिया था अपना हाथ। नहर के पानी में खड़े-खड़े न जाने कितने बरसों को जी लिया था उसने। नहर के पानी में उसके पुरखों की छुअन थी, देवीगुड़ी की माईजी का आशीर्वाद था। मोहन ने अंजुरी भर जल लेकर अपने माथे पर लगाया, सिर पर लिया, गाँव की ओर देखकर प्रणाम किया और कंधे पर हल टांगे चल पड़ा बस्ती की ओर।

लेखिका के बारे में

सोनी गुप्ता एक प्रबल कल्पना-शील प्रतिभा की लेखिका हैं तथा दिल्ली के कालका पब्लिक स्कूल में हिंदी अध्यापिका के पद पर कार्यरत हैं। अपनी चित्रकला तथा लेखन कला से सभी का मन मोह लेती हैं। इनकी रचनाएँ श्री नर्मदा प्रकाशन द्वारा साहित्य समर्पण काव्य संकलन, पत्रिका महिला अधिकार अधिनियम, अमर उजाला, इन्दौर समाचार, वूमेन एक्सप्रेस, दिन-प्रतिदिन, नवीन कदम आदि पत्र-पत्रिकाओं में प्रकाशित हैं। इनको शिक्षा के क्षेत्र में तथा लेखन क्षेत्र में उत्कृष्ट कार्य के लिए माँ वीणापाणि साहित्य सम्मान, विवेकानंद स्मृति सम्मान तथा सुमित्रानंदन पंत स्मृति सम्मान से सम्मानित गया है।

काश उनकी सुन लेता!

– सोनी गुप्ता

आज आतिश को पाने की कोशिश में,
गुम हो रहा हूँ मैं अंधकार की गोद में,
वो गलियां अब अनजान सी हो गई,
अब अकेला ही जी रहा हूँ सूनेपन में,
गलत थी आतिश पाने की लालसा,
गुमनाम जी रहा अब अपने जीवन में,

मेरे घर के पास ही एक सुंदर बंगला था, और उसी रास्ते से जाना-आना होता था। आते-जाते अकसर उस बंगले पर मेरी नज़र पड़ जाती थी। कैसा भव्य वास्तुशिल्प था - कला और वैभव का संगम हो जैसे। खूबसूरत लॉन, हरियाली से भरपूर था और खुली जगह में बड़ी-बड़ी गाड़ियाँ खड़ी रहतीं थीं। सुंदर सा लोहे का मजबूत फाटक जिसके भीतर एक व्यक्ति मुस्तैदी से वहाँ तैनात रहता था। और दीवार के सहारे बड़ी-सी नेमप्लेट थी। जिस पर सुनहरे अक्षरों में मालिक का नाम लिखा हुआ था। (उमेश शेट्टी)

वहाँ लोहे के सुनहरे गेट के पास एक व्यक्ति बैठा था।

"यहाँ का मालिक कौन है? क्या मैं उनसे मिल सकता हूँ?" मैंने अधीरता से पूछा।

उत्तर में उसने कार्ड का एक टुकड़ा मुझे पकड़ा दिया। "यह क्या है?"

"नम्बर है। यहाँ नम्बर से काम होता है।"

मैंने कहा - "जरूरत हो तब भी?"

उस व्यक्ति ने कहा - "जरूरत सभी की होती है, लेकिन इस नंबर पर बात करो अगर मालिक मिलने के लिए हाँ कहते हैं, तभी मिल सकते हो वरना चलो जाओ।"

मैं कार्ड लेकर वापस अपने घर को आ गया, पूरा दिन कार्ड को उलट-पुलट कर देखता रहा सोचा बात करूँ या ना करूँ। यदि काम बन गया तो बड़ी सी नौकरी मिल जाएगी और मेरी दुनिया ही बदल जाएगी फिर तो।

पिताजी ने कहा - "ऐसे सपने देखना बंद कर। मेहनत कर, दुनिया अपने आप बदल जाएगी।"

पता नहीं, क्यों रोज बड़बड़ करते रहते हैं और मुझे सुनहरे सपने नहीं देखने देते!

मैंने सोचा आज फोन कर ही देता हूँ अब उस मालिक को, देखा जाएगा जो होगा।

पिता जी ने बहुत समझाया - "सही आदमी नहीं है, गलत काम से पैसा जोड़कर उसने इतना बड़ा महल बनाया है। मत काम कर उसके साथ!"

पर मैं कहाँ सुनने वाला था, अपने पिता की बातें। मुझे तो वह आलीशान बंगला बहुत पसंद आ गया। मुझे भी ऐसा बंगला चाहिए कुछ भी करके।

फोन पर बात हो गई कल शाम को बुलाया है।

बाजार जाकर नए कपड़े खरीद लाया। आखिर मालिक से मिलना है तो सुंदर तो लगना चाहिए ना! बदल जाएगा जीवन मेरा, फिर सुनहरा होगा कल मेरा, पैसा ही पैसा आएगा बहुत, उज्ज्वल होगा भविष्य मेरा।

शाम को ठीक उसी लोहे के दरवाजे के पास कार्ड लेकर खड़ा होता है। मालिक से बात हुई है, आज शाम को मिलने के लिए बुलाया है मुझे।

गेट के पास बैठा व्यक्ति कहता है - "ठीक है आप अंदर जा सकते हो।" वहाँ मालिक तो नहीं, मालिक के कुछ आदमी बैठे हुए थे। उन्होंने मुझे काम समझा दिया। मुझे थोड़ा अटपटा तो लग रहा था। मालिक से तो मिला ही नहीं। वहाँ के कुछ लोगों से ही बात हुई। मुझे तो बस पैसा ही चाहिए, मालिक से तो मिलते रहेंगे। पैसा बहुत है इस काम में। इसलिए मैंने झट से हाँ कर दी।

अगले दिन मुझे दुबई जाना था। काम मिला था। मैंने अपने पिताजी को कहा- कि "मुझे दुबई काम से जाना है"। पिताजी ने फिर से बड़बड़ाना शुरू कर दिया "मेरी बात सुन ले! उस आदमी का काम न कर! बाद में पछताएगा!" पर मैंने उनकी बात को अनसुना कर दुबई जाने की तैयारी शुरू कर दी।

बहुत खुश था, दुबई के लिए एयरपोर्ट पर पहुँच गया। वहाँ दो आदमी मिले। उन्होंने मुझे एक बैग दिया और कहा - "एयरपोर्ट पर तुम्हें एक आदमी मिलेगा, बस उसे यह पकड़ाना है।" मैंने वह बैग लिया और हवाई जहाज में बैठ गया। वाह! पहली उड़ान अब तो लग रहा था, मेरे सपने सच हो कर ही रहेंगे! मेरी आँख लग गई। मैं सपनों में खो गया।

पैसा ही पैसा बरस रहा चारों ओर से,
समेट नहीं सकता अपनी हथेलियों से।

तभी मेरे सपने चकनाचूर हो गए, एक पुलिस वाला मुझे गिरफ्तार कर ले गया। वो उमेश शेट्टी गलत काम करता था। पूरे 1 साल की सजा हुई, वो पूरा 1 साल दस साल के बराबर गुजरा, जेल से बाहर आया। खबर मिली, अब पिताजी नहीं रहे और जो घर था वो किसी ने हड़प लिया। पिता की बात रह-रहकर याद आती है।

काश उनकी सुन लेता!

लेखिका के बारे में

अल्का को बचपन से ही कहानियाँ लिखने का शौक रहा है और अब यह उनका पैशन बन गया है। अल्का को कहानियाँ, कविताएँ लिखना पसंद है, वह कोट और शायरी भी लिखती हैं। उन्हें लघु कथाओं और कविताओं के लिए प्रमाण पत्र से सम्मानित किया जा चुका है। वह कुछ ऑनलाइन प्लेटफॉर्म पर धारावाहिक भी लिखती हैं। वह साइंस फिक्शन, फिक्शन, नॉन-फिक्शन, क्राइम, सस्पेंस और थ्रिलर और कई अन्य विषयों पर लिखती हैं। वह हिंदी और अंग्रेजी में लिखती हैं। अल्का अपनी कविताओं और कहानियों के माध्यम से महिला अधिकारों में भी योगदान देती हैं। उनकी दो कहानियाँ प्रिंट बुक और ई-बुक फॉर्मेट में प्रकाशित हो चुकी हैं। आप स्टोरीमिरर पर उनकी कुछ रचनाएँ देख सकते हैं।

प्रायश्चित

– अल्का ठाकुर

"मानसी जरा एक मिनट रुकना।" मानस ने आवाज लगाई तो मानसी रूक गई और पीछे पलटी तो उसने देखा मानस उसकी तरफ आ रहा हैं। मानस जब पास आया तो वह बोली,

"भाई कोई काम है क्या आपको मुझसे?"

"हाँ काम तो हैं, लेकिन यहाँ नहीं बताऊंगा। चलो, मेरे कमरे में वहीं बताऊंगा।"

"क्यों कोई सीक्रेट बात हैं जो मम्मी-पापा से छुपानी हैं?"

"नहीं, छुपाना नहीं हैं उनसे लेकिन सही टाइम और सही तरीके से उन तक अपनी बात पहुंचानी हैं जिसमें मुझे तुम्हारी जरूरत हैं।" मानस बोला तो मानसी थोड़ी हैरानी से उसकी तरफ देखते हुए बोली,

"आपको मम्मी-पापा तक अपनी बात पहुँचाने के लिए मेरी जरूरत हैं?"

"श्शश क्या कर रही हो। सब सुन लेंगे।" बोलते हुए मानस उसका हाथ पकड़ अपने कमरे में ले आया और दरवाजा बंद करते हुए बोला,

"तुम तो काम होने से पहले ही बिगाड़ देती।"

"लेकिन भाई काम है क्या?" मानस उसे अपने हाथों से रुकने का इशारा कर अपने कमरे के अलमीरे को खोलने लगा। मानसी चुप हो उसे देख रही थी। कुछ देर बाद मानस एक लिफाफा लेकर उसके पास आया तो मानसी बोली,

"भाई इसमें क्या हैं?" मानस मुस्कुराते हुए उसे देखा और फिर उस लिफाफे में से एक तस्वीर निकाल कर मानसी की तरफ बढाया, जिसे देख मानसी का मुँह हैरानी से खुला का खुला रह गया और उसकी आँखें उस तस्वीर पर टिक गईं।

"सुन पहले अपना ये मुँह बंद कर पता नहीं कितने ही जर्म्स अन्दर चले गये होंगे।" बोलता हुआ मानस उसका मुँह अपने हाथों से बंद करते हुए बोला,

"बस तुम इस तस्वीर को उन तस्वीरों में रख दो, जो आज मम्मी मुझे दिखाने वाली हैं और मैं उनमें से इस तस्वीर को पसंद कर लूँगा और मेरी शादी इससे हो जाएगी।"

"नहीं, मुझसे ये नहीं होगा भाई! आप इसमें किसी और की मदद ले लो, मैं चलती हूँ।" बोल वह जाने लगी तो मानस जल्दी से उसका हाथ पकड़ रोकते हुए बोला,

"अरे मेरी प्यारी बहन तू अपने भाई की मदद नहीं करेगी तो और कौन करेगा? तू तो मेरी प्यारी बहन हैं और तुझे भी पता हैं कि मैं सबसे ज्यादा तुझे ही प्यार करता हूँ।"

"झूठ बोलते हैं आप भाई।" बीच में ही मानसी बोल उठी।

"अरे! ऐसा कभी हो सकता हैं? मैं तो बस अपनी प्यारी बहन से ही प्यार करता हूँ और किसी से नहीं।" मानसी मानस के हाथों से तस्वीर लेकर उसके सामने करते हुए अपनी आँखों से इशारों में एक बार तस्वीर को देख और दूसरी बार मानस को देखती हुई बोली,

"तो ये क्या हैं?" मानस अपने सिर के बालों को सहलाते हुए अपनी नज़रें मानसी से चुराने लगा तो मानसी बोली,

"क्या हुआ भाई? चुप क्यों हो गये? अगर आप मुझसे सिर्फ प्यार करते हैं तो इनसे क्या करते हैं?" मानसी की बात पर मानस के होठों पर मुस्कुराहट फ़ैल गई और वह बोला,

"प्यार तो तुमसे ही करता हूँ, लेकिन चाहता हूँ कि मेरी शादी इसी से हो।"

"बिना प्यार के ही शादी?" मानसी बोली, तो मानस कुछ नहीं बोला।

"भाई मुझे लग रहा हैं कि जब आप इनसे प्यार करते ही नहीं हैं तो फिर शादी भी आपको नहीं"

"अरे बहुत प्यार करता हूँ न जाने कबसे।" बीच में ही मानस जल्दी से बोल बैठा और मानसी मुस्कुराती हुई बोली,

"देखा भाई! मैं आपके दिल की बात आपके होठों पर ले ही आई।" मानसी की ये बात सुन मानस मुस्कुराने लगा और बोला,

"मेरी प्यारी बहन क्या मेरी मदद करेगी?"

"जरूर करूंगी। आखिर भाई के प्यार का मामला जो हैं।" मानसी मुस्कुराती हुई बोली और मानस के हाथों से तस्वीर लेकर देखती हुई बोली,

"चलिए आपको अपनी भाभी बनाने की तैयारी में लग जाती हूँ।" और कमरे से बाहर निकल गई और मानस के चेहरे पर ख़ुशी की चमक फ़ैल गई।

मानस का परिवार न जाने कितने पीढियों से पॉलिटिक्स में हैं। पहले उसके दादाजी के पापा फिर उसके दादाजी और उसके बाद उसके पापा और अब मानस की बारी हैं और उसमें आने से पहले ही पूरे शहर में उसकी ही नेकी के चर्चे होने लगे हैं। चारो तरफ बस मानस का ही नाम गूंजने लगा हैं और इस बात से उसके पापा सुधीर जी बहुत खुश हैं उन्हें अपने बेटे की ऊंची उड़ान अभी से ही नजर आ रही हैं क्योंकि सारे अध्यक्ष ने फैसला किया हैं कि इस बार इलेक्शन में जीतने के बाद सी.एम. के पद के लिए मानस को ही चुना जाएगा। पूरी तैयारी हो चुकी हैं और इस बात से सुधीर जी और उनकी पत्नी प्रभा जी बहुत खुश हैं, लेकिन प्रभाजी हर माँ की तरह अब मानस की शादी की ज़िद लेकर बैठ चुकी हैं। एक साल से मानस टालता आ रहा था, लेकिन अब प्रभाजी की ज़िद के आगे वह झुक गया और आज उसे किसी लड़की की तस्वीर पसंद करनी थी तो इसीलिए उसने मानसी की मदद से अपनी पसंद की लड़की की तस्वीर उन तस्वीरों में भेज दी। जिससे जब देखे तो अपनी पसंद को ही पसंद करे।

"मानस।"

"जी मम्मी।"

"बेटा जरा इधर आओ।" प्रभाजी बोली तो मानस उनकी तरफ चला आया और उनकी बगल की कुर्सी पर आकर बैठ गया। उसे पता था कि प्रभा जी ने उसे यहाँ क्यों बुलाया है और इस बात से वह परेशान हैं कि मानसी ने उसका काम किया भी या नहीं। प्रभाजी उसकी तरफ एक लिफाफा बढाती हुई बोली,

"मानस इन तस्वीरों में से एक तस्वीर तुम पसंद कर लो और हाँ आज कोई बहाना नहीं अभी ही मुझे जवाब चाहिए।" मानस क्या बोल सकता था वह अपने धड़कते दिल से प्रभाजी के हाथों से वह तस्वीरों वाला लिफाफा ले लिया और उसमें से एक-एक करके तस्वीर निकालने लगा और सामने की टेबल पर रखने लगा। प्रभाजी उसे बड़े ध्यान से देख रही थी। मानस उड़ती नज़रों से तस्वीर को देखता और रख देता किसी को ध्यान से नहीं देख रहा था।

"मानस ये कैसे तस्वीर देख रहे हो? ऐसे देखोगे तो फिर कोई कैसे पसंद आएगी? कम-से-कम एक नजर देख तो लो अच्छी तरह।" उनकी बात सुन मानस बेमन उन तस्वीरों को देखने लगा।

"ये मानसी ने वो तस्वीर इसमें डाली या नहीं डाली?" मानस अपने दिल में बोला।

"मानस क्या सोच रहे हो ?" उसे सोचते देख प्रभा जी बोली, तो मानस कुछ नहीं, में अपना सिर हिला कर फिर से तस्वीर देखने लगा और अब हर तस्वीर निकालने से पहले ईश्वर से प्रार्थना करता, फिर निकालता। लेकिन जो तस्वीर वह ढूंढ रहा था, वह निकल ही नहीं रही थी। मानस अपनी नज़रें घुमा कर मानसी को ढूंढने लगा तो प्रभाजी उससे इस तरह किसी को ढूंढते देख बोली,

"क्या हुआ मानस किसी को ढूंढ रहे हो क्या?"

"नहीं तो।" मानस जल्दी से बोल उठा और फिर से तस्वीरे निकालने लगा। अचानक उसकी आँखों में चमक आ गई और उसने अपनी पसंद की तस्वीर प्रभा जी की तरफ बढ़ा दी और वहाँ से चला गया। उसे डर था कि उसकी ख़ुशी उसके चेहरे पर आकर उसकी पोल न खोल दे। प्रभाजी उस तस्वीर को कुछ देर तक देखती रही। सिंपल सी एक लड़की जिसे देखकर ही पता चल रहा था कि ये किसी मिडिल क्लास फैमिली की हैं और ये तस्वीर इनमें शामिल होना उन्हें हैरानी दे रहा था। जहाँ बड़े-बड़े बिजनेस मैन और नेताओ के परिवार की लड़कियों की तस्वीर थी, उसमें ये तस्वीर उन्हें कुछ ज्यादा ही हैरान कर रही थी, लेकिन बेटे की पसंद यही थी तो वह उस तस्वीर वाली के बारे में पता करने को बोलीं।

इधर मानस, मानसी के इस काम से खुश हो उसे उसके मनपसंद तोहफे देने की तैयारी में लग गया था और मानसी के सामने एक पैकेट बढ़ाते हुए बोला,

"ये तुम्हारे काम का इनाम।" मानसी हैरानी से मानस के हाथों से पैकेट लेते हुए बोली,

"क्या हैं इसमें भाई?"

"खुद खोल कर देख लो।" मानस की बात सुन मानसी जल्दी से पैकेट खोलने लगी और मानस उसे वही खड़ा देख रहा था। पैकेट खोलते ही मानसी ख़ुशी से चहकती हुई बोली,

"भाई मेरे लिए इतना खुबसूरत पेंडेंट जिसमें हीरे लगे हुए हैं और इतनी खुबसूरत ड्रेस?"

"और जब मेरी उससे शादी हो जाएगी तो मैं तुमसे वादा करता हूँ तुम्हे हीरो का सेट दिलवाऊंगा और होलीडे के लिए तुम्हे गोआ ले जाऊंगा।" मानस की बात सुन मानसी हैरानी से उसे देखने लगी। मानस के चेहरे पर फैली ख़ुशी उसे बता रही थी कि मानस उसको कितना पसंद करता हैं।

"जरूर होगी भाई, आपकी शादी उनसे ही होगी।" तभी प्रभाजी कमरे में आई और बोली,

"मानस बेटा! उस लड़की की तस्वीर शायद गलती से उन लिफाफों में आ गई थी तो आप उसे छोड़ बाकियों की तस्वीर से कोई अच्छी तस्वीर पसंद कर लीजिये।" उनकी ये बात सुन मानस के चेहरे की ख़ुशी गायब हो गई उसके चेहरे का रंग उड़ गया, जो मानसी महसूस कर रही थी। तो वह बीच में ही बोली,

"मम्मी जब भाई ने किसी को पसंद कर लिया हैं तो फिर और तस्वीर की क्या जरूरत हैं। उनसे ही भाई की शादी करवा दीजिये ना।" मानसी की बात सुन प्रभाजी बोली,

"बेटा नहीं हो सकती हैं ना।"

"क्यों नहीं हो सकती हैं मम्मी?"

"क्योंकि मानस की शादी किसी ऊंचे घर में और पावरफुल लोगो के घर में ही हो सकती है और ये तो एक मामूली स्कूल टीचर की मामूली सी बेटी हैं तो इससे मानस की शादी कैसे हो सकती है!"

"मम्मी! ये कोई रीजन हुआ पहले आप बोली कि जिसे भाई पसंद करेंगे, उसी से उनकी शादी होगी। और अब जब भाई को कोई पसंद आ गई तो आप इन छोटी बातों के लिए रिश्ते से मना कर रही हैं।" मानसी बोली तो प्रभा जी ने एक बार मानस की तरफ देखा वह अपना चेहरा नीचे किये उनकी बातें सुन रहा था।

"बेटा, तुम अभी छोटी हो तुम ये बातें नहीं समझोगी।" प्रभाजी उसे समझती हुई बोली।

"तो समझाइये।" मानसी बोली।

"बेटा, देखो! हमारा परिवार कितने ही सालों से इस राजनीति में है। हमारे घर की कुछ अपनी पहचान है, तो फिर हमें उसी तरह का जीवन जीना पड़ेगा।" प्रभाजी की बात से मानसी का मूड थोड़ा बिगड़ गया था तो वह बोली,

"मम्मी! आप मुझे एक बात बताइए। भाई के लिए कैसा रिश्ता होना चाहिए, आपकी और पापा की नज़रों में?" उसकी बात सुन प्रभाजी बोली,

"देखो! लड़की सुन्दर होनी चाहिए। उसकी एजुकेशन हाई होनी चाहिए, जैसा कि मानस की है। उसके पापा बहुत बड़े बिजनेस मैन, या बहुत बड़े ऑफिसर या बहुत बड़े नेता होने चाहिए, जिनकी पहुँच ऊपर तक हो। उसका कम से कम एक भाई होना चाहिए और जो मानस के बराबरी का हो। उसकी फैमिली हमेशा से पावरफुल होनी चाहिए, बस इतना ही; इससे ज्यादा नहीं।" प्रभाजी की बात सुन रही मानसी अपनी हैरानी भरी आँखों से

उन्हें देखते हुए बोली,

"बस इतनी सी माँग हैं, आप लोगों की?"

"हाँ।" उसकी बात सुन प्रभाजी बोली।

"और क्या बाकी रहा मम्मी, आपने तो लड़की नहीं बल्कि पावर की चाहत रखी है। आपको भाई के लिए दुल्हन नहीं, बल्कि दुल्हन की जगह पर पावर चाहिए।" मानसी थोड़ी नाराजगी से बोली।

"यहाँ क्या हो रहा हैं?" सुधीर जी कमरे में आते हुए बोले, तो तीनों उनकी तरफ देखने लगे। सुधीर जी की नजर मानस पर पड़ी तो वह बोले, "तो मानस ने लड़की पसंद कर ली?"उनकी बात सुन प्रभाजी उनकी तरफ तस्वीर बढ़ा दी जिसे देख उनकी भौंहे सिकुड़ गईं और उसकी जो जानकारी प्रभाजी ने निकाली थी उसे पढ़कर तो वे तुरंत बोले,

"ये शादी नहीं हो सकती है।" उनकी बात सुन मानस तुरंत बोला,

"तो मैं कभी शादी नहीं करूंगा।" मानस की बात सुन सुधीर जी और प्रभा जी हैरानी से उसे देखने लगे।

"मानस ये क्या बेवकूफी भरी बातें कर रहे हो। तुम्हे पता भी है कि तुम क्या बोल रहे हो?"

"हाँ पापा मुझे पता है और आज तक आप जो बोले, मैं मानता रहा। बस मेरी एक ये ज़िद पूरी कर दीजिये क्योंकि मैं अगर कभी शादी करूँगा, तो इसी से। नहीं तो, कभी भी नहीं करूँगा।" मानस ने अपना फैसला सुना दिया, जिसका सपोर्ट मानसी ने भी किया। सुधीर जी और प्रभा जी ने उसे मनाने की कितनी कोशिश की लेकिन वह नहीं माना और अपना फैसला सुना कमरे से बाहर चला गया। प्रभा जी और सुधीर जी परेशान से बस उसे जाते हुए देखते रहे।

मानस अपने कमरे में दुखी हो, बिस्तर पर लेटा हुआ था। तभी मानसी उसके कमरे में आई और उसे इस तरह उदास देख दुखी हो गई। जो भाई हर वक्त खुश रहता था, आज वह उदास अपने कमरे में दो दिनों से बंद था। न खाना खा रहा था और न ही किसी से बातें कर रहा था। मानसी उसके पास आकर उसके बगल में बैठती हुई बोली,

"भाई! आप इस तरह परेशान रहेंगे तो हम सब भी तो खुश नहीं रहेंगे।" मानस उठकर बैठते हुए बोला,

"मानसी, पापा मेरी फीलिंग क्यों नहीं समझ रहे हैं। मुझे कोई पावरफुल घर में शादी नहीं करनी है। मुझे बस उसी से शादी करनी हैं और किसी से नहीं।" मानसी को महसूस हो रहा था कि वह लड़की मानस के लिए क्या है! तभी कमरे में सुधीर जी की आवाज गूंजी।

"और जब वही तुमसे शादी नहीं करना चाह रही है तो हम क्या करें?" उनकी बात सुन मानसी और मानस उनकी तरफ देखने लगे तो सुधीरजी बोले,

"तुम्हारे ज़िद के खातिर गया था वहाँ, तुम्हारे रिश्ते की बात करने। लेकिन लड़की ने साफ़ मना कर दिया इस शादी से।"

"क्या उन्होंने भाई से शादी करने से मना कर दिया?" मानसी, मानस की तरफ देखते हुए हैरानी से बोली।

"हाँ! और यकीन नहीं हो रहा हो तो अपनी मम्मी से पूछ लो। उन्होंने भी सुना था कि लड़की के पापा ने बोला कि उनकी बेटी ये शादी नहीं करनी चाहती है।"

"अब तुम ही अपने भाई से पूछो कि हम क्या करें?" सुधीर जी बोले तो मानस तुरंत बोला,

"फिर से कोशिश करिये।" और उसकी इन बातों ने सुधीर जी को महसूस करा दिया कि मानस अपनी ये ज़िद नहीं छोड़ेगा। वे कमरे से बाहर चले गये और बाहर आते ही प्रभा जी से बोले,

"ये तुम्हारा लाड़ला एक नंबर का जिद्दी है। पता नहीं, उस लड़की में इसे क्या नजर आया कि इस तरह ज़िद पर अड़कर बैठा है। न ही खा रहा है, न ही कमरे से बाहर आ रहा है और न ही अपनी ये ज़िद छोड़ रहा है।"

"तो अब आप क्या करेंगे?" प्रभाजी बोली।

"क्या करूंगा! उस लड़की को मनाऊंगा। चाहे पैर ही क्यों न पकड़ने पड़े! आखिर मानस की जिंदगी का सवाल है। दो ही दिनों में उसका चेहरा कैसा हो गया है और देर हुई तो पता नहीं।" बोलते-बोलते वह चुप हो गये दोनों के चेहरे पर घबराहट साफ नजर आ रही थी, मानस की ज़िद की वजह से। सुधीर जी कमरे से बाहर चले गये। प्रभा जी परेशान सी एक बार मानस के कमरे की तरफ देखते हुए चली गई।

चारो तरफ खुशियाँ फैली हुई थीं। लड़की को अपने परिवार और सुधीर जी के प्रेशर के आगे झुकना पड़ा था। मानस और अंशिका की शादी की तैयारी जोरों पर थी। मानस

की ख़ुशी का ठिकाना नहीं था। उसने, मानसी को अभी ही हीरे का सेट दे दिया था और उसके चेहरे पर फैली ख़ुशी सुधीर जी और प्रभा जी को अच्छी लगी थी। घर के लाड़ले, इस घर के इकलौते वारिस और साथ-साथ आने वाले वक्त के होने वाले सी.एम. की शादी हो रही थी तो पूरा शहर सज रहा था। हर तरफ मानस की शादी के ही चर्चे हो रहे थे। बहुत से लोग इस शादी से नाखुश थे क्योंकि सुधीर जी, उनकी बेटी को निग्लेट कर इस मामूली सी लड़की से मानस की शादी कर रहे थे। लेकिन वे चुप थे। कुछ बोल नहीं सकते थे क्योंकि अभी पूरा पावर मानस की वजह से सुधीर जी के साथ जो था। तो चुप रहने में ही उनकी भलाई थी और देखते-देखते शादी का दिन भी आ गया। आज मानस अपनी गाड़ी में सवार अपनी दुल्हन को लाने निकल पड़ा। ऐसा लग रहा था कि कोई राजकुमार अपनी शहज़ादी को लेने जा रहा हो!

बारात होटल के द्वार पर लगी, तो अंशिका के माँ-पापा उनके स्वागत के लिए आगे आये। जब मानस अपनी गाड़ी से शेरवानी में निकला तो वे दोनों कुछ देर तक उसे देखते रह गये। वह किसी राजकुमार की तरह लग रहा था और उन्हें अपनी बेटी की किस्मत पर गर्व होने लगा, वे बड़े प्यार और सम्मान से मानस को अन्दर लाये और स्टेज पर बैठाया।

"अरे भाई! थोड़ा पेशेंस रखिये। भाभी आती ही होंगी।" मानस को अपनी नजर घुमाते हुए अंशिका को ढूंढते देख मानसी शरारत से बोली तो मानस मुस्कुराने लगा।

"अरे भाई, देखिये! भाभी के पास ये खबर चली गई की आप उनसे मिलने के लिए बेसब्र हुए जा रहे हैं, वे आ गई।" उसकी बात सुन मानस मुस्कुराते हुए उसके सर पर प्यार से चपत लगाते हुए उधर देखने लगा, जिधर से अंशिका आ रही थी। दुल्हन के जोड़े में कुछ लड़कियों के साथ अंशिका आ रही थी लेकिन उसका चेहरा घूँघट में था। मानस मायूस हो गया और मानसी भी मायूस होकर बोली,

"उफ़! अभी और इंतजार करना पड़ेगा, भाभी का चेहरा देखने के लिए।" मानसी की बात सुन अंशिका के पापा महेश जी बोले,

"बेटा हमारे यहाँ शादी से पहले दुल्हन को दूल्हा नहीं देखता हैं अपशगुन माना जाता हैं।"

"ओ।" बोल मानसी शरारत से मानस की तरफ देखने लगी तो मानस ने भी झूठी मायूसी अपने चेहरे पर लाकर मानसी को देखा। वह खिलखिलाकर हँसने लगी। लड़कियों के साथ आंशिका स्टेज पर आ चुकी थी। मानस उठ कर खड़ा हो गया फिर लड़कियों और लड़कों की नोक-झोक में जयमाल हुआ और दोनों को मंडप में बिठाया गया। जैसे-जैसे

रस्में पूरी हो रहीं थीं, मानस की खुशियाँ यह सोच बढती जा रही थी कि अब अंशिका उसकी हो रही है।

“बस कुछ और रस्में! फिर अंशिका हमेशा के लिए मेरी हो जाएगी।” मानस अपने दिल में बोला और घूँघट में बैठी अंशिका की तरफ देखने लगा। देखते-देखते विदाई का समय हो गया और अंशिका के रोने से हर तरफ माहौल उदास हो गया। बड़ी ही मुश्किल से अंशिका को मानस की गाड़ी में बिठाया गया और गाड़ी अपनी मंजिल की तरफ निकल गई। एक घर की खुशियाँ, अब दूसरे घर के लिए निकल चुकी थीं। जहाँ कुछ देर तक रौनक थी, वहीं अब ख़ामोशी और उदासी फैली हुई थी।

मानस की गाड़ी उसके घर के आगे आकर रूकी तो उसके घर में नई बहूँ के स्वागत की तैयारी शुरू हो गई। प्रभा जी आरती का थाल ले दरवाजे के पास आई। मानसी नई बहूँ को अपने सहारे दरवाजे पर लाई और प्रभा जी ने बड़े प्यार से अपनी बहूँ की आरती उतारी। मानसी अंशिका के पैरो से कलश गिराती हुई, उसे लेकर अन्दर चली आई और साथ में मानस भी अन्दर आया। अंशिका अभी भी घूँघट में थी और मानस उसकी एक झलक पाने के लिए बेचैन था, लेकिन कुछ कर नहीं सकता था क्योंकि यहाँ भी यही बोला गया था कि जब तक सारी रस्में पूरी नहीं होतीं और मुंह दिखाई नहीं होती; तब तक अंशिका घूँघट में ही रहेगी। मानस ने एक बार घूँघट में अपने परिवार वालों के साथ बैठी अंशिका को देखा और वहाँ से चला गया। मानसी उसके इस हाल पर मुस्कुराने लगी और अंशिका के कानों के पास अपना मुँह लाकर धीरे से बोली,

“भाभी, बेचारे भाई आपको देखने के लिए बेचैन हैं और ये रस्में ख़त्म ही नहीं हो रही हैं कि भाई आपको देख सके।” मानसी की बात सुन घूँघट में बैठी अंशिका अपने आप में सिमट गई। सारे दिन रस्में होती रहीं। जब रात हो गयी तो प्रभा जी बोलीं,

“अरे, मानसी बेटा! आप भाभी को उनके कमरे में ले जाइये। कुछ देर आराम कर लेगी।”
“जी मम्मी।” बोल, मानसी अंशिका को उन सबके बीच से उठा कर उसे उसके कमरे में ले आई। ये कमरा मानस का था जो आज फूलों से सजा हुआ था। मानसी अंशिका को फूलों से सजे बेड पर बैठाती हुई बोली,

“भाभी, अब आप कुछ देर आराम करिये और मैं भाई को भेजती हूँ।” बोल मानसी जैसे ही जाने लगी कि अंशिका ने अपने हाथों से उसका हाथ पकड़ लिया। मानसी मुस्कुराती हुई उसके पास बैठती हुई बोली,

“भाभी, आप घबरा क्यों रही हैं? मैंने बोला कि मैं भाई को भेज रही हूँ और मेरे भाई दुनिया के बेस्ट बेटे, बेस्ट भाई हैं और अब बेस्ट पति बनने वाले हैं तो आप बिलकुल मत घबराइए।” बोल मानसी ने घूँघट में बैठी अंशिका को प्यार से गले लगाया और फिर उसके पास से उठ बाहर चली गई। बाहर आकर उसने मानस को कमरे में जाने को बोला तो मानस ख़ुशी से उठा और अपने कमरे की तरफ जाने लगा। मानसी पीछे से बोली,

“भाई, मेरी भाभी को परेशान मत करियेगा क्योंकि मैंने ओवरकॉन्फिडेंस में ये बोल दिया कि आप बहुत अच्छे हैं और वे न घबराये। आप उन्हें परेशान नहीं करेंगे।”

“अच्छा तो भाभी के आते ही भाई पर शक करने लगी।” मानस बनावटी गुस्सा करते हुए बोला।

“नहीं बात ये हैं कि मेरी भाभी बहुत प्यारी और अच्छी हैं और आप।” उसके बोलने के बीच में ही मानस उसकी तरफ बढ़ा तो वह भागते हुए बोली,

“आज कल आप कुछ अलग-अलग से लगने लगे हैं।”

“हाँ पास आओ। बताता हूँ क्या लगने लगा हूँ।” मानस बोला तो वह भागते हुए ही फिर बोली,

“ध्यान रहे मेरी भाभी को परेशान मत करियेगा।” बोलती हुई वह वहाँ से भाग गई और उसकी बातों से मानस के होठों पर मुस्कुराहट आ गई और वह अपने कमरे की तरफ चला आया। दरवाजा खोल अन्दर आया तो उसे फूलों से सजे बेड पर दुल्हन के कपड़ों में घूँघट में बैठी अंशिका नजर आई और उसके दिल की धड़कन तेज हो गई। कुछ देर वह वही खड़ा अंशिका को देखता रहा और फिर धीरे-धीरे अपने क़दमों को बढ़ाता हुआ अंशिका के पास पहुंचा। अंशिका के सामने बेड पर धीरे से वह बैठ गया। आज उसके अन्दर अलग से भाव पैदा हो रहे थे। वह अंशिका से शादी होने से खुश है। अंशिका अब हमेशा के लिए उसकी हो चुकी है और अंशिका उसके इतने पास बैठी है। वह अपने अन्दर अजीब सी हलचल महसूस कर रहा था। क्या बोले! कैसे बात शुरू करे? उसकी समझ में कुछ नहीं आ रहा था। जिसको पाने के लिए उसने खाना छोड़ा, बाहर निकलना भी छोड़ दिया था और पागल हो रहा था; आज वह अंशिका उसके इतने पास है और वह बस उसे घूँघट में बैठे देख रहा था। लगभग एक घन्टे बाद बड़े ही मुश्किल से वह धीरे से बोला,

"अंशिका।" और जवाब में अंशिका अपने आप में सिमट गई। मानस ने अपना हाथ आगे बढ़ाया और सर झुकाई घूँघट में बैठी अंशिका के चेहरे से धीरे से घूँघट हटाया और नज़रें नीचे की हुई दुल्हन बनी अंशिका को बस देखता रह गया। उसके खूबसूरत चेहरे को देखते ही वह खो सा गया। न जाने कितने देर तक वह इसी तरह उसे देखता आ रहा था और उसके इस तरह देखने से अंशिका परेशान हो रही थी। वह अपने आप में सिमटती जा रही थी। उसके चेहरे की घबराहट देख मानस बेड से उठते हुए बोला,

"अंशिका, अभी आप आराम करिये।" बोल वह कमरे से चला गया और अंशिका अपने घुटने में सर छुपा फूट- फूटकर रोने लगी। अपनी बेबसी पर न चाहते हुए भी उसे ये शादी करनी पड़ी थी। अपने परिवार वालों की ज़िद और मानस के पॉवरफुल परिवार वालों के आगे वह अकेली लड़की हार गई और आज मानस की दुल्हन बन उसके घर आ गई थी। किसी ने उसकी ख़ुशी के बारे में नहीं सोचा था और वह अपनी बेबसी पर रो रही थी। उस सजे कमरे में बस अंशिका की सिसकियाँ गूंज रही थी।

मानस की ख़ुशी का ठिकाना नहीं था। आज उसे उसकी अंशिका मिल गई थी। वह गेस्ट रूम में लेटे अपने आगे की जिंदगी के बारे में सोच रहा था।

"मैं अपनी अंशिका की जिंदगी को ढेर सारी खुशियों से भर दूंगा। एक पल के लिए भी उनकी जिंदगी में दर्द तकलीफ नहीं आने दूंगा। एक बार भी उनकी आँखों में आँसू नहीं आने दूंगा। अंशिका मैं आपसे वादा करता हूँ आपकी जिंदगी खुशियों से हमेशा भरी रहेगी आपने मेरी जिंदगी में आकर, मुझ पर जो एहसान किया है; वह मैं कभी नहीं भूलूंगा और हमेशा आपका ये पति आपके हर फैसले में आपका साथ देगा। आपके हर सुख दुःख में आपकी ढाल बन खड़ा रहूँगा। आपका हर फैसला मुझे मंजूर होगा, ये आपसे आपके पति का वादा हैं।" और न जाने कितने वादे मानस अपने दिल में मानसी से करता रहा सारी रात और उसकी आँख लग गई।

सुबह प्रभा जी की नजर मानस पर पड़ी।

"अरे, मानस! तुम यहाँ क्यों सोये हो?" उनकी आवाज सुन मानस ने जल्दी से अपनी आँखें खोलीं और सामने प्रभा जी को देख बेड पर उठकर बैठते हुए बोला,

"वो आज से पहले कभी किसी के साथ कमरा शेयर नहीं किया था, तो वहाँ नींद नहीं आई। कुछ देर पहले ही यहाँ चला आया।"

“ये क्या बात हुई मानस! तुम अंशिका को अकेले छोड़ कर यहाँ चले आये। वह यहाँ किसी को नहीं जानती है। बस उसकी पहचान के तुम्ही यहाँ हो। सोचो, उसे कुछ जरूरत होगी तो किससे बोलेगी।” प्रभा जी थोड़ी नाराजगी से बोली तो मानस जल्दी से उठ अपने कमरे की तरफ चला गया अगर ज्यादा देर करता तो ज्यादा सुनना पड़ता उसे प्रभा जी से। उसके जाते ही,

“ये लड़का भी कब क्या करता हैं कुछ समझ नहीं आता हैं मुझे। पहले उसी अंशिका के लिए पागल था और अभी उसे अपने कमरे में देख परेशान हो रहा है।” बोलती हुई वह वहाँ से चली गई। मानस अपने कमरे में आया तो उसने देखा अंशिका रात वाले कपड़ो में नहीं थी।

“लगता हैं अंशिका तैयार हो गई है।” अंशिका की नजर मानस पर पड़ी तो उसने अपनी चाल पीछे कर ली।

“अंशिका आपको कुछ चाहिए?” बोलते हुए मानस की नजर अंशिका के चेहरे पर पड़ी, तो उसने देखा अंशिका के चेहरे पर घबराहट फैली हुई हैं और उसकी झुकी पलको पर आँसू आकर रुके हुए हैं। मानस परेशान हो उठा।

“अंशिका क्या हुआ आपको?” बोलते हुआ मानस उसकी तरफ बढा तो अंशिका पीछे हो गई। जितने कदम मानस उसकी तरफ बढ़ा रहा था, उतने ही कदम अंशिका पीछे जा रही थी। जिसे महसूस कर मानस ने खुद को रोक लिया और दूर से ही बोला,

“अंशिका क्या हुआ? कुछ बोलिए!” लेकिन वह कुछ नहीं बोली। बस उसके रुके आँसू उसके गालो पे लुढ़कते चले गये और मानस घबरा कर अपने कमरे से निकल मानसी के कमरे में आया। मानसी ने जब मानस को घबराया हुआ देखा तो वह भी परेशान हो गई।

“भाई! क्या हुआ? आप इतने परेशान और घबराये हुए क्यों हैं?”

“मानसी, अंशिका बहुत परेशान हैं और रो रही हैं।”

“क्या भाभी रो रही हैं?”

“हाँ।”

“आपने उनसे पूछा वे क्यों रो रही हैं ?” मानसी परेशान होकर बोली,

“हाँ।”

"तो वे क्या बोली ?"

"कुछ नहीं बोली बस रोती ही जा रही हैं।"

"हाँ और आप उन्हें चुप करने के बजाय यहाँ आ गये हैं।" बोलती हुई मानसी मानस के कमरे की तरफ चली गई और मानस परेशान सा वही मानसी के कमरे में चहल कदमी करने लगा। मानसी कमरे में आई तो अंशिका को देख उसके पास आकर प्यार से बोली,

"भाभी क्या हुआ? आप इतनी परेशान क्यों हैं?" मानसी की प्यार भरी बातें सुन अंशिका उसके गले लग बस रोती चली गई और मानसी परेशान उसे चुप करने की कोशिश करने लगी। बहुत कोशिश के बाद मानसी उसे चुप करा पाई और जब वापस कमरे में आई तो,

"मानसी क्या बात थी अंशिका क्यों रो रही थी? क्या उन्होंने तुम्हे अपने रोने की वजह बताई? क्या अब वह ठीक है?" मानस ने घबरा कर मानसी के कमरे में आते ही पूछा।

"भाई एक काम करिये। एक कागज पे अपने सारे सवाल लिख कर दे दीजिए मैं पढ़कर जवाब दे दूँगी।" मानसी की बात सुन मानस बोला,

"माफ़ कर दो अपने भाई को। बात ये थी कि अंशिका का हाल देख घबरा गया था।" मानसी ने मानस की तरफ देखा। उसके चेहरे पर बहुत ज्यादा घबराहट नजर आ रही थी।

"भाई, भाभी ठीक हैं उन्हें अपने घर वालों की याद आ गई थी। इसी वजह से रो पड़ी थी।"

"ओ। मैं तो घबरा ही गया था इस बात से। अच्छा, तो एक काम करता हूँ। कुछ दिनों के लिए उन्हें उनके घर छोड़ देता हूँ, जब उनका दिल करेगा तो ले आऊंगा।" मानस बोला तो मानसी उसे याद दिलाती हुई बोली,

"भाई, भाभी कल ही यहाँ आई हैं और अभी कुछ दिनों में आप दोनों की शादी की पार्टी होने वाली हैं और उससे पहले मुझे नहीं लगता हैं कि कोई भाभी को यहाँ से जाने की इजाजत देंगे।"

"तो अब मैं क्या करू?" मानस परेशान होकर बोला।

"बस तब तक आप भाभी को खुश रखने की कोशिश करिये और उन्हें महसूस करवाइए कि आप उनसे कितना प्यार करते हैं।" मानसी की बात सुन मानस कुछ बोला नहीं बस कुछ सोचने लगा।

मानस और अंशिका की शादी के पाँच दिन हो गये, लेकिन मानस की अंशिका से अब

तक एक भी बात नहीं हुई थी। जब भी अंशिका का सामना मानस से होता तो वह घबरा कर उससे दूर चली जाती और जब रात में मानस अपने कमरे में आता तो अंशिका के घबराये चेहरे को देख वापस गेस्ट रूम में चला आता और सोचते हुए अपनी रातें बिताता। इन दिनों अंशिका बस मानसी के क्लोज हुई थी एक दो उसकी बातों का जवाब दे देती थी। बाकि सबके साथ वह नॉर्मल रहती थी। बस मानस से दूर रहती, उसे देख घबरा कर अपने आप में सिमट जाती और मानस बस उसे देखता और उससे दूर चला जाता ये सोच कर कि कुछ दिनों में सब ठीक हो जायेगा और अंशिका के साथ वह अपनी जिंदगी उसी तरह जियेगा जिस तरह जीने का ख्वाब उसने देखा था।

दो दिनों में उसकी शादी की पार्टी होने वाली थी, जिसमें बड़े-बड़े लोग शामिल होने वाले थे। सारे लोग उसी में लगे हुए थे। प्रभा जी और सुधीर जी पार्टी की हो रही तैयारी देखने होटल गये हुए थे। मानस किसी काम से बाहर गया हुआ था। काम ख़त्म कर घर वापस आया और अपने कमरे में आया तो उसने देखा अंशिका खिड़की के पास खड़ी बाहर की तरफ देख रही हैं। नीले रंग की साड़ी में वो मानस को बहुत प्यारी लग रही थी। मानस खड़ा उसे देखने लगा तभी अंशिका की नजर मानस पर पड़ी तो वह घबरा कर कमरे से बाहर जाने लगी। मानस उसके सामने आकर खड़ा हो गया तो वह साईड से निकलने लगी और आज पता नहीं मानस को क्या हुआ, उसने अंशिका का हाथ पकड़ लिया। अंशिका अपना हाथ उसकी पकड़ से छुड़ाने की कोशिश करने लगी, लेकिन मानस ने हाथ नहीं छोड़ा और उसके पास आकर खड़ा हो गया। अंशिका ने जोर लगाकर, अपना हाथ उसके हाथों से छुड़ाया और कमरे से बाहर चली गई। मानस अन्दर आया और जिन पेपरों को लेने कमरे में आया था, उन्हें अपने अल्मीरे से निकाला। तभी उसके कानों में किसी के चीखने की आवाज आई तो वह जल्दी से कमरे से बाहर भागता हुआ आया। आवाज किचन से आ रही थी तो वह किचन की तरफ चला आया। वहाँ काम करने वाली और मानसी को घबराया हुआ देखा तो अन्दर आया।उसके होश उड़ गये! आंशिका का हाथ अपने हाथों में पकड़े हुए मानसी रोती हुई बोल रही थी।

“भाभी आपका ये हाथ इतना कैसे जल गया?” तभी मानसी की नजर मानस पे पड़ी तो वह उसी तरह अपने आँसू बहाती हुई बोली,

“भाई देखिये न भाभी का ये हाथ कैसे इतना जल गया।” मानसी की बात सुन अंशिका की नजर मानस पर पड़ी और मानस की नजर अंशिका की नज़रों से मिली तो उसके हाथों से सारे पेपर छूट कर नीचे गिर गये और उसके कदम अपने आप पीछे की तरफ हो गये

और वह जल्दी से अपने कमरे में चला आया।

"मेरे छूने की वजह से अंशिका ने अपने उस हाथ को इस तरह जला दिया।" मानस का सर फटने लगा। शादी से लेकर अब तक की सारी बातें मानस के दिमाग में घूमने लगी और आज की बात से वह पूरी तरह घबरा गया था। उसे अंशिका की आँखों में उसके लिए चेतावनी साफ नजर आ रही थी कि अगर वह अंशिका के करीब जाने की कोशिश करेगा तो वह क्या कर सकती है। देर तक वह अपने कमरे में दर्द से तड़पता रहा और आँसू बहाता रहा और अपने दिल में कुछ फैसला कर अपने कमरे से निकल गया। इधर डॉक्टर ने आकर अंशिका को देखा तो उसका ध्यान रखने को कहा, दवा और लगाने को मलहम दिया। सारे घर में बस यही बातें हो रही थी कि आखिर अंशिका किचन में गई ही क्यों? और गई तो कैसे उसका हाथ इतना जल गया? इस बात का उन लोगों के पास कोई जवाब नहीं था और जवाब जिनके पास था, वे चुप थे। इस हादसे के बारे में तो बस मानस और अंशिका जानते थे।

शादी की पार्टी कुछ दिनों के लिए टाल दी गई थी। मानसी अंशिका का ख्याल रखने लगी थी, जिस वजह से अंशिका मानसी के क्लोज होती जा रही थी। मानस उस दिन के बाद से अंशिका के सामने आने से बचने लगा था। उसे डर लगने लगा था कि अंशिका उसकी किस बात से परेशान हो जाये। इलेक्शन का टाइम आ गया तो वह वैसे ही उसमें व्यस्त हो गया और सबकी नज़रों से बच कर वह अपने कुछ जरूरी सामानों के साथ ऊपर वाले कमरे में शिफ्ट हो गया, जिससे अंशिका के सामने वह न आये, लेकिन कभी-कभी अपने दिल के हाथों मजबूर होकर अंशिका की नज़रों से बच कर उसे देखने लगता। इसी तरह समय गुजर रहा था और देखते-देखते मानस अपने स्टेट का सी.एम. बन गया और उसके घर में तो खुशियों की लहर दौर उठी। हर तरफ से बधाईयाँ आने लगीं थीं। मानस ने अपना काम शुरू किया। काम शुरू करते ही उसके हर तरफ चर्चे होने लगे। एक तो आज का युवा था और उसके साथ पूरे राज्य के लोगों का यकीन था। उसने पूरे जोश से काम शुरू किया। उसे किसी चीज का लालच नहीं था। वह पूरी ईमानदारी से अपना काम करता था, इसी वजह से हर तरफ बस उसके काम और उसकी तारीफ होने लगी और इसके साथ मानस के जिंदगी में कुछ और बदलने लगा।

"मानस मैं कुछ दिनों से देख रहा हूँ तुम ऊपर के कमरे में रहने लगे हो?" सुधीर जी मानस के घर आते ही बोले तो अपनी ये बात घर वालों के सामने खुलने से वह घबरा गया।

"नहीं, ऐसी बात!"

"तो कैसी बात है, मुझे भी जरा बताओ।" सुधीर जी बोले तो अब मानस जवाब अपने दिमाग में ढूंढने लगा।

"मानस, मैं कुछ पूछ रहा हूँ उसका जवाब दो मुझे।" मानस को सोचते देख सुधीर जी बोले तो मानस जल्दी से बोला,

"वो इलेक्शन में ज्यादा रात को वापस आता था और फिर कुछ काम करना पड़ता था तो अंशिका की नींद न बिगड़े इसी वजह से ऊपर चला जाता था।"

"यही बात हैं न?" सुधीर जी सवाल भरी नज़रों से उसे देखते हुए बोले तो वह जल्दी से हाँ बोला तो वे बोले,

"तो ठीक हैं अब अपने काम के साथ-साथ अपने परिवार को भी टाइम दो और हाँ शादी के बाद तुम अंशिका के साथ कहीं नहीं गये थे तो जाने का प्रोग्राम बनाओ।"

"जी पापा अभी तो मुश्किल हैं क्योंकि अभी तो काम शुरू हुआ है। अभी बहुत काम है तो कहीं भी नहीं जा सकता हूँ।" सुधीर जी के बातों के बीच में मानस बोल उठा।

"हाँ मैं समझता हूँ, लेकिन थोड़ा टाइम तुम्हे अंशिका के साथ भी बिताना चाहिए और मैं आज तो जाने को नहीं बोल रहा हूँ जैसे ही कुछ छुट्टी का मौका लगे तो चले जाना।"

"हूँ।" मानस उनकी बात सुन बोला और दिल में बोला,

"वही तो नहीं कर सकता हूँ।" उसे सोचते देख सुधीर जी फिर बोले,

"क्या हुआ?" तो वह कुछ नहीं में अपना सर हिला बाहर चला गया, लेकिन इसके बाद उसकी जिंदगी में परेशानियाँ बढ़ने लगी। प्रभा जी और सुधीर जी की नजर उस पर कुछ ज्यादा रहने लगी।

"मानस ऊपर क्यों जा रहे हो?" प्रभा जी की आवाज पर मानस परेशान सा पलटा।

"इतनी रात हो गई है। तुम अपने कमरे में जाने के बजाय ऊपर क्यों जा रहे हो?" प्रभा जी उसकी तरफ देखती हुई बोली।

"वो कुछ काम बाकी था, तो सोचा सोने से पहले ख़त्म कर लूं। फिर आराम से सो जाऊंगा।" मानस बहाने बनाते हुए बोला।

"अब जो काम हैं कल करना। अभी अपने कमरे में जाओ और आराम करो।" प्रभा जी ने अपना फैसला सुनाया। मानस कुछ बोलता कि उसकी नजर सुधीर जी पर पड़ी और

वह बिना कुछ बोले धड़कते दिल से अपने कमरे की तरफ चला गया और बड़े ही धीरे से कमरे का दरवाजा खोला और अन्दर चला आया। उसने देखा कि अंशिका सोई हुई हैं। मानस कुछ देर तक उसे इसी तरह देखता रहा, लेकिन उसका दिमाग बोला,

"जल्दी से यहाँ से हटो। नहीं तो अगर इनकी आँख खुल गई तो इन्हें देखकर जितना सुकून मिला हैं मिनटों में कही गायब हो जाएगा।" ये सोचते ही मानस ने अपने कमरे की दूसरी तरफ का दरवाजा खोला और बालकनी में आकर कुर्सी पर बैठ गया। आँखें बंद कर लीं। अभी उसकी आँखों में सोई हुई अंशिका का चेहरा नजर आ रहा था। "अंशिका कब तक मुझे अपने से इस तरह दूर रखेंगी! क्या कभी मैं आपसे प्यार भरी दो बातें नहीं कर पाऊँगा! क्या हम दोनों अपनी जिंदगी उस तरह नहीं बिता पाएँगे, जिस तरह मैंने सोचा था।" इसी तरह की बातें सोचता हुआ मानस सो गया।

"अरे मानसी कैसी हो?" एक आवाज सुन मानसी पीछे पलटी तो दिवाकर को देख खुश होती हुई बोली,

"अरे दिवाकर भैया आप कब भारत आये?" मानसी की बात सुन दिवाकर उसके पास आते हुए बोला,

"कल ही आया हूँ और सोचा सी.एम. साहब से मिल लूँ।"

"लेकिन भाई तो घर पर नहीं हैं।" मानसी बोली।

"अरे मानस नहीं हैं तो क्या बाकी के घर वालों से तब तक मिल लेता हूँ।" दिवाकर बोला।

"लेकिन मम्मी-पापा भी घर से बाहर गये हैं।" मानसी बोली तो दिवाकर मुस्कुराता हुआ बोला,

"तब तक अपनी बहन से ही बातें कर लूँगा। आखिर तीन साल बाद जो मिल रहा हूँ।" बोलते हुए वह मानसी की तरफ बढ़ा और अचानक से किसी ने उसे धक्का देकर गिरा दिया। दिवाकर फर्श पर जा गिरा और जब संभला तो उसने देखा कि मानसी को कोई अपने पीछे कर अपने हाथों में चाकू लिए खड़ी उसे घूरती हुई देख रही है। दिवाकर हैरानी से देखते हुए फर्श से उठा तो उसने चाकू दिखाया।

"भाभी ये दिवाकर।" इससे ज्यादा मानसी कुछ बोल नहीं सकी। अंशिका उसका हाथ पकड़ अपने कमरे में ले आई और दरवाजा बंद कर लिया। दिवाकर हैरान सा सबकुछ

देख रहा था और साथ-साथ दरवाजे पर खड़े सुधीर जी और प्रभा जी भी ये सब देख रहे थे। अन्दर आते ही उन्होंने दिवाकर से माफी माँगी। अंशिका की इस हरकत ने उन्हें बेइज्जती का एहसास दिलाया और किसी तरह उन्होंने अपने गुस्से को काबू किया। कुछ देर बाद दिवाकर चला गया और सुधीर जी का गुस्सा उनके चेहरे पर नजर आने लगा था।

जब मानस घर आया तो वे बोले

"मानस तुम क्या चाहते हो?" अचानक से पूछे इस सवाल पर मानस हैरानी से उनकी तरफ देखने लगा।

"तुमने ज़िद की कि मुझे इसी लड़की से शादी करनी है। मैंने तुम्हे कितनी बार बोला था कि रिश्ता अपनी बराबरी के लोगों में ही करना चाहिए, लेकिन नहीं! तुमने हमारी एक बात नहीं सुनी और एक मामूली से टीचर की बेटी से शादी की ज़िद की और हम बेबस हो तैयार हो गये। लेकिन अपनी बेइज्जती करवाने के लिए तैयार नहीं हुए थे, मानस।" वह गुस्से से बोले। उनका गुस्सा देख मानस का दिल डर से भर गया।

"आप गुस्सा मत करिये। मैं बात करती हूँ।" प्रभा जी उन्हें चुप कराने की कोशिश करती हुई बोली।

"नहीं, आप बात नहीं करेंगी। मुझे मानस से जवाब चाहिए।" उनकी बातों से मानस के होश उड़ने लगे। वह चुप खड़ा उनकी बातें सुन रहा था।

"तुम अपनी पत्नी को समझा लोगे या नहीं?" मानस को उनकी बात समझ ही नहीं रहा थी कि वह क्या बोल रहे हैं, लेकिन अंशिका के जिक्र पर वह घबरा उठा था। तभी मानसी वहाँ आई और बोली,

"पापा, आप भाई से कुछ मत बोलिए। आप भी सोचिये कि घर में मैं अकेली थी और उन्होंने दिवाकर भैया को कभी देखा नहीं था। इसलिए उन्हें मेरे पास देख घबरा गई। वे तो मुझसे प्यार करती हैं इसीलिये ही ऐसा किया उन्होंने।" मानसी अंशिका की साइड लेती हुई बोली और मानस को भी बात पता चली। वह कुछ बोला नहीं, लेकिन अंशिका की साईड लेने के लिए दिल में मानसी को थैंक यू बोला।

सुधीर जी, मानसी की तरफ देखते हुए अपने कमरे में चले गये, लेकिन अब उनके घर में मुश्किले बढ़ने लगी थी। अब अंशिका ज्यादातर अपने कमरे में बंद रहने लगी थी। इधर मानस लोगों की नज़रों में अपनी अलग पहचान बनाने लगा था तो इधर अंशिका में अजीब-अजीब बातें नजर आने लगी थी। अब कभी-कभी वह पागलों की तरह हरकत

करने लगती। जितना मानस आगे बढ़ रहा था उतना ही अंशिका सबसे दूर हो रही थी। कभी-कभी चिल्लाने लगती, सामान फेंकने लगती। अब उसके कमरे में घर के नौकर भी नहीं जा रहे थे। बस मानसी जाती और उसके सोने के बाद मानस जाता। कुछ देर उसे देख अपने दिल को तसल्ली देता कि सबकुछ ठीक हो जायेगा। वह चाहता था कि अंशिका के साथ कुछ पल बिताये, लेकिन उसके सामने आते ही वह पागलों की तरह व्यवहार करने लगती थी। जिस वजह से मानस चाह कर भी उसके सामने नहीं जा पा रहा था। बस मानसी के जरिये उसकी हर जरूरत का ख्याल रख रहा था। उसे ख़ुशी देने की की कोशिश कर रहा था।

मानसी अपने भाई को इस तरह देख बहुत दुखी थी। जो भाई हमेशा उसकी खुशियों का ख्याल रख रहा था, आज वह अपने उस भाई की कोई मदद नहीं कर पा रही थी। लेकिन मानस यह ख्याल रख रहा था कि उसके और अंशिका के बीच के रिश्ते के बारे में किसी को पता नहीं चले। लेकिन धीरे-धीरे अंशिका की हालत बाहर के लोगों के कानो में जाने लगी और सुधीर जी अपना गुस्सा नहीं रोक पा रहे थे। जब मानस दो दिन की टूर से वापस आया और मानसी के पास आकर उसके सामने उसके गोआ का टिकट दिखाया तो मानसी ख़ुशी से चहकती हुई मानस के गले लग गई। अंशिका ने मानस को मानसी से दूर धकेल दिया और अपनी जलती हुई नज़रों से उसे घूरने लगी। मानस बस उसे देखता रह गया।

“भाभी आप क्या कर रही हैं? ये भाई हैं।” लेकिन अंशिका बिना कुछ बोले उसे मानस की नज़रों से दूर लेकर चली गई।

“मानस।” सुधीर जी गरज कर बोले, तो मानस घबरा गया और उनकी तरफ पलटा।

“मानस आज तुम्हे फैसला करना होगा, इस घर में चाहे अंशिका रहेगी या मैं।”

“पा...।” मानस को बोलने से रोकते हुए सुधीर जी फिर बोले,

“ये मेरा आखिरी फैसला हैं अब तुम फैसला करो कि ये पागल पत्नी तुम्हे चाहिए या ये फैमिली।” इतना बोल वह चले गये अब मानस को फैसला करना था कि उसे किसके साथ रहना हैं।

मानस ऊपर के कमरे में आकर बिस्तर पर लेट गया। उसके अन्दर तूफान इतनी जोर से चल रहा था कि उसे अपने बाहर भी उसकी आवाज सुनाई दे रही थी। कुछ देर वह अपनी आँखें बंद किये लेटा रहा। फिर उठ कर बिस्तर पर बैठते हुए बोला,

“मैं किसी एक को कैसे चुन सकता हूँ? मैं किसी के बिना नहीं रह सकता हूँ। न ही मम्मी-पापा और न ही मानसी, अंशिका के बिना। इनमें से अगर कोई भी मेरी जिंदगी से गया, तो मैं जिन्दा नहीं रह सकता हूँ।”

वह कुछ देर तक कमरे में चहल कदमी करता रहा। उसका सर दर्द से फट सा रहा था, लेकिन उसे कोई फैसला तो आज करना था। फैसला करके सुधीर जी के कमरे में आया और दरवाजा खटखटाया। सुधीर जी ने नाराजगी से उसे देखा। मानस अन्दर आ गया और उनके पैर के पास बैठते हुए बोला,

“पापा, क्या आप बहुत नाराज हैं?” वे कुछ नहीं बोले। बस अपना चेहरा दूसरी तरफ घुमा लिया।

“पापा, आपको पता हैं न! मैं आप लोगों से कितना प्यार करता हूँ। क्या आप लोगों के बिना कभी जी पाऊँगा? नहीं न पापा तो फिर आपने ऐसी शर्त क्यों रखी मेरे सामने?”

“फैसला तो तुम्हें करना पड़ेगा मानस और वह भी जल्दी सुबह होने से पहले।”

“पापा, ऐसा न बोलिए। इतनी कड़ी सजा मुझे मत दीजिये।” मानस तड़प कर बोला।

“ये तुम्हारे हाथों में है, जिसके साथ तुम अपनी बाकी की जिंदगी बिताना चाहो बिताओ, लेकिन बस मेरी शर्त याद रखना।”

“नहीं पापा, ऐसा मत कहिये। मैं न ही आप लोगों के बिना रह सकता हूँ और न ही अंशिका के बिना। वह मेरी पत्नी है। मैं उससे बहुत प्यार करता हूँ। कितनी मुश्किल से वह मुझे मिली हैं और मैं उसे नहीं छोड़ सकता हूँ।”

“तो ठीक है, फैसला हो गया। अब हम लोगों को यहाँ से जाना चाहिए।” सुधीर जी बीच में ही बोल उठे और मानस उनका जवाब सुन तड़प उठा।

“नहीं पापा! ऐसा न बोलिए मैं आप लोगों के बिना जी नहीं सकता हूँ।”

“मानस अब ये हो नही सकता है क्योंकि जितनी बेइज्ज़ती सहनी थी मुझे, वह तो सह चुका! अब मुझमें सहन शक्ति नहीं है।”

“लेकिन अचानक से ये फैसला।” मानस बोला।

“अचानक से नहीं मानस! कब से मैं ये फैसला कर चुका था, लेकिन तुमसे जो इतना प्यार करते हैं, उसकी खातिर चुप थे।”

"तो अब भी तो आप मुझसे प्यार करते हैं तो अब ऐसा फैसला क्यों?"

"क्योंकि अब हम पागल के साथ नहीं रह सकते हैं! आज तुम्हे धक्का दिया, कल हमें देगी।"

"नहीं, पापा! ऐसा कुछ नहीं होगा। मेरा यकीन करिये। अंशिका आप लोगों के साथ कुछ बुरा नहीं करेगी।" मानस उनकी बातों के बीच में बोला।

"नहीं अब हम नहीं रहेंगे उस पागल के साथ।" वे गुस्से से बोले।

"नहीं पापा! वो पागल नहीं हैं।"

"अच्छा! तुम बोल दोगे तो क्या मैं यकीन कर लूँगा।"

"अच्छा, अगर वह ठीक हो जाए तो क्या आप उसे इस घर में मेरे साथ रहने देंगे?" मानस बोला।

सुधीर जी मना करने वाले थे, लेकिन प्रभा जी ने उन्हें इशारे से रोक दिया तो वह चुप हो गये। उन्हें चुप देख मानस घबरा कर बोला,

"पापा, कुछ तो बोलिए! ऐसे चुप मत रहिये। अंशिका ठीक हो जाएगी तो क्या आप अपना ये फैसला बदल लेंगे और सब फिर से साथ रहने लगेंगे?" कुछ देर तक सुधीर जी कुछ नहीं बोले बस पूरे कमरे में खामोशी छाई रही।

"पापा।" मानस की दर्द भरी आवाज ने उनका दिल दुखा दिया और उनकी ज़ुबान से हाँ निकल गया तो मानस अपने आँसू पोछते हुए बोला,

"पापा मैं सुबह होते ही अंशिका को डॉक्टर के पास ले जाऊंगा और बहुत जल्द वह ठीक हो जाएगी।"

"नहीं मानस।" बीच में सुधीर जी बोले तो मानस हैरानी से उनकी तरफ देखने लगा।

"अंशिका का जो भी इलाज करना है, घर में करना पड़ेगा। मैं नहीं चाहता हूँ कि सी.एम. मानस की पत्नी पागल है, ये न्यूज़ पेपरों में छपे।"

"लेकिन पापा, घर पर कैसे?"

"मैं भारत की सबसे अच्छी डॉक्टर को बुला दूंगा जो घर पे ही काम करेंगी और बाहर तक बात नहीं जाएगी।" सुधीर जी की बात मानस मान गया। सुधीर जी ने मानस के सामने ही डॉक्टर को कॉल किया। डॉक्टर ने दूसरे दिन आने का बोल दिया जिससे मानस खुश

हो गया। सुधीर जी भी अपने बेटे की ख़ुशी के लिए अंशिका के इलाज तक रूकने को तैयार हो गये।

मानस सब काम छोड़ आज बस डॉक्टर का इंतजार कर रहा था। सुधीर जी चुप होकर उसे देख रहे थे। मानसी और प्रभा जी को बाहर रिश्तेदार के यहाँ भेज दिया गया था। घर के नौकरों को आज छुट्टी दे दी गई थी और घर में मानस, सुधीर जी और अंशिका ही थे। अंशिका अपने कमरे में बैठी थी। मानस बाहर खड़ा इंतजार कर रहा था। तभी एक गाड़ी दरवाजे के पास आकर रूकी तो मानस आगे बढ़ गया और दरवाजा खोला। गाड़ी में से लगभग पचास साल की एक महिला निकली, मानस थोड़ा हैरान होकर सुधीर जी की तरफ देखने लगा। तो वह आगे आकर बोले "आइये डॉक्टर।" मानस समझ गया कि यही डॉक्टर है जो अंशिका का इलाज करने वाली हैं। मानस ने भी उन्हें नमस्ते किया और तीनों अन्दर चले आये। फॉर्मेलिटी के लिए उन्हें चाय-कॉफ़ी पूछी गई तो वह मना करती हुई बोली,

"अभी बस मुझे अंशिका से मिलना है। वह कहाँ हैं? आप बता दीजिये मैं जाकर मिल लेती हूँ।"

"मानस आपको वहाँ ले जायेगा।" सुधीरजी बोले।

"नहीं! आज मैं उससे अकेले मिलूंगी। तो बस वह कौन से कमरे में हैं, मुझे बता दीजिये।" डॉक्टर की बात सुन मानस ने उन्हें अंशिका के कमरे के बारे में बता दिया। डॉक्टर उधर चली गई। कमरे के दरवाजे पर आकर उन्होंने देखा कि अंशिका अपनी आँखें बंद कर, दीवार से अपना सर टिकाये हुए बैठी हुई हैं। कुछ मिनट तक जांचती नज़रों से पूरे कमरे और अंशिका को देखने के बाद वह कमरे में आती हुई बड़े प्यार से, धीरे से बोली,

"अंशिका।" उनकी आवाज पर अंशिका ने अपनी आँखें खोल आवाज की तरफ देखा तो सामने किसी अनजाने को देख वह संभल कर बैठती हुई उनकी तरफ देखने लगी।

"अंशिका क्या आप मुझे बैठने को नहीं बोलेंगी?" डॉक्टर बोली तो वह जल्दी से बेड से उठी, उन्हें नमस्ते की और एक तरफ लगी कुर्सी की तरफ इशारा करके बैठने को कहा। डॉक्टर आगे बढ़कर, उन कुर्सी में से एक पर बैठ गई और दूसरी पर उसे बैठने को कहा। अंशिका बैठ गई तो डॉक्टर बोली,

"मेरा नाम राधिका है और मैं आपसे मिलने आई हूँ।" अंशिका बस हैरानी से उन्हें देखती रही। कुछ देर डॉक्टर राधिका, अंशिका से इधर-उधर की बातें करती रही और फिर उस

कमरे से वापस चली आई। उन्हें वापस आये देख मानस जल्दी से उनसे बोला,

"डॉक्टर अंशिका ठीक तो हो जाएगी न?"

"पहली बात आप अंशिका को ये पता नहीं चलने देंगे कि मैं एक डॉक्टर हूँ और रही ठीक होने की बात, तो वह आपसे और अंशिका से बात करने के बाद बताऊँगी।" उनकी बात सुन मानस कुछ नहीं बोला। डॉक्टर चली गई।

सुधीर जी उसे शांत रहने को बोले तो वह शांत हो गया।

समय गुजरा। राधिका जी हर दिन कुछ देर के लिए आती और अंशिका से बातें करती। फिर मानस से बातें करती। आज जब वह जाने लगीं तो मानस से बोलीं कि "मानस कल आपसे और अंशिका से मैं साथ में बातें करूँगी और फिर बताऊँगी कि अंशिका कब तक ठीक होगी।"

मानस ने हाँ बोल दिया लेकिन उसे अन्दर से घबराहट हो रही थी कि कल क्या होने वाला है! सारी रात वह डर घबराहट से सो नहीं पाया। उसकी बेचैनी सुधीर जी समझ रहे थे, लेकिन कुछ बोल नहीं रहे थे। अंशिका अपने कमरे में ही थी। जबसे मानसी घर से गई थी तबसे वह अपने कमरे से बाहर नहीं निकली थी और कोई उसे निकलने को भी नहीं बोला था। रहा खाने का, तो राधिका जी के आने से ये आसान हो गया था। वे उसे खिला देतीं थीं, लेकिन राधिका जी को उसकी आँखों में एक अजीब सा दर्द नजर आ रहा था। उसके चेहरे पर बेचैनी नजर आ रही थी, लेकिन ज़ुबान बंद थी। इन चार दिनों में वह एक शब्द नहीं बोली थी। बस, राधिका जी जो बोलतीं वह सुनती रहती थी।

आज मानस को साथ ले राधिका जी, अंशिका के कमरे में आई। जिस वजह से अंशिका थोड़ी परेशान हो उठी। इसे महसूस कर राधिका जी ने अंशिका को उसके बेड पर ही रहने दिया और मानस के साथ कुर्सी पर आकर बैठ गई। वह ऐसे बैठीं थीं कि अंशिका के चेहरे के हर बदलते इमोशन को आसानी से देख पाएं। अंशिका ने अपनी आँखें बंद कर ली और अपना सर दीवार से टिका दिया।

"हाँ तो मानस! आप मुझे अंशिका के बारे में जो भी जानते हैं, वह बताएं। जो अब तक नहीं बताये हैं, वो बातें मुझे बताइए।"

"जी।" वह थोड़ा परेशान होकर बोलते-बोलते रुक गया।

"अगर आप चाहते हैं कि वो पूरी तरह ठीक हो जाये तो आपको बताना होगा। क्योंकि

मुझे पता चला है कि आप अंशिका को शादी से पहले से जानते हैं।" उनकी बात सुन मानस थोड़ा सा घबरा गया और उसकी घबराहट देख राधिका जी बोलीं,

"देखिये, मानस। अब आपके हाथ में हैं कि आप क्या चाहते हैं। अगर आप मुझे अंशिका के बीते समय के बारे में नहीं बताएँगे तो फिर मुझे दुःख के साथ कहना पड़ेगा कि मैं इन्हें ठीक नहीं कर पाऊँगी।"

"नहीं ऐसा मत बोलिये।" मानस दुखी होकर बोला।

"तो मुझे सारी बात बताइए और हाँ एक भी बात मत छुपाइयेगा।" राधिकाजी बोली तो मानस ने एक बार अंशिका की तरफ देखा और फिर राधिकाजी की तरफ देखते हुए बोलना शुरू किया।

"अंशिका के पापा एक सिंपल से स्कूल टीचर हैं। अंशिका से बड़ी एक बहन हैं, जो अंशिका से चार साल बड़ी हैं और उनकी शादी हो चुकी हैं। अंशिका को पढ़कर कुछ बनने की चाहत थी तो उसके पापा ने उसे उसकी पसंद की पढ़ाई के लिए शहर भेजा और अंशिका देहरादून के कॉलेज में पढ़ने आई। ये सीधी सी अपने काम से काम रखने वाली लड़की थी और इसकी यही बातें इनके साथ पढ़ रहे एक लड़के को पसंद आ गई और अंशिका उसके दिल में बस गई। लेकिन अंशिका को इन बातों का कुछ पता नहीं था। न ही वह लड़का बताता था और न ही इन्हें कुछ महसूस हुआ था। लेकिन ये उसके दिलो दिमाग में इस तरह समा गईं कि वह अंशिका के सिवा कुछ सोच ही नहीं पा रहा था। यहाँ तक कि वह अपनी पढाई भी नहीं कर पा रहा था और किसी तरह पास हो रहा था। अंशिका के सिवा ऐसा कोई नहीं था जिसे यह पता न हो कि वह लड़का उससे प्यार करता हैं। उसके प्यार के चर्चे पूरे कॉलेज में फैले थे, जिससे कुछ नाखुश भी थे। क्योंकि कुछ अंशिका को चाहते थे और कुछ उस लड़के को। लेकिन उस लड़के की वजह से वे चुप थे और जब अंशिका के साथ किसी और को देखते तो उनके जलते दिल को ठंडक पहुँचती।

एक दिन किसी ने कहा, "अरे यार, देखो! आज तुम्हारी अंशिका किसी के साथ हैं।" उसकी बात सुन वह पीछे पलटा तो उसने देखा कि अंशिका के साथ कोई लड़का है। यह बात उससे सहन नहीं हुई। वह उसे परेशान नहीं करना चाहता था इस वजह से अपने दिल को समझाया कि शायद कोई रिश्तेदार है। लेकिन जब हर दिन वह उस लड़के को अंशिका के साथ देखने लगा तो उससे रहा नहीं गया और वह सीधा उसके पास पहुँच

गया और उसका रास्ता रोकते हुए बोला,

"अंशिका, ये लड़का तुम्हारे साथ क्यों हैं?" उसकी बात सुन अंशिका ने हैरानी से उसकी तरफ देखा लेकिन कुछ बोली नहीं।

"अंशिका, मुझे तुमसे बात करनी हैं।"

"लेकिन मुझे नहीं करनी हैं।" अंशिका बोलती हुई चली गई। वह उसे जाते हुए देख ही रहा था कि उसके दोस्त उसके पास आ गये।

"अरे! तुम्हारी अंशिका ने तो तुमसे बात भी नहीं की और चली गई।" उनकी बात सुन वह उनकी तरफ घूरते हुए देखने लगा तो दूसरा बोला,

"बस! तुम यही कर सकते हो! दूर से अंशिका को देखना और हम लोगों को घूरना।" उनकी बात सुन वह परेशान हो गया और वहाँ से चला गया, लेकिन अब उसे अंशिका से बात करनी थी और अंशिका थी कि उससे बात ही नहीं कर रही थी। वह चाह रहा था कि वह अंशिका को परेशान न करे, लेकिन उसे अब अंशिका को खोने का डर सताने लगा था और वह उसे खोकर जी नही सकता था। वह चाह रहा था कि अंशिका एक बार उसके दिल की बात सुन ले और उसे बोल दे कि वह उसी की रहेगी तो उसे थोड़ा सुकून मिलता! लेकिन अंशिका उससे बात करने को तैयार नहीं हो रही थी और वह पागल हो रहा था। अपनी बेचैनी को कम करने के लिए वह गलत काम करने लगा। ड्रिंक करने लगा पर उससे भी उसे सुकून नहीं मिला। एक दिन उसके एक फ्रेंड का बर्थडे था। सारे दोस्तों की ज़िद पर वह पार्टी में आया, कुछ देर पार्टी ठीक चली लेकिन फिर उन लोगों ने अंशिका की बात शुरू कर दी और उस लड़के के दिल को चोट पहुँचने लगी।

"अरे मैंने सुना है, अंशिका का उस लड़के के साथ कोई चक्कर चल रहा हैं।" एक दोस्त ने बोला। यह सुन उस लड़के का दिल दुखा तभी दूसरा बोला,

"हाँ, कहाँ हम सोचे थे कि उसकी शादी इससे होगी लेकिन।" बोलते-बोलते वह रूक गया तो वह लड़का बोला,

"क्या बोल रहे थे, जो मुझे देख चुप हो गये?"

"कुछ भी तो नहीं।" दूसरा दोस्त बोला।

"बोलो।"

"नहीं इन बातों को छोड़ो! चलो पार्टी करते हैं।" दोस्त बोला तो वह ज़िद पर आ गया और उसकी ज़िद के आगे उसे झुकना पड़ा और वह बोला,

"मुझे पता चला है कि।"

"हाँ बोलो।"

"अंशिका की शादी उस लड़के से हो रही है।" इस बात ने उस लड़के के दिल में जल रही आग को और भड़का दिया।

"क्या बोल रहे?" उससे तो बोला भी नहीं जा रहा था।

"हाँ, ये बात सच है। उसकी शादी बहुत जल्दी होने वाली है। तैयारी भी शुरू हो चुकी है।" उसकी ये बात सुन, वह अपना सर पकड़ बैठ गया और"

बोलते बोलते मानस रुक गया तो राधिका जी बोली, "फिर क्या हुआ मानस बताओ।" मानस कुछ बोल नहीं पा रहा था।

राधिका जी ने अंशिका के चेहरे की तरफ देखा। वह अभी भी उसी तरह बैठी हुई थी। बस अब उसके बंद आँखों के किनारे से आँसू बहने लगे थे। उसके चेहरे के अन्दर का दर्द अब उसके चेहरे पर आ गया था। राधिका जी मानस की तरफ देखकर बोलीं,

"आगे क्या हुआ मानस? बोलो। अगर तुम अंशिका को ठीक देखना चाहते हो तो बोलो। नहीं तो मैं क्या, कोई भी उसे ठीक नहीं कर सकता है।"

उनकी बात सुन मानस ने बेबसी से उनकी तरफ देखा तो राधिकाजी ने उसके हाथों पर अपना हाथ रख अपनी पलकें झपका कर उसे बोलने के लिए कहा। मानस ने एक बार अंशिका की तरफ देखा और आगे बताने लगा।

"वह लड़का उससे पागलों की तरह प्यार करता था। वह उससे हमेशा के लिए दूर जा रही थी, इस बात ने उसे और पागल कर दिया। इस बात को उसके सारे दोस्त जानते थे तो वे इस बात का फ़ायदा उठाकर उसे बहुत कुछ बोले।

"ये तो बड़ी धोखेबाज निकली। तुम्हें छोड़ किसी और की हो गई।" एक दोस्त बोला।

"उसे पता भी नहीं था कि मैं उसे चाहता हूँ।" वह लड़का दुखी होकर बोला।

"पूरे कॉलेज को पता है, बस उसे ही नहीं पता था! तुम भी बच्चों की तरह बातें करते हो।" उसका दोस्त बोला वह लड़का कुछ देर सोचता रहा फिर उठकर कहीं जाने लगा।

“अरे कहाँ जा रहे हो?” उसे जाते देख उसका दोस्त बोला।

“कहीं नहीं! कुछ काम है।” वह लड़का बोला तो उसके दोस्त बोलने लगे,

“लो ये ड्रिंक पी लो, फिर जाना।”

“नहीं मैं पहले से पी चुका हूँ और नहीं।” वह लड़का बोला।

“अरे अभी परेशान हो। ये पी लोगे तो राहत मिलेगी।” उनकी बात सुन वह मान गया क्योंकि वह सच में बहुत बेचैन था। एक दोस्त ने उसे एक ड्रिंक से भरा ग्लास दिया, लेकिन वह लड़का इस बात से अंजान था कि उसके दोस्तों ने जो ड्रिंक उसे दिया था उसमें कुछ मिला दिया था।

जल्दी से पी वह निकल पड़ा और सीधे अंशिका के घर आ गया। आते ही दरवाजे पर एक के बाद एक दस्तक देता रहा। कुछ देर बाद अंशिका ने दरवाजा खोला। तो वह लड़का बस उसे देखता रह गया, लेकिन अंशिका उसे यहाँ देख गुस्सा हो गई और दरवाजा बंद करने लगी। लड़के ने उसका हाथ पकड़ लिया और दरवाजा बंद नहीं करने दिया। बोला, “अंशिका मुझे कुछ बात करनी हैं।”

अंशिका को पता चल गया था कि वह ड्रिंक करके आया है तो वह नॉर्मल से उससे पेश आई और बोली,

“अभी नहीं अभी रात बहुत हो गई है। बाद में बात करेंगे।” लेकिन उस लड़के की ड्रिंक में जो चीज मिली थी, उसने उसे पागल बना दिया था और वह ज़िद करने लगा। बार-बार ना सुन वह घर में घुस गया और अन्दर से दरवाजा बंद कर दिया। अंशिका गुस्से से उसे जाने को बोली, लेकिन वह तो अपने होश में ही नहीं था। वह तो अब कोई और था और वह अंशिका की कोई बात सुन ही नहीं रहा था। और....।”

“और क्या मानस और क्या?” मानस के चुप होने पर राधिका जी घबरा कर बोलीं। मानस अपना चेहरा नीचे किये बैठा हुआ था।

“मानस! तुम अब चुप नहीं रह सकते हो। बताओ उस रात अंशिका के साथ क्या हुआ था? उस लड़के ने क्या किया था, अंशिका के साथ?” लेकिन मानस कुछ बोल नहीं पा रहा था। उसकी ज़ुबान उसका साथ नहीं दे रही थी। मानस का हाल देख राधिका जी थोड़ी घबराती हुई बोलीं,

“मानस क्या उस रात उस लड़के ने अंशिका के साथ कुछ ऐसा किया जो नहीं करना

चाहिए था?" राधिका जी की बात सुन मानस ने अपना सर नीचे कर लिया। राधिका जी को जोरों का झटका लगा। उनकी नजर अंशिका पर गई, जो अब अपना चेहरा अपने घुटने में छुपा कर फुट-फूटकर रो रही थी। राधिका जी का दिल दर्द से तड़प उठा। उन्हें महसूस हो रहा था कि अंशिका किस दर्द से अब तक गुजर रही है। वह तड़पकर बोलीं, "वह दरिंदा कौन था?"

राधिकाजी की बात सुन मानस ने चौंककर उनकी तरफ देखा, तो राधिका जी बोली,

"मानस वह कौन दरिंदा था जिसने अंशिका?" मानस के कानों में बस एक शब्द गूंज रहा था और वह था "दरिंदा"। राधिका जी की नजर मानस पर पड़ी तो वह बोली, "मानस वो तुम?" इससे आगे वह कुछ बोल नहीं पाई। बस, गुस्से से इतना कहा, "अंशिका कभी ठीक नहीं हो सकती हैं कभी-भी नहीं।"

"मानस उनके कदमों में बैठ गया और रोते हुए बोला,

"नहीं ऐसा मत बोलिए।"

"ये मैं नहीं बोल रही हूँ। मानस ये तुम्हारे किये गुनाह बोल रहे हैं।" वे गुस्से से बोलीं।

"मैंने कुछ भी अपने होश में नहीं किया था। वे सब उस दवा का असर।"

"और बहाने मत बनाओ और झूठ मत बोलो मानस। एक लड़की की जिंदगी के साथ इतना बुरा किया और खुद को निर्दोष बता रहे हो।" वह चाह कर भी अपने आपको कण्ट्रोल नहीं कर पा रही थीं। "नहीं-नहीं! मुझे पता हैं मैंने अनजाने में ही बहुत बुरा किया हैं और उसी।" फिर मानस के बीच में राधिका जी बोली,

"और उसी के प्रायश्चित करने के लिए उसे इस घर में लाये और हर दिन, हर रात उसे तिल-तिल कर मार रहे हो।"

"नहीं! मैं अंशिका के साथ कुछ गलत नहीं कर सकता हूँ।" राधिका जी बीच में ही बोलीं,

"अब कुछ बाकी रहा है मानस? तुमने पहले उसकी जिंदगी... फिर जबरदस्ती उससे शादी कर इस घर में लाये। वह जब भी तुम्हे देखती होगी तो उसके सामने वह सब कुछ आ जाता होगा। वह। तुम्हारी वजह से चाह कर भी उन बुरी यादों से बाहर नहीं निकल पाई। मानस हर पापों की प्रायश्चित नहीं होता! हर गुनाह की माफ़ी नहीं होती! तुमने जाने अनजाने में ही सही, एक लड़की की जिंदगी बर्बाद कर दी। तुम बोलते हो तुम उससे हद से भी ज्यादा प्यार करते हो! तो जब वह तुम्हारी उस हरकत से टूट रही थी, तड़प रही थी,

अपने आँसू बहा रही थी, तो तुम्हारा प्यार कहाँ था तब तो तुम एक।"

मानस फूटकर रोने लगा और चिल्लाने लगा। "मैं सच में दरिंदा हूँ दरिंदा, मैंने अपने हाथों अपनी अंशिका की जिंदगी ख़त्म कर दी।

मैं उसके प्यार के लायक ही नहीं था। मैं बुरा हूँ। बहुत बुरा दरिंदा दरिंदा दरिंदा।" और वह अपने सर को अपने हाथों से पीटने लगा। ऐसा लग रहा था, जैसे वह पागल हो गया हो। राधिका जी कुर्सी से उठीं। उन्होंने पहले एक बार पागल हुए मानस की तरफ देखा, फिर अंशिका की तरफ देखा। अभी उन्हें अंशिका अलग लगी। शायद अंशिका के जलते दिल को मानस की आँखों से गिरते आँसुओं ने शांत किया था। शायद अंशिका के आँखों के दर्द को मानस के दर्द से राहत मिली थी। अंशिका की तड़प उसकी बेचैनी को, मानस की तड़प उसकी बेचैनी से राहत मिली थी। शायद मानस का ये हाल उसे सुकून दे रहा था। इतने सालों से जिस दर्द को अकेले सह रही थी, आज जब मानस को उस दर्द से बेचैन देखा तो उसके दिल को सुकून मिला कि मानस भी अब हर घड़ी, इस अपने हाथों से लगाई आग में जलेगा। अब तक जिस तरह वह मानस को अपने सामने देख तड़पती आई थी, अब मानस भी उसे देख तड़पता रहेगा। अंशिका को देख राधिका जी को महसूस हुआ कि अंशिका जो सजा मानस को देना चाहती थी, शायद आज देकर खुश है। राधिका जी उस कमरे से बाहर आईं, तो सुधीर जी पर नजर पड़ी।

"शायद अब आपको सब कुछ पता है। इन दोनों की तड़प कब ख़त्म होगी, ये मुझे नहीं पता! मुझसे जो हो सका मैंने किया, लेकिन शायद एक बेटी के बाप होने की वजह से आप अंशिका का दर्द भी समझ सकते हैं। बस जाने से पहले एक बात बोलूंगी कि कुछ कड़वी यादें समय के साथ भुला दी जाती हैं। शायद मानस का प्रायश्चित और उसका प्यार एक दिन अंशिका को नजर आ जाये या वह उसे माफ़ कर दे, लेकिन एक औरत होने के नाते मैं कहती हूँ अंशिका उस रात को कभी नहीं भूल सकती है। अब मैं चलती हूँ।" बोल वह बाहर चली गई।

"जिसे मैं गलत समझ रहा था, जिसकी हरकत को मैं माफ़ नहीं कर पा रहा था। उसकी तो कोई गलती ही नहीं थी और जिसे अच्छा समझ रहा था, वही मेरा बेटा ही गलत निकला।" सुधीर जी अपने ही नज़रों में, अपने बेटे की गलती की वजह से गिर चुके थे। बहुत देर तक वह वही सोचते रहे फिर वह अंशिका के कमरे की तरफ बढ़े। दरवाजे पर जैसे ही आये तो उन्होंने देखा अंशिका चुप बैठी है और मानस अपने घुटने पर बैठ अंशिका से सजा माँग रहा है।

"अंशिका मुझे कभी माफ़ मत करना! तुम जितनी सजा चाहो मुझे दे देना! बस, मुझे छोड़ कर मत जाना! मैंने जान कर कुछ नहीं किया! वे लोग कुछ डाल दिए थे ड्रिंक में, लेकिन गलत तो मैंने किया न तुम्हारे साथ! मुझे कभी माफ़ मत करना।"

"मानस।" सुधीर जी की आवाज सुन मानस पलटा और जैसे ही उन्हें दरवाजे पर देखा, पागलों की तरह नीचे से उठा और अंशिका को अपने बाहों में भरते हुए रोते हुए बोला,

"नहीं, पापा! मुझे मेरी अंशिका से दूर मत करिये। मैं इसके बिना नहीं जी सकता। आप जो भी सजा देंगे, मुझे दे दीजिए। बस अंशिका को मुझसे दूर मत करिये।" सुधीर जी एक बार दोनों की तरफ देख वहाँ से चले गये। मानस रो रहा था। लेकिन आज अंशिका ने न ही उसे धक्का दिया, और न कुछ और ही किया। शायद मानस को वह जो सजा देना चाहती थी, दे चुकी थी। अब मानस अपनी गलती की वजह से, जिंदगी भर तड़पता रहने वाला था। अब वह किसी से भी, पहले की तरह नज़र नहीं मिला सकता था। जितनी रातें और जितने दिन अंशिका तड़पी है, उससे कहीं ज्यादा मानस तड़पने वाला है।

हर तरह की अच्छाई होने के बावजूद एक गलती जो उसने अपने दोस्तों की साज़िश की वजह से की, अंशिका के साथ-साथ अपनी जिंदगी अपनी खुशियाँ को भी दांव पर लगा बैठा था। अंशिका से वह इतना प्यार करता है कि वह उसके लिए कुछ भी कर सकता है, लेकिन आज अपने दोस्तों की वजह से दुनिया का सबसे बड़ा दर्द, उसने अपने प्यार को ही दे दिया। सुधीर जी ने फोन कर प्रभा जी और मानसी को वापस आने को बोल दिया था। एक बार मानस के कमरे की तरफ देख, दुखी हो अपने कमरे की तरफ चले गये।

अचानक से मानस को एहसास हुआ कि उसने जल्दबाजी में फिर से क्या गलती की है। उसने जल्दी से अंशिका को अपनी बाँहों से आजाद किया और अपना सर पकड़ पागलों की तरह कमरे में इधर-से-उधर घूमने लगा।

"सॉरी-सॉरी मैंने फिर से अनजाने में गलती कर दी।" और जल्दी से अंशिका के सामने आकर कहने लगा,

"मैं अनजाने में ये कर बैठा अंशिका। क्या बस मेरी इस भूल की वजह से आप अपने आप को दर्द नहीं देंगी क्या? बस इस गलती की सजा मुझे मत दीजिये। मैं आपसे वादा करता हूँ, कभी भी आपके करीब नहीं आऊंगा। कभी भी ये गलतियाँ नहीं करूंगा। बस, इस बार ऐसा कुछ मत करियेगा।" "अंशिका, आप चाहे तो मुझे मेरी हर गलती की सजा दे दे। आप जो सजा देंगी, मुझे मंजूर हैं, लेकिन आप खुद को सजा मत दीजिये। ये मुझे

बर्दाश्त नहीं होता है। मेरा दिल दुखता है। इस बात से मेरी आत्मा छलनी होती है कि जिसको दुनिया की खुशियाँ देनी चाहीं, उसे ही सबसे बड़ा दर्द दे दिया। मैं चाहकर भी अपनी गलतियों को ठीक नहीं कर सकता हूँ और उनके लिए मैं कभी भी सजा पाने को तैयार हूँ, लेकिन आपको खुद से दूर नहीं कर सकता हूँ। जब आप मुझसे दूर होंगी तो मैं सच बोलता हूँ मैं जिन्दा नहीं रह सकता हूँ। बस आप यहाँ रहिये। जैसे रहना चाहती हैं। वैसे मैं आपके सामने भी कभी नहीं आऊंगा, बस आप मुझसे दूर मत जाइये।" मानस अंशिका से रिक्वेस्ट कर रहा था। उसकी आवाज में दर्द भरा हुआ था और उसकी बातों में अंशिका के लिए उसका प्यार था, लेकिन उसकी गलती इतनी बड़ी थी कि उसे भी पता था माफ़ी मिलना आसान नहीं था।

ये कहना सही रहेगा कि किसी भी लड़की के लिए इन बातों को भूलना इतना आसान नहीं है और उस आदमी को माफ़ करना तो नामुमकिन है। आज राधिका जी की वजह से अंशिका को वे बातें भी पता चलीं, जिनसे वह अनजान थी। अब तक वह तो बस यही जान रही थी कि मानस ने उसके इग्नोर करने पर उसके साथ ये हरकत की थी। लेकिन राधिकाजी के सामने जब मानस ने सारी बातें कहीं तो अंशिका को भी पता चला कि मानस किसी साज़िश का शिकार हुआ था। अंशिका कुछ भी सोचने के हाल में नहीं थी। आज फिर से उसके सामने उस काली रात की यादें आई और वह फिर से तड़प उठी थी। मानस बस उससे एक ही रिक्वेस्ट कर रहा था कि वह उसे न छोड़े क्योंकि उसे अब डर लग रहा था कि ये बात सबको पता चल चुकी है तो अंशिका अब उसे छोड़ेगी तो कोई भी उसका साथ नहीं देगा! अंशिका से दूर होने की सोचकर ही वह पागल हो रहा था।

प्रभाजी और मानसी वापस आ गये तो नीचे से आवाज सुन मानस अपने ऊपर वाले कमरे से बाहर आया तो उन दोनों को देख थोड़ा घबरा गया। उसे लगा कि उन्हें पता चल चुका होगा और वह उससे नाराज होंगी। मानसी की नजर मानस पर पड़ी तो वह बोली,

"अरे भाई! भाभी अभी गई नहीं और आपका चेहरा उतर गया।" मानसी की बात सुन मानस का दिल दर्द से भर उठा और वह घबराते हुए बोला,

"अंशिका जा रही है?"

"भाई ये भी क्या बात हुई! आप तो कुछ अलग ही हैं।" तभी मानसी की नजर अपने कमरे से निकलती अंशिका पर पड़ी, तो वह उधर चली गई। मानस ने एक बार सुधीर जी की तरफ देखा। सुधीरजी भी अंशिका की तरफ देख रहे थे। मानस की आँखें छलक आईं।

उसका दिल दर्द से भर उठा और वह बेचैनी से अंशिका की तरफ देखने लगा जो मानसी को देख खुश थी। मानसी अंशिका के गले लगती हुई बोली,

“भाभी, मैं आपको बहुत मिस करूंगी।” मानस बस आँसू भरी आँखों से अंशिका को देख रहा था। अंशिका सबसे मिल रही थी उसका हर एक कदम मानस को बेचैन कर रहा था। उसे अपनी सांसें रुकती हुई महसूस हो रहीं थीं। अंशिका सुधीर जी के पास आई तो उनका दिल भर उठा और उन्होंने अपने दोनों हाथ उसके आगे जोड़ दिए। अंशिका उनका जुड़ा हाथ नीचे कर, सर हिला कर ऐसा न करने को बोली तो उन्होंने आँसू भरी नज़रों से उसे देखते हुए अपना हाथ उसके सर पर रख दिया। जिसे देख प्रभा जी और मानसी बहुत खुश हुए यह सोचकर कि अब वे अंशिका से नाराज नही हैं।

अंशिका ने बाहर की तरफ अपने कदम बढ़ाए तो मानसी बोली,

“अरे भाभी! आपने भाई से इजाजत नहीं ली थी क्या?” उसकी बात पर अंशिका के कदम रूक गये और वह मानसी की तरफ देखने लगी।

“भाई तो अभी से ही ऐसे बेचैन हो रहे हैं, जैसे आप उन्हें हमेशा के लिए छोड़कर जा रही हैं।” फिर मानसी अंशिका के पास आती हुई बोली,

“दुल्हन अपने ससुराल आती हैं तो अपने आँसू बहाती हैं ये तो मुझे मालूम था, लेकिन किसी की दुल्हन अगर मायके जाती है तो दूल्हा अपने आँसू बहाता है, ये मुझे आज पता चला।” मानसी की बात सुन अंशिका की नजर मानस पर पड़ी। वह अपने आँसुओं को जल्दी-जल्दी साफ कर रहा था और अचानक से उसकी नजर अपनी तरफ देखती अंशिका पर पड़ी। अंशिका अपनी नजर उससे हटाकर बाहर की तरफ जाने लगी। तभी अंशिका के कानो में सुधीर जी की बातें आई जो वह मानस से बोल रहे थे।

“शादी के बाद से वह अपने माँ-पापा के पास नहीं गई है तो इसी वजह से वह जा रही है। अब जब अंशिका चाहेगी, तब ही वह यहाँ आएगी। न तुम्हारी वजह से और न ही किसी और की वजह से। अब वह अपनी मर्जी से यहाँ आएगी।” अंशिका जल्दी से बाहर चली आई, जहाँ उसे ले जाने के लिए गाड़ी खड़ी थी। वह जल्दी से गाड़ी में बैठ गई और ड्राईवर को गाड़ी स्टार्ट करने को कहा। मानस दूर खड़ा उसे देख रहा था। गाड़ी आगे बढ़ गई और मानस बेचैन सा वहीं खड़ा रह गया। सुधीर जी उसके पास आये और उसके कंधे पर हाथ रख बोले,

"मानस कोई भी रिश्ता जबरदस्ती से नहीं बनता है और जब उसे पाने के लिए कुछ गलत हो गया हो तो फिर आपको अपनी चाहत नहीं उसकी चाहत को देखना चाहिए क्योंकि उसे तो दुनिया का सबसे बड़ा दर्द मिला है। मानस, अगर तुम सच में उससे प्यार करते हो तो अब तुम उसे ही फैसला करने दो! अपना कोई फैसला उस पर नहीं डालो क्योंकि तुम भी जानते हो कि ....।" उनकी बात पूरी होने से पहले मानस उनके कदमों में बैठ अपने दोनों हाथों से उनका पैर पकड़ रोने लगा। सुधीर जी उसे नीचे से उठाते हुए बोले,

"बेटा! जब हम दूसरों की बातें सुनकर फैसला करने लगते हैं, उनकी कही बातों को सच समझ बिना सोचे कुछ करते हैं, तो फिर अंजाम भी वैसा ही मिलता हैं।"

"सॉरी सॉरी पापा, मैं बहुत-बहुत ही बुरा हूँ। मैंने अंशिका, आप, मम्मी, मानसी सबके दिल को दुखाया।" सुधीर जी उसे अपने गले से लगाते हुए बोले,

"बेटा! कभी-कभी वह हो जाता है, जिसे ठीक करना हमारे हाथ में नहीं होता है लेकिन तुमने बहुत बड़ी गलती कर दी है। उसे मैं भी ठीक नहीं कर सकता हूँ। मैं भी एक बेटी का बाप हूँ, तो दूसरी बेटी से कैसे कहूँ कि उसके साथ जो हुआ उसे भूल जाए।" सुधीरजी भी बहुत दुखी थे क्योंकि वे भी जानते थे कि मानस ने अनजाने में ही ऐसा काम किया है जिसकी माफी मिलनी नामुमकिन है। बस वे इसी इंतज़ार में हैं कि मानस का प्रायश्चित और उसका अंशिका के लिए प्यार, उस हादसे को भुलने में अंशिका की मदद करे। अब ये तो वक्त ही बताने वाला था।

समय अपनी चाल से गुजर रहा था। अंशिका, अपने माँ-पापा के साथ एक महीने से रह रही थी। इस एक महीने में न ही मानस ने एक बार कॉल किया था, और न ही आया था। अंशिका उसे भूलने की कोशिश कर रही थी।

"बेटा! दामादजी कब आयेंगे तुम्हे लेने?" अंशिका के पापा बोले तो अंशिका चौक कर उनकी तरफ देखने लगी। वे उसके बगल में खड़े उसके जवाब का इंतज़ार कर रहे थे। उसके अन्दर अचानक से ये बात सुन बेचैनी सी उठी।

"बेटा! बताया नहीं। दामादजी कब आने वाले हैं?"

"क्यों?" वह इतना ही बोल पाई।

"अरे! तुम्हें यहाँ आये एक महीने हो गये हैं और तुम बोल रही हो क्यों।"

"हाँ, एक महीने हुए हैं तो क्या?" उसकी ये बात सुन अंशिका के पापा उसकी तरफ हैरानी

से देखने लगे तो अंशिका जल्दी से कुर्सी से उठी और अपने कमरे की तरफ जाने लगी। वह फिर से उसे आवाज लगाते हुए बोले,

"अंशिका बेटा रूको।" उनकी बात सुन वह रूक गई तो वह उसके पास आकर बोले,

"जब उनसे बात करना तो मेरी तरफ से शुक्रिया जरूर कहना।"

"क्यों?" वह हैरानी से बोली।

"अरे बेटा! वह इतने दिन तुम्हे यहाँ रहने दिए।"

"पापा, मुझे जरूरी काम हैं।" बोल अंशिका वहाँ से चली गई। पापा उसे जाते देखते रह गये।

"इसे क्या हुआ है, कुछ परेशान लग रही है। जब से आई है, बात भी नहीं करती है और करने की कोशिश करता हूँ तो बिना कोई जवाब दिए ही चली जाती है।" वे धीरे से बोलते हुए बाहर की तरफ चले गये, लेकिन अंशिका को उनकी बात सुनाई दी तो वह अपने कमरे में आकर अपने बेड पर लेट आँसू बहाती हुई बोली,

"मैं क्या करूँ! कुछ समझ में नहीं आ रहा है।" आज फिर मानस के जिक्र ने उसे पुरानी सारी बातें याद दिला दी जिसे वह चाहकर भी नहीं भूल पा रही थी और एक पल भी सुकून से नहीं जी पा रही थी। मानस ने भले उससे कोई संपर्क नहीं किया था, लेकिन उसका नाम हर पल अपने घरवालों की ज़ुबान से सुन-सुन वह परेशान हो रही रही थी।

"पता नहीं! सबको क्यों वह इतना पसंद है। उसकी अच्छाई ही सबको क्यों नजर आती है! बुराई क्यों नहीं नजर आती? क्या उसने मेरे साथ जो किया वह सही था? कितनी रातें सोई नहीं थी और अब तक जलती आई हूँ और अब जब उसे सजा दी, कुछ पल सुकून चाहती हूँ तो कोई नहीं होने दे रहा। मैं क्या करूँ! ये नाम मेरा पीछा क्यों नहीं छोड़ रहा है।" बोलते हुए वह उठ कर बैठ गई और गहरी साँस लेती हुई एक बार अपनी आँखें बंद की और अपने कमरे से निकली और सीधे अपनी माँ के पास आई।

"अंशिका बेटा क्या हुआ? कुछ चाहिए?" उसकी माँ बोली तो वह बोली,

"हाँ।"

"क्या चाहिए ?"

"आपसे और पापा से इजाज़त चाहिए।"

"इजाज़त?"

"हाँ मम्मी।"

"किस काम के लिए?" उनकी बात सुन अंशिका एक बार उनकी तरफ देख बोलने के लिए शब्द ढूंढने लगी।

"अंशिका बेटा बोलो।"

"मम्मी मुझे तलाक।" इससे आगे वह बोल ही नहीं पाई और उसकी माँ बेहोश होकर गिर गई।

"मम्मी क्या हुआ बोलिए मम्मी। पापा देखिये, मम्मी को क्या हुआ पापा, पापा।" अंशिका चिल्ला रही थी उसकी आवाज उसके पापा के कानों में गई जो बाहर से कुछ काम करके आ रहे थे। वह दौड़कर उधर आये और वहाँ का हाल देख घबरा गये।

"क्या हुआ बेटा तुम्हारी माँ को?"

"पता नहीं पापा ये गिर गई।" उसके पापा उन्हें उठाये और बाहर की तरफ जाते हुए बोले, "बेटा, जल्दी से कोई टैक्सी बुलाओ।" अंशिका बड़ी ही तेजी से बाहर की तरफ भागी और जल्दी से टैक्सी रोकी और दोनों उन्हें लेकर हॉस्पिटल चले आये। उन्हें एडमिट किया गया और उनका इलाज शुरू हो गया। अंशिका अपने पापा के साथ बाहर परेशान सी थी।

"बेटा! फ़िक्र नहीं करते। तुम्हारी मम्मी ठीक हो जाएगी।" उसे परेशान देख उसके पापा उसे दिलासा दे रहे थे, लेकिन उसके अन्दर तो डर और घबराहट इतनी थी कि वहाँ खड़ा होना भी मुश्किल होने लगा था। वह अपने पापा को भी अभी कुछ बता नहीं सकती थी कि उसकी माँ किस बात से बीमार हुई हैं। उसे डर था कि वो बात सुन अगर वह भी बीमार हो गये, तो फिर क्या होगा। डॉक्टर बाहर आये तो अंशिका के पापा डॉक्टर के पास आये और बोले,

"सर! क्या मेरी पत्नी अब ठीक हैं?"

"जी अब वह ठीक हैं।" डॉक्टर बोले।

"सर! उन्हें क्या हुआ था कि अचानक से इस तरह गिर गई?"

"जी, उन्हें हार्ट अटैक आया था।"

"क्या?" ये बात सुन वे लड़खड़ा गये।

"पापा।" अंशिका उन्हें पकड़ती हुई बोली।

"बेटा ये कैसे?" अंशिका की आँखों से आँसू बेतहाशा गिरते जा रहे थे और खुद पे गुस्सा आ रहा था कि आज माँ की ये हालत उसकी वजह से हुई है।

"डॉक्टर! क्या वह ठीक हो जाएगी?" वे घबराते हुए बोले।

"हाँ माइनर अटैक था तो पाँच दिनों में आप उन्हें घर ले जा सकते हैं और बस उनका अच्छे से ख्याल रखियेगा तो वह बहुत जल्दी ठीक हो जायेंगी।" डॉक्टर की बात सुन उन्हें कुछ राहत हुई और वे उनसे इजाजत ले अंशिका के साथ उन्हें देखने के लिए चले गये।

अंशिका की माँ अब घर आ गईं थीं। उन्हें आये चार दिन हो गये थे। अंशिका उनका बहुत ख्याल रख रही थी और ईश्र्वर से दुआ कर रही थी कि उसकी माँ वो बात अभी भूल गई हो।

"मम्मी! जब मैं बीमार होती थी तो आप मेरी एक नहीं सुनती थी और जबरदस्ती खिलाती थी। तो आज मैं भी आपकी नहीं सुनने वाली हूँ। चुप होकर मेरी बात मानकर ये सारा सूप आपको ख़त्म करना पड़ेगा।"

"अब नहीं बेटा।" वे मना करती हुई बोली।

"कुछ नहीं! बस चलिए। पहले ख़त्म करिये।" बोलती हुई वह सूप से भरी चम्मच उनके मुँह की तरफ बढ़ाने लगी।

"चलिए अपना मुँह खोलिए।" अंशिका ने इसी तरह उन्हें पूरा सूप पिला दिया।

"गुड! अब आप रुकिए। मैं आपकी दवा लाती हूँ।"

"अब दवा भी लेनी होगी?" वह मुँह बनाती हुई बोली तो अंशिका खिलखिला कर हँसने लगी और बोली,

"पापा! आज तो मम्मी खुद बच्चों की तरह दवा खाने में नखरे दिखा रही हैं।"

"अरे! तुम्हें पता नहीं! हमेशा से तुम्हारी मम्मी इसी तरह दवा खाने में नखरे दिखाती हैं।" उनकी बात सुन वे बोलीं,

"मैं कब ऐसा करती हूँ? आप बच्ची के सामने झूठ क्यों बोल रहे हैं?"

"अच्छा! तो मैं झूठ बोल रहा हूँ? अरे बेटा! जरा बताओ तो अभी कौन अपना चेहरा दवा के नाम पर बना रहा है।" उन दोनों में नोंकझोंक शुरू हुई तो अंशिका मुस्कुराती हुई बोली,

"तो अभी आप लोग अकेले लड़ाई करिये। मैं कुछ देर में दवा लेकर आती हूँ तो फिर शामिल हो जाऊँगी।" उसकी बात सुन दोनों उसकी तरफ देख एक साथ बोले,

"क्या?"

"अरे! रूकने को नहीं बोला है। आप लोग शुरू हो जाइये। मैं अभी आई।" बोल वह हँसती हुई दवा लाने चली आई और दवा लेकर वापस आती हुई बोली, "क्या बात है, आप दोनों की दोस्ती।" और वह कुछ नहीं बोल पाई। सामने मानस खड़ा था। अंशिका को देखते ही मानस जल्दी से बोला, "वो यहाँ कुछ काम से आया था और आंटीजी के बारे में सुना तो उन्हीं...।"

"अरे बेटा! पहले आइये, बैठिये और बहुत अच्छा किया जो चले आये। मैंने इसलिए आप लोगों को खबर नहीं दी कि आप परेशान हो जाएंगे और आपको कितना काम रहता है और उसपे ये खबर, सही नहीं लगा।" अंशिका के पापा मानस को बैठाते हुए बोले। मानस का तो घबराहट से बुरा हाल था, लेकिन इतने दिन बाद अंशिका को देख दिल को अच्छा लग रहा था। अंशिका अपनी माँ के पास आकर उन्हें दवा देने लगी। उसकी माँ उसके चेहरे की तरफ देख रही थी, जहाँ कुछ देर पहले फैली ख़ुशी गायब हो गई थी। अंशिका उन्हें दवा दे वहाँ से जाने लगी।

"अरे बेटा कहाँ जा रही हो? दामादजी आये हैं। जरा जल्दी से चाय बनाकर लाओ और मैं।" तभी बीच में मानस बोला,

"नहीं अंकल! मुझे अभी कुछ नहीं चाहिए। मैं तो आंटी के बारे में सुन चला आया। अब मिल लिया हूँ तो जा ही रहा हूँ।"

उसकी बात सुन अंशिका के पापा हैरान होते हुए बोले,

"ऐसे कैसे हो सकता है! आप शादी के बाद पहली बार, अरे नहीं आप तो आज पहली ही बार यहाँ आये हैं! ऐसे कैसे जा सकते हैं कम-से-कम आज तो रूकना ही पड़ेगा।" उनकी बात सुन मानस घबरा उठा और जल्दी से बोला,

"नहीं अंकल! मैं नहीं रूक सकता हूँ।"

"अरे ठीक है। रात में यहाँ नहीं रूक सकते हैं क्योंकि आप सी.एम. हैं और आपके पास इतना टाइम नहीं है। लेकिन कुछ घन्टे तो हमारे साथ आप रूक ही सकते हैं।" वे आग्रह करते हुए बोले तो मानस की नजर अंशिका पर पड़ी, जो अपने माँ पापा की वजह से न चाहते हुए वहाँ खड़ी थी।

"अंकल, आज थोड़ा काम हैं तो नहीं रूक सकता हूँ।" मानस बहाने बनाते हुए बोला जबकि आज उसे कोई काम नहीं था। पूरी तरह फ्री था। इस वजह से यहाँ आया था कि अंशिका की माँ को भी देख लेगा और एक बार अंशिका को भी देख पाए और अब उसके दोनों काम हो गये थे तो वह अंशिका को परेशान नहीं करना चाह रहा था। वह उठने लगा तो अंशिका के पापा उसे उठने से रोकते हुए बोले,

"बस, एक कप चाय ही पी लीजिए फिर चले जाइयेगा।" और फिर मानस के कुछ बोलने से पहले वे अंशिका से बोले,

"बेटा! जल्दी से चाय बनाकर ले आओ दामादजी के लिए।" अंशिका की नजर अचानक से अपनी माँ पर पड़ी, जो उसकी तरफ देख रही थी तो वह जल्दी से अन्दर चली गई और किचन में आकर एक तरफ खड़ी हो गई।

"ये कैसी मज़बूरी है। जो नहीं चाहती हूँ वही करना पड़ रहा है।"

"बेटा! जल्दी करो दामादजी को देर हो रही हैं।" अचानक से अपने पापा की आवाज सुन वह चौंकी। उन्हें किचन के दरवाजे पर खड़ा देखा।

"बेटा! मैं पानी लेकर जा रहा हूँ तुम चाय के साथ कुछ खाने को भी ले आना। पहली बार दामाद जी आये हैं। ऐसे एक कप चाय पिला कर कैसे जाने दूँ! और हाँ बेटा, जल्दी करो वे जाने के लिए कितनी बार उठ चुके हैं।" बोल वह पानी ले बाहर चले गये और अंशिका चाय बनाने लगी। कुछ देर में वह कुछ खाने को और चाय लेकर किचन से अपनी माँ के कमरे में आई। अंशिका ने महसूस किया कि उसे देख मानस कुछ हड़बड़ा गया। अंशिका टेबल पर ट्रे रखने लगी।

"अरे बेटा! आप बीमार थे क्या?" अंशिका के पापा बोले। उनकी बात सुन अंशिका की नजर भी मानस पर गई तो उसने देखा कि मानस बिलकुल पहले जैसा नहीं लग रहा था! उसे देख लग रहा था कि वह कई दिनों से बीमार और बिना सोये रहा है। मानस की नजर

अचानक से अंशिका की तरफ उठी तो अंशिका ने अपनी नजर उससे हटा ली और वहाँ से साइड हो गई। अंशिका चाय बनाकर उसके लिए लाई थी तो वह मना नहीं कर सका और चाय का कप उठा कर पीने लगा।

अंशिका की माँ बस उन दोनों को देख रही थी और कुछ समझने की कोशिश कर रही थी। अंशिका बहुत कोशिश कर रही थी कि उसकी माँ और पापा को कुछ ऐसा न लगे जिससे उन्हें परेशानी हो। वह अन्दर जाने लगी तो उसके पापा पीछे से बोले,

"बेटा, कहाँ जा रही हो?" वह रूक गई।

"बेटा, दामादजी को बाहर तक छोड़ आओ।" उनकी बात सुन तो उसके अन्दर ज्वालामुखी सा फटने लगा। वह ना बोलने ही जा रही थी कि उसकी नजर अपनी माँ पर गई और वह जल्दी से आगे बढ़ गई। मानस तो जैसे कोई ख़्वाब देख रहा हो, बस अंशिका की ही तरफ देख रहा था।

"बेटा फिर मिलने आइयेगा।" अंशिका के पापा के बोलने पर वह जैसे नींद से जगा हो। वह जल्दी से उन दोनों से मिल बाहर निकल आया। उसके साथ अंशिका थी, तो जब उन दोनों से दूर हुआ तो मानस जल्दी से बोला,

"वो गलती हो गई अब नहीं आऊंगा, आंटी का सुना तो।" अंशिका कुछ नहीं बोली।

"मैं चाहता हूँ कभी नाराज न करूँ, लेकिन वापस से कुछ ऐसा कर बैठता हूँ जिससे नाराज कर देता हूँ। क्या इस गलती के लिए माफ़ कर दोगी अंशिका?" अंशिका कुछ बोली नहीं बस एक बार उसकी तरफ देख, उसकी गाड़ी की तरफ बढ़ गई। मानस भी उसके साथ गाड़ी की तरफ आया और एक बार अंशिका की तरफ देख गाड़ी में बैठ गया। गाड़ी आगे बढ़ गई। अंशिका, वहीं कुछ सोचती हुई खड़ी रह गई।

अंशिका अपने कमरे में बैठी सोच रही थी और उसके सामने बीते हुए वे पल आने लगे थे, जब मानस नशे में उसके घर आया था। उसके बार-बार मना करने के बाद भी अपनी एक बात पर अड़ा हुआ था और अंशिका ने देखा जैसे-जैसे समय गुजर रहा था मानस में एक अजीब सी बेचैनी सी बढ़ रही थी और मानस उसके करीब आ गया।

"मानस क्या बदतमीजी हैं मुझसे दूर रहो।" वह गुस्से से बोली।

"अंशिका! मैं कुछ भी कर सकता हूँ। बस ये नहीं कर सकता हूँ। तुमसे दूर नहीं रह सकता हूँ।" वह बेचैन सा बोला।

“तुम यहाँ से जाओ।” और तभी मानस उसके करीब आ गया और उसका हाथ पकड़ा।

“अंशिका आप मुझे छोड़ किसी और से शादी नहीं कर सकती हैं आप सिर्फ मेरी हैं।” और उस दवा के असर की वजह से वह यह नहीं समझ पा रहा था कि वह कुछ आगे बढ़ रहा है। वह अंशिका को अपनी बाँहों में भरते हुए बोला,

“आप सिर्फ मेरी हैं और किसी की नहीं।” उसकी इस हरकत ने अंशिका को डर से भर दिया। उसके सामने एक भयानक डर ने अपना साया फैला दिया। वह उसकी बाँहों से निकलने की कोशिश करने लगी, लेकिन उसकी पकड़ से अपने आप को नहीं छुड़ा पा रही थी। वह अपने आप को बेबस महसूस कर रही थी। उसे तो लगा था उसकी जिंदगी ख़त्म होने वाली है। उसने पूरी ताकत लगा कर उसकी बाँहों से निकलने की कोशिश की और मानस को धक्का दिया। मानस नीचे गिरा तो उसे होश में लाने के लिए उसने कमरे में रखे पानी का जग उसके ऊपर गिरा दिया था। अचानक से पानी की वजह से वह रुका। बस अंशिका मौके का फ़ायदा उठाकर अपने घर के अन्दर से पानी की बोतलों को लाकर मानस के ऊपर डालती चली गई थी और उसकी वजह से कुछ देर में मानस को होश आ गया। खुद को अंशिका के घर में देख और अपनी हालत से परेशान हो उठा था। वह उससे माफ़ी माँगने लगा और अंशिका उसे अपनी नज़रों से दूर जाने को कहा तो वह वहाँ से चला गया था। यहाँ तक कि अपनी पढाई भी छोड़ दी थी। और तब से अब तक वह उससे माफी ही माँगता आ रहा था, लेकिन उस दिन का डर, गुस्सा अंशिका के अन्दर इतना भर गया था कि उसकी माफी दुनिया की सबसे बुरी चीज लगती!

लेकिन अपने माँ-पापा की वजह से उसे उसका सामना करना पड़ रहा था। वह चाह कर भी उन्हें ये बातें नहीं बता सकती थी और मानस को माफ़ करना उसके लिए उतना ही मुश्किल था, लेकिन आज मानस को देखने के बाद उसके अन्दर एक पल के लिए ही सही पर गुस्सा नहीं आया था। पहली बार मानस नफरत के अलावा उसकी सोच में आया था। उसको देख पहली बार, उसकी हालत पर अंशिका के दिल में कुछ हलचल सी हुई थी और वह अपने आप से लड़ रही थी। उसका दिमाग मानस के बारे में सोचने से मना कर रहा था और माँ-पापा की बात न मानने को बोल रहा था। तो दिल बोल रहा था कि अगर उसके फैसले से उसके माँ-पापा ही नहीं रहे, तो सजा किसे मिलेगी! तब तो सजा उसे ही मिलेगी! अब वह अपनी सोच से परेशान हो चुकी थी। उसका सर दर्द करने लगा था। वह अपने कमरे से बाहर निकली तो कानों में माँ की आवाज आई। वह उनके कमरे की तरफ चली आई।

“क्या होगा कुछ समझ नहीं आता है।” उसकी माँ बोली।

“क्या समझ नहीं आ रहा हैं?” उसके पापा बोले।

“यही कि हमारी बेटियों के साथ क्या होने वाला है।” माँ बोली।

“जो होगा अच्छा ही होगा। मानस बेटे ने हमसे कहा है, बड़े दामाद जी की परेशानी बहुत जल्दी ठीक हो जाएगी। उनकी जॉब उन्हें वापस मिल जाएगी और उन पर जो झूठा इलजाम लगा है, बहुत जल्दी ठीक हो जाएगा।” उसके पापा बोले।

“और उन दोनों में तलाक जो होने वाला हैं।” माँ की ये बात सुन अंशिका घबरा गई कि उसकी माँ, उसके पापा से ये बात कर रही हैं। वे बीमार न हो जाये, यह सोच वह अन्दर जाने लगी, तभी उसके पापा ने बोला,

“नहीं होगा।”

“आप कैसे इतने यकीन से बोल सकते हैं कि उन दोनों में तलाक नहीं होगा?”

“आप ही बताओ, क्या आप उनसे नाराज हैं ?”

“नहीं।”

“जरा आप मुझे ये बताइये, जब कोई कुछ गलत करता हैं तो उससे अगर हम बोलेंगे कि वह गलत किया है तो क्या वह मानेगा?”

“नहीं।”

“तो सोचिए जो अपनी अनजानी गलती करने के दूसरे ही दिन आकर ये बोले कि उसने हमारी बेटी के साथ बदतमीजी की हैं और अपने लिए सजा माँगे, उस गलती की सजा के लिए अपनी जिंदगी की सारी खुशियाँ छोड़ दे। इतने साल तक एक माफी के लिए न जाने कितने प्रायश्चित करते आ रहा हो, तो उससे ईश्र्वर भी नाराज नहीं रह सकते हैं तो हमारी बेटी कैसे उन्हें माफ़ नहीं कर सकती हैं।” अपने पापा की ये बात सुन अंशिका को झटका लगा। वह अब तक यही समझ रही थी कि ये बात उसके और मानस के अलावा किसी को पता नहीं हैं और आज उसे पता चला कि उसके माँ-पापा तो उसी वक्त से ये जान रहे थे और उसे कुछ समझने नहीं दिए थे, जिससे उसे बुरा न लगे। वह वापस अपने कमरे में चली आई और दरवाजा बंद कर लिया।

समय बीत रहा था। अंशिका बस खोई हुई सीरहने लगी थी। वह कोई फैसला नहीं कर

पा रही थी। माँ-पापा की सुने या अपने दिल की! उसके घरवाले भी उसका हाल समझ रहे थे और उससे कुछ नहीं बोल रहे थे। अंशिका कही बाहर गई हुई थी। वापस आई तो उसके पापा बोले,

"बेटा! अपनी मम्मी को दवा दे दो। मुझसे तो वे लेती नहीं हैं।"

"जी पापा।" बोल वह दवा लेकर आई और उसकी नजर न्यूज़ पर पड़ी।

"आज शाम सी.एम. मानस की गाड़ी का एक्सीडेंट हो गया। उनकी हालत बहुत ख़राब है।" अंशिका अपनी आँखें बस उस न्यूज़ पर गड़ाई हुई थी, उसके हाथों से दवा नीचे गिर गई।

"बेटा जाना है?" उसके पापा धीरे से बोले तो उसने हाँ में अपनी गर्दन हिला दी। वह जल्दी से बाहर चले गये। अंशिका की माँ उसे गले से लगाती हुई बोली,

"सब ठीक हो जायेगा।"

"बेटा चलो।" उसके पापा की आवाज गूंजी तो अंशिका अपनी माँ के साथ बाहर की तरफ चली आई और वे लोग गाड़ी से वहाँ पहुंचें जहाँ मानस एडमिट था। अंशिका को देखते ही मानसी दौड़कर उसके गले लग रोती हुई बोली,

"भाभी देखिये न! भाई को क्या हो गया।" अंशिका कुछ बोली नहीं बस उसे अपनी बाँहों में भर लिया। सुधीर जी और प्रभा जी भी अंशिका के पास आ गये उसके माँ पापा को नमस्ते किया।

"दामादजी के साथ ये कैसे हो गया?"

"पता नहीं! अचानक से खबर मिली कि ये सब हो गया है तो हम भागे यहाँ चले आये हैं।"

"कैसे हैं दामादजी?"

"अभी तक होश नहीं आया हैं उसे।"

"अब भाई ठीक हो जाएंगे और उन्हें होश भी आ जायेगा।" बीच में मानसी बोली तो सब हैरानी से उसकी तरफ देखने लगे।

"अरे भाभी आ गई हैं! अब भाई भी ठीक हो जाएंगे।" मानसी अंशिका की तरफ देखती हुई बोली। अंशिका ने अपनी नज़रें नीचे कर ली सबकी नजर अंशिका की तरफ थी कि

वह यहाँ तो आ गई है, क्या वह मानस से मिलेगी! मानसी के अलावा सारे यही सोच रहे थे। तभी डॉक्टर आकर बोले कि मानस को होश आ गया है। कोई एक जाकर उससे मिले। सबकी नजर अंशिका पर थी क्योंकि सब जानते थे कि अगर वह एक बार उससे मिल लेगी अभी तो वह जल्दी से ठीक हो जायेगा। उसके पापा इतने दिनों से उसकी तड़प देखते आये थे तो उन्हें पता था कि अभी मानस के पास किसे जाने की जरूरत है, लेकिन कुछ बोल नहीं सकते थे। तभी मानसी बोली,

"भाभी बहुत दिनों से भाई से नहीं मिली हैं, तो पहले मिलने की बारी उनकी हैं।" अंशिका कुछ बोलती इससे पहले मानसी उसे मानस के वार्ड के पास ले आई और धीरे से दरवाजा खोल जाने के लिए इशारा किया। अंशिका परेशान सी दरवाजे पर खड़ी थी। अचानक से इतना कुछ हो गया था कि उसे समझने का मौका भी नहीं मिला था। उसने एक बार फिर उन लोगों की तरफ देखा तो मानसी उसे जाने का इशारा कर रही थी। उसके कदम अन्दर की तरफ चले गये जिसे देख मानस के परिवार वाले और अंशिका के परिवार वाले खुश हुए।

मानस बेड पर अपनी आँखें बंद किये लेटा हुआ था। अंशिका की नजर उस पर पड़ी। बहुत चोट आई थी उसे, कितनी ही पट्टियों ने उसे जकड़ा हुआ था। कदमों की आहट पर मानस ने अपनी आँखें खोलीं तो वहाँ अंशिका को देख तुरंत बंद कर लीं। कुछ देर तक यूँ ही रहा फिर धीरे-धीरे खोलते हुए अंशिका की तरफ देखा। अंशिका उसके बेड के पास आकर खड़ी थी।

"जहाँ देखता हूँ वही दिखती हैं।" मानस धीरे से बोला जो अंशिका को भी सुनाई दिया। तभी अन्दर नर्स आई और मानस से बोली,

"कैसे हैं ठीक लग रहा हैं अब आपको?" नर्स की बात सुन मानस ने जल्दी से अपनी नजर फिर से अंशिका की तरफ डाली तो उसे अपने बेड के पास खड़ा देखा। मानस हैरानी से कभी अंशिका को देखता तो कभी नर्स को। उसे अभी भी यही लग रहा था कि उसकी नज़रों का धोखा है। अंशिका चुप खड़ी मानस को देख रही थी। नर्स उसके पास आई तो अंशिका से मानस के बारे में कुछ बातें करने लगी। अब मानस को यकीन हुआ कि अंशिका सच में उसके सामने है। वह अपनी पलकें झपकाए बिना उसे देखता रहा। तभी कमरे में उससे मिलने मानसी आ गई तो अंशिका बाहर निकल गई क्योंकि एक बार में एक को ही मिलना था। फिर एक-एक कर बाकी लोग भी उससे मिलने आये। मानस तो बस इसी बात को सोचने में लगा था कि अंशिका उससे मिलने आई। उसका दिल कर

रहा था कि कोई उसे बताये कि अंशिका यहाँ कैसे उसे नजर आई! लेकिन उसने किसी से नहीं पूछा। उस दिन के बाद उसे अंशिका नजर नहीं आई और वह बेड पर उदास लेटा सोच रहा था।

"शायद किसी के दबाव की वजह से अंशिका यहाँ आई थी। अंशिका मुझे कभी माफ़ नहीं कर सकती है। और अब आज के बाद मैं भी अंशिका आपसे वादा करता हूँ कि आपके सामने नहीं आऊंगा और आपको परेशान नहीं करूंगा। लेकिन अंशिका ये मेरे लिए बड़ी मुश्किल है। मुझे भी मालूम नहीं कि आप मेरी कमजोरी कैसे बन गई और।" उसकी आँखें छलकने लगी तो वह रूका और फिर अपने दिल में बोला,

"कैसे मैं माफी की चाहत रखूँ! अब मुझे अंशिका से दूर जाना होगा हमेशा के लिए और इसके लिए चाहे मुझे।" सोच वह अपने बेड से उठा। उसके पैर में बहुत चोट आई थी जिसकी वजह से उसे दर्द हो रहा था और उससे खड़ा भी नहीं हुआ जा रहा था। उसने अपने कदम बड़ी मुश्किल से बढ़ाए पर लड़खड़ाकर गिर गया। गिरते हुए अचानक से किसी ने उसका हाथ पकड़ लिया और वह गिरने से बच गया। मानस ने घबराते हुए पकड़ने वाले की तरफ देखा तो बस देखता रह गया क्योंकि उसे गिरने से अंशिका ने बचाया था। मानस हैरानी से बस उसे देखता जा रहा था उसे यकीन नहीं आ रहा था। अंशिका सहारा देकर उसे बेड तक लाई और उसे बैठाती हुई उसकी तरफ देखा तो मानस ने अपनी नज़रें नीची कर लीं। अंशिका बिना कुछ बोले बाहर चली गई। मानस का दिल अभी भी जोरो से धड़क रहा था और दिमाग कुछ सोच नहीं पा रहा था। अभी क्या हुआ था! उसे सब कुछ एक ख़्वाब सा लग रहा था! बेड पर लेट उसने अपनी आँखें बंद कर लीं।

समय बीता और मानस आज डिस्चार्ज हो घर वापस आ गया। उससे मिलने बहुत सारे लोग आये हुए थे। एक-एक कर सब मिल रहे थे। रिश्तेदार, पड़ोसी, राजनीतिक लोग! चाहकर भी सुधीर जी उन लोगों को मानस से मिलने से नहीं रोक पा रहे थे। मानस सबसे मिल तो रहा था लेकिन उसकी नज़रें किसी और को ढूंढ रही थी और वह उसे नजर नहीं आ रही थी। जब से आया था, बस एक बार अंशिका को देखना चाह रहा था जिससे उसे यकीन हो कि वह यहाँ हैं; लेकिन सुबह से शाम हो गई अंशिका उसे नजर नहीं आई। उसकी जो थोड़ी सी उम्मीद जगी थी, वह भी समय के साथ टूटती जा रही थी।

"भाई अब चलिए। कुछ खा लीजिए और आराम करिये।" मानसी उसके पास आकर बोली।

“मुझे भूख नहीं हैं और थोड़ी देर बाद आराम करूंगा।” मानस बोला।

“भाई, ये नहीं होगा चलिए पहले कुछ खा लीजिए।”

“नहीं, मुझे कुछ खाना ही नहीं हैं।”

उसकी बात सुन मानसी बोली, “भाई सोच लीजिये खाना हैं या नहीं?”

“नहीं।” मानस उदास सा बोला तो मानसी बोली,

“भाभी, भाई नहीं खाने वाले हैं।” उसकी बात सुन मानस ने चौंककर उसकी तरफ देखा।

“भाभी भेजी थी आपके लिए। चलिए, मैं चलती हूँ।” बोल मानसी उठने लगी और उधर मानसी के पुकारने पर अंशिका भी उधर आई तो मानस जल्दी से मानसी का हाथ पकड़ उसे उठने से रोकते हुए धीरे से बोला,

“मेरी प्यारी बहन। बस अब कुछ मत बोल तुझे छुट्टियों पर।” तभी बीच में मानसी बोली,

“पेरिस ले जायेंगे।” उसकी बात सुन मानस बोला,

“कुछ ज्यादा नहीं हैं?”

“कोई बात नहीं! मैं भाभी से पहले।”

“अरे पक्का पेरिस ले जाऊंगा। अब खाना दे और अंशिका से कुछ मत बोलना।” मानस घबरा कर बोला और उसके हाथों से खाने की प्लेट वापस टेबल पर रख खाने लगा तो मानसी हँसने लगी।

अंशिका वहाँ आ गई थी। मानसी को हँसते देख उसकी तरफ हैरानी से देखा तो मानसी बोली,

“भाभी! भाई हम लोगों को घुमाने के लिए पेरिस लेकर जाने वाले हैं, तो आपका पासपोर्ट तैयार है या नहीं! अगर नहीं तो बता दीजिये, भाई ठीक करवा देंगे।”

“अरे कौन, कहाँ जा रहा हैं?” सुधीर जी वहाँ आते हुए बोले। उनके साथ प्रभा जी भी थीं।

“वो भाई, भाभी के साथ पेरिस जा रहे हैं घूमने।” मानसी ने बड़ी ही चालाकी से अपना काम कर दिया और अंशिका हैरानी से उसे देख रही थी। मानस ने भी मानसी की बात सुन उसकी तरफ देखा तो मानसी ने अपनी आँख दबा दी। मानस उसकी इस चाल पर मुस्कुराये बिना न रह सका।

“अरे! कहीं भी जाना, लेकिन पहले शादी की पार्टी तो हो जाने दो। कब से लोग बोल-बोल कर थक गये हैं। तो सबसे पहले पार्टी फिर पेरिस ठीक है! मैं अभी टिकट करवा देता हूँ।” उनकी बात सुन मानस हड़बड़ा गया और जल्दी से उन्हें रोकने को हुआ तो बीच में प्रभा जी बोलीं,

“मानस जरा बैठ जाओ और मानसी, तुम अंशिका और मानस की एक तस्वीर ले लो! मुझे तुम्हारी नानी को भेजना है। कब से माँग रही हैं बीमार होने की वजह से आ नहीं सकती तो कम से कम तस्वीर ही देख खुश हो जायेंगी।” आज सबकी बात सुन मानस परेशान हो रहा था।

“आज इन लोगों को क्या हो गया हैं? अंशिका परेशान हो रही होंगी।” मानस परेशान सा दिल में सोच ही रहा था कि मानसी ने अंशिका को पकड़ मानस के बगल में बैठा दिया। मानस घबरा कर उठ खड़ा हुआ तो मानसी उसे बैठाती हुई बोली,

“भाई, तस्वीर ले रही हूँ। बैठेंगे नहीं, तो अच्छी नहीं आएगी। दोनों को बैठना होगा।” और मानस के हाथों में अंशिका का हाथ रखती हुई बोली, ऐसे ही बैठे रहिए।” मानस ने जल्दी से अपना हाथ घबरा कर हटा लिया। डर उसके चेहरे पर साफ नजर आ रहा था जो अंशिका को भी नजर आया। वह मानस का हाल समझ रही थी। मानसी ने देखा, मानस ने अपना हाथ हटा लिया तो वह नाराज होती हुई बोली।

“भाई, एक तस्वीर में इतना परेशान करेंगे? जल्दी से वापस से भाभी का हाथ पकड़िये।” लेकिन मानस ने नहीं पकड़ा। मानसी नाराजगी से उसकी तरफ देख रही थी और मानस वहाँ से भागने के लिए बेचैन हो रहा था। तभी अंशिका ने अपना हाथ बढ़ाकर, मानस का हाथ पकड़ लिया। जिसे देख मानसी तो खुश हो गई, लेकिन मानस अपनी हैरान आँखों से बस अंशिका को देखता ही जा रहा था।

“भाई बस एक तस्वीर लेने दे। फिर जी भर कर भाभी को देखियेगा। उसकी बात सुन दोनों ने उसकी तरफ देखा, तभी मानसी ने तस्वीर खींच ली और बोली,

“मम्मी लीजिये, मेरा काम हो गया।” सबके चेहरे पर ख़ुशी थी क्योंकि आज अंशिका ने मानस को पूरी तरह माफ़ कर दिया था। उसके प्यार और प्रायश्चित ने उसे उसकी अंशिका दे दी थी लेकिन उसके और अंशिका के दिल में कही न कही वह कसक तो रहनी ही थी। मानस को इस बात पर यकीन नहीं हो रहा था। वह बस अंशिका को देखता ही जा रहा था क्योंकि जिस उम्मीद को उसने कब का भुला दिया था, आज वह ख़ुशी उसे मिली

थी। अचानक से उसकी आँखें बहने लगी, लेकिन आज पहली बार इतने सालों बाद उसकी आँखों से ख़ुशी के आँसू बहने लगे थे। वह तो उस दिन के बाद सीधे अंशिका के घर वालो के सामने अपनी सजा के लिए आया था, लेकिन उन्होंने उससे बोला था।

"हम क्या सजा देंगे। तुमने जिसके साथ गलत किया हैं उससे सजा माँगो और उससे ही माफी।" उसे सजा नहीं दी थी क्योंकि वह सच्चा था, उसकी बातों में सच्चाई थी। वह तो अपने ही दोस्तों की चाल का शिकार बना था और अंशिका ने भी बड़े ही साहस से उस रात अपने आप को बचाया था और मानस को भी गलती करने से रोक दिया था। नहीं तो, आज दोनों एक नहीं होते! उस गलती को माफ़ करना किसी भी लड़की से नहीं होता! लेकिन फिर भी अंशिका उसे माफ़ नहीं करती पर जब मानस ने अपनी एक-एक बात राधिका जी को बताई और अपने बारे में कुछ नहीं छुपाया था, तब उसे थोड़ी सी राहत मिली थी कि मानस खुद को अच्छा बताने के लिए कुछ नहीं बोला था। बस अपनी बुराई ही की थी। उसे दिन रात हॉस्पिटल के बेड पर आँसू बहाते हुए भी अंशिका ने देखा था तो उसके दिल में मानस के लिए जगह बन गई और आज मानस का प्रायश्चित पूरा हुआ। यह प्रायश्चित उसने अपनी पसंद की सारी चीज़ें छोड़ कर शुरू किया था। उसने अपनी पढाई छोड़ी, जिस फील्ड में आना उसे बिल्कुल पसंद नहीं था; वहाँ आया और न जाने कितने ही दर्द अपने आप को दिए थे। जो मानस और उसका ईश्वर ही जानते थे। आज उसका प्रायश्चित पूरा हो गया और उसे उसका प्यार मिल गया।

लेखिका के बारे में

बहुआयामी प्रतिभासम्पन्न व्यक्तित्व की धनी एवं समकालीन कवयित्रियों में विशिष्ट स्थान प्राप्त साहित्यकार, शिक्षा शास्त्री एवं कवयित्री **डॉ.पूर्णिमा राय** एमए, पीएच.डी, (हिंदी) एवं बीएड हैं। पंजाब स्कूल शिक्षा विभाग में हिंदी शिक्षिका, स्कूल इंचार्ज एवं बतौर हिंदी बीएम (संगोष्ठियों में विदग्ध महिला) के रूप में विगत कई वर्षों से शैक्षणिक एवं साहित्यिक सेवाएं निभा रही हैं। शिक्षा के क्षेत्र में सर्व शिक्षा अभियान तथा राष्ट्रीय माध्यमिक शिक्षा अभियान के तहत पूर्णिमा जी ने अध्यापक प्रशिक्षण मॉड्यूल हिंदी विषय में बतौर लेखिका एवं संपादिका कार्य किया है।

वह हिन्दी की मर्मज्ञ विदुषी हैं तथा उनकी चिन्तनशील मनन प्रवृत्ति ने उनको लेखन कार्य की ओर प्रेरित किया। अध्यापक, शिक्षक गूंज एवं बेटियां आपकी प्रारंभिक कविताएं हैं। सुरेन्द्र वर्मा का साहित्य: परंपरा तथा समकालीनता (प्रथम संस्करण 2014) पर आपको भाषा विभाग की ओर से 'इंद्रनाथ मदान आलोचना पुरस्कार' प्राप्त हुआ है। आपके ग़ज़ल संग्रह 'स्पर्श' की गजलों को लोगों द्वारा काफी सराहना प्राप्त हुई है। सामाजिक, राजनैतिक, मानवीय एवं नैतिकता में आ रही गिरावट ने उनके अन्तर्मन को झकझोर कर रख दिया जो इनके एकल प्रथम काव्य संग्रह 'ओस की बूंदे' में प्रत्यक्ष रूप से दृष्टिगोचर होता है।

विभिन्न शैक्षणिक, सामाजिक, साहित्यिक, आलोचनात्मक सम्मान प्राप्त **डॉ. पूर्णिमा राय** की कविताएं, आलेख, लघु कथा, गीत, दोहे, हाइकु, क्षणिकाएं, समीक्षात्मक आलेख विभिन्न पत्र, पत्रिकाओं एवं साझा संग्रह में प्रकाशित हुये हैं। जिनमें कानूनी शिकंजा, कश्फ, हस्ताक्षर, हिन्दी हाइकु, सहज साहित्य, सौरभ दर्शन, स्टोरीमिरर बिजनेस सन्देश, समाज कल्याण, पब्लिक इमोशन, पब्लिक दिलासा, हरिगंधा, अचिन्त साहित्य, समाज कल्याण उदंती, साहित्य सुधा, सरस्वती सुमन, साहित्य कुंज, हिन्दी चेतना, आवाज़-ए-पंजाब आदि पत्रिकाएं तथा समाचार पत्र प्रमुख हैं।

डॉ. पूर्णिमा राय ने प्रतिभागी रचनाकार के रूप में विभिन्न साझा संग्रह में बतौर लेखिका अपना सहयोग दिया है जिनमें प्रमुख हैं - कविता के रंग-2, भारत की प्रतिभाशाली कवयित्रियाँ, मृगनयना, गुलजार, सत्यम प्रभात, साहित्य सागर (साझा काव्य संग्रह), मंथन (साझा लघुकथा संग्रह), तितिक्षा (साझा कहानी संग्रह), अनन्तिम क्षणिका संग्रह, दोहा कलश।

महेन्द्र भटनागर की कविता: संवेदना और सर्जना, कथा कहो उर्वशी बनाम राजी सेठ का कथा कर्म, बेटियों का अस्तित्व, काव्य यात्रा: डॉ. कुंवर दिनेश सिंह आदि हैं।

हिंदी भाषा के साथ-साथ पंजाबी में भी **डॉ. पूर्णिमा** ने कुछ कविताएं, आलेख लिखे है जो समय-समय पर पंजाबी की पत्र-पत्रिकाओं में प्रकाशित हुए हैं। गुरदास राम आलम की प्रतिनिधि कविताएं पुस्तक में **पूर्णिमा** ने पंजाबी कविताओं का हिंदी अनुवाद किया है।

संगीत लेखन एवं समाज सेवा में रुचि रखने वाली **पूर्णिमा** जी का मानना है कि उनकी प्रतिस्पर्धा किसी से नहीं है बल्कि वह प्रतिपल अपने आप को बेहतर से बेहतरीन बनाने की दिशा में अग्रसर हैं। वह मानती हैं कि प्रतियोगिता में जीतना उतना महत्व नहीं रखता, जितना कि भाग लेना। वह लेखन किसी पद-प्रतिष्ठा के लिए नहीं करती बल्कि लेखन एक कला है और लिखना उनका शौक है। लेखन के इसी शौक को बरकरार रखने के लिए वह निरंतर ऑनलाइन और ऑफलाइन गतिविधियों में भाग लेने में पीछे नहीं रहती हैं। चाहे **डॉ. पूर्णिमा** को नारी सम्मान, महिला दिवस सम्मान, आदर्श शिक्षिका सम्मान, निर्णायक सम्मान, मुख्य अतिथि सम्मान, युग सुरभि, साहित्य सागर, लेखिका सम्मान मुक्तक लोक सारस्वत सम्मान इन्द्रनाथ मदान आलोचना सम्मान, इत्यादि सम्मान प्राप्त हुए हैं पर वह सदैव यही कहती है कि इंसान के गुण एवं शिष्ट व्यवहार ही सदैव उसके काम आएगा न कि उसको प्राप्त सम्मान। किसी स्तर को हासिल करने के लिए मेहनत अवश्य करनी पड़ती है और असल इंसान वही कामयाब माना जाता है जो केवल सफलता ही प्राप्त न करे, किसी शीर्ष स्थान को ही प्राप्त न करें बल्कि उस शीर्ष स्थान को सदैव शीर्ष पर बरकरार रखने वाला इंसान ही असल में कामयाब इंसान माना जाता है।

शोर

– डॉ. पूर्णिमा राय

"हैलो मैडम! हाय मैम! नमस्कार दीदी! कैसे हैं आप? दीपावली की शुभकामनाएं! दीवाली की सपरिवार ढेरों बधाइयाँ! यह दीवाली आपकी जिन्दगी में खुशियाँ और बहार लेकर आये। आप तन-मन से स्वस्थ एवं निरोग रहें। लक्ष्मी माँ की आप पर अपार कृपा बनी रहे।" कितनी खुश थी चंचला! फेसबुक, व्हाट्स एप पर आये दीपावली के ढेरों मैसेज एवं टैग की गई दीवाली की बधाई से लबालब पोस्ट पढ़ते-पढ़ते कभी हँस पढ़ती, कभी रिप्लाई में आपको भी मुबारक लिख देती। इतना प्यार व स्नेह पाकर मंत्रमुग्ध सी हो गई चंचला! मैं ७०%लोगों को जानती हूँ। ३०% मुझे जानते होंगें, शायद! पर फिर भी कुछ पल प्रतिदिन नेट की दुनिया में बिताना अच्छा लगता है। है न! दिल से निकली आवाज़ को सुनती है। अरे, यहाँ तो सारा दिन कब निकल जायेगा, पता भी नहीं चलेगा। लैपटाप से नजर हटी तो बिस्तर के पास सटे मेज पर पड़ी तस्वीर पर जा अटकी। ओह, आप तो हमें यूँ ही देखते रहियेगा।

एक लंबी साँस भरते हुये चंचला अलमारी खोलती है, लाल जोड़ा झटके से नीचे गिर जाता है। तस्वीर को साड़ी दिखाती है। आज यह पहनूँगी। बोलो तो, कैसी लगूँगी। बोलो ना। बच्चों की तरह बार-बार ज़िद करती हुई तस्वीर से लिपट कर रो पड़ती है। बोलते क्यों नहीं, चुप क्यों हो? लोहड़ी पर मायके छोड़ कर गये थे, यह कहकर कि "युद्ध समाप्त होते ही दीवाली पर आऊँगा लेने।" देखो, आज दीवाली है, हमारी शादी की पाँचवीं सालगिरह भी है, जल्दी से आ जाओ। मैं अब दीवाली तुम्हारे साथ ही मनाऊँगी। सफेद साड़ी में लिपटी चंचला भारत माँ के वीर सपूत दिनेश के नाम का एक दीया जलाती है। अपने बूढ़े अन्धे पिता की लाठी की आवाज़ सुनकर आँसू पोंछती हुई कहती है, पिता जी दीवाली मुबारक हो! आतिशबाजी के शोरगुल में चंचला के मन का शोर मंद हो जाता है।

लेखक के बारे में

पंकज वधावन (Pankajj K Wadhawan) पेशे से एक इलेक्ट्रिकल इंजीनियर होने के साथ साथ एक संजीदा लेखक भी है। जो कविता और कहानी दोनों लिखने में रूचि रखते है। वह ऑनलाइन प्लेटफॉर्म और सोशल मीडिया पर भी अपने भावों को व्यक्त करते रहते है। वह पिछले साल एक कविता संग्रह "कुछ इश्क़िया कुछ ज़िन्दगी" अपने कवि मित्र के साथ प्रकाशित कर चुके है। स्टोरीमिरर पर उनकी कई कविताऐं प्रकाशित है। उनके सोशल मीडिया पर फेसबुक पेज @pankajjwadhawan और इंस्टाग्राम पर #pankajj_wadhawan अकाउंट है, जिस पर समय समय पर अपने भाव प्रकट करते रहते है।

इसके अलावा म्यूजिक सुनना और गिटार बजाना इनका चुनिंदा शौंक है।

संदली

– पंकज वधावन

"तुम कब तक यूँ अकेली रहोगी?", लोग उससे जब-तब यह सवाल कर लेते हैं और वह मुस्कुरा कर कह देती है, " आप सबके साथ मैं अकेली कैसे हो सकती हूँ।"

उसकी शांत आंखों के पीछे हलचल होनी बन्द हो चुकी है। बहुत बोलने वाली वह लड़की अब सबके बीच चुप रह कर सबको सुनती है जैसे किसी अहम जबाब का इंतजार हो उसे।

जानकी ने दुनिया देखी थी उसकी अनुभवी आंखें समझ रहीं थीं कि कुछ तो हुआ है जिसने इस चंचल गुड़िया को संजीदा कर दिया है लेकिन क्या?

"संदली!, क्या मैं तुम्हारे पास बैठ सकती हूँ?", प्यार भरे स्वर में उन्होंने पूछा।

"जरूर आंटी, यह भी कोई पूछने की बात है।", मुस्कुराती हुई संदली ने खिसक कर बैंच पर उनके बैठने के लिए जगह बना दी।

"कैसी हो? क्या चल रहा है आजकल?", जानकी ने बात शुरू करते हुए पूछा।

"बस आंटी वही रूटीन, कॉलेज-पढ़ाई।", संदली ने जबाब दिया। "आप सुनाइये।"

"बस बेटा, सब बढ़िया है। आजकल कुछ न कुछ नया सीखने की कोशिश कर रही हूँ।", चश्मे को नाक पर सही करते हुए जानकी ने कहा।

"अरे वाह! क्या सीख रही है इन दिनों?", संदली ने कृत्रिम उत्साह दिखाते हुए कहा जिसे जानकी समझ कर भी अनदेखा कर गई।

अनदेखा भी कैसे ना करती, वो जानती थी कि इसके मन में कुछ तो चल रहा होगा जो ऊपर से एहसास नहीं हो पा रहा।

फिर जानकी ने कहा "अच्छा बेटी, अब चलती हूँ!, कुछ काम याद आ गया।"

इतना कह कर जानकी वहाँ से चल पड़ी, पर चलते हुए उसके मन में भी उथल-पुथल कम नहीं हो रही थी। जानकी का मन इतना व्याकुल था की वो अपने घर की गली तक भूल गयी और आगे बढ़ गयी। फिर उसको ध्यान आया और मन ही मन बोली "अरे घर

तो पीछे रह गया" और फिर फटाफट घर पहुँची।

अब शाम हो चुकी थी। घर का काम ख़त्म कर सोने की तैयारी कर रही थी कि जानकी के पति रामलाल ने पूछा "जानकी क्या बात है? किस सोच में हो? शाम से देख रहा हूँ।" जानकी ने फिर कहा "आज संदली से मिली थी। उसके मन में बहुत गहरा दर्द है। छुपाने की कोशिश करती है, पर छुप नहीं पाता। बस यही सोच रही थी कि उसके साथ ऐसा क्यों हुआ?"

"तुम परेशान मत हो, भगवान जो भी करेंगे ठीक ही करेंगे।" रामलाल ये कह कर चुप हो गए।

"पर अचानक कोई रिश्ता कैसे तोड़ सकता है, दो माह बाद शादी के लिए बोल रहे थे, फिर अचानक रिश्ता तोड़ दिया। ये कैसा बर्ताव है?"

जानकी ने गुस्से से कहा और फिर बोली "माना परिवार ज्यादा धनवान नहीं है, पर इज्जतदार है। लड़की इतनी होनहार है, खुद ही मेहनत कर पढ़ रही है। सुन्दर है, सुशील है। क्या आज कल इन सब का कोई मोल नहीं? किसी की भावना का क्या कोई मोल नहीं है?"

"उन्होंने ये ठीक नहीं किया, उनको पछतावा होगा।" लड़के वालों के बारे में जानकी ने कहा और चुप हो गयी। मानो मन का गुबार निकालना चाहती थी।

अब रात हो चुकी थी और दोनों बिस्तर पर लेट गए। जानकी तो सो गयी, पर रामलाल के मन में ये व्यथा काफी देर तक चलती रही कि आखिर संदली से लड़के वालों ने रिश्ता क्यों तोड़ा। कई बार पूछने पर भी कोई जवाब नहीं दिया।

ये सोचते-सोचते रामलाल मन ही मन बोले "भगवन की जैसी मर्ज़ी, संदली को इससे बेहतर घर मिलेगा।"

ये सोच कर रामलाल सो गया।

उधर संदली भी अपने घर में जाग रही थी, उसके मन में वही सब सवाल थे, जिनका जवाब किसी के पास नहीं था और शायद ढूंढने का भी कोई फायदा नहीं था। एक सप्ताह में कुछ बदलता नहीं, शायद वक़्त बीतने के साथ सब पहले जैसे हो जाये।

बस यहीं सपने मन ले कर हर कोई आगे बढ़ता रहता है कि वक़्त हर मर्ज को सही कर देता है।

पंद्रह दिन बाद जानकी घर के आँगन में थी और एक आवाज़ आयी "कैसी हो आंटी? क्या कर रही हो?"

जानकी ने मुड़ कर देखा और मुस्कुराते हुए बोली "ठीक हूँ, तुझे ही याद कर रही थी।"

दूसरी ओर संदली पहले की तरह हँसती हुई गेट से अंदर आयी और दोनों बातें करते-करते घर के अंदर चली गई।

जिसने भी कहा है, सही कहा है कि वक़्त के साथ सब सही हो जाता है और अगर कुछ सही न हो तो समझो "पिक्चर अभी बाकि है मेरे दोस्त।"

लेखिका के बारे में

पूजा केन्द्र विश्वविद्यालय में शोधार्थी है और कलम से गहराईयां बयां करना उन्हें पसंद है। उन्होंने पत्रकारिता में स्नातक और साथ ही मास्टर्स की है। उन्हें कविता-कहानी से बेहद लगाव है। साथ ही डांस और कुकिंग का भी शौक है। उन्हें अपनी लेखनी में खुद को चुनौती देना पसंद है और इसलिए वे अक्सर नई चीज़े तराशती हैं। **पूजा** खुद को शिष्या मानती है क्योंकि वह हमेशा सीखना चाहती हैं।

रहस्य

– पूजा गुरु

गर्ल्स हॉस्टल के कमरा नंबर 13 में शोर मचा था, हर उन छुट्टियों की रातों की तरह जो सौम्य और पीहू ने 2 सालों में काटीं थीं। आज का विवाद था कल की पार्टी की तैयारी जो उनकी पूरी क्लास मनाने वाली थी।

सौम्य - ना, नहीं अच्छा नहीं लग रहा, यह पहनो।

पीहू - मेरे पास कपड़े ही नहीं है। सौम्य बिस्तर पर पड़े कपड़े के ढेर को देखती है।

सौम्य - हाँ, वही तो नहीं हैं। पूरा ब्लॉक सर पर उठाने के बाद आखिर जंग खत्म हुई।

सौम्य - चल बहन सो जाते हैं, कल बहुत तैयारी करनी है।

बत्ती बंद कर दोनों अपने मोबाइल में लगी रहती हैं। मोबाइल की रौशनी से उनकी आँखें चमक रही थी और चैट करती पीहू की आँखें मुस्कुरा रही थी। "कल तुम अच्छे से तैयार होना, दोनों कल आग लगायेंगे पार्टी में।" रोहन के तरफ से दिल का इमोजी आता है यही बातें करते पीहू की आँख लग जाती है।

बिजली की जोर की गरज से पीहू अचानक से उठ जाती है, "बारिश! अभी, अजीब है!" रूम में अंधेरा होता है। सौम्य सो रही है। बहुत तेज़ बरसात हो रही होती है। पीहू अपनी टेबल से बोतल उठा कर पानी पीती है और सोने से पहले एक बार अपना मोबाइल देखती है, उसमें सुबह के 8 बज रहे होते हैं। 8! अरे, अब इसे क्या हुआ! वह टाइम ठीक करती है पर बार-बार वही आ जाता है। बाहर तो अँधेरा है, वह खिड़की से देखती है और अभी रात होती हैं। "मोबाइल बिगड़ गया, सुबह सौम्य से बात करुँगी।" ज्यूँ ही वह अपनी आँखें बंद करने जाती है कोई जोर से दरवाजा पीटता है। उसे बहुत अजीब और थोड़ा डर भी लगता है। "कौन है" कोई कुछ नहीं बोलता, बस दरवाजा पीटता है। वह फिर से पुकारती है "कौन है"।

सौम्य - क्या हुआ पीहू? कौन है? खोलो ना दरवाजा।

पीहू - पता नहीं! कोई बोल नहीं रहा।

"अरे यार डरपोक" यह कहते सौम्य उठ कर दरवाज़े के पास जाती है।

पीहू बैठी रहती है और तभी सौम्य चीखती है - पीहू!

और दूसरे ही पल वह जमीन पर खून से सनी पड़ी रहती है। उसकी एक आँख में एक चाकू होता है। पीहू बुरी तरह चीखती है और उसकी आँखें बड़ी हो जाती है। दरवाजे के अंधियारी से दो काले साये आतें हैं और इसे पहले की वह सदमे से उबरती!, उसके पेट में चाकू होता है। उस साए के बाल लम्बे थे। वह गुर्राता हुआ, बड़ी बेदर्दी से पूरा चाकू उसके पेट मे धकेलता जाता है। पीहू के आँखों से आंसू बहते रहते हैं और वह उसे जोर से जकड़ी सौम्य को देखती रहती है। पीहू को पीछे धकेल वे जाने लगते हैं और उस दर्द में वह धीमे-धीमे सांसे लेती उन्हें जाते देखती है और अपनी आँखें मूँद लेती है।

अचानक उसकी आँखें खुलती है और वह अपने बिस्तर पर होती है, सही सलामत! सौम्य भी अपने बिस्तर पर सोती रहती है। पीहू राहत की सांस लेती है "मुझे तो लगा सच में मैं" तभी जोर की बिजली गिरती है और बाहर अँधेरा होता है। उसकी धड़कन तेज़ हो जाती है और वह अपना मोबाइल उठाती हैं - "वहाँ 8 बज रहे थे"!

लेखक के बारे में

पेशे से एक कॉर्पोरेट अधिकारी **अमित** का मन किताबों और घूमने में रमता था। कार्य की व्यस्तताओं के चलते यह नामुमकिन सा हो रहा था। अतः बीस साल तक विभिन्न प्रबंधकीय पद पर कार्य के पश्चात 2018 में स्वयं के लिए वक़्त निकलने हेतु पद त्याग कर घुमक्कड़ प्रवृति को नेपथ्य से निकाल अग्रिम पंक्ति में लाये और अपने अनुभवों को छोटे-छोटे यात्रा विवरण के रूप मे लिखना शुरू किया। विशेष लेखन शैली के चलते लोगों को यह पसंद आया तो प्रेरणा मिली और उन्होंने हिंदी और अंग्रेजी, जिन दोनों भाषाओं में उनकी अच्छी पकड़ है, लिखना शुरू किया। स्टोरीमिरर ने प्रथम प्रकाशन का सम्मान दिया।

अमित फ़िलहाल जीवन यापन हेतु एक सम्मानित वित्तीय सलाहकार और यू-ट्यूबर भी हैं, ये युवा पीढ़ी के बीच अपनी बेबाक राय के चलते काफी लोकप्रिय हैं। 1990 पूर्व हिंदी साहित्य इनकी प्रथम पसंद है और इनके लेखन में अक्सर आपको उसका प्रभाव भी दिखेगा। उनका प्रकाशन और कविता मे अक्सर उपनाम अ-मिट भी दिखेगा।

यात्रा वृत्तांत दयारा बुग्याल

– अमित पाण्डेय

दयारा बुग्याल, समुद्र तल से साढ़े तीन हजार मीटर यानी ११००० फीट की ऊंचाई पर एक स्वर्ग जो अछूता व पवित्र है।

कहते हैं जहाँ चाह वहाँ राह, यह साल २०२० कुछ पूर्ण सा नहीं था और मैं ये सोच रहा था कि जीवन मे क्या परिवर्तन होगा कि तभी मित्र सुमित जोशी जी का आगमन हुआ और जैसा की प्रत्याशित था, हम दयारा के लिए निकल पड़े।

देहरादून से अपना सामान बाँध कर स्वयं ही ड्राइव करते हुए हम मसूरी-धनौल्टी मार्ग पर सुवाखोली से बाएँ तरफ चल पड़े, ये मार्ग संकरा है किन्तु हृषीकेश मार्ग की अपेक्षा आजकल बेहतर है। यहां से मोरेना टॉप पर हमने पहला पड़ाव किया और भोजन इत्यादि के बाद चिन्यालिसौड़ मार्ग से उत्तरकाशी मुख्य मार्ग से मिल गए। आगे जा कर मनेरी-भाली मे विशाल खेड़ी झरने का दृश्य नयनाभिराम के लिए उपयुक्त स्थान था।

पहली बार जीवन मे पूरा गोल इन्द्रधनुष देखा। अर्ध गोलाकार नहीं, जी हाँ संपूर्ण गोल।

यहां से २६ कि.मी पर हमें रैथल गांव पहुंचना था किंतु पहुंचे ३९ कि.मी आगे बार्सू गांव, गलती अपनी ही थी सो खिन्न मन से वापस चले, पूरा रास्ता उतना नहीं अखरा, जितना ये आखिरी २३ किलोमीटर।

भटवाड़ी मोड़ से दस कि.मी ऊपर की ओर जाकर अंततः हम साढ़े पांच सांय जब रैथल पहुंचे तो अंधेरा मुँह उठा ही रहा था और रैथल से ४०० मीटर ऊपर छोटा सा होटल "द गोट विलेज़" हमारे स्वागत में तैयार था। कुछ देर अपने सफर के बारे में बात करने और भोजन उपरांत जब काले आसमान में अनेकों सितारों को अपने गर्म जैकेट के अंदर से देखा तो लगा कि प्रकृति का यह पहलू शहर से नहीं दिखता। सप्तऋषि आसमान में विचरण कर पृथ्वी का जायजा ले रहे थे।

तापमान तेजी से नीचे आया और हमारा खुमार भी, बिस्तर में घुस कर सो गए।

ना जाने ये कोई मिलीभगत है या कुछ और परंतु प्रति व्यक्ति हमसे छह सौ रुपये की मांग की गई सिर्फ दयारा की ओर जाने के लिए जिसमें कुछ भी शामिल नहीं था सिवाय

इसके कि हमारे जाने की जिम्मेदारी किसी झूठ मूठ की एजेंसी ने ली थी, हमें बदले में २० रुपये की सरकारी रसीद पकड़ाई गई। पता नहीं इस प्रकार की हरकत से हम पर्यटन को कितना नुकसान पहुंचा रहे हैं। दयारा एक धार्मिक पर्यटन नहीं है और यहां पर पर्यटक किसी विशेष परिस्थितियों में ही आते हैं। हमें उन्हें प्रोत्साहित करना चाहिए, ताकि वे कुछ अच्छे अनुभव और याद ले कर वापस जाएं।

सुबह एक बेहतर नाश्ते जिसमें चौलाई (रामदाना) का हलवा और मंडुवा का चिला शामिल था उसका सेवन करके तथा खूब सारा पानी ढ़ो कर हम अपनी मंजिल के लिए चल पड़े।

द गोट विलेज़ २२०० मीटर पर और हमें ३४८० मीटर पर आठ किलोमीटर की खच्चर पगडंडी से पहुंचना था, शुरुआत में प्रथम डेढ किलोमीटर मुश्किल था किंतु प्रतिदिन के अभ्यास से सम्भव हो गया तत्पश्चात यह कठिन होने लगा और कई जगह पर कोण १२° से १८° तक हुआ। कुछ जगह पर पांच मिनट का विश्राम के बाद तीन से पांच मिनट चलना ही सम्भव हो रहा था।

रास्तें में कुछ नीचे वाले बुग्याल भी मिलने शुरू हो गए थे और कुछ जगह पर वन विभाग के बोर्ड भी मिले जिनसे कुछ पल के लिए मानवीय उपस्थिति का एहसास होता था अन्यथा रास्ता नितांत मनुष्य शून्य था।

चार किलोमीटर उपरांत हमें ख़ासी चढ़ाई के बाद कुछ पालतू गाय व भैंसों का झुंड मिला किंतु मनुष्य मात्र की कमी वहाँ भी खली, परंतु किसी मित्र जानवर का एहसास भी सुखद हो सकता है ये पहली बार महसूस हुआ। यहां पर वन विभाग के कुछ स्थायी टेन्ट और एक सुन्दर झील थी परंतु हमें अपने गंतव्य पर समय से पहुंचने की उत्सुकता थी अतः चल पड़े।

यहां से लगभग आधा किलोमीटर पर पहली बार तीन व्यक्ति और उनके खच्चर नीचे की ओर आते मिले तो अत्यधिक सुकून मिला और साहस भी, उससे पहले हम अपने सामान को हथियार के रूप में पकड़ चुके थे कि यदि किसी जंगली जानवर से सामना हो तो भिड़ंत की स्थिति तो रहे। अत्यधिक सूनापन आपके साथ कई खेल खेल सकता है।

आगे का रास्ता बहुत तीखा चढ़ायी वाला महसूस हुआ और रुक रुक कर चलना पड़ रहा था हमने तीन किलोमीटर प्रति घंटा की उम्मीद की थी पर यहां तो दो से भी कम पर कदम चल रहे थे।

तभी पहली बार तीन ट्रेकर बस गंतव्य से थोड़ी ही दूरी पर वापस आते दिखे तो लगा कि ऊपर कुछ और मिलेंगे परंतु ऐसा नहीं था, हम नितांत अकेले ही थे, किन्तु हम पहुंच ही गए।

"दयारा बुग्याल" मानो पृथ्वी पर स्वर्ग उतर आया हो, अगर आप को माइक्रोसॉफ्ट विंडोज़ की स्क्रीन याद है तो मुझे यकीन है कि उसकी प्रेरणा या तो यहीं से मिली है या वो यही जगह है। ऊपर नीला विस्तृत आकाश, छँटते घुमड़ते झक सफेद बादल, पांव तले हरी घास, दूर तक फैले बुग्याल उन पर जगह जगह उठे हुए छोटे पहाड, दूर देवदार, बाँज और बुरांश के वृक्ष, ये तो पक्का विश्वकर्मा ने किसी देवता के लिए सुंदर परिदृश्य की रचना की थी जिसका आनंद अब हम ले रहे थे।बहुत ही खूबसूरत और लगभग छह किलोमीटर की परिधि में फैला ये स्थान आपको या तो नैसर्गिक सौंदर्य से मोहित कर देगा या आपका अकेलापन आप पर हावी हो जाएगा। इतना खूबसूरत की आँखों में दृश्य और मन के हार्ड डिस्क में स्थान कम पड जाए।

लगभग पैंतालीस मिनट यहां पर बिताने के पश्चात हमें वापस जाने की जल्दी होने लगी क्योंकि अंधेरा होने से पहले हमें वापस द गोट विलेज़ वापस पहुँचना था।

वापसी में सिर्फ आधा किमी नीचे ही जहां पर खच्चरों को बांधने का स्थान है, रावत भाई की छोटी सी दुकान दिखी, उन्होंने बहुत ही बेहतरीन नाश्ता खिलाया जिसकी कीमत उचित थी, उनसे ज्ञात हुआ कि अगर हम वहां रात्री विश्राम करना चाहें तो वो आठ सौ रुपये प्रति व्यक्ति के हिसाब से व्यवस्था कर देते है जिसमें एक नाश्ता और खाने का प्रबंध भी रहेगा। मेरी राय भी ये सबसे उम्दा तरीका है यदि आपको बुग्याल का पूरा आनंद लेना है।

अगली बार के लिए यही तय रहा। वापस तो आना ही है मित्रों संग।

तीन बजे हम वापसी के लिए रवाना हुए और बहुत तेजी से कदम बढ़ाते हुए हम साढ़े पांच सांय वापस पहुंचे, रास्ते में अपने बनाए निशान काम आए एक जगह हल्का सा मतिभ्रम हुआ किंतु जगह जगह पर आईडिया और जियो के सिग्नल बात करने लायक मिल रहे थे इसलिए बात करके रास्ता ढूँढ लिया। पौने छह बजे ही आसमान अंधेरे की चादर ओढ़ चुका था और कुछ ही देर में हम भी चादर ओढ़ काले आसमान में समाहित हो गए।

आगे गंगोत्री धाम का वृतांत फिर कभी...

लेखक के बारे में

हमारे लेखक **हर्ष सिंह** उत्तरप्रदेश स्थित चंदौली जिले के रहने वाले हैं। उनकी प्रारम्भिक शिक्षा मुग़लसराय के लक्ष्मी पब्लिक स्कूल से पूरी हुई। अपने स्कूल से साहित्य के शिक्षकों से उचित व प्रेरित मार्गदर्शन पाकर उन्होंने लेखन कार्य प्रारम्भ किया। उन्हें गद्य और पद्य दोनों ही विधाओं में महारथ हासिल है। कोरोना आपदा को उन्होंने अवसर के रूप में उपयोग कर लेखन कार्य में अपनी कार्यकुशलता का अच्छा परिचय दिया। इसके परिणामस्वरूप उन्हें कई प्रमाणपत्र से सम्मानित भी किया गया। **हर्ष** एक विद्यार्थी हैं। वो फिलहाल लखनऊ स्थित केन्द्रीय विश्वविद्यालय बाबा साहब भीमराव अंबेडकर विश्वविद्यालय से कानून की पढ़ाई कर रहे हैं।

सर्पचक्र

– हर्ष सिंह

सपने हम अक्सर देखते हैं, कभी कोई अच्छा तो कभी बहुत बुरा पर हर रोज एक अलग एक नया सपना। शायद हमें इन सपनों की आदत सी हो जाती है पर क्या कभी किसी ने एक ही सपना बार-बार हर बार देखा है? अगर मैं आपसे पूछूँ तो आप में से बहुतों का जवाब ना में होगा। पर ऐसा हुआ है मेरे साथ। मैं देखता था एक सपना, जिस से मैं डर जाया करता था। मुझे नहीं पता था कि मेरे साथ ही ऐसा क्यों होता है और शायद पता भी ना चलता जब तक मैं किसी ज्योतिषाचार्य से ना मिलता। तो चलिए मैं शुरू से बताता हूँ आप सबको अपने सपने के बारे में।

मैं शुरू से ही काल्पनिक चीजों में विश्वास करता था। मैं अब भी मानता हूँ कि ऐसी सभी चीजें जिसे हम सोच सकते हैं वो इस दुनिया के किसी न किसी कोने में विद्यमान है। ये हो सकता है कि वो चीजें हमारी पहुँच से बाहर हो, हम वहाँ कभी पहुँच ना पाए पर हमारी सोच हमें वहाँ ले के जा सकती है। ऐसे ही शुरू हुआ जब मैं बचपन में टीवी पर पहली बार साँपों की फिल्म देख रहा था। उसे देखने के बाद मैं कल्पना करने लगा कि इच्छाधारी साँप होते होंगे या नहीं, होंगे तो कहाँ होंगे, मैं कभी उनको देख पाउँगा या नहीं। तब मैंने पहली बार अपने सपने में साँप को देखा था पर ये एक अच्छा सपना था। जब मैं सुबह उठा तो बहुत खुश हुआ कि मैं इन साँपों की दुनिया में रहा, भले ही वो सपने में क्यों ना हो पर मैं उनके साथ था कुछ पल के लिए ही सही पर मैं वहाँ था उन्हीं के बीच। मैं बहुत खुश हुआ था उस दिन।

उसके बाद मैंने घरवालों से कहकर और साँपों की फिल्में मँगाई और देखनी शुरू कर दी। सोने से पहले अक्सर मैं साँपों के बारे में ही सोचता था उनकी दुनिया के बारे में कि कैसी होती होगी! तब अक्सर मैं साँपों को अपने सपने में देखता था पर मैं कभी डरा नहीं। लेकिन फिर धीरे-धीरे मुझे रोज़ाना साँपों के सपने आने लगे। मैंने सोचा कि ये सिर्फ फिल्मों की वजह से है। कुछ समय के बाद पढ़ाई-लिखाई आगे बढ़ने लगी। समय भी कम मिलने लगा तो साँपों के बारे में सोचना या फिर फिल्में देखना दोनों ही कम हो गये। कुछ समय तक तो सब ठीक रहा लेकिन उसके बाद सिलसिला शुरू हुआ साँपों का मेरे सपने

में आने का। पर ये अच्छी यादें नहीं थी, ये बहुत ही डरावना सा हक़ीक़त सा लगता था। काफी समय से इनको अपने सपने में देखकर मैं बहुत डर गया था। मन में खयाल आया कि घरवालों को बताऊँ पर मैंने नहीं बताया। पर एक रात जब मैं सोया था तो मैंने कई साँप लगभग सैकड़ों साँपों को मुझे दौड़ाते हुए देखा, मुझे वो काटने के लिए दौड़ा रहे थे, मैं भाग रहा था हर तरफ साँप ही साँप, मैं साँपों से घिर चुका था। उन्होंने मुझ पर हमला किया कि तभी मेरी नींद खुल गयी। मेरे पास सोयी मेरी माँ, मेरी आवाज़ सुनकर उठ गयी। उन्होंने पूछा क्या हुआ? तब मैंने उनसे अपने सपनों का ज़िक्र किया। इस पर उन्होंने कहा कि कोई बात नहीं! सपने में ऐसा होता है। फिर मैंने उनको बताया कि मेरे साथ ये अक्सर होता है। कभी मुझे एक साँप दिखता है, कभी दो, तो कभी बहुत सारे। उन्होंने मुझे समझा कर सुला दिया पर कहीं ना कहीं उनके मन में भी ये सवाल आया कि ऐसा क्यों? फिर मैं जब भी सपने में साँपों को देखता, मैं अपनी माँ को बताता। उन्हें भी कुछ अजीब लगने लगा पर मुझे वो ये कहकर चुप करा देतीं कि तुम साँपों के बारे में ज्यादा सोचते हो इसलिए वो तुम्हारे सपने में आते हैं। फिर मैं क्या करता मैं भी चुप हो जाता।

एक दिन मैं बाहर खेल रहा था कि तभी मेरे दोस्तों ने साँप-साँप चिल्लाना शुरू कर दिया, पर ये सपना थोड़े ही था जो मैं डर जाऊँ! मैं झटपट उसे देखने के लिए दौड़ा। जब मैं वहाँ पहुंचा तो देखा कि वो तो एक छोटा सा बच्चा था। पर था तो एक साँप! इस पर मैंने और मेरे दोस्तों ने उसे पीट पीटकर मार डाला। अब मुझे साँपों को देखने की आदत जो हो गयी थी और वो भी बड़े और डरावने, तो मुझे डर नहीं लगा। फिर जब मैं उस रात सोया तो वही जगह अपने सपने में देखी और जहाँ पर मैंने साँप को मारा था, वही पर एक दूसरा साँप लेटा हुआ था। पर ये कोई बच्चा नहीं था। ये तो बहुत बड़ा था और डरावना भी। उसने मुझे देखकर अपना मुँह खोल दिया। उसके बड़े-बड़े दाँत देखकर मैं डर गया वो मुझे दौड़ाने लगा। मैं वहाँ से अपने घर की तरफ भागने लगा। भागते-भागते मैं घर तक पहुँच गया और झटपट घर का दरवाज़ा बंद कर दिया और मैं बच गया।

तभी कानों में कुछ आवाज़ आने लगी। जब आँख खुली तो माँ मुझे उठा रही थी। सुबह हो चुकी थी। जब इस बात को मैंने अपनी माँ से बताया तो वो थोड़ा परेशान हुई और मुझे साँप मारने से मना भी किया। फिर उसी दिन शाम में मेरे घर एक बाबा आये। वो मेरे घर के बहुत पुराने पुरोहित थे और साथ ही साथ एक ज्योतिष भी। पूरा परिवार उनकी खातिरदारी में जुट गया। इसके बाद बाबा ने एक-एक करके सबका हाल-चाल पूछा तो इस पर कुछ ने अपनी तकलीफ़ें बतायी तो किसी ने अपनी जन्मकुंडली दिखायी और जब

मेरी बारी आयी तो माँ ने मेरे सपने की सारी बात खोलकर उनके सामने रख दी। उन्होंने इस बात को गंभीरता से लिया, तुरंत ही अपनी एक पत्रिका निकालकर पढ़ना शुरू कर दिया और इस तरह के सपनों के आने की वजह भी बतायी। बाबा ने कहा कि ऐसा तभी होता है जब किसी पर पित्रदोष होता है या फिर होता है सर्पदोष। चाहे जो भी वजह हो पर मुझे ऐसे सपने दिखते थे, उन्होंने मुझे साँपों से दूर रहने के लिए बोला और एक हवन पूजा करने के लिए भी कहा। माँ ने ठीक वैसा ही किया जैसा कि बाबा ने कहा था! अब मुझे वो सपने नहीं दिखते, अब मैं सपनों में साँपों को नहीं देखता। ये सब सिर्फ उन महात्मा के कारण हो पाया है। वजह चाहे जो भी रही हो पर मैं अब इस सर्पचक्र से मुक्त हो चुका हूँ।

लेखक के बारे में

विपेंद्र मान पेशे से एक वकील हैं। एक लॉ फ़र्म में सीनियर पार्टनर हैं और कभी-कभी कुछ लिखते भी रहते हैं। उन्हें अपने निजी अनुभव लिखना पसंद है। सामाजिक और राजनीतिक विषयों पर भी वे अपने विचार सोशल मीडिया के विभिन्न माध्यमों से प्रकट करते रहते हैं। कुछ भावनायें कविता/शायरी के द्वारा भी व्यक्त करने का प्रयास करते हैं।

सुबह चार बजे की चाय

– विपेंद्र मान

बात शायद 1994 के आसपास की है। ख़ैर उस से ज़्यादा फ़र्क़ नहीं पड़ेगा! मैं दिल्ली से जयपुर जा रहा था। रात की बस थी। 2×2 मेरी बगल वाली सीट पर एक बुज़ुर्ग बैठे थे। बस चली तो कुछ बातें होने लगी।

आमतौर पर मैं देखता हूँ, उम्र के इस पड़ाव पर लोग बहुत संतुष्ट नहीं होते और वे रोज़ अपनी बीती ज़िन्दगी को रीप्ले कर-कर के देखते हैं। अपनी ग़लतियों पर पछताते हैं और जो जीवन वे जी रहे होते हैं उस से भी उन्हें अनगिनत शिकायत होती हैं पर इस सबके विपरीत यह बुज़ुर्ग बिलकुल शांत, ख़ुश और अपने जीवन से संतुष्ट नज़र आ रहे थे। कोई झल्लाहट नहीं थी। उनके चेहरे पर एक गहरी शांति थी, सुकून था, एक तेज़ था।

इधर-उधर की बातें होती रही और वे बिना किसी लाग-लपेट के मुझ से अपनी सब बातें कर रहे थे। जैसे उन्होंने बताया कि उनके चार बेटे हैं। चारों व्यापार संभालते हैं। सभी का विवाह हो चुका है और सभी लोग एक ही घर में रहते हैं। पत्नी का स्वर्गवास बहुत पहले ही हो चुका था। पर उन्होंने दूसरी शादी नहीं की। ख़ुद ही व्यापार और अपने चारों बेटों को संभाला, फिर वे अपनी बहुओं की तारीफ़ करने लगे और बोले बस यूँ समझो स्वर्ग में हूँ।

ये सब सुन कर मेरी उनमें उत्सुकता और बढ़ गई, अब मुझ से रहा ना गया और मैंने सीधे ही पूछ लिया कि "कैसे यह संभव हुआ, क्या इसके लिए कोई प्रयास करने पड़े या यह सब स्वाभाविक रूप से हो रहा है। चार बेटे फिर भी समझ आ सकता है पर चार बहुएँ एक साथ बिना किसी विवाद के कैसे। तो वे बोले छोटे-मोटे विवाद तो होते हैं पर वह स्वाभाविक हैं पर कोई बड़ा विवाद नहीं है बहुत प्यार से रहती है सब बहुएँ।"

फिर उन्होंने बताया कि पत्नी के देहांत के बाद क्यूँकि घर और व्यापार उन्ही को संभालना था तो उन्होंने सुबह चार बजे उठना शुरू कर दिया था जब बेटों का ब्याह नहीं हुआ था तो वे सुबह उठ कर रसोई जो कि घर के आँगन के दूसरे छोर पर थी; का ताला खोलते थे और अपने लिए चाय बना लेते थे। तब रसोई के ताले की चाबी उन्हीं के पास रहती थी, जब सबसे बड़े बेटे का ब्याह किया तो उन्होंने बहू के घर संभालते ही वो रसोई की चाबी उस बहू को सौंप दी और साथ ही कहा कि, "बेटा ये चाबी रात को जहाँ भी रखो,

मुझे बता देना। मुझे सुबह चार बजे रसोई का ताला खोलना होगा तो मुझे चाबी ढूँढनी नहीं पड़ेगी।" बहू ने पूछ लिया कि "पिताजी आप सुबह चार बजे रसोई में क्या करेंगे" तो उन्होंने बताया कि "बेटा मुझे बहुत साल से सुबह चार बजे उठने की आदत है और मैं उठ कर अपने लिए चाय बनाता हूँ।" बहू ने कहा "पिताजी अब मैं आ गई हूँ। आप को सुबह चार बजे की चाय आप के कमरे में ही मिल जाया करेगी, ये ज़िम्मेवारी अब मेरी है।" इस पर वे बोले "बेटा चार बजे बहुत जल्दी हो जाता है। तुम इतनी जल्दी क्यूँ उठोगी और मुझे तो आदत है ही इतने साल से। मैं ख़ुद ही चाय बना लिया करूँगा।" पर बहू नहीं मानी और उसने उन्हें रोज़ सुबह चार बजे चाय देना शुरू कर दिया फिर बाक़ी बेटों की भी धीरे-धीरे शादी हो गई और उन्हें बीच में डाले बिना उन्होंने घर के काम बाँट लिए और सुबह चार बजे की चाय भी।

यह बता कर वे मुस्कुराए और बोले "देखो कोई भी काम अगर किसी पे थोपा जाए तो वह बोझ बन जाता है पर अगर वही काम स्वेच्छा से किया जाए तो बोझ नहीं लगता, वे बोले अगर मैं बड़ी बहु को यह कहता कि मुझे सुबह चार बजे चाय चाहिए तो वह चाय तो संभवतया बना देती पर एक थोपे गए काम की तरह! स्वेच्छा से नहीं! जब मैंने ख़ुद से चाय बनाने की बात की, तो उसने स्वेच्छा से वह काम अपने ज़िम्मे ले लिया और अब ख़ुशी-ख़ुशी चारों बहुएँ उस काम को कर रही हैं।" वे आगे बोले "मैंने व्यापार और परिवार दोनों ही जगह किसी पर कभी कुछ नहीं थोपा। सबको सब काम उनकी इच्छा से दिए। इसी लिए परिवार और व्यापार दोनों जगह सकारात्मक ऊर्जा उत्पन्न हुई और बढ़ती रही यही वजह है कि परिवार और व्यापार दोनों जगह छोटे-मोटे विवादों को छोड़ कर सभी प्रसन्न रहते हैं।"

आज ऐसे ही किसी मित्र से बात हुई जो कह रहा था कि "हमें रिश्ते निभाने के लिए अपने आप को बदलने की आवश्यकता नहीं है। हम जैसे हैं ठीक हैं पर मैं उसकी बात से सहमत नहीं था। मैंने कहा जीवन में कुछ समझौते कर लेने चाहिए, चाहे उनके लिए हमें अपने स्वभाव या आदतों को छोड़ना या बदलना क्यूँ ना पड़े। रिश्ते महत्वपूर्ण हैं तो ऐसे छोटे-मोटे समझौते कर लेने चाहिए। कहीं ऐसा ना हो कि हम क़ीमती रिश्तों को खो दें। इस जीवन में हर चीज़ के लिए मोल चुकाना ही पड़ता है।" इसी संदर्भ में मुझे उन-उन बुज़ुर्ग की याद आ गई। कैसे उन्होंने अपने व्यापार और परिवार में सभी को छोटे-मोटे समझौते करने की प्रेरणा दी और किसी पर कुछ थोपा नहीं, तो सभी प्रसन्न रहे और कैसे उन्होंने और उनकी पुत्रवधू ने अपने स्वभाव में थोड़े से परिवर्तन से जीवन सरल बना लिया।

उन्होंने अपनी पुत्रवधू पर सुबह चार बजे की चाय नहीं थोपी पर फिर भी उन्हें सुबह चार बजे रोज़ हमेशा अपने कमरे में चाय मिली।

मैं इस बात को यहीं छोड़ रहा हूँ शायद मेरी बात पूरी हो गई है।

लेखक के बारे में

बिनय कुमार शुक्ल, खुद को एक्सीडेंटल अनुवादक मानते हैं। भारतीय वायु सेना के चिकित्सा सेवा में कार्यकाल के दौरान साहित्य और अनुवाद से लगाव हो गया और फिर साहित्य की दुनिया में पदार्पण कर गए। चिकित्सा विधा की कई डिग्रियों के अलावा समाज शास्त्र और हिंदी में एम एम, बी एड, अनुवाद में स्नातकोत्तर डिप्लोमा किया। फिलहाल साहित्य सृजन के अलावा युवाओं को हिंदी और अनुवाद के क्षेत्र में रोजगारपरक बनाने के लिए यूट्यूब के माध्यम से प्रशिक्षण भी दे रहे हैं। कई पुस्तकों का बांग्ला और अंग्रेजी से हिंदी में अनुवाद भी कर चुके हैं।

क्या आप भी ऐसे हैं?

– बिनय कुमार शुक्ल

कल एक बैंक गया था। इत्तेफ़ाक़न प्रबंधक के कमरे में जाना हुआ। प्रतीक्षा के दौरान मेरी नजर एक द्विभाषी मुहर (रबर स्टैम्प) पर पड़ी। द्विभाषी रूप देखकर मन बड़ा प्रसन्न हुआ। पर अचानक एक त्रुटि पर नजर गई। लिखा था 'सुल से सत्यापित' मैंने प्रबंधक महोदय का ध्यान इस तरफ आकर्षित करवाते हुए विनम्रता से कहा कि महोदय यहाँ 'सुल' के स्थान पर 'मूल' होनी चाहिये।

उन्होंने मेरी हिंदी को सही करते हुए कहा, 'मूल का अर्थ जड़ होता है। यहाँ गलत प्रयोग होगा।'

मैंने उनकी ओर देखा।

उन्होंने बड़े गर्व से फिर कहा, "अरे, गूगल में देख लीजिये, आपको पता चल जाएगा।"

वो मेरी ओर ताकते रहे। शायद उन्हें मेरी मजबूरी समझ आ रही थी कि गूगल का प्रयोग तो आता नहीं होगा।

हम दोनों का अहंकार आपस मे टकराया। प्रबन्धक होने का उनका और हिंदी सेवक होने का मेरा!

मैंने भी तपाक से मोबाइल निकाला, गूगल ट्रांसलेट एप्प खोल उनके अंग्रेजी संस्करण को अनुदित कर दिखाया। इसमें ऑरिजिनल के लिये मूल ही लिखा पाया।

अब बारी बगले झांकने की उनकी थी।

उन्होंने धीरे से कहा, "स्टम्प बनाने वाले बांग्ला भाषी हैं, उन्होंने गलती कर दी होगी।"

अपनी जीत पर मैं मन ही मन मुस्कुराया। बैठा रहा, वो झेंप न जाएं इसलिये इधर-उधर की बातें करने लगा।

गप्पे मारते रहे, बैठे रहे और फिर दो घंटे बाद घर वापस आ गया।

लेखिका के बारे में

अपराजिता मैनेजमेंट विषय में पीजीडीएम डिग्री धारक हैं। साथ ही साथ उन्होंने ह्यूमन रिसोर्स मैनेजमेंट में मास्टर डिग्री ली है। साहित्यिक पारिवारिक परिवेश होने के कारण उन्हें लेखन, कविता पाठ, पठन-पाठन में शुरू से ही रुचि रही है। वह बचपन से ही कहानी प्रतियोगिताओं में उत्सुकता से भाग लेती रही हैं। पशु, पक्षियों एवं प्रकृति से लगाव की झलक उनकी रचनाओं में स्पष्ट रूप से देखी जा सकती है।

उनके द्वारा रचित कहानियाँ और कविताएं स्टोरीमिरर पर उपलब्ध हैं।

आपातकाल

– अपराजिता मिश्रा

एक जंगल में यह आपातकाल मंत्रणा बैठक है। सभी पशु उपस्थित हैं। पक्षी समुदाय भी इकठ्ठा है। मंत्रिमंडल में सभी तज़ुर्बेदार, दक्ष मंत्री एवं अलग-अलग समुदायों के राजा एकत्र हैं। जल्द ही सबसे बुद्धिमान, चतुर, दूरदर्शी एवं बुज़ुर्ग उल्लू बाबा सबको संबोधित करेंगे। भीड़ में हलचल है। सभी अचंभित और सजग हैं। कुछ कानाफूसी हो रही है। लगता है कोई बड़ी घटना घटी है।

अरे! देखो बाबा आ गए हैं। सब चुप हो जाओ।

बाबा का सम्बोधन शुरू हुआ। "मेरे प्रिय बंधुओं। आप सब असमंजस में होंगे कि आख़िर इस तरह आप सब को मैंने यहाँ एकत्रित होने को क्यूँ कहा! विषय गंभीर होने की वजह से ही मैंने आप सबको कष्ट दिया है। कल शाम सूत्रों से पता चला है कि किसी भयंकर संकट के कारण मनुष्यों नें घर से बाहर निकलना बंद कर दिया है। आवाजाही में काफ़ी कमी देखी गई है। ऐसा लगता है कि सतर्कता के तहत ऐसा किया जा रहा है। शायद किसी जैविक युद्ध से लड़ रहा है मनुष्य। वह अभी डरा हुआ है और अकेला पड़ गया है। इसीलिए मेरी आप सभी को यही राय है कि इस समय का सदुपयोग करें। बेखौफ़, शिकार के डर से मुक्त हो कर आप बाहर विचरण करें। अपनी चहचहाहट से मनुष्यों को अपनी उपस्थिति दर्ज कराएं। हमारी परंपरा रही है मनुष्य के जीवन में रस घोलने की। चाहे फ़िर मनुष्य इसकी कद्र न भी करे। रोज़मर्रा की भाग दौड़ में मनुष्य कहीं खो गया है। प्रकृति से दूर हो चुका है। इस प्रकृति का आनंद उठाने में उनकी सहायता करें। उन्मुक्त भाव से हम सदा अपने हौसलों की उड़ान उड़ते आए हैं, आइये मनुष्य को भी यह सिखाएँ। अगर कोई अपने विचार सामने रखना चाहता है तो रख सकता है। मैं यह अब आप पर छोड़ता हूँ कि आप क्या करना चाहते हैं।"

यह सब सुनने के बाद श्वान समुदाय के राजा 'कुमार' ने कहा, "यह सूचना तो मुझे भी दी गई कि कल से सड़कों पर भारी वाहनों और बेतरतीब दौड़ती गाड़ियों की आवाजाही बहुत कम हो गई है। इसके कारण किसी भी शिशु या वयस्क की जान नहीं गई है। वरना मनुष्य में इतना सब्र कहाँ कि वह हमें सड़क पार करने या ख़ुद का बचाव करने का मौका

दे, वह तो रौंदता हुआ चला जाता है।"

राजा ने आगे कहा, "वह तो हमारे कई भाइयों को राष्ट्रीय उद्यानों की सड़कों पर भी कुचल कर चला जाता है।" सब ने इस पर हामी भरते हुए सिर हिलाया।

तभी बूढ़े शेर ने कहा "जंगल की यह खूबसूरत दुनिया मैंने भी देखी है। पर हमेशा मनुष्य ने इसकी सुख शान्ति में ख़लल डाला है। वह जब चाहता है इन जंगलों को काट देता है, हमारा शिकार कभी खाल या कभी दाँत के लिए करता है। हमारी निर्मम हत्या करने वाला यह मनुष्य फ़िर आज अपनी मृत्यु से खौफज़दा क्यूँ है? क्यूँ इतने एहतियात बरत रहा है? उसने हमारे चीते भाइयों को भी पूरी तरह ख़त्म कर दिया है। जब तक मनुष्य ख़ुद इस दर्द से नहीं गुज़रेगा, तब तक हमारा दर्द कभी नहीं समझेगा।" यह बात सुन कर हाथी और गैण्डों की आंखों में आँसू आ गए। और चारों तरफ "हाँ, हाँ" का सहमति स्वर गूंज उठा।

यह सब सुनने के बाद बुज़ुर्ग उल्लू ने कहना शुरू किया, "मेरे प्रिय साथियों, किसी महापुरुष ने हम सब को सीख दी है कि "क्रूरता का उत्तर, क्रूरता से देने का अर्थ अपने नैतिक व बौद्धिक पतन को स्वीकार करना है।" उन्होंने यह भी कहा है "आँख के बदले आँख पूरे विश्व को अंधा बना देगी।" तो अब आप सब ही बताएँ कि "क्या हमें इन नैतिक मूल्यों पर अमल नहीं करना चाहिए!" यह सुन कर सभा में काफ़ी समय के लिए सन्नाटा छा गया।

अंततः यह निर्णय लिया गया कि जिस प्रकार सदियों से सभी प्राणी मनुष्यों के सच्चे मित्र रहे हैं, आज भी उसी भाँति सब उसका साथ देंगे। अपने प्यार और अपनेपन से उसकी चिंताओं और भय को हर लेंगे। उसके अकेलेपन को दूर करेंगे। पर एक वायदा वो भी मनुष्यों से लेना चाहते हैं कि जिस प्रकार आज मनुष्य अपने जीवन को खो देने के डर से घर तक अपनी सभी सीमाओं को धैर्य से बांध कर बैठा है, उसी प्रकार वह कभी-कभी ऐसा कुछ वातावरण को सुरक्षित रखने के लिए भी करे। समय-समय पर उसके कम वाहन प्रयोग और औद्योगिक शट-डाउन से वायु प्रदूषण कम होगा। हवा साफ होगी। पानी कम गंदा होगा। शोर कम मचेगा और सब के जीवन में चैन लौट आएगा।

www.ingramcontent.com/pod-product-compliance
Lightning Source LLC
LaVergne TN
LVHW050655051026
849532LV00002B/651
9789395374224